KB159647

성자의 전성시대

聖者의 全盛時代

성자의 전성시대

고광률 장편소설

강

차례

이 글은 소설이다.

이 소설과 일부 같거나 비슷한 인물 또는 교회와 단체 또는 기관이 있을 수 있겠으나,

직접 모델로 삼지 않았으며 따라서 실체는 없다.

그런데 보이는 것을 보려고 하지 않는 것, 보이는 대로 보려고 하지 않는 것은 어떤 의미로든 당파적인 모든 사람이 존재하기 위한 첫번째 조건이다.

—니체, 『안티크리스트』(박찬국 옮김, 아카넷, 2013)

주요 등장인물

신사랑: 본명 신노근(申老斤). 주만사랑교회 담임목사.

주보라: 사랑의 처. 교회 사모.

신만을(晩乙): 장남. 정신지체3급.

신위한(偉翰): 차남. 청주 지교회 담임목사. 성요한 친구.

신성경(聖敬): 막내딸.

염우식: 성경의 남편. 검사.

허경언(許敬言): 원로목사. 전 한미주성교회 담임목사 겸 부속 고아원 아가페 원장.

맹대성(孟大成): 신사랑과 같은 고아원 출신 형. 특임장로.

배시중(裵侍仲): 재정 담당 안수집사.

노석면(盧錫勉): 주만사랑교회 창립 공로자. 은퇴 장로.

윤필용(尹畢用): 시무장로.

성요한(成耀邯)

조성애: 요한의 처. 매리(애칭).

반두권(半斗卷): 조직폭력배 두목. 유흥 및 부동산업체 운영. 신사랑과 동업자.

방영석(方永碩): 교수. 폴리페서.

신중업(愼仲業): 해동토목그룹 전략기획실장 출신 정치인.

어동수: 중업의 비서. 전 성도일보 정치부 기자.

소부길: 장로. 전 2선 국회의원.

반기출: 안수집사. 정치 6수생.

황대구: 6선 의원.

차주운: 운전기사.

안도문: 시인. 신사랑 스피치라이터. 집사.

방광우: 목사.

민달성: 조성애 아버지 동업자.

하대해: 개명 전 하걸준. 별명 말쟁이. 신사랑과 고아원 동기.

가상보: 사설 경호업체 '가디언 GSB' 대표. 집사.

박상도: 총경. 기동단장.

방철수: 경감. 경비팀장.

이풍세: 차장검사.

어용렬: 검사.

1부

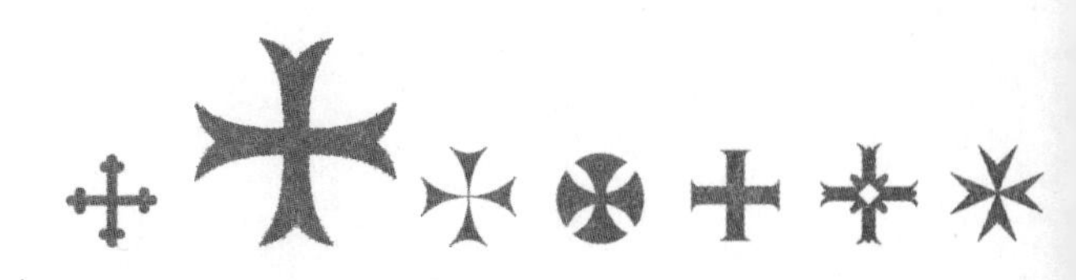

주만사랑교회

입으로 들어가는 모든 것은

배로 들어가서 뒤로 내버려지는 줄 알지 못하느냐

입에서 나오는 것들은

악한 생각과 살인과 간음과 음란과 도둑질과 거짓 증언과 비방이니

이런 것들이 사람을 더럽게 하는 것이요

씻지 않은 손으로 먹는 것은

사람을 더럽게 하지 못하느니라

—마태복음 15 : 17~20

1

"재 끌어내."

신사랑 목사가 설교를 하다 말고 누군가를 향해 소리쳤다. 격노한 신 목사의 목소리가 성전을 쩌렁쩌렁 울렸다. 그는 폭 137미터의 본당을—노아의 방주 크기를 본떠 지었다—좌우로 훑어보며 거즈 손수건으로 정수리의 땀을 닦아냈다. 민머리 정수리가 붉은 조명을 받아 번들거렸다.

"하나님께서는 노아의 홍수로 심판하신 이후에 악한 자들을 더 이상 벌하지 않겠다고 하셨고, 악한 강자들은 권력에 도취한 오만으로 말미암아 분열해서 스스로 멸망할 것이라고 했습니다."

설교 중에 방해 음처럼 끼어든 말이었다. 신 목사가 설교를 멈추자, 주파수가 뒤엉켜 생긴 잡음 같던 소리가 또렷하게 들렸다.

설교를 듣던 신도들은 어디서 또 미친 훼방꾼이 왔나 하는 표정으로 말의 진원지를 찾으려 사방을 두리번거렸다. 신사랑 목사가 전국적으로 유명세를 타면서부터 그의 교리와 명성과 인기를 트집 잡으려는 훼방꾼들이 심심치 않게 나타났다.

일층 앞쪽 좌측 신도석에서 잔말의 진원지를 찾은 성도들이 웅성거림을 멈추고 리우데자네이루 예수상처럼 단 위에 우뚝 서 있는 신 목사를 주시하며 침묵했다. 침묵 속에 긴장감이 흘렀다.

"빨리 끌어내지 않고 뭐해얫!"

손목시계를 힐끗 본 뒤, 강대상에서 한 걸음 옆으로 벗어난 신 목사가 눈을 부라리며 '기도'—예배 질서 유지 요원—를 향해 재촉했다. 막강한 카리스마와 독기가 느껴지는 천둥 같은 목소리였다.

"출애굽을 보면, 하나님의 일은 생명을 살리는 일에만 사용해야 하고, 자신의 탐욕을 채우는 일에는 절대로 사용해서는 안 된다고……"

기도가 꾸물대는 틈을 타 더욱 또렷해진 잔말이 설교인 양 계속됐다.

삼십대 초반으로 보이는 유로옴므 정장 차림의 청년이 두 명의 기도에게 허리춤과 뒷덜미를 잡힌 채 동냥질하려다 쫓겨나는 거지처럼 질질 끌려 나가며 소리쳤다. 이런 기습적인 '업무방해'를 예견해 대기시켜놓은 기도들이 득달같이 달려와 청년을 제압한 것인데, 한 명은 청년의 허리띠와 불알을 움켜쥐었고, 다른 한 명은 청년의 양쪽 귀 뒤의 천주혈(天柱穴)을 누른 뒤에 2:8로 가르마 한 머리채를 움켜쥐고 입을 틀어막았다. 불알을 훑었는지 대롱대롱 매달린 채 끌려 나가던 청년이 으악, 하고 단말마의 비명을 내질렀다.

"저놈 저거, 틀림없는 순천국이여. 남의 영업장을 돌아댕기면서 신도 빼가기 하기 전에 사전 작업으로 도장 깨기 하는 놈들이 있다더만, 저놈이 바로 그놈인가벼."

도라지 달인 물을 한 모금 들이켠 신 목사가 깨진 흥과 흐트러진 예배 분위기를 추스르려 걸쭉한 중부 사투리로 유머 섞인 나름의 애드리브를 쳤다. 잠시 후 그것만으로는 부족하다고 느꼈는지, "지금이 예배 시간인 게 쪼까 아쉽네. 토론 시간이었으면 내가 저놈이 다시는 헛소리를 못 지껄이게 주둥아리를 쪼사서 버르장머리를 고쳐줬을 거인디 말여…… 아, 참 아쉬워"라고 덧붙인 뒤, 입맛을 다시고는 손바닥으로 입술을 훔쳐냈다.

설령 신흥 이단교인 '순천국(純天國)' 신도가 아닐지라도 청년이 지껄인 말은 허튼소리이니, 조금이라도 신경 쓸 필요가 없다는 뜻 같았다. 청년의 말에 욕설과 비속어로 신속히

초동 대응한 신 목사를 향해 성도들이 뜨거운 응원과 아낌없는 격려의 박수를 보냈다.

열화와 같은 박수를 받고 고무된 신 목사의 선창에 따라 찬송가 351장을 신도들이 합창했다. 대예배실을 가득 채운 이천이백여 명의 신도들이 성령의 흥에 겨워 장단을 맞추느라 손뼉을 치거나 발을 구르고 어깨를 들썩이고 목조 좌석 뒤에 붙은 성경책 받침대를 힘차게 두드려대며 질러대는 찬송가가 지붕을 뚫고 하늘나라에 닿을 기세였다. 신 목사가 탁성과 미성을 자유자재로 들락날락거리며 재즈풍으로 찬송가를 인도했다.

찬송가를 부르는 중에 십자가 좌우 벽면에 붙은 250인치 대형 LED 스크린 하단에 차량번호와 함께 이동 주차를 독촉하는 자막이 떠올라 끔벅거리며 줄달음질 쳐대고 있었다.

수년 전부터 예배 성도들의 골목 무단주차에 대한 주민들의 항의와 민원이 부쩍 늘어나고 있었다. 인심이 날로 각박해지는 것인지, 갑작스러운 교회 부흥으로 무단주차가 늘어나고 있는 것인지는 알 수 없었다. 아무튼 한 달 전에는 인근 주민들이 구청에 집단 소음 민원까지 넣었다고 하니 조심하지 않을 수 없는 노릇이었다.

찬송가를 큰 소리로 불러젖히지 마라, 주택가 이면도로에 무단주차를 하지 마라, 주말 장터를 열지 마라 등등 같잖은 민원이 많았다. 특히 주차 문제는 수요예배와 주일예배 때마다 시빗거리였는데 주변에 터가 없어 돈으로도 해결 불가한 골칫거리였다.

“니들 주만 사랑하지 말고, 우리 주민들도 사랑해줘야 그게 진짜 목사질을 하는 거야, 인마!”

게거품을 문 주민에게 불려 나간 신 목사가 졸지에 당한 언어폭력이었다. 주민은 맞지만, 거룩한 성전 옆댕이에서 모텔을 운영한다는 놈이었는데, 교회 때문에 정상적인 숙박비 수입을 포기하고 ‘낮거리’ 손님을 대상으로 한 대실료만 받는 비정상적인 영업을 하게 됐다면서 손해배상청구소송을 할 것이라고 으름장까지 놓았다. 덩치 큰 교회가 장사까지 해 처먹느냐며 주말 장터 행사를 트집 잡아 대드는 놈들도 있었는데, 주변 시장 장사치들 같았다.

교회에 대한 주민 불편과 불만이 임계점에 치달아 생긴 보복인지, 아니면 자신의 정치적 소신 발언에 대한 반감 때문이지는 모르겠으나, 주민들이 자주 시비를 걸어오는 것도 그렇고, 일부 교인들이 자신을 보는 시선이나 대하는 분위기도 전과 다른 것 같아 신 목사는 이래저래 신경이 쓰였다. 하지만 하나님이 찬양받고자 인간을 지었는데, 배은망덕한 피조물들이 찬송가를 소음으로 듣고, 예배를 난장판으로 생각하는 것은 실로 개탄스러운 일이 아닐 수 없었다.

몇 차례 봉변을 당한 뒤, 트라우마가 생긴 신 목사는 351장을 통째 부르려다가 2절로 끝냈다. 강외구 산북동 산13번지에서의 변두리 목회를 끝내는 날까지는 참고 견디는 미덕을 발휘하는 도리밖에 없었다.

신 목사의 설교는 매회마다 배꼽 잡는 사자후였는데, 삼십 분을 넘기지 않았다. 예배가 중언부언 길어지면 신도들이 지루해할 뿐만 아니라 설교의 가치도 그만큼 떨어졌다. 맛보기인 양 한입 거리로 나오는 고급 요리처럼 모자란 듯이 하는 게 그의 설교 기술 중 하나였다. 또 예배가 조금이라도 길어지면, 교회가 차량 교행이 불가한 주택가 골목 안쪽에 자리한 지라, 예배를 마치고 돌아가는 차량과 다음 예배를 보러 오는 차량이 서로 뒤엉켜 주변 통행이 마비되기 일쑤였다. 그때마다 운전 교인이나 주차 요원들이 큰 스트레스와 곤욕을 치러야 했다. 여기에 동네 운전자들이 끼면 욕설과 삿대질로 난장판이 되었다.

산자락에 바싹 붙여 교회를 지었을 당시만 해도 큰길과 교회 사이에 축구장 크기 다섯 배만 한 공터—여기를 주차장으로 이용했었다—가 있었고 그 건너편에 시장 주차장까지 있었으나, 그 공터와 주차장에 연립주택과 원 · 투룸이 빼곡히 들어차 신흥 주택가가 되었다. 그러고는 또 언제부턴가 원 · 투룸이 하나둘 헐리기 시작했는데, 그 자리에 모텔이 들어섰다. 어쨌든 터가 있을 때는 돈이 없었고, 돈이 있으니 터가 없어 주차장 확보가 불가했다. 신 목사도 교회가 이처럼 빠르게 부흥할 것으로는 전혀 예상하지 못했다.

신 목사는 김빠진 설교를 추슬러 마무리 지으면서 앞뒤와 좌우를 꼼꼼히 살피는 입체적이며 디테일한 경영의 필요성과 중요성을 다시금 되새겼다.

신인 아이돌 가수의 특송에 이어 헌금을 받았다. 그러고 나서 양팔을 번쩍 들어 힘차게 축도를 하고 눈을 떴다. 신 목사는 그때까지도 여전히 자신을 쏘아보고 있는 사납고 강렬한 눈길을 느낄 수 있었다. 5주째 설교 내내 자신을 쏘아보고 있는 사나운 눈길이었다.

설교 중에 초를 친 청년을 끌어낼 때 얼마든지 침착한 목소리와 점잖은 태도로 대처할 수도 있었으나, 굳이 고함까지 질러대며 악을 썼던 것은 바로 이 무례한 놈의 버르장머리 없는 사나운 눈길 때문이었다. 그러니까 정작 끌어내 불알이 아닌 눈알을 훑어야 할 놈이 따로 있었던 것이다. 신 목사는 축도 후 눈을 뜨면서 순간적으로 놈과 눈이 마주쳤으나 잽싸게 피했다. 선한 목자가 강대상에서 버르장머리 없는 양과 눈싸움이나 하고 있을 수는 없었다.

저놈이 필시 무언가를 눈치챘거나 알아낸 것이 아닐까 싶었으나, 모르는 체 단을 내려와 슬리퍼를 갈아 신고는 대예배실 중앙 통로를 잰걸음으로 빠져나갔다.

열한시에 시작한 3부 예배를 마친 신 목사는 먼저 와 자리를 잡고 있는 아내와 함께 성도들과 작별 인사를 나누기 위해 출입구 중앙에 나란히 섰다. 일주일 만에 보는 아내였다. 이런저런 스케줄로 전국 각지를 바쁘게 불려 다니다 보니 곧잘 생기는 일었다. 몸이 둘이어도 감당이 어려운 살인적 스케줄이었다.

신 목사는, 돌보지 못하는 미안함 때문인지, 병약한 아내의 점점 야위어가는 모습에 더욱 신경이 쓰였다. 사정을 모르는 사람들이 건장한 목사와 비쩍 야윈 사모를 보고, 뭔가 불순한 오해라도 할 것 같아서 불편한 것도 있었다. 그래서 그는 이렇게 둘이 서 있는 시간이 몹시 부담스러웠다.

짙은 회색 두루마기 차림을 한 신 목사와 꽃분홍색 한복 차림을 한 사모의 모습이 마치 돌장승과 허수아비를 세워놓은 것 같았다.

"허이쿠…… 우리 신사랑 목사님."

소부길 장로가 대예배실 문과 현관 출입구 사이의 너른 방풍실(防風室)을 호들갑스럽게 달려와 양손을 불쑥 내밀었다. 명색이 장로라고 했지만 예배에서는 햇수로 아홉 해 만에 보는 얼굴이었다. 소 장로에게 주만사랑교회는 표밭이었다.

19, 20대 국회의원 재임 시에는 의정활동과 지역구 관리로 바쁘다는 핑계로, 21대 총선을 치른 이후에는 성도들의 지지에도 불구하고 낙선을 해서 볼 면목이 없다는 가당찮은 이유로 나타나지 않던 사람이었다. 부목사들의 말에 의하면, 자신에게 표를 주지 않은 교인들에 대해 서운함과 배신감을 토로하며 다닌다고 했다. 근소한 표차로 떨어진 부작용이라고 했

다. 그는 아마도 차기 총선 때까지 드문드문 어영부영 다니며 주님이 아닌 유권자들과 눈도장이나 찍고 있을 것 같았다.

신 목사와 악수를 하려고 다가오던 반기출 안수집사가 소 장로와 함께 있는 것을 보고는 굳은 표정을 지으며 에둘러 지나갔다. 둘은 지역구와 당이 같았다. 반 안수집사는 국회의원 6수생이었다. 장로도 3수생이었다. 명함에 박은 직함이 15, 16, 17, 18, 19, 20대 국회의원 후보였다. 이 중 15, 16, 18, 20대는 당내 경선에서 떨어졌기 때문에 국회의원 후보라고도 보기 힘들었다.

"하나님이 소 장로님 보고 잡아서 잠깐 쉬어 가라고 그런 거여. 담번엔 틀림없이 꼭 될겨. 긍께 인자부터 하나님을 자주 찾아봬야 혀."

에둘러 지나치는 반 집사에게 눈인사를 건넨 신 목사가 소 장로의 손을 맞잡으며 위로 겸 덕담을 건넸다.

"우리 목사님 용기 짱! 나라 사랑도 주 하나님에 대한 사랑 못지않으시다니까."

강외구 구의원이었다. '박-하 사탕' 채널을 개설해 유튜브 방송을 하며, 극우 전도사를 자처하는 하처신 집사였다. 한미 국기를 묶어 새긴 배지와 십자가를 붙인 새마을 모자를 쓰고 다녔다. 전도를 정치 방송만큼 했다면 바울이 됐을 사람이었다. '박'은 모두가 잘 아는 대통령님 부녀(父女)의 성이고, '하'는 본인의 성이라고 했다. 정화조 사업으로 떼돈을 벌어

구의원이 되었는데, 유년부 아이들에게는 새(鳥) 장사를 한다고 했다.

"거기가 해야 할 본업을 하도 시원찮게 하니께, 어쩔 수 없이 내가 대신하고 댕기는 겨. 그런 줄이나 알어. 내가 오죽하면 십자가 옆에다가 태극기를 꽂았겠어, 하 의원. 나라가 있어야 교회도 있고 구(區)도 있는 겨."

신 목사가 교회 입구에 우뚝 세운 국기 게양대를 가리키며 뼈를 박은 말로 쏘아붙였다.

그는 자신의 나이가 육십이 넘으면서부터, 그러니까 오 년 전부터 남녀노소 지위고하를 막론하고 성도 또는 교회 관계자들과 말을 깠다. 설교 때 말을 깐 것은 백발이 된 환갑 때부터였다. 처음에는 짧은 말이 편했고, 서로 친밀해 보이기도 해서 까본 것이었는데, 그 뒤 예상치 못했던 권위와 친화감이 덤으로 생기는 것 같아 경어로 되돌아가지 않았다. 진정한 성자(聖者), 주의 종이 된 것 같았다.

이제는 반말이 입에 달라붙어 밖에서 일반인을 상대할 때 가끔 실수를 저지르기도 했다. 하지만 무명이었던 예전의 신 사랑이 아니었기에, 싫은 내색을 하거나 대놓고 문제 삼으려는 사람은 없었다.

대다수의 성도들은 성별에 따라 가벼운 눈인사와 악수를 나누고 헤어졌으나, 신 목사의 기운을 받아 가겠다면서 가끔 품에 안기기를 원하는 성도도 있었다. 또 배달 사고를 걱정하기 때문인지 아니면 면전에서 생색을 내려는 것인지, 직접 전해드리고 싶었다면서 선물 꾸러미를 건네고 가는 신도들도 있었다.

신 목사는 수년 전부터 상당수의 교인들이 자신을 담임목사로만 보지 않는다는 사실을 피부로 느낄 수 있었다. 대다수의 목사들처럼 당회와 제직회를 장악하고 재정 · 인사 · 행정권을 틀어쥐고 있는 그 역시 예전부터 소속 성도라면 누구나 따르고 추앙하는 '주만사랑교회'의 절대자였다. 그런데 언제부터인가 이런 신 목사를, 혹자는 하나님의 동기간으로, 혹자는 인기 절정의 유명 연예인으로, 또 혹자는 권위 있는 종교학자이자 성자로, 영향력 있는 사회 지도자로 대하고 있었다.

"우리 언제 이사해요? 간이의자가 넘 불편해요, 목사니임."

신앙심만 독실한 푼수데기 신자였다. 시장에서 '갈릴리 생선' 가게를 운영하는 거구의 중년 아줌마였다.

이 년 전부터 좌석이 모자라 이백여 명은 벽과 좌우 통로 쪽에 등받이 없는 간이의자를 놓고 예배를 봐야 했다.

"때는, 예비하고 계신 주님께서 주시는 거여. 간이의자가 부서지기 전에 주시겄지. 그라고 간이의자만 탓허지 말고, 그짝 몸무게부터 어떻게 좀 혀봐."

한바탕 박장대소가 터졌다. 신 목사는 따라 웃으면서 간이의자를 등받이 있는, 좀 더 편하고 튼튼한 것으로 당장 바꿔야겠다고 생각했다. 새 성전이 언제 지어질는지 아직은 알 수 없는 노릇이었다.

신 목사는 끝으로 시든 꽃잎처럼 늘어진 채 휠체어에 앉아 기다리고 있는 어린아이에게 다가가 숙연한 자세로 무릎을 꿇었다. 그러고는 어린아이의 까까머리에 안수를 하고 통성으로 절절히 기도했다. 예전과 다르게 안수기도는 통상 열아홉 명의 부목사들이 맡아서 하고 있었지만, 지금처럼 특별하다고 판단한 경우에는 옥외에서 여러 성도들이 지켜보는 가운데 신 목사가 직접 했다. 리듬을 탄 기도 소리가 천둥인 양 우렁차고 애끓는 듯 절절해서 귀가하던 신도들까지 걸음을 멈추고 두 손을 모은 채 돌아봤다. 성도들은 신 목사의 기도발을 영험하고 신통하다며 신뢰했다.

아이에게 안수기도를 마치고 일어선 신 목사가 아이의 보호자에게 무릎을 꿇으라고 했다. 그는 아이의 부모에게도 안수기도를 했다. 기도가 시작되자 맹대성 장로가 절뚝 걸음으로 잽싸게 다가와 아이 부모의 뒤에 섰다. 늘 하던 방식대로 기도를 마치면서 기합을 넣고 이마를 힘껏 뒤로 밀었다. 뒤에 있던 명 장로가 뒤로 넘어지는 여자를 받쳤다.

"주님이 다 고쳐주실 거여. 고쳐주신다고 혔어, 시방. 할렐루야!"

"할렐루야!"

휠체어를 잡고 일어서는 아이의 엄마가 목이 터져라 할렐루야를 복창했다. 병색이 짙은 어린아이와 몰골이나 행색이 다를 바 없었다.

안수기도를 마치자마자 그의 머릿속이 생방송 출연에 대한 생각으로 꽉 들어찼다.

성도들과 팬 미팅 같은 작별 인사를 마치자, 신 목사는 아내의 야위고 거친 양 볼에 가볍게 볼키스를 하고, 대기 중인 차량을 향해 냅다 뛰었다.

"이번 주 안에는 계약을 해야 할 것 같은데…… 어떻게 할까요, 목사님?"

금빛 스타렉스 앞에 서 있던 배시중(裵侍仲) 안수집사가 슬라이딩 도어를 열어주며 다급히 물었다.

"좀 더 깎아보시고, 안 되면 집사님이 판단하셔서 햐, 오케이?"

신 목사가 대수롭지 않다는 듯 답을 했다.

"예."

신 목사는 배 집사의 답을 듣기도 전에 반투명 방음 가림막을 손바닥으로 두드려 차를 출발시키고 잽싸게 차 문을 닫았다.

'잡상인, 개, 순천국은 출입 절대엄금!'이라고 쓴 대형 엑스배너를 뒤로하고 금빛 스타렉스가 골목을 벗어났다.

간이침대 위에 던져놓았던 대본을 읽으려던 그는 크리스털 K400 소형 금고를 열고 '2'라고 표기한 휴대전화를 꺼냈다. 대포폰이었다. 출입구 계단 아래쪽에서 곁눈질을 하며 어슬렁대던 반두권(半斗卷)이 뒤늦게 떠오른 때문이었다. 성도들이 지켜보고 있는 성스러운 교회 안에서 깡패 새끼와 알은체를 할 수는 없는 노릇이었다.

"일은 잘 봤는가?"

대본을 집어 들고 안마용 의자에 드러누우며 짐짓 느긋한 목소리로 물었다.

"예, 목사님. 바쁘신 것 같으니, 간단히 보고 말씀 올리겠습니다."

무시를 당했다고 생각하는지 마뜩잖은 목소리였다.

"말씀하시게, 반 사장."

그래서 굳이 안 해도 될 대꾸를 상냥하게 했다.

"그런데 전화로 이런 말씀을 드려도 될는지……"

"무슨 소리야? 우리가 대통령 시해를 작당하는 것도 아니잖아?"

아무리 대포폰이라고는 하지만, 굳이 안 해도 될 말을 하고 말았다.

"거기 현지 짱깨들하고 사흘 동안이나 쭈욱 지켜보면서 미행도 해봤는데 말입니다, 아무래도 우리 신 목사님이 신빙성 떨어지는 짜가 정보를 입수하신 것 같습니다요. 그래도 목사님 당부 말씀이라고 하면서 오이밭에서 하이힐을 바꿔 신는 오해받을 짓거릴랑 하지 말고, 행동거지를 각별히 조심하라고 허벌나게 주의를 주고 왔습니다요."

신 목사는 여전히 미심쩍었다. 행실을 믿기 어려운 아이였고, 게다가 자신의 아랫사람이자 측근인 파송 선교사가 잘못 알았다거나 감히 거짓을 보고할 리 없었다.

"거기서 걔가 사고를 치거나, 뭔 일이라도 당하면 교회가 곤란해져. 그래서……"

볼멘소리로 변명하듯 주의를 환기시켰다.

"그건 걱정 안 하셔도 될 것 같습니다요. 현지 협력업체 짱깨들에게 밀착 감시를 부탁했고요, 여자에게는 제가 직접 하이힐을 바꿔 신으면 묻어버리거나 연변으로 보내버리겠다고 엄중 경고를 했습니다."

"애를 자네 똘마니 다루듯이 했구먼."

"그, 그런가요? 죄송합니다요, 목사님. 그래도 확실한 게 좋잖아요. 그라고…… 우리 목사님이 일전에 다리를 놔주시겠노라고 약조하신 것은…… 어떻게 진도가 쪼까……?"

"기다려, 반 사장. 내가 자네를 알고 나서 단 한 번이라도 자네에게 허튼 약조를 한 적이 있던가? 우리 방 교수가 추진하고 있으니까, 백 프로야."

두권은 사장이 아니라 회장이었다. 그리고 '자네'라니…… 감히 얻다 대고…… 기분이 몹시 상했으나 참았다.

방 교수라 함은, '안중근이가 이토 히로부미를 암살하는 바람에 조선의 근대화가 어정쩡해졌다'는 취지의 망언을 해서

물의를 일으킨 Y대 방영석(方永碩) 교수를 말하는 것 같았다. 그의 주장에 따르면, 안중근의 테러로 이토가 진정한 내선일체를 위해 세웠던 원대한 근대화 계획에 금이 가서 조선이 막대한 손실을 봤다는 것이다. 학생들 앞에서 안중근 의사님을 혈기 방장한 소인배 테러리스트로 만든 얼빠진 극우 교수였는데, 이런 시러베 잡놈만도 못한 교수들이 버젓이 등장해서 주류 언론의 힘을 입어 유명해졌다. 민주화의 부작용이었다.

학사 출신 직원인 '드릴'에게 교수들이 진짜 그런 짓을 하느냐고 물어보니, 해당 교수가 진짜로 그렇게 생각해서라기보다 그렇게 해야 주목을 받아 인기를 끌고 명예와 쩐이 생기기 때문에 그러는 것이라고 했다. 또 어떤 식으로든 주지와 관심과 대중의 사랑을 받지 못하면 견디지 못하는 교수들이 있다고 했다. 이런 교수들은 정의나 이념이 자신들의 인기를 위한 도구에 불과하다고 했다. 배운 놈이라 그런지 말이 달랐다.

두권은 허접한 세 치 혀로 사는 교수들보다 정직한 주먹으로 사는 자신이 자랑스럽게 느껴졌다.

"워낙 바쁘신 분이시라, 혹시 잊어버리신 건 아닐까 해서……"

두권은 '흑묘백묘' 식의 생각으로 사는 실용주의자였다. 방 교수가 지 에미와 붙어먹은 놈이라고 해도, 어떤 축구 선수 놈처럼 모녀를 같이 따먹고 사는 개아들 놈이라고 해도, 도움이 된다면 '노 프라블럼'이었다. 하지만 방 교수가 사적 피해가 아닌 공적 피해를 주는 놈인지라 그런 놈의 도움을 받는다는 게 탐탁지는 않았다.

“잊어버릴 게 따로 있지, 우리 반 사장 부탁을 내가 어떻게 잊는단 말인가. 허허허……”

신 목사가 방음 가림막 너머에서 계기반 시계를 들여다보며 조바심을 치고 있는 차 기사를 힐끗 돌아보고 말했다.

통화를 마친 신 목사는 대포폰을 크리스털 K400 금고에 다시 넣었다. 그러고는 냉장고를 열어 도라지 차를 꺼내 마시며 읽다 남은 대본을 마저 읽었다.

일요일인데도 태극기와 성조기 집회로 인해 출퇴근 시간에 버금가는 교통체증이 빚어지고 있었다. 차 기사가 줄 타는 광대인 양 계속 곡예와 난폭 운전을 하는 걸 보니 또 시간에 몹시 쫓기는 것 같았다.

2

“요한 오빠, 늦었지만 공인회계사 합격을 진심으로 축하해.”

거의 일 년 만에 보는 자매였다.

“으, 응. 고마워.”

요한이 멋쩍게 답했다.

"별일 없지, 오빠?"

"응. 너도……"

"잘 지내신다는 거죠?"

자매가 성요한(成耀邯)의 답에 같은 물음으로 대꾸했다. 뉘앙스가 묘했다. 정말 잘 지내느냐는 되물음인지, 잘 지내지 못하면서 왜 거짓 답을 하느냐는 되물음인지는 알 수 없었으나, 묻는 표정에 동정과 걱정이 가득했다.

'아랍의 봄'과 관련하여 2011년 이라크에서 반정부 시위가—미군 철수 후, 이라크 내전이 발발한 12월 전이다—한창이던 해에 대학생 단기 선교를 같이 다녀온 자매였다. 2004년 이라크에서 선교 활동을 하던 김선일 씨가 무장단체 '알 타우히드 왈 자하드(유일신과 성전)'에 피랍되어 참살되었던 팔루자 인근 지역에서의 선교 활동이었다. 참살, 그러니까 순교를 각오하고 간 위험천만한 선교 활동이었다.

교회 반지하에 있는 카페 'ELIM(엘림)'에 앉아 만나기로 한 교우를 기다리던 요한은 추궁하듯이 안부를 재우쳐 물어대는 자매에게 거짓 답을 하느라 애를 먹었다. 이라크에서의 극한의 선교 활동 이후 한동안 서로 '썸'을 타기도 했으나, 요한이 결혼을 하면서 유야무야되고 만 관계였다. 요한은 그녀에게 가슴을 설레게 하는 이상적인 '교회오빠'였다.

카페 앞을 지나가다가 우연히 요한을 보고 닦달하듯이 안부를 물은 그녀는 잠시 더 쭈뼛거리며 입을 달싹이다가 뒷걸음질로 사라졌다.

주만사랑교회 13년차 교인인 요한은 교회 청소, 전도, 선교, 성가대, 주일학교 교사 등 온갖 사역(使役)과 봉사를 빠짐없이 차례대로 다 치른 '중견 교인'인지라 웬만한 교인들은 그 이름을 알고 있거나 얼굴을 알아봤다. 의협심과 모험심이 강하고 괴팍스럽지만, 붙임성과 의리가 있는 '성령 충만한 축복받은 능력자'로 통했다. 작년 9월, 공인회계사 시험에 최종 합격하면서 '아르테 센터'가 기획한 '싱글 미팅 이벤트'에서 상종가를 치기도 했다. 당시 요한은 사귀는 여자가 있어 싱글이라고 하기 어려웠으나, 주최 측의 요청으로 싱글이 되어 이벤트에 참여했다.

"내가 좀 늦었지요?"

만나기로 약속한 성도였다. 아니, 한 번만 만나달라고 수차례 통사정한 성도님이었다.

주만사랑교회 교적부에 등록된 교인 수만 해도 31,032명이었고, 출석 교인은 13,126명이었다. 대학을 졸업하고 공인회계사 준비를 하면서 교회 재정관리 관련 알바를 했는데, 그때부터 알게 된 교인 숫자였다. 교회 홈페이지에 등재된 등록 교인 수는 45,000여 명이었다.

성요한이, 이 많고 많은 교인 중의 누군가가 신사랑 담임목사에게 스카프를 건네주는 걸 본 것은 전적인 우연이었다. 굳이 포장지까지 벗겨 스카프를 펼쳐 보이며—아마도 교직자와 교인들 앞에서 자신의 부와 담임목사 사모님에 대한 사랑을 생색내고자 그랬을 것이다—전달하는 것을 보게 된 것 또한 우연이었다.

"사모님께 딱 어울리시겠죠, 목사님? 이거 엄청 비싼 거예요."

여자가 고급스러운 스카프를 굳이 담임목사에게 펼쳐 보이며 천박한 호들갑을 떨었다. 370유로짜리라고 했다.

이 여 성도가 공치사를 하며 스카프를 펼쳐 보인 것과, 또 이 여 성도가 성가대원이라는 사실은 요한에게 우연이라기보다 행운, 아니 불행 중 다행한 일로 봐야 했다. 교회 사무실 복도에서 사모에게 선물하는 스카프를 담임목사에게 전해주라며 건넸던 여자가 요한의 맞은편 자리에 털버덕 앉았다. 여자의 야릇한 외모와 짙은 향수 냄새에서 뇌쇄적인 기운이 느껴졌다. 여염집 성도 같지는 않았다.

"무슨 일인데 성요한 씨가 나를 찾았을까……?"

질척한 눈으로 요한의 아래위를 핥듯이 훑어본 여자가 물었다. 여자가 요한을 아는 것 같았다.

행동과는 달리 용건을 서두르는 여자에게 어떤 차를 드시겠느냐고 물었으나, 사양했다. 거듭 묻자, 불편하고 어색한 표정으로 'ELIM'을 둘러보며 거듭 사양했다. 'ELIM'의 음료가 그녀의 입맛 수준에 안 맞아 거절하는 것 같았다. 야릇한 기운과는 달리 내외를 하는 것 같다는 생각이 들기도 했다.

잠시 어색한 침묵 틈으로 바그너의 「탄호이저 서곡」이 흘렀다.

"저희 엄마가 예전에 그쪽 분…… 집사님이시지요?"

호칭을 뭐라 해야 할는지 몰라 말을 끊고 물었다.

"권사예요."

마치 내가 누군지 몰랐어, 또는 나의 신앙심과 지위를 얕잡아보는 거 아냐, 라는 표정으로 쏘아붙이듯이 말했다. 정말 까칠한 권사님이셨다.

"권사님이시군요, 죄송해요. 권사님께서 일전에 사모님 선물이라면서 담임목사님께 전해주신 명품 스카프가 있었는데…… 기억나세요?"

"그런데요?"

권사가 눈을 동그랗게 치뜨며 물었다.

"그걸 보신 저희 엄마가 그 디자인이 너무 맘에 드셨다고 하셔서 제가 이번 파리 여행에서 팔순 깜짝 선물로 드리려고 똑같은 걸 산다고 샀어요. 저도 그때 엄마와 같이 있다가 그 스카프를 봤거든요."

그렇게 생색을 푸지게 냈으니 그걸 본 교인이 어디 한둘이었겠는가.

권사는 하품을 하는지 잠시 입을 가렸다. 눈과 입가에 짜글짜글한 실주름이 잡혔다가 사라졌다.

"그래도 혹시나 해서 엄마에게 전해드리기 전에 이게 확실히 맞는지 확인을 받아보고 싶어서 무례를 무릅쓰고 이렇게 뵙자고 졸랐습니다요."

요한이 헤벌쭉 웃었다.

권사가 못마땅하고 탐탁지 않다는 표정으로 요한을 바라봤다. 아마도 사모가 그 스카프를 착용한 모습을 한 번도 본 적이 없기 때문에 그럴 수 있겠다 싶었다. 신 목사가 빼돌려 '배달 사고'가 난 스카프를 어떻게 사모가 착용할 수 있겠는가.

"팔십에 어울릴 디자인은 아닐 텐데……"

잠이 부족했는지 또다시 하품을 한 여자가 도도한 말투로 빈정거렸다. 자만심을 성령인 양 충만하게 지니고 사는 여자 같기도 했다.

"저희 엄마가 동안이시라 권사님 나이대로 보여요."

요한이 다시 헤벌쭉 웃었다.

"어머, 내 나이를 알아?"

팔십 노모와 외모가 비교된 권사가 몹시 불쾌하다는 듯이 요한의 말을 받아쳤다.

"오십대 중반쯤 되시지 않았나요?"

요한이 인심을 후하게 썼다.

"호호호. 고맙네요. 이거 오백만 원이 넘는, 비싼 건데…… 젊은 사람이 이 비싼 걸 사셨네."

권사가 좀 전까지만 해도 하품하고 까칠하게 대거리하던 입을 아궁이 입구인 양 활짝 벌려 웃었다.

인터넷 사이트를 뒤져 판매처와 가격을 알아보기는 했으나, 그래도 물어보면 어쩌나 싶어 걱정했는데, 여자의 오만함과 자만심 덕분에 별 탈 없이 지나갔다.

권사는 요한이 건넨 스카프를 받아서 활짝 펼쳤다. 그러고는 잠시 살펴보는가 싶더니 "맞아요. 그럼 됐죠" 하고는 자리에서 벌떡 일어섰다.

만 입이 내게 있으면 그 입 다 가지고
내 구주 주신 은총을 늘 찬송하겠네

4부 예배가 시작됐는지, 대예배실의 성가대 합창 소리가 반지하 카페로 쏟아져 내려왔다.

여자가 남기고 간 향수의 잔향 속에서 잠시 생각에 잠겨 있던 요한은 식어버린 커피를 마시고 스카프를 접어 챙겼다. 빈 잔을 반납한 그는 크로스백을 메고 지하 주차장 안쪽에 세워둔 오토바이로 향했다.

3

청주 톨게이트를 빠져나와 나들목을 지나자, 아름드리 플라타너스 터널이 이어졌다. 드라마와 영화와 광고에까지도 '출연'했다는 유명 가로수길이었다. 바람에 흔들리는 플라타너스 잎사귀들이 늦가을 석양빛에 물들어 황금빛으로 타오르고 있어 화염 속을 지나는 것 같았다.

배시중 안수집사는 이 가로수길을 보려고 중부고속도로를 이용해 서청주 톨게이트로 빠지는 빠른 길을 포기하고, 부러 경부고속도로를 탔다. 올해만 두 차례의 태풍을 견뎌낸 칠십 년 노목들의 꼬장꼬장하고 당당한 위세가 느껴졌다. 촘촘히 얽힌 붉은 잎사귀들 틈을 찌르고 노면 위로 내리꽂히는 바늘 같은 빛살도 장관이었다.

낮은 구릉지와 논밭 사이로 길게 내뻗은 가로수길을 감상하던 배 집사는 잠시 미루었던 이런저런 생각을 정리했다.

큰돈이 걸린 일인데, 알아서 하라고 한 담임목사의 지시가 머릿속을 부담스럽게 짓누르고 있었다. 누구나 다 그렇겠지만, 신사랑 목사도 돈이라면 끔찍이 떠받들며 사족을 못 쓰는 사람이었다. 사모와 두 아들과 딸까지 포함한, 그러니까 일가족 모두를 목사로 만들어 앉히고 또박또박 월급 명목으로 챙겨 뽑아가는 사람이었다. 그가 고아만 아니었다면, 일가친척 모두에게 제가끔 합당한 직분을 만들어주고 더 많은 돈을 빼냈을 것이다.

철옹성으로 여기던 은행과 학교가 이미 무너졌거나 무너지고 있었으나—물론 은행은 학교와 달리 은행원들만 구조조정하고 은행업 자체는 서민 대출금리를 올려 건재, 아니 더욱 융성하고 있다—교회도 그들의 뒤를 따르려는 조짐을 보이며 주일 헌금이 점점 줄어들고 있었다. 1995년부터 뚜렷한 하향 곡선을 그리며 곤두박질치기 시작한 헌금 수입은 비단 주만 사랑교회만의 일이 아니었다. 모든 교회가 겪는 총체적 불황이자 난국이었다.

강남 끄트머리에 성전 부지를 사놓은 게—잔금은 이 년 전에 겨우 치렀으나, 융자금을 포함한 순수 교회 자금만 투입한 것이 아니었다. 또 비밀리에 샀으나, 성전을 짓지 못한 채 세월만 흘러 지금은 대다수 교인들도 아는 공공연한 비밀이 되었다—미국이 서브프라임 모기지 사태로 망한 이듬해인 2009년인데, 더 이상 진도를 나가지 못하고 있었다. 갑자기 SRT가 생기는 바람에 땅값이 천정부지로 뛰어 부동산 투자 차원에서는 크게 성공했다고 할 수 있었다. 그러나 투기 목적으로 산 땅이 아니라, 신사랑의 목표인 '강남몽(江南夢)' 실현을 위한 거대 성전을 짓고자 산 땅이었다.

그러나 지금과 같은 침체 상태가 지속되어서는 담임목사의 '강남 하늘 왕국' 건설이 하염없이 미루어지거나 유야무야되어 파투가 날 수도 있었다. 잘 나가다가 고꾸라지는 그런 교회들이 더러 있었다. 그런데 무슨 복안이라도 가지고 있는지 모르겠으나, 신 목사는 소 잡아먹은 귀신처럼 아무런 말이 없이 바람난 강아지 모양 밖으로만 싸돌아다녔다. 어제도 10월 재정 결산보고를 받아야 하는데 생방송에 늦었다면서 도망치듯이 사라졌다.

요즘은 목회자인지, 인기 연예인인지, 사회 명사인지 도통 구분이 되지 않았다. 목회자를 빙자해 개인 영리사업을 하는 사이비 연예인 같기도 했다. 목사가 성전에서 설교를 하기보다 스튜디오에서 재담 자랑을 하는 일에 더 열중해도 되나 싶었다. 헌금은 줄었지만, 신 목사가 벌어들이는 목회 활동 외 기타 수입은 기하급수적으로 늘어나고 있었다.

어쨌든 신 목사는 절대로 사람을 믿는 사람이 아니었다. 심지어는 스스로 신격화한 자기 자신조차도 사람이기에 못 믿는 사람이었다. 그런 사람이 지교회(支敎會) 매입 사업을 일개 안수집사에게 알아서 하라니…… 예수가 환생할 일이었다.

"오늘도 혼자 오셨소?"

어둠이 깔리는 시가지를 등지고 앉은 지인흠 노목사가 물었다. 소가 하품하는 듯한 소리 같았으나, 맥 빠진 목소리였다.

아마도 이번에는 담임목사와 같이 오리라고 생각했던 것 같았다.

구멍가게 노(老) 점주처럼 잔뜩 몸을 웅크리고 앉은 노목사 뒤로 네온관을 두른 일성교회의 십자가가 보였다.

배 집사의 눈에는 노목사가 목자라기보다 떴다방 부동산업자처럼 보였다. 지난번 만남 때 처음으로 동석했던 젊은 변호사가 그의 옆에 바짝 붙어 앉아 있었다. 노목사는 지난번 만남 때 변호사를 소개하면서 둘의 관계에 대해서는 따로 말하지 않았다. 받은 명함으로 뒤를 알아본 결과, 조카와 큰아버지 사이였다.

그전까지 수차례 동석했던 중년의 담임목사—아마도 '바지 목사'였을 것이다—라는 사람은 왠지 더 이상 나타나지 않았다. 줏대 없는 '고용 목사' 때문에 골머리가 아프다고 했던 노목사의 하소연이 빈말은 아니었던 것 같았다.

"제가 위임을 받았습니다."

우암산 자락을 등지고 앉은 배 집사가 발아래로 멀리 보이는 일성교회 첨탑을 힐긋거리며 말했다. 배 집사는 마치 먹잇감을 내려다보는 매의 눈으로 첨탑과 피뢰침을 주시했다.

신 목사의 말에 의하면, 옛 '시부대청'—일제강점기 일본군이 주둔했고, 해방 이후 미군이 주둔한 자리로 '수비대청'이라고도 불린다—자리에 세워진 교회라고 했다. 신 목사의 유년 시절, 시부대청 건너편에 '세키탄고조 샤초(석탄 공장 사장)'가 살았던 적산가옥을 무상 불하받아 만든 한미주성교회가 있었고, 교회에서 오백여 미터 떨어진 곳에 석탄 창고를 개조해 만든 교회 부속고아원인 아가페가 있었다고 했다. 그리고 신 목사는 시부대청 옆에 있었던 교동국민학교 52회 졸업생이라고 했다.

"오늘은 그만 결정을 내리셔야지요?"

권한을 위임받았다는 말에 노목사가 쫓기듯이 물었다. 그가 장물을 처리하는 도둑인 양 쫓겨 다급한 것은 사실이었다.

거듭되는 배 집사와의 진전 없는, 그러면서 진을 빼는 협상 태도에 지치고 질린 것도 있어 보였다. 노목사가 결정권이 있는 당사자가 직접 참여를 안 하니 한국전쟁 당시 휴전협정처럼 지루하게 이어진다며 투덜거리기도 했다. 자신이 쫓기고 있다는 태를 내는 것을 보니, 삼자인 부동산업자가 아닌 목사로 보였다.

건물과 시설물 등에 대한 가격은 지난번 만남에서 어느 정도 접점을 찾아 타결됐고, 남은 것은 업계 관행이 된 '권리금'이었다. 통상적으로 신도 일인당 이백만 원의 산정액을 기준으로 하고 있었다. 좀 거칠게 표현하면, 신도 매매—또는 양도—가격이었는데, 이를 시설비에 산입해서 권리금이라고도 했다.

청주일성교회가 급매물로 나온 것은 삼 년 전이었다. 당시 신 목사의 지시로 맹대성(孟大成) 장로와 함께 일성교회를 답사차 방문했었다. 신도로 가장해 주일예배에 참석했는데, 단위에서 설교하는 노목사의 눈자위는 울어서 퉁퉁 부어 있었고, 입술은 갈라지고 찢어지고 터져서 발음조차 불분명했다.

비무장지대인 양 가운데 자리를 통째 비워둔 채 신도들이 양쪽으로 갈라져 앉아 있었는데 일촉즉발의 긴장감마저 들었다. 노목사의 설교를 야유하는 좌측 신도들과 야유하는 신도들을 야유하는 우측 신도들 간에 고성과 욕설을 주고받기도 했다. 예배실 분위기가 조폭 계파 간의 싸움터인 양 자못 살벌했다.

노목사 편에 선 당회에서 교회의 매각 처분 결정을 내렸는데, 이십 년 이상 다닌 '원로' 교인들을 중심으로 집단 반발이 일어난 것이다. 이십 년 전 성전 개축 사업에 봉헌했던 교인들이 대다수라고 했다.

교회의 재산 일체는 교인 명부에 정식으로 등재된 소속 교인들의 총유(공동소유재산)에 속하는 것인데, 교인 총회 없이 누가 함부로 공동 재산을 사유화해서 팔아먹겠다는 것이냐며 원로 교인들이 매각 반대 투쟁을 선언하고 나섰다는 것이다. 원로 교인들의 자의적 · 일방적 주장이 아니라, 대법원 판례에 나와 있는 사실이었다. 당회는 재산의 관리 위임 행사만 할 수 있고, 처분 위임 행사는 할 수 없다고 했다.

팔아야 한다, 무조건 못 판다, 소유주가 바뀌어도 예배가 존속된다면 팔아도 좋다, 등으로 패가 갈리어 2년 10개월 동안 서로 각각의 주님을 부르짖으며 이전투구 했다. 서로 사랑하라고 배운 사람들이 신도석을 좌우로 나눠 서로 철천지수(徹天之讐)가 됐다. 이렇게 해온 2년 10개월 동안 교인은 반토막이 났고, 남아 있는 반토막은 이런저런 주장과 방식으로 교회에 대한 자신들의 기득권을 끝까지 고수하겠다는 투사들이었다.

결국 남은 반토막들이 모여서 교인 총회를 열어 매각은 하되 교회로서의 사명과 역할은 존속시키는 쪽으로 결론을 냈다. 매각해도, 대금을 n분의 1씩 나눠가질 수 있는 근거가 교회법은 물론이요 법적으로도 없기 때문이었다.

"이걸 보시고 나서……"

배 집사가 루이비통 에피 서류 가방에서 꺼낸 각대봉투를 건네주며 말끝을 얼버무렸다.

"아니…… 뭐, 이렇게까지 하실 필요가……"

각대봉투 내용물을 꺼내 들여다본 노목사가 당황한 듯한 표정으로 쭈뼛거리며 말을 더듬었다.

인기 절정에 올랐다는 트로트 가수 임영웅이 「어느 육십대 노부부 이야기」를 구성지게 부르고 있었다.

어느새 어둠 속에 점점이 박인 불빛들이 창밖 풍경을 바꾸고 있었다.

그래도 확인은 해야겠는지, 돋보기를 꺼내 낀 노목사가 마치 보석 감정을 하듯이 사진을 한 장 한 장 떠들어보며 살폈다. 여전히 불쾌한, 상기된 표정이었다. 고개를 뺀 변호사도 노목사 이마 쪽으로 몸을 기울여서 사진을 들여다봤다.

맹 장로가 지난 10주 동안 일성교회 주일 대예배에 꼬박꼬박 참석해 예배 보는 신도들을 몰래 찍은 사진들이었다. 스마트폰이나 전용 카메라가 아닌 JW-7800 안경 카메라로 찍은 사진인지라 화질이 떨어졌다. 하지만 신도들의 머릿수를 확인하는 데는 전혀 지장이 없었다.

"우리가 다 같이 주를 믿는 종들인데 이렇게까지……"

구태여 의심하고 뒷조사까지 해야만 했느냐는 원망 내지는 꾸짖음 같았다.

지인흠 목사가 일성교회의 신도 수가 삼천 명 남짓이라고 못 박고 나오지만 않았어도, 이런 식의 뒷조사까지는 하지 않았을 것이다. 그러나 권리금 산정 기준이라면서 제시한 신도 수가 부풀려진 것으로 의심이 되는데 어떻게 확인하지 않을 수 있단 말인가. 상거래의 기본 절차가 아니던가.

"지금은 교회가 시끄러워서 그렇지, 안정이 되면 예전 신도 수는 금방 회복이 될 겁니다. 게다가 신사랑 목사님의 지교회라는 소문이 퍼지면 새 신자들이 구름 떼처럼 몰려들 겁니다. 안 그렇습니까?"

젊은 변호사가 배 집사와 노목사를 번갈아 바라보며 말했다. 역시 변호사다운 순발력과 가증스러운 언변이었다.

노목사가 고개를 끄덕여 답하자, 변호사가 흑표지로 묶은 두툼한 서류철과 파일 케이스 꾸러미를 건넸다. 둘 다 교적부였다. 개인정보보호법 시행 이후에 작성한 명부의 연락처는 삭제했거나 당초부터 기재되지 않았으니 양해해달라고 했다. 반면에 해방 이전 시기 고문서인 양 닳고 때 전 흑표지에 묶여 있는 교인 명부에는 집 주소와 전화번호는 물론이고, 삐삐 번호까지 꼼꼼히 기재된 것이 수두룩했다. 사십 년 된 명부라고 했는데, 수정 · 보완한 흔적이 전혀 없는 것으로 보아 이미 천국에 간 신도들까지 포함되어 있을 것 같았다. 모두 3,850 명이었다.

권리금은 통상적으로 시설비에 포함했다. 신도가 인테리어와 동격인 것이다. 또 통상적으로 신도 일인당 권리금이 이백만 원이라고 했는데, 장년 일인당 월급을 평균 이백만 원으로 보고 십일조에 해당하는 십 퍼센트인 이십만 원을 가정하여 산출한 금액이라고 했다.

"반토막까지는 내 인정하리다."

노목사가 스스로 신도 수를 천오백으로 계산하자는 수정 제의를 했다. 맹 장로의 예배 사진 덕이었다.

지난번 만남에서 노목사가 주장한 권리금 산출 방식은 이랬다.

1년 52주×1인당 5,000원×3,000명=780,000,000원
780,000,000원×1인당 예상 평균 출석 5년
=3,900,000,000원

이 계산식을 제시한 노목사가 말했다.

"모두가 십일조를 내는 건 아니지 않소? 그러니 이게 합리적인 계산법 아니겠소?"

그러니까 39억 원을 권리금으로 내놓으라는 말이었다. 다시 말해 45년 동안 하나님께 충성하고 양 떼를 인도해온 위로금으로 39억 원을 따로 내놓으라는 것이었다. 노목사는 권리금을 시설비에 산입하지 말고 자신의 퇴직금으로 달라고 했

다. 어찌 보면 참 단순하고 순진한 노인네였다. 평생 목회만 해서 그런지 세상 물정과 세상 셈법을 모르는 것 같았다. 여든셋이라는 나이를 어디로 먹었나 싶어 안쓰러웠다.

"목사님. 저희가 그 돈을 쌈박하게 다 드릴 수도 있습니다. 하지만 목사님께서 뒷감당을 하실 수 있으시겠습니까?"

주님의 말씀과 사랑 가운데에서 좋은 말로 협상을 해서는 성사될 거래가 아닌 것 같았다.

당장 욕이나 잔뜩 퍼붓고 둘러엎어버리고 싶었으나, 일성교회를 꼭 매입하라는 신 목사의 특별 당부가 있었기에 그럴 수가 없었다.

"그게 무슨 뜻이오?"

'뒷감당'의 뜻을 얼추 눈치챘는지 노목사가 발끈했다.

"이 모두가 처음부터 끝까지 주님이 지켜보시는 가운데 주님의 이름으로 하는 일인데, 비밀이 어디 있겠습니까?"

사실상 공갈 협박이었다.

"……"

패악질이라도 당한 양 노목사가 굳은 표정으로 침묵하자, 변호사가 나섰다.

"주님을 끌어들이는 것까지는 좋지만, 법에 반하는 위협적인 표현은 삼가주시죠."

"목회자와 믿는 자들을 지켜보고 있는 사회의 삐딱한 시선도 생각을 하셔야지요."

배 집사가 맞받았다. 원하는 만큼의 돈을 주고 나서, 나중에 폭로할 수도 있다는 말을 완곡한 표현으로 계속해서 밀어붙였다.

"하나님의 보배로운 성전을 가지고 흥정을 하려 들다니……"

노목사가 중얼거렸다.

배 집사는 어처구니없었다. 더 이상 노목사의 터무니없는 욕심과 생떼에 꺼들리고 싶지 않았다.

"현찰로 오억을 깨끗하게 세탁해서 중개료 명목으로 드리겠습니다. 잘 생각해보세요. 법에 반하는 일은 하지 않으실 변호사님께서 잘 보필해드리세요. 편법도 도를 넘으면 불법이 되는 거 아니겠소? 자 그럼, 전 이만……"

노목사와 변호사 쪽으로 고개를 숙인 배 집사가 속삭이듯이 말했다. 그러고는 식은 커피를 한입에 들이켜고는 서류 가방을 챙겨 일어섰다.

표정이 뻣뻣하게 굳은 노목사와 변호사가 덩달아 일어나 엉거주춤한 자세를 취했다. 서로를 바라보며 배 집사를 잡아야 할는지 놔둬야 할는지를 몰라서 난감해하고 있는 것 같았다.

"찻값은 제가 계산합니다. 내일 낮 열두시까지 답을 기다리겠습니다. '기독교 정보넷'에 들어가보시면 헐값에 매물로 나온 교회가 부지기숩니다. 변호사님이 시간 나실 때 한번 들어가서 둘러보시든지……"

배 집사가 배 째라는 식의 최후통첩을 날리고 카페를 빠져

나왔다.

일성교회는 원도심 한복판에 있지만, 주거 중심지에 자리하고 있는 데다가 교회 규모가 제법 컸고, 또 매입 후 슬럼화되어가고 있는 주변 헌 집이나 골목 상가들을 사들인다면 얼마든지 규모를 늘여나갈 수 있는 입지에 있었다.

세종시에 제2성전을 신축하려던 계획을 포기, 아니 미루었다고 해서 청주 성전을 초라하게 차릴 수는 없었다. 명색이 주만사랑교회의 지교회가 될 것인데, 체면도 생각하지 않을 수 없었다.

배 집사는 차를 몰고 일성교회를 한 바퀴 둘러보며 이런저런 생각 속에서 미래 비전을 그려가며 다듬었다.

4

풀 방구리에 쥐 드나들 듯 계기반 시계를 힐긋힐긋 들여다보던 차주운 기사가 혼잡 구간을 벗어나자 신호와 규정 속도를 무시하며 내달렸다. 교통경찰이 없어서 다행이었다. 생방송에 늦을 수는 없어 말릴 수도 없었다.

반두권 사장과 통화를 마치고 이상한 기분이 들어 차량 금고에서 세 대의 대포폰을 꺼내 확인해보니, 각각 문자와 부재중 통화가 여러 건 찍혀 있었다. 하지만 신사랑 목사는 대본과 콘티를 마저 읽어봐야 했기에 당장 답을 보내거나 통화를 할 수 없었다. 그는 딱딱하게 굳어버린 줄김밥을 늦은 점심으로 씹어 삼키며 대본에 몰입했다.

급출발, 급정지, 급차선변경이 딸꾹질을 하듯 수시로 반복되어 멀미가 날 지경이었다. 아마도 또 댓 장의 교통 범칙금 고지서가 날아올 것 같았다. 올해 들어서부터는 한 달에 통상 열댓 장—지난해에는 네댓 장이었다—의 고지서가 날아온다고 했다. 영리하고 융통성 빼어난 사무실 직원이 운전자를 그때그때 바꿔서 처리하기 때문에 차 기사가 면허정지나 취소를 당할 일은 없다고 했다.

신 목사는 하늘로 치솟은 방송국 송신탑이 가까이 보이자, 옷걸이에 걸린 슈트케이스에서 짙은 남색 슈트를 꺼내 갈아입었다. 텔레비전 화면에서 깔끔하고 샤프해 보인다며 아내가 추천해준 슈트였다. 덩치와 키가 있어서 평소에도 밝거나 옅은 색상의 슈트는 피했다.

"애드립 제발 금지, 다른 사람 말 가로채거나 훅 끼어드시는 거 절대 금지, 불필요한 영어 사용 금지. 오늘도 '애금', '끼금', '영금'. 삼금 아시죠, 목사님?"

앞머리에 헤어롤을 붙인 구성작가가 방송 전, 신 목사에게 다른 출연자들보다 긴 주의 사항을 일깨워줬다. 오늘은 신 목사 주의 사항이 다른 출연자들에 비해 다섯 배 이상 많았다.

듣기보다 떠들기만 해서 생긴 목사 특유의 버릇이었는데,

설교나 성경 강독 때는 종종 한 문장 전체를 쓸데없이 영어로 말한 뒤에 번역을 달아 붙이기도 했다. 라틴어는 주로 단어나 어휘만 뽑아 사용했는데, 둘 다 발음이 어설프기는 마찬가지였다. 하지만 그래야 뭔가 있어 보인다고 생각하는 것인지, 즐겨 애용하는 바람에 버릇으로 굳어졌다.

"알지, 잘 알어. 말로 먹고사는 사람들의 직업병이라서 그래."

굳은 표정으로 신신당부하는 주의 사항을 귓등으로 들으며 눙쳤다.

"목사님. 삼금은 시청자 민원이지, 제작진 요청 사항이 아니에요. 그리고 또 정치적 애드립을 하시면 절대 안 됩니다. 방통위 경고 받았어요."

이 대목에서 피디까지 거들고 나왔다. '보행도 좌측통행에서 우측통행으로 바뀌었잖아', 라고 한 말을 두고 정치적 발언이라고 몰아붙이는 것 같아 기분이 상했다. 틀린 지적은 아니나, 비유는 예수 말씀의 고품격 화법이요 목사의 표현술이 아닌가.

일주년 특집 생방이라 유난을 떠는 것인지, 아니면 '안전'을 위해 군기를 잡는 것인지, 그것도 아니면 중도 하차를 시키려는 구실을 만들기 위해 닦달을 하는 것인지 기분이 상할 정도로 전에 없이 까칠하게 굴었다. 지상파 상업 방송사여서 정권의 눈치를 과하게 보는 게 아닌가 싶기도 했다. 시청률 향상에 한몫해온 신 목사는 자신을 갈구는 듯한 제작진의 지나치게 거듭되는 잔소리에 기분이 더러워졌으나 참았다.

현지 영상—각 출연자가 촬영한 현지 여행 영상과 자료 영상으로 구성했다—과 토크로 진행되는 '여행의 추억'은 명사들과 함께 하는 교양·오락 프로그램이었다. 출연 명사들은 각 분야에서 명망 있는, 성공한 전문가들이었다.

신 목사는 이 지상파 프로그램 출연 덕에 인기도와 지명도가 급상승했다. 종교계를 넘어 일반 대중적 명망가의 반열에 오른 것이다. 같은 지상파 방송이라고 해도 개그나 재담 프로그램 등에서 얻은 희화화된 이미지와는 격이 다른, 고급진 이미지와 신뢰도를 확보한 것이다.

더불어 유명 출연자들과 안면을 트고 교분도 덤으로 얻었다. 출연자들은 신 목사를 넘치는 끼에 박학다식하고 유머러스한 만능 엔터테이너라며 추켜세웠다. 호기심 많은 다독가여서 얻는 찬사였다.

출연자와 제작진은 물론이요, 방청객 중에서도 방송이 끝나면 안수기도를 받겠다며 부탁하는 이들도 꽤 됐다. 그의 기도가 영험하다는 소문과 자화자찬 때문이었다.

신 목사에게 이렇듯 여러 의미와 가치가 있는 프로그램이었기 때문에 웬만한 면박 또는 어리고 시건방진 구성작가로부터 창피를 당한다고 할지라도 참고 견딜 필요가 있었다. 대중적 유명세는 큰돈이자 큰 명예의 밑천이 아닌가.

추석맞이 80분짜리 특집 생방은 시작하는가 싶었는데 금방 끝났다. 신 목사는 그랬다. 그는 지미집 카메라 한 대와 여섯

대의 스튜디오 카메라가 분주히 움직이는 가운데, 진행자가 말을 걸어오거나 피디의 사인에 따라 스탠다드 카메라의 REC 램프가 자신을 향할 때만 떠들거나 적절한 제스처를 취해주었다.

방송 체질인 신 목사는 그때그때 순간적으로 떠오르는 것의 십 퍼센트만 떠들어도 자기 분량을 거뜬히 채우고 남았기 때문에 늘 긴장보다는 아쉬움이 컸다. 거스 히딩크 말마따나 골을 넣어도 늘 배가 고팠다. 그래서 미처 떠들지 못한 구십 퍼센트에 대한 미련이 종종 '방송 사고'를 부르는 것이었다. 그러나 대부분 녹화 방송인지라 큰 문제가 없었다.

신 목사는 이번에도 신신당부를 어기고 천연덕스럽게 삼금을 무시했다. 부지불식중이라기보다 계산된 애드리브였다. 그러나 생방이었다.

"이건 정치 발언이 아니고, 시사 발언이여. 그러니 오해들 하지 말고 들으셔, 제발."

출연자 한 사람이 해외여행 중에 만난 뉴욕의 노숙자 이야기를 할 때, 신 목사가 불쑥 끼어들었다. 사고를 직감한 피디의 인상이 순식간에 일그러졌으나 이미 엎질러질 물이었다. 레드카드를 주고 퇴장시킬 수도 없는 노릇이었다. 말을 하던 출연자가 흠칫 입을 닫는 바람에 카메라가 말하고 있는 신 목사를 쫓아 움직일 수밖에 없었다. 말이 나오는데, 카메라가 그 말하는 사람을 어찌 무시할 수 있단 말인가.

그는 큰 덩치를 비비 꼬아가며—나름 무안을 넘기거나 애교를 부릴 때의 제스처였는데, 트레이드마크인 양 되었다—군말을 깐 뒤, "뉴욕엔 자기 문제 때문에 맨해튼 거리에서 노숙하는 노숙자가 많은 거잖여유, 근디 서울엔 나라 걱정 땜시 청와대 근처에서 노숙하는 노숙자가 많다잖아유……"라고 혀짤배기소리를 했다.

신 목사를 주시했던 피디를 비롯한 제작진의 시선이 일제히 사타구니 밑으로 떨어졌다. 배신감과 원망과 질책이 담긴 탄식도 이어졌다.

나름대로 뒷수습을 하려는 것인지 신 목사는, 우리나라가 해외여행이 자유화된 게 1989년이며, 그전까지는 개인이 해외여행을 가려면 이백만 원의 관광예치금을 맡겨야 했는데, 당시 대기업 초봉의 열 배에 해당하는 큰돈이었다고 말했다. 그러고는 현재 해외여행자가 약 이천팔백만 명이 되었다면서, 우리가 박 대통령의 새마을운동을 통해 이렇게 잘사는 나라가 되었다고 맥락 없는 너스레를 덧붙였다. 그 너스레가 피디의 화를 더욱 돋웠다. 피디가 대본을 바닥에 패대기치고 스튜디오를 나갔다.

방송이 끝나고, 신 목사가 도파민 과다분비 탓에 생긴 '방송 사고'라고 황당하고 비굴한 변명을 하며 사과했으나, 구성작가는 껌만 씹어대며 들은 척을 하지 않았다. 피디는 여전히 나타나지 않았다. 분위기 탓인지 기도를 받겠다는 사람도 없었다.

신 목사는 피디를 찾아서 유감의 뜻이라도 표하고 작별 인사도 깍듯이 올리고 싶었다. 하지만 금방이라도 터질 듯이 꽉 차오른 방광 때문에 그럴 수가 없었다. 시간에 쫓겨 허둥대다가 방송 전에 화장실 들르는 것을 깜박 잊은, 아니 그럴 짬이 없었던 때문이었다.

곧장 화장실로 달려간 신 목사는 일촉즉발의 순간, 오줌을 뽑아냈다. 오줌 줄기가 찔끔찔끔 흘러나와 소변기를 적실 때 발뒤축을 들었다. 한방상식이 풍부한 윤필용(尹畢用) 시무장로가 말하길, 소변을 볼 때 몸속 기운이 빠져나가는데 발뒤축을 살짝 들어주면 장딴지 힘도 기르고 그걸 막을 수 있다고 일러줬다. 그래서 발뒤축을 들었는데, 오줌이 나오다 말았다. 과로 탓도 있는 것 같았다.

"신사랑 목사님이시죠?"

발뒤축을 들었다 놨다 하며 오줌을 쥐어짜내느라 용을 쓰고 있는데, 누군가 다가와 알은체를 했다. 그는 화장실에서 용무를 보느라 진땀을 흘려가며 애쓰는 사람에게 바짝 다가와서는 깍듯이 인사를 하고 말까지 거는 몰상식한 젊은 놈을 곁눈으로 째려봤다.

"저 아시죠, 목사님? 어동수……"

신 목사가 바로잡았던 고개를 다시 돌렸다. 급히 돌린 탓인지 목에서 빽 하는 소리가 났다. 모를 리가 있겠는가. 성도일보 정치부 기자였다. 그는 업계에서 보기 드문 육사 출신 기자인데, 검찰을 취재원이자 정보원으로 둔 '검새통' 기자로 소문이 나 있었다. 하지만 실제로는 검찰이 그를 이용한다고 볼 수도 있었다.

거물급 경제사범 또는 표적이 된 정치인이 검찰의 기획 수사를 받고 있다면, 검찰발 특종의 상급 기사 절반 이상은 어김없이 어 기자의 몫이었다. 메이저급 언론사 기자들도 그의 기사를 베껴 썼다. 또 그가 받아서 쓰는 기사 내용에—그는 사실 2할에 의견 8할의 기사를 썼다—따라 수사나 재판이 흘러갔다. 그래서 그는 '어레미야'로 불렸다. 고대 이스라엘의 예언자 예레미아에서 딴 별명이라고 했다.

"어 기자님이 여긴 어쩐 일이야? 방송사로 이직하셨나?"

개신민족당 창당 발기인으로 참여했을 때 몇 번 마주치는 바람에 말을 섞은 적이 있었다. 기자 놈이 제 할 일은 안 하고, 선생처럼 자꾸 가르치려고 들어서 밉상이었다.

"저 지금은 기자 아닙니다. 신중업 실장님을 모시고 있어요. 아시죠, 해동의 신 실장님?"

신중업(愼仲業)을 왜 모르겠는가. 내년 4월 총선에 나오겠다며 나발을 불고 다니는 정치 신인이 아닌가.

그는 야당이 차세대를 이끌어나갈 간판 인재로 영입한 기대주였다. 시카고대학교 경영학과 대학원 출신에 외모까지 준수해서 차세대 치어리더로 발탁된 정치 신인이었다.

"해동토건그룹 전략경영실장 아니오?"

끄트머리에 가서 대롱대롱 매달려 있던 오줌 방울이 급기야 바지 앞섶을 적셨다.

"예. 지금은 실장이 아니라, 실직자이십니다."

어동수가 무릎을 굽히고 고개를 숙여 대변기 칸 아래쪽을 쓰윽 둘러보며 말했다. 혹여 똥 싸는 누가 있나, 확인하는 것 같았다. 그러고는 창업주인 선친이 자살을 하고, 게이오대학 미학과 출신인 형이 그룹 회장직을 승계하자, 정계에 입문했다고 덧붙였다. 정계 입문을 마치 불가의 귀의인 양 숙연하게 말했다. 신 목사도 들어서 꿰고 있는 사실이었다.

"반갑소."

신 목사가 힘겹게 쪼그라들어 축 늘어진 물건을 왼손으로 툭툭 털어 추스르고는 오른손을 내밀었다.

어정쩡한 자세로 악수를 한 어동수가 뒤늦게 허리띠를 풀고 지퍼를 내리며 용건을 꺼냈다.

"힘든 세상인데, 이럴 때 생각이 같은 사람끼리 만나면…… 끙, 서로서로 힘이 되어줄 수도 있지 않겠냐고 하시면서…… 끄응, 목사님을 뵙고 싶다고 하십니다."

끙, 할 때마다 거세게 뻗는 오줌발이 소변기를 힘차게 때렸다. 끙, 끙, 끄응 세 번 만에 볼일을 깔끔하게 마친 어 비서가 엉덩이를 뒤로 뺀 채 현란한 손놀림으로 순식간에 물건을 탁탁 털어 넣고 말했다.

"나는 하나님의 힘으로 묵고사는 목회자여. 하나님이 내 빽이라고. 그래서 내가 다른 사람들에게 힘이 되어줄 수는 있어도, 내게 다른 사람들의 힘이 필요치는 않소."

신 목사는 손수건을 꺼내 오줌을 닦아내느라 바지 앞섶을 주물럭주물럭거리며 말했다.

"머리 달린 인류가 생긴 이래로 쭈욱 있어왔고, 있어야만 하는 것이고, 또 없다면 꼭 만들어야 하는 것이 적이라고 하셨습니다. 또 그렇게 생기거나 만든 적을 반드시 무찔러야만 발전하며 살 수 있는데, 그 적이 같다면 서로 동지가 되어야 큰 시너지 효과가 난다고 하셨습니다."

신 목사의 말을 귓등으로 흘린 그가 말했다. 신 실장의 말이라기보다, 신 목사의 반정부 발언 등을 여기저기서 주워들은 어 비서가 나름대로의 짜깁기로 말을 만들어 찔러보는 수작 같았다.

틀린 말은 아니었다. 교회도 늘 적을 필요로 했다. 그리고 그 적을 통해 커왔다. 선배 목회자들은 일제-빨갱이-가난을 적으로 만들어 타도하면서 융성했는데, 이 적들이 차례차례 사라지고 새로운 적을 만들지 못한 1990년대 중반 이후부터는 교회가 침체기에 들어섰다. 그래서 보수와 진보라는 오래된 이념의 갈등 구도를 활용했는데, 이념 대 교회가 아니라, 이념끼리 서로 적이 되어 싸웠다. 본래 이념은 목적이 아닌 수단이었는데, 서로가 원수가 되어 싸우다 보니 목적이 되고 말았다.

정치 이념이자 허깨비에 불과한 보수와 진보가 이전투구의 각축장을 만들자, 일찍이 빨갱이들을 상대로 혁혁한 투쟁력과 승전 경험을 쌓은 다수의 교회가 보수 편에 참전하여 진보와 싸웠다. 교회가 복음과 교리를 비틀어 이념의 적을 공격하는 무기로 삼은 것이다. 신 목사가 진보 성향 정권과 동성애 차별금지 등을 적으로 삼아 극렬 투쟁을 추진하는 이유였다.

누군가 화장실로 들어오는 발소리가 들리자, 어 비서가 신 목사의 슈트 옆 주머니에 무언가를 잽싸게 꽂아 넣었다.

"생각해보시고 연락을 달라고 하셨습니다. 그럼……"

고개를 까딱한 어 비서가 헛기침을 하며 서둘러 화장실을 빠져나갔다.

신 목사는 옆 주머니에서 어 비서가 찔러 넣고 간 묵직한 물건을 꺼냈다. 휴대전화였다. 그는 자신의 다섯번째 대포폰이 되어 K400 금고에 들어갈지, 아니면 되돌려주거나 버려질지 모를 휴대전화를 잠시 물끄러미 쳐다보다가 다시 주머니에 넣었다.

신 목사가 매스미디어와 소셜미디어를 가리지 않고 좌충우돌하듯이 정치적 밑밥을 깔고 다니자, 의외로 입질을 하거나 덥석덥석 걸려드는 정계의 떨거지들이 꽤 많았다.

개신민족당을 전격적으로 창당한 이후에는 교회를 직접 찾아와서 헌금을 충분히 드릴 테니 단 위에 단 오 분만 세워달라는 놈도 있었고, 그게 곤란하면 신도 동아리나 프로그램 단위별 소모임에서의 인사 또는 교회 밖 문화 예술 행사에서라도 눈도장 찍을 기회를 내달라는 놈도 있었고, 교인 참여 집회에 지구당 당원과 민간인들을 동원해서 세를 불려줄 테니 오 분 스피치를 허락해달라는 놈도 있었다. 모두가 개신민족당의 창당 이념과 무관한 정상배들이었다.

그러나 신중업은 이런 기타 등등에 해당하는 잔챙이가 아니었다. 국내 토목건설 도급 분야 5위 그룹 창업자의 둘째 아들이었다. 창업자이자 실소유주이자 오너인 신팔군 회장이 팔순 나이에 재수가 없어 '미투(MeToo)'에 걸리자, 잡도리를 당하며 탈탈 털리는 과정에서 불똥이 이상한 방향으로 튀어 각종 비위와 불법 · 위법 · 탈법 사실들이 줄줄이 사탕 모양 드러났다.

뒤늦게 이명박 불법 선거자금 후원과 4대강 사업으로 엮여 검찰 표적 수사까지 받고 있는 상황이었는데, 인심이라는 게 강자 편에서 움직이는지라 위기에 몰린 순간, 신팔군이 파렴치한 희대의 난봉꾼에 색마가 되고 말았다. 시민단체, 언론, 검 · 경의 무자비한 십자포화에 걸려드니 신 회장이 벼랑 끝으로 몰린 것은 물론이요, 주가가 폭락하게 되어 해동토건이 견뎌낼 재간이 없었다. 주식이라는 게 바람에 나는 연과 같아서 줄이 끊어지면 땡이었다. 급히 필리핀으로 출국을 한 신 회장은 상황을 봐서 미국으로 도피하려던 계획을 포기하고,

그룹과 남은 자들을 위해 엘리도 섬에서 영원히 묻히는 길을 선택했다.

둘째 아들 신중업은 모든 것을 미학적 운명으로 받아들인 형과 달리 아버지의 죽음을 미투 공작을 이용한 추악한 정치 보복으로 규정했다. 그러니까 미투가 적들이 작업한 공작이라고 주장했다. 법조계의 빠꼼이 맹대성 장로가 일러준 말이었다.

"씨엠앤으로 출발합니다요, 목사님."

서당 개 삼 년이면 풍월을 읊는다고 로드매니저가 다 된 차 기사가 휴대전화 통화로 말했다. 운전석과 조수석 뒤에 설치한 반투명 방음막 때문에 같은 차 안에 있다고 해도 전화로 의사소통을 해야 했다.

2002년 한일월드컵에서 거스 히딩크 감독이 '게임을 지배하라', '생각하는 축구를 하라', '나는 아직도 배가 고프다' 등등의 유행어를 만들어내며 한국 축구의 4강 신화를 이루어냈다. 파파라치처럼 그의 사생활까지 들춰 보여주며 비아냥거리고 욕지거리를 해대던 레거시 언론들도 뒤늦게 온갖 감언이설과 미사여구로 그의 '매직'을 찬양했다.

그러나 월드컵 4강 성적은 신화도 매직도 우연도, 누군가 찔러줬다고 슬쩍 흘린 뒷돈의 힘만도 아니었다. 잘 짜인 계획과 전술과 훈련과 인내의 승리였다. 기업들마다 한때 너도 나도 히딩크식 훈련을 경영 기법으로 본받아야 한다면서 난리였다.

신 목사가 『손자병법』과 성경을 경영에 융 · 복합시켜 리더십 특강을 하고 다닐 때였다. 2002년은 신 목사가 식스 시그마 등 탁월한 선진 경영 기법의 도입과 접목으로 주만사랑교회를 '작지만 큰 교회'로 만들어 교계는 물론이요 세간의 주목을 받기 시작한 때이기도 했다. 그즈음에 CMN(크리스천 미디어 네트워크)의 제안을 받아 시작한 방송이었는데, 이후 프로그램 콘셉트를 바꿔가면서 장장 십육 년째 장수 출연을 하고 있었다.

신학과 경영학을 융 · 복합한 '말씀 속에 성공 있나니'는 평소 아는 재료에 양념만 살짝 바꿔 떠들면 그만인지라, 따로 준비할 것이 없었다. 신 목사는 크리스털 K400 금고에서 '1'이라는 스티커를 붙인 대포폰을 꺼내 안마의자에 누웠다.

시간 여유가 있는 차 기사는 얌전하고 품위 있는 안전 운행을 하고 있었다. 그의 운전 신공은 달인의 경지였다. 금빛 스타렉스와 함께해 온 십칠 년 지기 기사였다.

내부를 안락한 맞춤형으로 개조한 스타렉스는 이 년마다 교체가 불가피했다. 일 년 주행거리가 이십만 킬로미터 안팎이었다. 차를 타고 이동하는 거리가 길다 보니 차가 집이요 휴식 공간이요 사무 공간이었다. 그래서 차 기사와 스타렉스와 신 목사는 삼위일체였다.

돈이 없어서, 아니 신도들이 고급 차를 사 주지 않아서 국산 스타렉스를 끌고 다니는 것은 아니었다. 차를 바꿀 때마다 주변에서는 세단 메르세데스-벤츠는 안 되겠지만, 메르세데스-벤츠의 '더 밴 스프린터'는 이목을 신경 쓰거나 트집잡힐 일이 없을 것이라며 적극 권했다. 목사님이 스타렉스를 타서 신도들의 면이 서지 않는다고도 했다. 그러나 신 목사는 그러거나 말거나 금색 그랜드 스타렉스만을 고집했다.

신발장에 가득한 페라가모 명품 구두 대신 강외동 변두리 구둣방 평신도가 만들어준 수제 구두를 신고 다니며 뒤축이 닳아도 바로 굽을 갈거나 다른 신으로 바꿔 신지 않았는데, 서민과 함께하는 목자로서의 검박한 이미지를 가꾸고 지켜나가야 할 필요성 때문이었다. 대망의 강남몽이 이루어져 강남시대를 열 때까지는 그런 콘셉트로 쭉 나갈 생각이었다.

"매리야."

신 목사가 자신이 지어준 애칭으로 불렀다. 오랜만에 부르는 애칭이었다. 각별한 애정 때문에 지은 것이라고 했지만, 사실은 보안 때문에 지어 부르는 애칭이었다.

비싼 감송 향유 한 리트라를 붓고 예수의 발을 씻겨준 막달라 마리아에서 차용해온 이름인데, 그대로 쓰는 것이 불경해서 음을 살짝 변용했다. 강아지 이름 같아지기는 했으나, 신 목사에게는 애인이나 애견이나 크게 다를 바 없었다.

"사흘씩이나 전화를 안 받으시면 어쩌자는 거예요?"

못된 마누라 강짜 부리듯 다짜고짜 닦달이었다.

"……"

"그 자식이 저한테 얼마나 치근덕거렸는지 아세요?"

'그 자식'이란 반두권을 말하는 것 같았다.

주의 · 경고를 주라고 보낸 사람이 치근덕거렸다는 말이었다. 신 목사는 매리와 두권을 따로따로 잘 알기에 곧이곧대로 받아들이지 않았다.

"그놈이 징그럽게 껄떡댔다고요."

울벅이며 말했다.

"……미안쿠나."

오늘은 동네북이 되어서 야단맞는 일진인가 싶었다.

"그리고 그 새끼, 껄떡이가 가고 난 뒤부터 우락부락하게 생긴 중국 애들이 졸졸 쫓아다녀서 무섭다고요."

매리가 울먹였다.

반두권이가 그 자식, 그놈, 그 새끼에서 마침내 껄떡이가 되었다.

신 목사는 울컥하면서 마음이 약해지려는 것을 가까스로 다잡았다. 아직은 통째 눈에 넣는다고 해도 안 아플 아이였다.

"통장에 돈을 좀 넣었다. 쇼핑이라도 해라. 기분 전환이 될 거야."

"연변으로 보내버릴 수도 있다는 말이 무슨 뜻이에요? 설마 목사님이 그러라고 시키신 건 아니죠?"

"그게 무슨 말이냐?"

시치미를 뗐다.

"껄떡이 새끼가 나한테 눈깔을 부라리며 한 말이에요."

"……그 친구를 만나게 되면 그 말이 무슨 뜻인지 물어보고 알려주마."

"꼭 그렇게 해줘요. 그런데, 언제 오세요?"

"……"

뭐라 답을 할 수가 없었다. 짬이 나야 갈 터인데, 요즘은 마치 질주하는 호랑이 등에 올라탄 것처럼 자신을 추스를 정신조차 없었다. 자신과, 목회 담당 맹 장로와, 연예 담당 차 기사가 하루에도 수십 차례씩 서로 통화를 하며 일정을 조율하는데, 시간보다 일이 넘쳐 일정 조율 자체가 물리적으로 불가능한 지경이었다. 그래서 지교회 매입 건도 배 집사에게 맡길 수밖에 없었다.

해외 선교 지원 및 격려를 구실로 두 주에 한 번꼴로 1박 2일 일정을 잡아 다녀오고는 했던 칭다오 방문이 꿈도 꿀 수 없게 되었다. 칭다오는 비행거리 557킬로미터에, 비행시간 한 시간 삼십 분 안팎에 있었다. 김포에서 제주 가는 거나 크게 다를 바 없었다. 하지만 짬을 낼 수 없었다.

"조만간 갈게. 자, 매리야, 기도하자."

송화구에 대고 기도와 축도를 한 뒤, 아멘에 이어 쪽 빠는 사랑의 소리를 보냈다. 별짓을 다 한다 싶어 민망하기는 했으나, 표현하지 않는 사랑은 사랑이 아니라는 소신이 있어 어쩔 수 없었다.

통화를 마친 신사랑 목사는 파송 선교사의 아파트에서 지내고 있는 매리에게 하루속히 별도의 숙소를 마련해줘야겠다는 생각을 했다. 매리가 칭다오에 간 지 벌써 석 달째였다. 한두 달도 아니고, 언제까지 있을는지도 모르는데, 계속해서 파송 선교사 부부의 아파트에 머물러 있게 한다는 것은 위험천만한 일이었다.

신 목사는 일주일에 사흘씩 강외구 경찰서 상무관에 들러 꼬박꼬박 해왔던 운동도 넉 달째 거르고 있었다. 그는 사십대의 체력을 가지고 있다고 자랑을 해왔는데, 점점 가늘어지고 있는 오줌발 때문에 몹시 신경 쓰였다. 화장실에서 어동수 같은 놈에게 열등감을 느꼈다는 것은 자존심이 상하는 일이었다.

5

"천안함을 북한이 격침시켰느냐 아니냐, 라는 사실관계가 먼저인 것이지, 격침시켰다고 생각하느냐 아니냐가 먼저가 되어서는 안 된다는 말입니다. 즉 사실에 따른 의견이 만들어져야지, 의견에 따라서 사실이 만들어질 수는 없다는 애기죠."

"사실을 알아야만 으견이 나올 수 있다는 것이오, 아니면 사실을 알아야만 올바른 으견이 나온다는 말이오? 그러니까 사실을 모르면 아무 말도 하지 말라는 말이오? 사실을 감추거나, 사실이 밝혀지지 않으면 어떻게 되는 거요? 사실을 밝히려고 의견을 말하는 거 아뇨?"

"방 교수님. 흰 것은 희다고 해서 흰 것이 아니라, 본래 희기 때문에 흰 것이 아닙니까? 저는 인과론과 상황과 맥락을 벗어나지 말자는 뜻에서 드린 말씀입니다."

"누구나 자기 느낌과 의견에 따라 살아가는 거요. 그게 민주주의이고, 그래서 투표를 통해 이성적 판단이 아니라, 각자의 느낌을 묻는 거요."

"의견으로 사실을 만들 수는 없는 게 아닙니까? 인간의 무지와 욕망과 광기를 이용해서 가짜 뉴스를 만들고, 이 가짜 뉴스를 사실로 믿고 싶거나, 가짜인 줄 알면서도 믿어야 할 필요가 있는 자들이, 또 가짜가 필요한 자들이 실체 없는 가짜를 만들어서 사실로 둔갑시키는 거 아닙니까."

"거, 자꾸 사실 사실 하는데, 사실이라는 게 있소? 있다가 사라지는 게 사실인데, 잠깐 있다가 사라지는 허깨비를 가지고, 그러니까 찰나를 가지고 영원을 주장하자는 거요? 사실 자체는 있을 수도 없고, 실체도 의미도 없는 거요. 그런 사실이 무슨 소용이 있겠소? 그러니까 이 교수, 의견과 사실은 같은 거요. 이음동의어란 말이오."

"방 교수님. 지금 우리 정치와 사회가 선과 악의 경계 없이 악을 했어도 선을 했다고 하고, 악으로 밝혀져도 악인 줄 모르고 했다고 하거나, 심지어는 악을 하고도 선이어서 했다고 주장합니다. 혼효의 세상에 빠졌어요."

"이보시오, 이 교수. 세상은 본래 혼효요. 선악을 어찌, 누가, 구분할 수 있단 말이오. 예수도 선은 오직 하나님뿐이라고 하지 않았소? 그런 선악을 멋대로 구분해서 대통령까지 심판한 사람들이 당신네 좌파들 아니오?"

"논쟁이 뜨겁습니다. 두 분 진정하시지요. 잠깐 광고 듣고 가겠습니다."

진행자가 끼어들었다.

"악이 악이라고 밝혀져도 인정하거나 반성하려는 기미조차 안 보여줍니다. 선인 줄 잘못 알고 했다는 사람도 찾아보기 힘듭니다. 하고도, 한 것이 밝혀져도 안 했다고 잡아떼니까요."

흥분한 이 교수가 진행자의 말을 못 들은 것 같았다.

"그러게…… 왜 감정과 이성을 뒤섞어서 민심을 현혹시켜 이런 아수라장을 만드셨어, 그래?"

붉으락푸르락하던 방영석 교수가 상대 토론자를 향해 비아냥거렸다.

"……"

이 교수가 어처구니없다는 표정으로 멈칫하는 사이에 피디가 광고를 넣었다.

'이슈—맞짱 토론'이 유튜브 방송도 아닌 명색이 레거시 방송인데, 말장난과 말다툼만 하다가 끝났다. 방 교수가 전략적으로 의도하고 유도한 결과였다.

권력의 힘이 곧 진실이고 정의라는 것을 직접 보여주고 있는 좌파 놈이, 양심 · 윤리 · 도덕이 진실이고 정의라면서 게거품을 물어가며 지껄여대는 궤변을 상대해주거나 듣고 있을 필요가 없었다. 권력과 다수의 힘을 빌려 하는 일은 절대 공정도 정의도 될 수 없다는 사실을 모르는 놈 같아서 방 교수는 토론 내내 화와 짜증이 났다. 그래서 말꼬리를 잡아 논지와 논거를 분탕질해버렸다.

이 나라가 어떻게 해서 만들어졌고, 지켜졌으며, 찬란한 번영을 이루게 됐는지 모르는 배은망덕한 좌파 놈과 마주 앉아서 국방과 안보 관련 현안을 두고 토론한다는 것 자체가 욕스럽고 역겨웠다. 나라가 뭔지도 모르는 놈과 뭔 놈의 토론을 한단 말인가.

미국이 아니었으면 해방도 건국도 없었고, 빨갱이 천국이 되고 말았을 것이라는 엄중한 역사적 사실도 모르는 천둥벌거숭이 같은 놈이었다. 이승만 박사가 대한민국을 건국하고 박정희 · 전두환 두 분 각하가 부국강병을 이룩했다는 엄연한 역사적 팩트마저 부정하는, 역사관도 국가관도 없는 불온한 놈이었다.

제 놈이야말로 명명백백한 사실과 근원도 인정하지 않으면서 해방공간에서 빨갱이들이 한 짓만 정의롭고 공정한 양 분칠하려 드니 문제가 아닌가. 해상 교통사고를 대통령 과실 운전인 양 선동하는 논리를 만들어서 탄핵을 주동한 패륜아가 대중적 지지와 존경을 받는 진보 논객이라니 방 교수는 기가 막힐 뿐이었다.

그는 토론의 뒷맛이 너무 쓰고 더러워서 약속 장소인 '샘골 두부명장'에 도착해서도 분을 다스리지 못한 채 씩씩거렸다. 담배라도 한 대 피우고 싶었으나 배우지 못해 그럴 수도 없었다.

이성과 논리와 상식은 저희 놈들 것이고, 감정과 억지와 폭력은 우리들 것이라는 식의 놈의 주장을 깨뜨리지 못하고 당했다는 생각을 하니 치가 떨렸다. 그런 돼먹지 못한 놈의 망발을 논리적인 언설로 찍어 누르지 못한 채 삼십오 분 내내 질질 끌려다닌 걸 생각하니 분통이 터졌다. 토론 중에 청취자들이 자신의 방송 출연에 대한 항의—안중근 의사의 이토 암살 발언을 공식 사죄하고 교수직을 떠나라고 했다—가 빗발쳤다니, 결국 또 화근만 만든 셈이었다.

논리와 상식은 주둥아리 속에 있는 것이 아니라, 현실 속에 있는 것이 아니던가. 논리와 상식이 제대로 작동했다면, 왜 이런 불공정한 나라가 되었겠느냔 말이다. 이치와 도리를 벗어난 놈들이 제 놈들인 줄 모르고, 세 치 혀로 놀리는 말재주 하나만 가지고 온갖 죄를 상대방에게 뒤집어씌우려 버둥거리는 모습이라니, 괘씸하고 가증스러웠다. 방 교수는, 저놈이 자신이 애지중지하며 키운 제자가 맞나 싶었다. 그는 아무리 기억을 더듬어 봐도 저놈, 이중건 교수를 저렇게 가르친 기억이 없었다.

"일찍 오셨습니다요, 우리 방 교수님."

낯선 황토방에 홀로 앉아 맞짱 토론을 '복기'하며 비 맞은 중처럼 중얼중얼대고 있을 때, 방문이 열리고 신중업 실장이 들어왔다. 바깥 찬바람을 몰고 들어온 신 실장이, 염우식 검사는 부지런히 오는 중인데 십 분쯤 늦을 거라고 전했다. 산 밑이라 그런지 밤바람에 겨울 한기가 제대로 묻어났다.

"가끔 운동 삼아 북한산을 오를 때 들르던 집입니다, 교수님. 두부 명인이 만드는 손두부 맛이 천하명품입니다."

자기 집 가까이 있는 구룡산을 두고 굳이 북한산을 오르는 게 운동 삼아서라기보다 산 기운을 받으려고 그런다는 것을 알고 있으나, 방 교수는 모른 체했다.

"조용하고 운치가 있구만요."

방 교수가 뒤늦게 신 실장이 건넨 방석을 엉덩이 밑에 깔고 앉으며 마음에도 없는 말을 했다.

"존경하는 우리 방 교수님께서 고혈압에 당까지 있으시다고 해서 이리로 모신 건데……"

신 실장이 무언가 마뜩잖아 하는 표정인 방 교수의 안색을 살피며 말했다.

방 교수는, 안 그래도 산속 구석에 처박힌 이런 써금써금한 음식점 골방으로 자신을 불러들였나 해서 못마땅해하고 있었다.

"이따 스페셜한 분이 오실 겁니다."

신 실장이 양복저고리를 벗어 횃대에 걸며 말했다.

"누가, 또 오나?"

"우리 방 교수님을 위한 서프라이즈 어메이징 이벤트인데, 기대하셔도 좋습니다."

'이슈—맞짱 토론'을 청취한 신 실장이 과장된 제스처로 의미심장한 웃음을 지어 보이며 방 교수의 기분을 달래려 애썼다.

"신사랑 목사한테서는 답이 왔소?"

서프라이즈 어메이징 이벤트라는 말에 금방 기분이 풀어진 방 교수가 헤벌쭉 웃으며 물었다.

신 실장이 대답으로 고개를 좌우로 저었다.

"실장님. 손님이 도착하셨어요."

방문이 열리고, 반백의 머리를 쪽진 중노인이 배불뚝이 사내를 댓돌 위로 부축해 올렸다. 염우식 검사였다.

쪽마루에서 중노인에게 목발을 건넨 염검이 양손으로 문설주를 짚고 힘겹게 문지방을 넘어섰다.

"아니, 염검. 어쩌다가 다쳤는가?"

벌떡 일어난 방 교수가 발목까지 한 깁스를 보며 호들갑스레 물었다.

"공무수행 중에 넘어져서 밟혔답니다."

신 실장이 답했다.

방 교수는, 왼쪽 발이라고는 하지만 깁스를 하고 자차 운전까지 해서 온 염검이 대단하다 싶었다.

"감히 대한민국 검사를 짓밟는 간 큰 놈도 있나?"

염검이 암행 민정시찰 중에 시위 중인 '애국 동지'들에게 밟혀 엄지발가락이 골절되고 인대가 약간의 손상을 입었다고 부연했다. 공무 중 상해로 처리했다고 덧붙였다.

"곧 애 아빠가 될 사람인데 조심하지 않고…… 쯧쯧."

방 교수가 과한 걱정을 하며 혀를 찼다.

"깁스까지 한 줄 알았으면 가까운 시내에서 만나자고 하는 건데……"

신 실장이 미안한 표정으로 말했다. 물론 빈말이었다. 보는 눈들이 많은 시내에서 셋이 만나 술자리를 할 수는 없었다. 그는 댓돌 위의 구두를 가지런히 정리하고 공수 자세로 서서 대기 중인 주인장에게 예약한 음식을 내오고 술은 맥주로 달라고 했다. 운전기사를 시켜서 오전에 가져다 놓은 벨기에산 에일 캔 맥주인 윌리안을 가져오라는 것이었다. 방 교수가 좋아하는 맥주였다. 부담 없이 편한 맥주로 1부를 시작할 생각이었다.

"받게. 어부인의 잉태를 감축하네. 장인어른이 기뻐하시겠구만."

멋대로 '병권'을 쥔 방 교수가 캔을 따 염검의 잔에 맥주를 따랐다. 술값 한 번 내지 않으면서 언제나 병권을 쥐고 술판을 좌지우지하는 것이 방 교수의 갑질이자 뻔뻔스럽고도 못된 술자리 버릇이었다. 능력은 처지지만 뭐든 주도하지 못하거나 주목받지 못하면 못 견디는 성격이었다.

"아이쿠. 제가 먼저 올리는 게 도리인데……"

술을 먼저 받은 염검이 몸 둘 바를 몰라 했다.

"무슨 말씀…… 영감님이 먼저지."

방 교수가 검사를 영감님이라 부르는 오랜 상례를 들먹였다.

"염검도 기쁠 겁니다. 올해 서른여섯이지?"

신 실장이 벌서듯 쩔쩔매며 잔을 들고 있는 염검에게 물었다.

"예. 저는 뭐든 늦되는가 봅니다. 사시도 육수를 했으니까요."

염검이 잔을 양손으로 받쳐 든 채 헤벌쭉 웃었다.

"아내가 젊고, 예…… 야무지고…… 장인이 빵빵한데 무슨 걱정인가?"

방 교수가 부지불식간에 예쁘다는 말을 하려다가 얼른 말을 바꿨다.

염검과 그의 아내는 열 살 터울이었다.

"그래도 마음은 급합니다요, 교수님."

"급해서 속도위반을 했구먼. 허허."

방 교수가 신 실장의 잔에 술을 따르면서도 헤실헤실 헤프게 웃으며 새신랑과 다름없는 염검을 놀렸다.

"자, 좌익 척결부터 할까, 우익 보강부터 할까?"

잔을 번쩍 치켜든 방 교수가 염검을 쳐다보며 힘차게 물었다.

"먼저 우익을 튼튼히 보강해야 좌익을 척결할 수 있으니, 우익 보강을 먼저 하시지요, 교수님."

염검이 호기롭게 답하고, 신 실장이 고개를 끄덕여 재청했다.

"오늘 첫 건배사는 막내인 염검이 하시오. 어때?"

잔을 머리 위로 번쩍 치켜든 방 교수가 신 실장을 보고 물었다.

"좋죠."

신 실장이 쿨하게 답했다. 경우를 따른다면, 두 사람을 초대해 이 자리를 마련한 신 실장이 먼저 인사말과 건배사를 해야 옳았다. 그러나 방 교수가 조증(躁症)인지 좌장 행세를 하며 나댔다. 맞짱 토론에서 망가진 '가오'를 술자리에서 세워볼 생각인 것 같았다.

신 실장이 이런 방 교수를 보며 또 한 번 빙그레 웃음을 지었다. 부족한 것 없이 자라서 그런지, 타고난 성품인지 그는 매사에 이해심과 여유가 있는 양 행세했다.

"1950년 12월 19일, 오늘이 구국의 은인 맥아더 장군께서 평양을 탈환하신 뜻깊은 날입니다. 자, 이 땅의 빨갱이들이 전멸하는 그날까지 우리 모두 이순신 장군의 '된다고 말하게' 정신으로, 박정희 각하의 '하면 된다' 정신으로, 멸사봉공의 자세로 우리 다 같이 힘차게 싸우면서 건설합시다. 자, 승리의 그날을 위하여, 우익 보강!"

이구동성으로 "우익 보강!"을 후창했다. 그러고는 우측부터 원샷으로 건배가 이루어지자, 염검의 올바른 국가관과 진정한 애국심에 대한 방 교수의 아낌없는 극찬이, 말 그대로 침이 마르도록 이어졌다. 고교와 대학 과정을 미국에서 마친 신 실장은 말뜻을 제대로 이해하지 못해 맞장구를 칠 수 없었다. 그래서 그저 웃음으로 동참했다.

건배사가 발제인 양 방 교수와 염검은 정권의 실정, 무능, 좌파 집단을 안주 삼아 성토했다. 열변을 토하느라 두부와 노가리 안주가 그대로였다. 부모를 죽인 원수인 양 대통령을 저주하고 지탄했다. 방 교수는 사립대학의 교수이니 그렇다 해도 국가의 녹을 먹는 임명직 공무원인 염 검사가 방 교수와 짝짜꿍이 되어 대통령과 정권을 잡도리하는 것은 이해가 되지 않았다. 신 실장은 염검이 강직한 검사로서 정권과 다른 정치관과 소신을 가진 것으로 적당히 이해했다.

1부는 두 사람이 만담처럼 주고받는 정권 타도가 안주였다. 명장이 만든 두부 음식도 그대로였다.

방 교수와 염검은 첫 만남이었으나, 방 교수가 염검에게 곰살갑게 들러붙는 것도 있지만, 같은 적을 둔 때문인지 브로맨스를 넘어선 강한 전우애까지 느껴졌다.

아홉 캔의 맥주로 우익 보강을 마치고, 화력을 강화한 '소맥'으로 좌익 척결을 시작했다. 2부 시작을 알리는 건배사는 병권을 쥔 방 교수가 자청했다. 방 교수의 혀가 살짝 꼬여 있었다. 초장부터 급하게 달린 것 같았다.

"디엔에이와 생각이 우리하고 판박이인데, 좌파가 정권을 잡으니까 이걸 감추고 좌에 붙었다가 떨어져 나온 놈, 좌파 집권을 도왔으나 국물 한 모금도 얻어 마시지 못하고 입맛만 다시다가 팽 당한 놈. 그런 놈들이 많아요. 내가 요즘 그런 놈들을 찾아서 위로하고 챙겨주느라 바쁘게 삽니다요, 신 실장님."

건배사에 앞서 군말을 깔던 방 교수가 신 실장을 바라보고 말을 멈췄다. 그러고는 곧이어 "그러다 보니까, 요 '오카네'가 딸려요. 반값 등록금 정책 때문에 교수 월급이 박봉이 되어서…… 흐흐"라고 덧붙였다.

엄지와 검지를 말아 동전 모양을 만든 방 교수가 사실과 다른 거짓말을 하며 비굴해 보이는 웃음을 흘렸다. 교수 월급과 반값 등록금 정책은, 적어도 서울 소재 사학에서는 아무런 상관관계가 없었다.

"아, 알겠습니다, 교수님."

신 실장이 설핏 웃으며 답했다.

"저도 염 검사처럼 스폰을 해주시겠다는 말이죠?"

"예. 걱정 마시고, 어서 남은 건배사나 마저 하세요."

신 실장이 술잔 든 팔을 주무르며 말했다.

"저는 염검의 백분지 일만 해주셔도 됩니다."

"똑같이 해드리겠습니다."

저 영감이 염검에게 주는 후원 금액을 어떻게 알 수 있기에 저러는가 싶어 대수롭지 않게 대꾸했다.

"저, 정말이지요? 고맙습니다, 아리가또. 나는 총알을 부탁했는데, 대포알을 주시겠다는 거죠? 역시 그릇이 크고, 멋지신 분이야. 흐흐."

신 실장에게 머리를 꾸벅 숙여 감사를 표한 방 교수가 한동안 실실 웃다가 말을 이었다. 음흉하고 능글맞은 인간이었다.

"자, 이제 건배사를 씁니다. 요즘 세간에 핫하게 떠오르고 계신 신사랑 목사님의 건배사를 창의적으로 혼성 모방해서 건배 제의를 해보겠습니다. 보수가 살아야 나라가 삽니다. 나라가 살아야 우리가 살고. 그래서 제가 '보살' 하고 외치면, 신 실장님이 '나살' 하시고, 염검이 '우살' 하세요. 자, 준비되셨지요? 갑니다, 보살!"

좌측으로 돌며 구호와 건배가 이어졌다.

"신 목사님도 술을 하세요?"

건배를 한 신 실장이 방 교수처럼 잔을 들어 머리 위에 털며 물었다.

"무슨 큰일 날 말씀을 하셔. 우리 실장님 벌써 취하셨나? 그나저나 서프라이즈 어메이징 이벤트, 그거는 언제 시작합니까?"

방 교수가 빈 잔을 만지작거리며 이벤트를 되새겨줬다. 마음은 콩밭에 가 있다고, 정권 성토로 기염을 토하면서도 엄청 기다리고 있었던 것 같았다.

"이제 올 때가 됐습니다."

슬쩍 시계를 들여다본 신 실장이 답했다. 시침이 '8'에 걸려 있었다.

"우리 신 목사님께서는 양 떼들과 암브로시아를 나누실 때, 기도를 하신 다음에 건배사로 좌살, 나살, 교살, 우살을 외치신답니다. 맞지?"

뜻하지 않았던 스폰서와 이벤트 등으로 신이 났는지, 잔뜩 들뜬 방 교수가 염검을 보고 물었다.

"예. 아내한테 들었습니다."

"좌살은 뭡니까? 좌익이 살아야……?"

신 실장이 고개를 갸웃하며 물었다.

"크크크. '살'이 두 가지 뜻이 있어요. 이 살과, 또 이 살."

방 교수가 집게손가락으로 살(殺)과 생(生) 자를 각각 허공에 그려 보였다.

설명을 들은 신 실장이 잠시 난감한 표정을 지었다.

"그러니까 좌살은 우리가 좀 전에 한 좌익 척결이지요. 오리지널은 '문살'인데, 장로님들이 들으시고는 아직은 그러기에 이르다면서 좀 더 기다리셨다가 얼마든지 하실 수 있으니 참으라고 해서 '좌살'을 임시변통으로 하신 거랍니다."

시카고대학교 경영대학원 출신의 신 실장이 방 교수를 따라서 박장대소했다.

방 교수가 소맥을 제조하는 동안 염검이 흩어져 있는 빈 캔들을 모아 횃대 아래 벽 쪽으로 오와 열을 맞춰 정성껏 진열했다. 앤디 워홀의 '캠벨 수프 캔'을 모방한 팝아트라고 했는데, 그가 하늘처럼 모시는 차장검사의 술버릇 모방이라고 했다.

"검사를 괜히 지원한 것 같습니다. 검사동일체 원칙은 깨졌고요, 파벌이 생겨 이합집산하면서 위계질서도 없습니다. 검사 경력으로 국회의원 뺏지를 단 좌파들이 검사들을 공격하면서 정체성마저 부정을 하고 있으니, 아니 정체성을 두드려 부수고 있으니…… 미래가 없어요."

캔 진열을 마친 염검이 난데없이 엄살과 푸념을 늘어놨다.

신 실장이 듣기에는 아직 어느 편에도 끼지 못했고, 확실한 줄도 잡지 못했다는 말로 들렸다.

"자네에게는 장인어른이 미래일세."

방 교수가 마치 판결 주문을 선고하듯이 말했다.

신사랑 목사를 끌어들여 같은 편을 삼으려면 염검의 도움이 필요했다. 신 목사가 전도유망한 검사 사위라고 해서 금이야 옥이야 한다고 하지 않던가.

그래서 방 교수는 의도적으로 염검 앞에서 슬쩍슬쩍 신사랑 목사를 들먹였다.

"지식인들 중에는 자기가 관심과 사랑을 못 받는다 싶으면, 좀 소외당하는 것 같다 싶으면 유별나게 못 견뎌 하는 놈들이 있어. 특히 어려서부터 말썽을 부리며 커서 그런지, 애정결핍증에 시달리는 좌파 애들이 많은데, 개네들이 입에 달고 사는 지식인의 양심이라거나 사회정의 따위는 그냥 불어젖히는 나발, 아니 구걸 수단이고, 본인이 인정과 관심과 사랑을 받고 실리만 챙길 수 있다면 제 밥상머리에 올라가서라도 똥을 싸지를 놈들이야."

염검의 푸념을 무지른 방 교수가 화제를 되돌려 천박한 비유로 좌파를 성토했다. 마치 방언이라도 터진 것 같았다.

신 실장은 짜증이 났다. 저 영감탱이가 자신에게 좌파에 대한 증오심과 적개심을 고취시키고, 스폰이나 부탁하려고 이 자리에 나와서 저러고 있나 싶었다. 무슨 사연이 있는지 몰라도 좌파 지식인에 대한 스스로의 열등감과 복수심이 골수에 사무친 것 같았다.

하기야 오늘만 해도 '이슈—맞짱 토론'에서 자신이 가르친 애제자에게 당했으니, 그 더러운 심정이 이해는 됐다. 신 실장은 생방으로 진행된 방 교수 발언을 듣는 내내 유신 독재가 만들었다는 '국민교육헌장' 강독을 듣는 것 같아 초딩으로 돌아간 기분이었다.

"아무튼 지가 중도인 줄도 모르고 좌파 코스프레 했던 놈들과, 보수인데 주워 먹을 게 없으니까 좌 쪽에 붙어먹던 놈들이 슬슬 본색을 찾아서 회귀하기 시작했다구. 바야흐로 깡통 차고 구걸에 나섰던 사이비들의 회귀가 시작된 거야."

"총선과 대선 주기로 반복되는 일이라고 들었습니다."

신 실장이 정치 아카데미 초급반에서 들은 말로 맞장구를 쳤다.

"맞아, 반복. 날아온 돌이 박힌 돌을 빼버리고 그 자리를 차지하는 것도 그 반복 속에서 이루어지고…… 일찌감치 회귀를 한 놈들도 있고, 신문 칼럼이나 페북과 트위터에 밑밥을 깔며 슬슬 몸을 풀기 시작한 놈들도 여럿 보이잖아? 나는 말이지, 매번 때마다 구걸과 회귀를 반복하는 그런 줏대 없는 잔챙이 새끼들에게는 관심이 없는데…… 그런 놈들을 가까이하면서 어르고 달래주다 보면 그놈들이 거물급 좌파를 물어오는 경우가 왕왕 있어요. 그러니까 그런 잔챙이들을 거느리고 있는 대가리가 잔챙이를 삐끼로 부리기도 하는 거야. 굳이 이름을 대지 않아도 다들 알잖아? 내가 지금 뜻을 크게 가지신 몇몇 어른들과 함께 그런 구인 작업에 심혈을 기울이고 있다는 거 아니오. 그래서 신 실장님에게 오카네를 부탁……"

"그건 걱정 마시라니까요."

"아 참, 그러셨지. 고맙습니다, 신 실장님. 이보시게, 염 영감님. 내가 없는 말을 하는 게 아니야. 지금 우리와 뜻을 같이하며 우리를 돕고 있는 분들 중에도 좌파 출신 거물이 한둘이 아니라구."

입가에 안주 양념이 묻은 방 교수가 자작을 하며 흥분했다. 취기에 꺼들리는 것 같았다.

"맞습니다."

신 실장이 맞장구를 치며 그동안 알게 된 사람 이름을 한 사람 한 사람 호명하자, 방 교수가 또 훅 치고 들어왔다. 술 탓 같았다.

“기다려. 내가 지금 걸출한 진보 논객 중에서 말이야 똥 친 막대기 취급을 당하게 되니까, 마침내 곰삭혀온 울분을 펜 끝으로 싸지르기 시작한 몇몇 놈들을 예의주시하며 공을 들이고 있으니까…… 신념을 진리로 알고 있는 놈들이 좌파야. 제2, 제3, 제4, 제5 등등의 전향자가 나오지 말라는 법이 어디 있어. 지금 우리 정치판이 거제도 포로수용소와 다를 바 없잖아. 안 그래, 신 실장?”

자작한 잔을 들어 올린 방 교수가 부딪히자는 시늉을 하며 말했다.

“천천히 드시지요.”

신 실장이 속도 조절을 위해 건배에 응하지 않고 점잖게 말했다.

머쓱해진 방 교수가 잔을 내려놓았다.

“집회 참석자 동원에 대한 신선한 아이디어 좀 줘봐. 태극기만 흔들어서는 힘들어. 뭔가 참신하고 새로운 깃발도 옆에서 흔들어줘야 하는데……”

신 실장이 별말 없이 술만 홀짝거리고 있는 염검을 향해 말했다. 혼자 딴생각에 빠져 있는 것 같았다.

해동그룹 전략경영실 직원들이 술자리에서 이런 태도와 분위기를 보였다면 진즉 술상을 엎어버리고 일어섰든지, 이튿날 참석자 전원을 좌천시켜버리든지 했을 것이다. 하지만 정치판과 시정(市井)에서의 친교 활동이 낯선 신 실장으로서는 국으로 참고 견디는 수밖에 없었다. 게다가 두 사람 다 귀한 신분과 높은 위상을 뽐내며 나름의 철밥통까지 끌어안고 사는 값나가는 분들이 아니던가.

"장인어른이 움직여주셔야 할 텐데……"

염검이 비 맞은 중처럼 웅얼거렸다. 말투에서 얼핏 서운함과 불만이 엿보였다. 아마도 줄곧 장인어른과의 관계를 생각하고 있었던 것 같았다.

"장인어른은 장인어른이고, 우리 염검이 할 일은 뭐 없겠는가?"

신 실장은 마마보이인 양 툭하면 장인어른을 끌어들여 기대려 드는 염검이 못마땅했다.

"청소년들을 모아볼까요?"

"청소년?"

"제가 청소년선도위원회 위원이 아닙니까."

그래서 방법이 있을 것도 같다고 했다. 선도와 교정, 즉 '차카게 살자', 개과천선은 곧 충효 사상과 맞닿아 있다고 덧붙였다.

천장을 올려다본 신 실장은 아무런 대꾸 없이 술을 들이켰다.

"염검 장인어른께서 구국의 결단만 내려주시면 나라가 똑바로 설 텐데 말이야."

그사이 토벽에 등을 대고 졸다가 눈을 뜬 방 교수가 잠꼬대하듯이 말했다.

"장인어른께서 십자가 옆에 태극기까지는 내거셨는데, 계속 불쏘시개만 모으시고 불을 지피실 생각을 안 하시네요."

입을 닫고 있던 염검이 장인 얘기가 나오자, 기다렸다는 듯이 대꾸하며 나섰다.

"염검은 판사를 마다하고 검사를 선택하지 않았나? 내가 그 이유를 잘 알지. 절대 '장인 찬스'를 놓치면 안 되네."

물수건으로 얼굴을 닦은 방 교수가 자세를 고쳐 앉으며 말했다. 신 실장은 둘 다 스스로 노력하지 않고 남의 손으로 코 풀려는 궁리만 하는 것 같아 마음이 불편했다. 이런 사람들을 믿고 있는 자신이 한심스레 느껴졌다.

판사-검사-변호사는 지망이나 제비뽑기로 되는 것이 아니라 사법연수원 성적순인데, 염우식은 판사 안정권 성적으로 검사를 지원했다는 것이다. 최종 선고권을 가지고 있는 판사가 높아 보이지만, 수사와 기소권을 가지고 있는 검사가 재판으로 가지고 가지 않으면 판결도 선고도 성립 불가한 것이 아닌가. 결국 죄인지 아닌지를 판단하는 것은 검사의 몫이고, 판사는 검사가 죄가 될 것 같다고—또는 죄로 만들고자—판단해서 재판에 부쳤을 때만 유무죄와 그 경중을 가릴 수 있을 뿐이었다. 판사가 저놈 죄인 같으니까 재판에 부치시오, 라고 할 권한이 없는 한 검사가 최고가 될 수밖에 없지 않겠는가.

법치국가에서 법 집행의 최고 권한이라 할 수 있는 수사와 기소권을 가지고 있는 검사야말로 무소불위가 아닌가. 염우식이 판사를 버리고 검사를 택한 이유였다.

"오해를 하시는 분들이 더러 계신데, 제가 타고난 들개 기질이 있어서 책상머리에는 오래 앉아 있지를 못합니다. 육수한 걸 보시면 아시잖아요. 그래서 검사를 택했을 뿐입니다."

염검이 어리바리한 표정으로 말했다.

"저 친구 겸양은 우리가 본받을 만해. 안 그런가……요, 신 실장님?"

염검의 속을 모르는 방 교수는 그가 높고 편한 자리를 마다하고 낮고 험한 자리로 임한 것을 높이 평가해야 한다면서 새뮤얼 스마일스의 『자조론』까지 들먹이며 그의 인품을 칭찬했다. 안 그래도 방 교수는 염검을 신 목사와 동등하게 생각해 왔다. 사람은 끼리끼리 노는 법이니, 그 장인에, 그 사위가 아니겠는가.

"본받을 게 어디 겸양뿐인가요. 의리와 정의감도 훌륭하지 않습니까?"

신 실장도 확실한 리액션으로 가세했다. 어차피 한배를 탄 사람들이었다. 게다가 대한민국에서 유무죄는 검사의 마음과 손아귀에 있지 않던가. 익히 아버지의 말로를 보면서 체험한 바였다. 한 치 앞도 내다볼 수 없는 혼효의 세상에서 검사만큼 든든한 뒷배가 어디 있겠는가.

"맞아. 우리가 못 따라가지."

잠시 염검에 대한 덕담 배틀이 오갔다. 그러고는 수순에 따라 다시 그의 장인어른으로 화제가 옮아갔다. 사실상 오늘 3인 회합의 이바구 주제이며, 염검을 부른 이유이자 목적이 신사랑 목사였다.

"안 그래도 와이프를 통해 일일점검을 하고 있는데, 아직은 '움막 기도처'에 가셨다거나, 가시려 한다는 말을 못 들었습니다."

"움막 기도처?"

"장인어른이 중요 결단을 내리실 때마다 박달재에 있는 움막 기도처에 가서 하나님의 음성을 듣는다는 건 성도들 사이에서 널리 알려진 사실이랍니다. 구국이 걸린 문제도 중요 결단에 해당하잖아요?"

염우식은 장인어른이 대중조작의 메커니즘과 쇼맨십의 가치를 제대로, 또 정확하게 알고 계신 분이라고 생각했다. 1998년, IMF 여파로 인해 당신의 처갓집 재산까지 몽땅 거덜 낸 장인어른이 순례자 코스프레를 하며 방방곡곡을 걸어서 헤매고 다닐 때, 박달재 고개 날망에 이르러 지치고 병든 몸을 잠시 쉬며 지는 노을을 물끄러미 바라보다가, 아예 이대로 안식을 하는 것이 낫겠다는 결단을 내리게 됐다는 것이다. 본래는 자신이 영아일 때 유기됐던 충북 영동군 노근리에 가서 주님께 아픈 과거지사를 모두 털어버리고 새 출발을 하려고 나섰던 것인데, 아무리 밤낮없이 걷고 기도를 해도 재기의 길이 보이지 않아 중도 포기를 작심한 것이다.

장인어른 말에 의하면, 하나님이 불러야만 비로소 갈 수 있는 곳을 혼자 멋대로 가겠다며 생떼를 쓴 꼴이었다. 아무튼 장인어른은 장고를 거듭한 끝에 어둠에 묻힌 산속으로 들어가 하릴없이 뭇별들을 헤아리다가 급기야 피눈물을 쏟아가며 생애 마지막 감사의 기도를 드렸는데, 그때 하나님이 극적으로 임재하셨다고 했다.

한 줄기 살(矢) 같은 빛으로 짠, 하며 나타나신 창조주께서 말씀하시길, "사랑아, 나의 사랑아! 너는 사랑하는 내 형제다. 내가 네게 나의 권세를 주고자 시련을 준 것이다. 이제 네가 모든 시련을 감당하여 이겨낸지라 내 형제임을 밝혔으니, 하늘 상급으로 내 권세를 주노라. 너는 나인 양 나의 권세로 큰 사랑을 베풀어 세상 어둠을 밝히라"라고 하셨다는 것이다.

장인어른은 무아지경 속에서 그 기적 같은 계시와 권세를 받고 가시덤불 위에 혼절하셨다가 한 식경이 지난 뒤에 깨어났고, 성령의 은사를 받았으나, 그 놀라움과 기쁨에 들떠서 곧장 환속하지 않고, 그 자리에 초막 성전을 짓고 사십 일 동안 빛으로 나타난 하나님께서 주신 말씀과 기운을 찬양하고 묵상하며 기도했다는 것이다.

장인어른은 이 산중 사십 일의 철야기도를 예수의 광야 사십 일 기도에 비유했다. 또 자신의 방랑을, 자신이 세운 회사에서 쫓겨나 인도를 싸돌아다녔다는 스티브 잡스의 치유 방랑과 동일시했다. 잡스는 방랑을 통해 아이폰 탄생의 단초가 된 단(單, simple) 사상을 체득했는데, 자신은 창조주의 최고 권세인 사랑을 얻었노라고 했다. 즉 자신이 스티브 잡스보다 윗급이라는 말이었다. 교인들은 이 말들 들을 때마다 아멘 하며 받아들인다고 했다.

아무튼 환속 후, 그 자리에 박달재 성막(聖幕) 기도처를 지었고, 지금까지 기도발이 빼어난 영험한 기도의 성지이자 성소로 세간에 널리 알려져 있다고 했다.

방 교수와 신 실장은 술상 머리에서 염검이 진지하게 들려준 신사랑 목사의 영적 이적담(異跡譚)을 경건하고 미심쩍은 자세로 경청했다.

주만사랑교회의 브랜드 스토리가 된 신기한 이적담을 끝으로 2부가 끝났다. 여섯시에 시작한 술자리가 아홉시를 향하고 있었다.

배불뚝이 흡연자 염검을 배려해 잠시 인터미션을 갖고 방 교수의 방식에 따라 최종 3부를 시작하기로 했다.

염검의 얘기를 듣는 내내 눈을 감았다 떴다 하던 방 교수는 비틀거리며 화장실을 찾아갔고, 신 실장은 마당 구석에 있는 보안등 밑으로 향하며 어딘가로 전화를 걸었다. 국회의원 선거 사무실을 구하는 문제로 어동수와 의견을 주고받는 것 같았다.

그때 미끄러지듯이 다가온 검정색 세단이 길가에 멈춰 섰다. 신 실장 차인 벤츠 E클래스였다. 차에서 내린 중년 여인이 치마를 급히 추스르고는 울타리 쪽문으로 들어와 통화 중인 신 실장에게 다소곳이 목례를 건넸다. 모델인 양 키가 크고 자태가 음전한 여자였다. 휴대전화를 귀에 댄 채 통화를 하던 신 실장이 고갯짓으로 방 쪽을 가리키며 들어가라고 했다. 서구적 미가 엿보이는 여자가 황토방 쪽을 향했다. 조수석에서 아이스박스를 챙긴 기사가 종종걸음으로 여자의 뒤를 따랐다.

바지 앞섶을 추스르며 화장실에서 나오던 방 교수가 여자를 단박에 알아보고는 잠시 걸음을 멈췄다가 반갑게 달려와서 알은척을 했다. 채신머리없이 헤벌쭉 웃고 있었다.

"서 사장님 맞지요?"

방자가 춘향이를 본 양 방 교수가 못 믿겠다는 표정으로 여자를 뜯어보며 물었다. 턱이 빠질 듯 입을 헤벌린 그가, "서 사장님을 이런 데서 뵙다니……" 하며 몸을 비비 꼬았다. 침을 흘리지 않는 게 이상해 보일 지경이었다.

통화 중인 신 실장이 이런 방 교수를 바라보며 흡족하게 웃었다.

"두 분이 오랜만에 보시는 것일 텐데, 우리 방 교수님께서 금방 알아보셨으니 별도의 소개는 필요 없을 것 같습니다. 허허."

통화를 마친 신 실장이 방으로 들어와 앉으며 너스레를 떨었다.

"저도 반갑습니다, 미인이시네요."

염검도 서 사장과 인사를 나눴다. 밝히지는 않았으나, 서로 주고받는 눈빛을 보니 초면은 아닌 것 같았다.

서민아 사장은 해동그룹 임원들의 단골 와인바 여사장이었다. 방 교수와는 그 와인바에 딱 한 차례 갔을 뿐인데, 그 뒤 만날 때마다 와인바 타령을 했다.

하지만 서초동 사옥에 있는 와인바는 회사의 지정 거래처인지라 아는 이들은 물론이요, 보는 눈들도 많아 안 의사 관련 망언으로 매스컴을 타는 바람에 세간에 얼굴이 알려진 방 교수를 만나기에는 적절치 않았다. 게다가 방 교수는 와인을 좋아하지도 않았다. 뒤늦게 와인 맛이나 바의 분위기 때문이 아니라, 여사장 때문이라는 것을 눈치챈 신 실장이 고액의 해우채를 선불하고 방 교수를 위한 특별 게스트로 부른 것이다. 물론 시작부터 동석을 부탁한 것인데, 장사꾼으로서 지켜야 할 도리가 있는지라 아무리 큰돈을 준다 해도 초저녁부터는 바를 비울 수 없다 하여 늦게 합석한 것이다. 그녀로서는 해우채보다 신 실장의 갑질이 두려워 부탁에 응한 것일 수 있었다. 신 실장도 그렇게 생각했기 때문에 고마울 따름이었다.

서 사장이 아이스박스를 열어 직접 챙겨온 와인을 따르고 건배를 제의했다. 카탈루냐의 오래된 와인 산지 페네데스에서 생산되는 마스 라 플라나였다. 와인보다 여자가 있어 우중누눅하던 분위기에 생기가 돌았다. 특히 방 교수의 눈이 샛별처럼 반짝였다.

"오늘 서민아 사장님을 특별히 모시게 돼서 영광입니다. 우리 방 교수님은 저의 장자방이시자, 서 사장님의 열성 팬이십니다. 제가 이런 자리를 일찍 마련했어야 하는데 눈치도 없고 바쁘기도 해서 그러지 못했습니다. 하지만 우리 서 사장님께서는 그동안 쌓이고 쌓였을 방 교수님의 그리움과 아쉬움에 대하여 충분히 미루어 짐작하실 수 있으리라 믿습니다. 기대가 됩니다."

신 실장이 서 사장을 향해 눈을 찡긋거리며 바람을 잡았다. 듣기에 따라 해석이 분분할 수 있는 건배사였다. 신 실장은 필요하다면 자신이 채홍사에 바람잡이까지 기꺼이 할 각오가 되어 있었다. 물론 당분간이었다.

"딱 한 번 얼핏 봤을 뿐인데도 절대 잊을 수 없었던 미인 중의 미인이신 우리 서민아 사장님의 아름다움을 위하여!"

신 실장의 말을 가로챈 방 교수가 넉살 좋은 아부로 건배사를 들이댔다.

"아름다운 이 밤을 위하여!"

신 실장이 짓궂게 받았다. 어차피 방 교수를 위해 초빙한 게스트가 아닌가.

샘골두부명장에는 와인 잔이 따로 없었다. 그래서 맥주잔에 와인을 따랐다. 서 사장이 치즈와 견과류를 챙겨 왔으나 다들 도토리묵을 안주로 삼았다.

술과 미모에 취해 수컷이 된 세 남자가 서 사장을 두고 입에 발린 칭송 배틀을 하는 동안 와인 세 병이 순식간에 비었다. 신 실장이 와인을 끝으로 술은 그만하려 했으나, 방 교수가 3부 공식 주종인 '비막'이 남아 있다면서 맥주와 막걸리를 주문했다.

맥주와 막걸리의 엄격한 혼합 비율과 사용 용기의 재질과 모양에 따라 술맛이 좌우된다면서 방 교수가 멀쩡한 양은 주전자를 주먹질로 찌그러뜨려 비막을 제조했다. 유신 시절 청와대 출입기자로 있을 때, 박 대통령으로부터 눈대중으로 전수받은 기술이라고 했다.

"3부 비막은 우선 군가 한 곡을 듣고, 서 사장님의 건배사로 시작하겠습니다."

프라다 서류 가방을 뒤적여 꺼낸 블루투스 스피커를 상 중앙에 올린 방 교수가 기운이 넘치는 목소리로 말했다.

좌중은 교수의 서류 가방에서 블루투스 스피커가 나오자 잠시 황당해하는 것 같았다. 방 교수가 이런 낌새를 눈치챘는지, 술 마신 뒤에 노래방 가는 것이 번거롭고 비용도 들어서 늘 소지하고 다닌다며 능청을 부렸다.

남아의 끓는 피
조국에 바쳐
충성을 다하리라

다짐했노라

수컷 셋이 주먹 반동을 메기며 「용사의 다짐」을 목청껏 따라 불렀다. 군가를 모르는 신 실장은 반동만 흉내 냈다.

"교수님이라면 점잖으신 분이라고만 알고 있었는데, 참 재미있으시네요. 유명하신 데다 재미까지 있으신 방영석 교수님을 이렇게 뵙게 되어 저로서는 영광이고요, 벌써 세번째 뵙는 젊고 강직하신 염우식 검사님, 그리고 이 귀한 자리에 초대해주신, 제가 늘 아버지처럼 존경하고 오빠처럼 따르는 신중업 실장님께 감사드려요. 자 이 모든 것을 이 비막에 담아서, 이 자리에 계신 분들의 영원한 우정과 건강과 행운을 위하여!"

서 사장이 신 실장에 대한 유감까지 담아서 서비스업계의 관록과 내공이 느껴지는 아부와 내숭으로 요염한 눈웃음까지 덧보태 건배를 제의했다.

"위하여!"

신 실장은 서 사장을 향해 짐짓 헤픈 웃음을 지으며 소리쳤다. 그러고는 "뵙기만 해도 영광인데, 모시게 되었으니 광영이겠지. 안 그래?"라고 실없는 농을 덧붙였다.

다시 취흥이 오른 방 교수가 비막에는 엔카가 제격이라면서 미야코 하루미의 「북쪽의 여관」과 미소라 히바리의 「슬픈 술」을 검색해서 연이어 틀었다. 유신 오야붕께서 즐겨 들으셨던 노래라고 했다.

그러고는 아는 엔카가 더 이상 없는지, 트로트 메들리로 넘어갔다. 비막을 주거니 받거니 해가며 교대하듯 배뇨를 한 차례씩 하고 허접한 성적 농담을 횡설수설하다 보니 열시가 넘었고, 비막도 바닥이 났다.

신 실장이 서 사장과 그랬듯이 두붓집 주인과도 사전 조율을 해둔 것 같았다. 산 밑 외딴 변두리 두붓집에서 손님 넷만을 위해 밤 열시를 넘겨가며 영업을 할 리 없지 않겠는가.

염검이 휴대전화를 꺼내 '캠벨 수프 캔'처럼 오와 열을 맞춰 주종별로 진열한 맥주 캔들을 찍었다. 자기가 모시는 차장검사님께 '보고'를 해야 한다고 했다.

"반동 간에 군가 간다, 군가는 「전우야 잘 자라」, 오케이?"

네 사람이 각자 몫의 막잔을 마시고 일어났을 때, 방 교수가 회합 마무리 끝 곡으로 다 같이 부르자며 군가를 제안했다.

"오우케이!"

전우의 시체를 넘고 넘어 앞으로 앞으로
낙동강아 잘 있거라 우리는 전진한다
꽃잎처럼 떨어져 간 전우여 잘 자라

허리와 주먹의 반동도, 음정 박자도 제가끔이어서 엉망진창이었다. 술들이 취해서라기보다 세 남자 모두 군 미필자이기 때문이었다.

겨울 안개에 싸인 두붓집과 주위는 무릉도원인 양 고요하고 신비했다. 또 조용해서 마치 진공관 속에 갇힌 것 같았다.

"강남까지는 여기서 너무 멀어. 몸도 불편하니 가까운 시내 호텔에서 자고 출근하게."

염검의 집은 서초동 고급 연립주택이었다. 장인이 사줬는데, 공시가격이 69억 9,200만 원이라며 자랑을 하는 바람에 알게 된 것이었다.

"괜찮습니다."

괜찮지 않은 말투였다.

"집사람도 친정에 갔다면서…… 자, 어서 받게."

신 실장이 봉투를 건네며 말했다.

"고맙습니다, 형님. 추웅성!"

봉투를 넙죽 받아 챙긴 염검이 목발을 짚은 채 거수경례를 붙였다.

술값을 계산하고 나와 조용히 대기하고 있던 정장 차림의 사내가 염검의 차 키를 받아 운전석에 올랐다. 신 실장을 모시는 비서라고 했다.

"방 교수님은 제 차로 가시지요. 제가 댁까지 모셔다 드리겠습니다."

부러 '댁까지'라는 말을 크게 강조하며 방 교수를 벤츠 상석에 태웠다. 서민아 사장을 태워 온 벤츠 E클래스였다.

염검과 악수를 나눈 신 실장이 서 사장을 방 교수 옆자리에 태우고 자신은 조수석에 탔다. 머리를 쪽진 중노인이 가게 밖으로 신 실장 일행을 따라 나와 정중히 배웅했다.

곧이어 벤츠 꽁무니에 붙은 염검의 검정색 카니발이 출발했다. 뒷좌석에 앉은 염검이 봉투를 열어 보니 호텔 카드키와 현금이 들어 있었다.

"신사랑 목사가 광장으로 나와주기만 하면, 대정부 투쟁이 시너지 효과를 얻을 수 있소. 신 목사를 광장으로 끌어냈을 때나 그가 자발적으로 광장에 나왔을 때를 대비해서 그 양반이 법적 제재에 매이지 않고 자유롭게 활동할 수 있는 지원 조직을 만들어놔야 합니다."

차가 급경사의 산굽이를 여러 차례 돌아 나오자 방 교수가 말했다.

"……"

"신 목사가 광장에 나오는 것은 목회 활동이 아니라 정치 활동을 하기 위해서가 아니겠소?"

신 실장은 비로소 말뜻을 알아들었다. 신 목사가 법적인 문제나 제재 없이 정치 활동을 할 수 있는 단체를 만들어놓자는 얘기였다.

"우리가 신 목사를 그 단체에 들어오라 할 필요도 없이 그 단체를 신 목사에게 통째 내주면 되는 거요."

교활한 영감탱이였다. 단체를 미끼와 덫으로 이용하겠다는 수작이었다.

"그러니까 교인을 일반 애국 시민으로 신분 세탁할 수 있는 단체를 만들어주자는 것이오. 그러면 신 목사를 자연스럽게 우리 편으로 만들 수 있고, 또 신 목사가 나중에 광장 효과를 독점하려고 덤벼들었을 때, 우리가 견제할 수 있을 거 아니겠소. 어때요?"

등받이에 기댄 방 교수가 신 실장의 뒤통수에 대고 자신의 책략을 어떻게 생각하느냐고 물었다.

"남들보다 두 수 이상을 앞서 보시는 방 교수님이야말로 김 노인 뺨치는 지략가이십니다."

신 실장이 방 교수를 한껏 치켜세웠다. 그러고는 고개를 돌려 서 사장에게 말했다.

"못 들은 걸로 해줘."

"왜 이러세요, 서운하게. 저도 눈치코치만 남은 여자예요. 나라 걱정하는 모양새가 사람마다 다르다는 건 잘 알고 있으니, 제 걱정은 마세요."

서 사장이 핀잔을 주듯 대꾸했다.

"지금은 종교와 정치가 난삽하게 뒤섞여 광장의 힘을 발휘하고 있지만, 한계가 있을 뿐 아니라 이것이 장차 우리에게 독이 될 수도 있소. 그래서 안 그래도 두어 개의 가상 조직을 만들어서 미리 띄워둘 생각이었소."

방 교수는 그것이 'SKRPU(South Korea Remake Public Union)'와 '국개연(국가개조운동연합)'이라는 것은 말하지 않았다. 아직은 패를 깔 때가 아니라고 생각했다. 판세를 좀 더 지켜봐야 했다.

신 실장은, 광화문 광장 북쪽에서 내달린 차가 남쪽 끄트머리를 지날 때, 갓길에 잠깐 차를 세우라고 했다. 예약해둔 호텔에서 십 미터가량 떨어진 곳이었다.

신 실장이 차에서 내리는 방 교수에게 봉투를 건넸다. 사양하는 시늉을 했던 염검과 달리 방 교수는 봉투를 냉큼 받아 챙겼다.

"저는 내리지 않겠습니다."

차창을 내린 신 실장이 손을 흔들어 방 교수와 서 사장에게 작별 인사를 했다. 늦은 시간이라고는 하지만, 조심하는 것이 좋았다.

6

11월 회계장부 중 두 권이 없어졌다. 신사랑 목사가 바쁘다고 해서 '11월 정산 보고서'를 원 페이퍼로 재작성 하느라 책상 위에 올려놓고 보던 수기 장부였다.

신 목사에게 제때 정산 보고를 하지 않았다는 지청구를 들을 이유가 없었다. 바쁘시다 해서 보고를 안 드렸다고 하면, "내가 바빴지, 당신이 바빴소"라고, 말이 안 되는 말로 되묻는 양반이 아니던가.

돋보기를 낀 배시중 안수집사는 무릎을 꿇고 고개를 숙인 채 디프로매트 금고 080EHK 키 판을 뚫어져라 하고 들여다봤다. 숫자와 특수문자 단추에 자신의 지문 자국이 보여야 했는데 흔적이 없었다. 마치 걸레질로 닦아놓은 것처럼 깨끗했다. 손을 탔다는 뜻이었다.

"담임목사님이 지난번 프랑스 여행 중에 쓰신 법인카드 내역을 좀 볼 수 없을까요?"

무슨 말도 안 되는 소린가. 당연히 안 된다고 하자 성요한은, 그렇다면 티파니 다이아 귀고리—중고 가격도 사백만 원이 넘는다고 했다—한 쌍을 교회 법카로 구입한 적이 있는지 알려줄 수 있느냐고 물었다. 역시 불가하다고 했다.

그러고 일주일쯤 지났을 때, 유사한 억지 부탁을 또다시 해왔다. 배 집사로서는 당연히 들어줄 수 없는 부탁이었다.

"자네가 무엇 때문에 그런 걸 보여달라고 하는가? 아니, 내가 무엇 때문에 자네에게 그런 걸 보여줘야 하겠나?"

어처구니없고 화가 나기도 했지만, 궁금해서 이유를 묻지 않을 수 없었다.

"작년 12월 정산을 하면서 제가 잘못 계상한 게 있는 것 같아서요……"

천연덕스레 말했으나, 말 같지도 않은 소리였다. 대체 성요한이 왜 담임목사의 카드 사용 내역과 회계장부를 보려고 안간힘을 쓰며 집요하게 달려드는지 알 수 없었다. 그것도 지난해 12월 것을……

이미 당회에 연말정산 보고까지 마치고 감사까지 끝난 회계이기 때문에 설령 뭐가 잘못되었거나 부정이 있었다고 할지라도 문제될 것이 없었다. 또 막말로 잘못되거나 부적절한 회계 처리가 어디 한두 푼, 한두 건이란 말인가. 하지만 교회 재정은 어디까지나 교회 내의 문제일 뿐, 절대 교회 밖의 문제가 될 수 없었다. 국세청도 건드릴 수 없는 게 교회 회계였고, 나라 법도 마찬가지였다.

"2018년 자료는 교회에 없네."

연말정산과 회계 감사가 완료된 회계 자료는 교회 내에 두지 않았다. 제3의 장소에 따로 보관했는데, 신 목사의 지시 사항이었다.

"볼 수 있는 방법이 없을까요?"

"지난 장부들을 어디에 보관하는지는 나도 모른다네."

계속 말을 섞지 않으려고, 그러다가 실수를 할까 싶어 배 집사가 거짓으로 답했다.

교회 내에 장부가 없는 건 사실이지만, 교회 밖의 별도 보관장소를 모른다는 건 거짓이었다. 요한도 거짓말이라는 걸 알 것이다. 하지만 불필요한 우환거리를 만들고 싶지 않았다.

7월 첫째 주 주일. 그러니까 성요한으로부터 귀고리에 관한 전화를 받고 나흘쯤 지났을 때, 아침 일곱시에 시작한 1부 주일예배를 마친 신 목사가 전화로 배 집사를 급히 찾았다.

"어서 오시오, 배집. 이유는 알 것 없고, 지금 당장 성요한이를 회계 일에서 제외시키세요."

담임목사는 문을 등지고 서 있는 배 집사에게 앉으라고 권하지도 않고 지시를 마쳤다. 시간에 쫓겨 예의도 갖출 수 없는 것 같았다. 아니면 그 이유가 구차하거나.

배 집사는 전화로 해도 될 이 지시를 하려고 집에 있는 사람을, 그것도 아침 일찍 급하게 호출했나 싶었다. 굳이 호출하지 않았어도 아홉시 예배에서 서로 만날 수 있었다.

"……예."

대답을 했으나, 요한에게 뭐라고 하면서 그만두라고 해야 할는지 막막해 쭈뼛거리고 서 있었다.

이유를 묻거나 알려고 하지 말라 했으니, 물어볼 수도 없었다. 이유 불문하고 상명하복으로 움직여온지라 새삼스러운 일은 아니었다.

"알았으면 나가봐요. 바쁠 텐데……"

뭔가 불편하고 불안해 보이는 신 목사가 여전히 상기된 표정으로 말했다.

K대학 회계학과 출신—작년 9월 공인회계사 시험에 최종 합격했다—인 요한은 배 집사가 하는 '특별 회계' 작업을 돕고

있었다. 아니 돕기도 했지만, 일부 전담시킨 업무도 있었다. 그런데 갑자기 이유 불문하고 당장 잘라버리라는 지시였다.

요한은 고등학교 시절부터 13년째 주만사랑교회를 다니고 있는 '중견' 교인이었다. 둘째 아들 신위한(申偉翰)과 친구 사이고, 신앙심과 능력을 겸비한 인재여서 그 누구보다 신 목사가 신뢰하고 사랑하는 청년 성도였다. 안 그랬다면 배 집사가 아무리 추천을 했다고 할지라도, 특별 회계 참여는 절대 허락해주지 않았을 것이다.

그런 요한을 이유도 말하지 않고 갑자기 '해고'한 이유나 배경을 배 집사는 아직도 알지 못했다. 궁금하기는 했으나, 어차피 모든 게 신 목사의 뜻인지라 따로 알아보고 싶지는 않았다.

아무튼 수기 장부 두 권이 없어지고, 헌금자 이름과 헌금액이 손글씨로 명기된 고액 헌금 봉투가 없어지고, 금고까지 손을 탔다—없어진 것이 무엇인지 알 수 없었다—는 것은 배 집사가 알기로 교회 설립 이후 처음으로 발생한 중대 사고였다.

최초 수기 장부는 오리지널 헌금 원장(元帳)이자 '본장(本帳)'이었다. 실체라는 뜻이다. 엑셀로 정리하여 보관하거나, 공표하는—개인정보보호 등의 이유로 성도별 헌금액을 따로 공개하지는 않는다—회계 자료들은 분식(粉飾) 자료였는데, 특별한 경우가 아니고는 원장 금액보다 낮게 잡았다. 액수를 줄일 때, 연말소득정산 신청 대상자로 등록된 신도의 것에서는 뺄 수 없었다.

회계 부정 등으로 의심받지 않도록 해야 하기 때문에 정교하고 지난하고 비밀스러운 작업이었다. 따라서 비자금 관리처럼 함부로 아무에게나 내맡길 수 없었다. 특히 가슴속에 대망을 키우고 있는 신사랑 목사님인 만큼 그 꿈의 실현을 안전하게 돕기 위해서라도 더욱 은밀하고 디테일한 각고의 정성과 노력이 필요했다. 경비나 거래 금액을 적당히 부풀리거나 수입을 적당히 줄여서 그만큼 빼돌리는 작업과는 차원이 달랐다. 때문에 이 일에 참여했던 요한이 수기 원장을 가져간 것이라면 보통 문제가 아니었다. 아니 다른 사람이 가져갔어도 불순한 뜻이 있다면 마찬가지였다.

시커먼 금고 앞에 쪼그리고 앉은 배 집사는 신 목사와 요한 사이에 어떤 원혐이라도 생긴 것이 아닐까 싶어 무척 신경이 쓰였다. 대체 둘 사이에 무슨 일이 있었던 것일까.

일단 맹대성 장로에게 이 도난 사실을 보고하고, 대처 방안을 상의해야 할 것 같았다. 장부의 도난—어쩌면 분실일 수도 있으나, 마찬가지다—과 금고에 이상이 있다는 사실을 무턱대고 신 목사에게 직보할 수는 없었다.

배 집사는 대예배실 아래층 지하 기도실 복도 끝에 서서 맹장로를 기다렸다. 보는 눈들이 있어 맨 끝 기도실인 'B-9'에서 보자고 전화로 불러냈지만—교회도 다른 조직들처럼 말이 많은 곳이었다—안에 앉아서 맞이할 분이 아니었다.

맹 장로가 불편한 하체를 비트적거리며 기도실과 잇닿은 지하 통로로 바삐 들어섰다. 담임목사가 선물했다는 지팡이를 짚고 있었다. 담임목사는 독일 성지순례를 마치고 돌아오는 길에 원로목사와 맹 장로의 지팡이를 사 와 선물했다. 명품 자우어 지팡이였다.

맹 장로는 신 목사와 고아원 동기로서 두 살 위였다. 윤필용 시무장로가 교회 서열 2위인 양 알려져 있으나, 진짜 이인자는 맹 장로였다. 배 집사가 알기로 맹 장로는 신 목사의 복심이요, 아바타이자 수호천사였다.

고아원에서 자랄 때는 깡다구와 자존심만 있었을 뿐 선천성 소아마비에 병약하고 왜소한 맹대성을 신노근(申老斤)—신사랑 목사의 본명이다—이 지켜줬고, 주만사랑교회 운영에서는 맹 장로가 신 목사를 주군인 양 지켜주고 있었다. 신 목사로부터 직접 들은 얘기니 의심의 여지가 없는 사실이었다.

신 목사가 1953년 5월 5일생, 맹 장로가 1951년 4월 11일생인데, 둘 다 한국전쟁 고아였다. 맹 장로는, 중공군에게 밀리자 원폭 투하 타령만 하며 본국에 대고 징징거리던 맥아더 원수가 전격 해임되고 리지웨이 대장이 총사령관으로 임명되던 날 태어났다고 했다. 그의 아버지가 항미원조(抗美援朝)를 위해 온 중공군 사병이라는—당시 중공군 병사들은 계급 체계가 없었다—출처가 불분명한 괴소문이 어린 시절부터 기계충처럼 붙어 다녔다. 그래서 맹대성의 별명이 무시무시한 '짱꼴라 새끼'였다. 미움과 폭행과 핍박에 더욱 시달린 이유였다.

머리가 명석—맹 장로는 하나님은 공평하신지라 절뚝이는 다리와 똑똑한 머리를 함께 주셨다고 했다—해 사법고시에 두 차례 응시했으나, 두 번 다 최종 면접에서 떨어졌다. 세번째 도전을 하지 않은 것은, 뒤늦게 낙방 원인이 남다른 신체 조건이라는 것을 알았기 때문이라고 했다. 법복 차림의 면접관이 서류를 들척이다가, "아, 이 병신 새끼는 또 왔어?"라고 혼잣말인 양 꿍얼거리며 코웃음 치는 모습을 보았다고 했다.

그는 걸어 다니는 육법전서라고 할 만큼 암기력이 빼어났고, 그가 모셨던 변호사들 사이에 변론 전략가로 소문이 파다했을 만큼 창의적인 기획력도 뛰어났다. 이런 이가 좌절하지 않고 가족을 건사하는 평범한 가장으로 살고자, 변호사 사무장과 브로커를 36년간 했다. 그러는 동안 전과 2범이 되었다. 지금은 타인 명의로 대서소를—변호사를 대신해 받은 전과 때문에 법무사가 되지 못했다—운영하면서 신 목사의 뜻에 따라 주만사랑교회의 살림살이 전체를 돌보며 꾸려나가고 있었다.

신 목사가 박달재의 하나님 은사(恩賜)가 지금의 자신을 만들었노라며 떠들고 다니지만, 배 집사에게는 맹대성 장로가 곁에 없었다면 지금의 자신은 없다고 단언했다. 신 목사는 주만사랑교회 성전을 지어 헌당한 노석면(盧錫勉) 장로보다 맹 장로를 더 따르고 존중했다. 신 목사가 교계에서 원로목사들을 하늘같이 떠받든다는 칭송이 자자하지만, 신앙심 못지않게 의리가 있는 신 목사는 속계에서 맹 장로를 하나님과 동격으로 모셨다.

지팡이를 짚은 맹 장로가 절뚝이며 다가왔다. 짧은 복도를 지나오면서도 만나는 신도마다 일일이 인사를 나누느라 그의 걸음이 더딜 수밖에 없었다.

배 집사는 양손을 모아 공손히 인사하고, 한쪽으로 비켜서며 기도실 문을 열어드렸다. 경량 칸막이라서 흡음이 부실해 옆 기도실 'B-8' 문을 미리 잠갔다.

"일성교회 노목사님은 육억으로 퉁쳤습니다요."

시간이 지나 뒷담화가 되었지만, 노목사와 벌였던 최종 담판을 요약해서 보고했다.

"수고하셨어요."

"십억을 말씀하시기에, 일성교회 성도들을 우리에게 떠넘기고 가는 것에 대한 전임 원로목자로서의 예의 차원에서 사억을 리모델링 비용에 보탠다고 생각하시고 양보해주십사, 하고 간청했습니다."

"그 목사 양반 노욕이 불신자 뺨치는 수준이던데…… 배 집사님 수완이 대단하세요."

"모든 것이 맹 장로님께서 십 주 동안이나 발품을 팔아주신 덕입니다."

"그런 말 마시오. 다, 배 집사 덕이요."

늘 과(過)는 자신이, 공(功)은 남에게 돌리는 것이 맹 장로의 화법이었다.

"담임목사님께서 계약과 인수 문제는 12월 중으로 맹 장로님께서 최종 처리하시라고 하셨어요."

"알겠소. 그러리다."

청주 일성교회 매입 건과 관련해서는 신 목사의 지시 사항만 전달하면 될 일이었으나, 배 집사는 좀 더 시시콜콜히 보고하고 맹 장로의 노고를 과장하며 감사의 뜻을 길게 덧붙였다. 진심이었으나, 수기 장부 도난 건에 대해 맹 장로의 조언과 도움을 받기 위한 아부도 포함되어 있었다.

일성교회 인수와 관련한 대략적인 일정을 논의한 뒤에 잠시 뜸을 들였다가 장부 도난 사건을 보고했다. 장부가 도난당하게 된 전후 상황과 맥락을 빼거나 더하지 않고 이실직고했다.

"요한이가 원하는 대로 해주시지요."

근심 어린 표정으로 배 집사의 이야기를 시종 진지하게 듣고 난 맹 장로가 눈을 감은 채 잠시 생각을 정리하는가 싶더니 큰 망설임 없이 말했다. 예상 밖의 조언이었다.

하지만 배 집사는 그 조언을 받아들일 수가 없었다. 아무리 생각을 해봐도 너무 무모하고 위험했다. 무엇보다 독박을 쓰게 될 일이 걱정스러웠다.

7

지하 기도실을 나와 배 집사와 헤어진 맹대성 장로는 '3A센터'에 있는 자신의 사무실로 향했다. 그는 무언가 불길한 느낌이었다.

성요한의 요구는 사실을 확인해달라는 것이지, 사실을 알려달라는 부탁이 아니었다. 이미 알고 있는 사실을 확인만 하고 싶다는데, 굳이 거부할 이유가 뭔가. 거부한다고 해서 덮거나 해결될 문제가 아니라, 되레 더 큰 오해가 생기거나 악감정과 증오심만 키워줄 수 있었다.

신 목사에 대한 사적인 감정이 교회 전체에 영향을 끼칠 해코지로 확산될 수도 있었다. 그렇게 되면 그 결과는 신 목사뿐만 아니라 교인 전체가 감당해야 할 몫이 될 수가 있었다. 호미로 막을 수 있는 화가 가래로도 막지 못할 대형 사고로 번지지 않을까 걱정이었다.

맹 장로는 배 집사가 조언을 듣거나 도움을 받고자 도난 건을 보고한 것이 아니라, 책임을 나누거나 피해보고자 보고했을 것이라는 생각이 들었다. 어쩌면 자신이 그런 말을 하면 신 목사에게 전달될 것이라는 나름의 계산이 깔려 있었을 수도 있었다. 배 집사는 그런 계산이 가능한 사람이었다. 맹 장로는 이런저런 고심이 점점 깊어갔다.

이달 들어서 주일 헌금이 얼마나 더 감소했는지 배 집사에게 묻고 싶었으나, 답을 해줄 리가 없을뿐더러 공연한 오해를 사지 않을까 싶어 그만뒀다. 맹 장로가 재정 문제에 대해 관심을 갖고 신경 쓰는 것을 신 목사가 꺼렸다. 맹 장로도 따돌려야 할 만큼 교회 재정에는 비밀이 많았다.

배 집사는 신 목사 가족조차도 모르는 비자금까지 관리하고 있었다. 비자금을 굴려 투자 수익을 얻으면 해외로 빼돌렸다. 해외 선교 사업을 구실로 파송 선교사들과 짜고 빼돌리는 것보다 페이퍼컴퍼니를 통해 조세피난처로 빼돌리는 비자금이 더 컸다.

맹 장로는, 신 목사 또한 돈에 대해서는 자신 못지않게 뼈에 새긴 한이 많은지라 동병상련으로 충분히 이해하는 일이었다. 그러나 세상사에는 도(度)가 있는데, 그 규모가 지나쳐서 도를 넘은 게 걱정이었다.

품목별로 분류를 마친 우편물과 배송물품들이 맹 장로 사무실 문 옆 복도에 가지런히 쌓여 있었다. 웬만한 원룸 이삿짐 규모였다.

모두 담임목사 앞으로 온 것들이었다. 맥도날드 창업자 입상 같은 외모에 구수한 입담과 유머, 해박한 지식과 빼어난 강연 스킬로 전국구 유명 부흥강사가 되면서부터 적지 않은 팬레터와 지역 특산물이 답지하기 시작했는데, 지상파 텔레비전 출연과 유튜브 방송 등으로 대중적 인기까지 얻은 뒤로는 교인들뿐만 아니라 일반인들로부터도 하루에 이백 건이 넘는 우편 · 배송물들이 봄철 꽃가루처럼 난분분하게 날아들었다.

담당 교직자들이 매일같이 교회로 오는 전체 우편 · 배송물들 가운데, 신 목사 개인에게 직접 전달해야 할 것과 따로 챙겨서 사택으로 보내야 할 것, 교회에 두고 써야 할 것들을 일일이 분류하여 일주일에 두 차례—화요일과 목요일 저녁이다—언제나 개방되어 있는 맹 장로의 오층 사무실 앞 복도에 세 줄로 쌓아놓았다. 분류가 제대로 됐는지 맹장로에게 최종 확인과 점검을 받기 위해서였다.

신 목사를 생각하며 직접 담그거나 잡았다는 장류(醬類)와 해산물도 오고, 각종 건강 보조식품과 보조기구도 왔다. 귀금속과 산삼이 오는 경우도 있었다. 이들 중에는 더러 상하거나 못 쓰는 물건 또는 악의적 장난과 조롱을 하고자 보낸 물품들도—인분(人糞)을 담은 상자가 온 적도 있다—있었다. 그래서 맹 장로가 살피고 미심쩍다 싶으면 최종적으로 포장지를 뜯어서 일일이 확인한 뒤에 조치를 해야 했다.

각종 서신들은—자필로 사연을 보내는 사람들이 꽤 됐다—그 양이 많아지자, 맹 장로가 먼저 읽어보고 꼭 필요하다고 판단한 것만 전해달라고 신 목사가 부탁, 아니 지시했다. 양도 양이지만, 서신 역시 신 목사를 존경해서 이런저런 사연을 보내는 이가 있는가 하면, 시기 · 질투 · 저주 · 욕설 · 해코지를 목적으로 보내는 이도 있었기 때문이다. 심지어는 저주를 담은 부적이나, 못된 장희빈이 인현왕후에게 했을 법한 저주 인형을 보내오기도 했다.

맹 장로가 우편·배송물 더미 위에 따로 놓인 프린트물을 집어 들었다. 프린트물 밑에 개봉한 각대봉투가 있는 것으로 보아 누군가 먼저 뜯어본 것 같았다. 각대봉투에 적힌 수신자가 담임목사가 아닌 '주만사랑교회 재중'이었다. 맨 앞장에 메모가 적힌 포스트잇이 붙어 있었다.

맹대성 장로님께. 담임목사님이 아니라 교회 앞으로 온 우편물인데 내용물이 요상해서 전달해드립니다.

그 요상하다는 내용물은 인터넷 사이트에서 성폭력 관련 기사들을 검색해 A4 용지에 프린트한 것들이었다. 2016년 10월에 시작된 미투(MeToo) 운동 이후, 목사 성폭력 관련 기사들만 따로 검색해서 뽑은 것 같았다.

한 장 한 장 살펴보니 성도를 대상으로 한 성희롱, 성추행, 성폭행, 그루밍 성폭력 등 목사들의 성범죄와 관련하여 인터넷에 등재된 기사들이었다. 아동과 미성년 성도를 대상으로 한 성범죄도 보였다. 만민중앙교회 이재록 목사 관련 기사가 많았다.

맹 장로가 아는 한 신 목사는 스캔들이 될 만한 성 문제를 일으킨 적이 없었다. 신 목사는 남자가 망하는 것은 주로 돈 · 명예 · 여자 때문인데, 그중 여자가 가장 무섭고 부질없다고 했다. 목사가 되기 이전부터 해온 말이었다.

고아원 시절에도 허우대 좋은 신노근을 따르는 여자애들이 많았으나, 가까이하거나 따로 챙겨주거나 관심을 보이지 않았다. 또 시간이 되면 껌과 아이스케키를 팔아서 돈을 모으려고 애쓰거나, 해코지당하는 약자를 지켜주려고 하는 건 봤으나, 여자애들에게 관심을 끌려고 하거나 집적대는 것은 한 번도 본 적이 없었다. 타고난 목자이자 금욕주의자요 현실주의자였다. 그는 맹 장로에게 말하길, 돈과 명예가 있으면 여자가 따르는 법인데, 그 여자가 돈과 명예를 빼앗아가는 것은 순식간이라면서 조심해야 한다고 했다. 아마도 몇 차례 심한 유혹을 당한 것 같았다.

목회자가 되려고 하지 않았다면 그는 결혼도 하지 않았을 것이다. 한국 개신교에서 미혼자는 목회자 안수를 받기가 힘들었다. 기혼이 목회자 안수의 필요조건이라고 할 수 있었다.

신 목사가 신학도 시절, 재산을 노리고 부잣집 딸을 꼬드겨 결혼을 했다는 말이 있으나, 전혀 사실과 다른 얘기였다. 왠지는 모르겠으나, 늘 똘똘하고 예쁘고 돈 많은 집안의 여자애들이 그를 따랐다. 고아라는 점을 빼면 나무랄 데 없는 신랑감이었기 때문일 것이다. 이른바 반듯하고 돈독한 신앙심은 물론이요, 예부터 최고의 사윗감 판별 기준이라고 하는 신언서판(身言書判) 모두가 됐다.

그러나 그는 자신을 쫓아다니는 여자들을 모두 마다하고, 외모 콤플렉스와 우울증에 빠져 자존감을 잃고 헤매던 볼품없는 여자와 결혼했다. 맹 장로가 알기로는 신학대 동기생인 주보라의 애틋하고 끈질긴 구애를—자살 소동까지 벌여 신학교가 발칵 뒤집혔었다고 한다—거절할 방법이 없어 결혼한 것이었다. 그 여자가 지금의 작고 비쩍 마르고 병약한 주보라 사모이다. 그녀가 당시 전문대학 학장을 아버지로 둔, 재력 있는 학자 집안의 외동딸인 것만은 사실이었다.

맹 장로는 주보라 목사를 보좌하는—사모님도 목사였다—부목사를 불러서 장류나 화분은 교회에서 쓰도록 놔두고, 나머지 중에서 오른쪽 물건들은 사택으로, 왼쪽 물건들은 부설 고아원으로 보내라고 했다. 장류와 화분은 사택뿐만 아니라 서초동 딸네 집에도 넘친다고 했다.

그러고는 안도문 집사를—신사랑 목사의 전속 스피치라이터였다—사무실로 불러 담임목사 앞으로 온 서신을 내주며 모두 읽어보고 답장을 해줘야 할 것이 있다면 빠짐없이 조처하라고 지시했다. 교리 문제와 관련해서 온 장문의 소논문 같은 편지는 맹 장로가 직접 신 목사의 책상 위에 올려놨다. 편지 속의 주장과 맹 장로의 생각이 같기 때문이었다. 다시 말해 맹 장로가 신 목사에게 들려주고 싶은 교리가 편지에 담겨 있었다.

근래 들어 신 목사의 줄타기 곡예가 지나치게 현란해지고 있었다. 줄 타는 광대의 도를 넘어 작두 타는 무당처럼 여겨질 때가 있어 보고 듣는 신도들을 미혹시키고 있다는 생각이 들 때도 있었다.

4월 초파일도 멀었는데, 얼마 전에는 느닷없이 설교 시간에 성철 스님을 들먹이며 자신의 발가락 때만도 못한 땡중이라고 까내리더니, 지난주에는 난데없이 프란치스코 교황까지 호출해서는 좌파라며 디스를 했다.

정말로 자신을 하나님의 아우라고 생각하는 것이 아니라면 할 수 없는 말들이었다. 장문의 편지에 이런 잦은 일탈과 복음과 교리의 곡해에 대해 또박또박 지적하며 반박하는 내용이 육필로 담겨 있었다. 신사랑 목사에 대한 보통 사랑이 아니고는 쓸 수 없는 편지였다.

고아 맹대성 장로에게 고아 신사랑 목사는 모든 것이었다. 그가 실족하면 맹 장로의 삶도 의미가 없었다.

안 집사가 나간 뒤에 맹 장로는 소셜미디어를 총괄 관리하는 미디어 팀장을 불렀다. SNS 관련 콘텐츠를 제작 · 관리하고, 홈피와 유튜브 영상을 제작 · 운영하는 젊은 팀장이었다.

"장로님. 그만큼 저희 교회가 핫하게 뜨고 있다는 뜻이에요."

포털사이트에 떠도는 비난과 비방 글에 대해 적절히 조처할 것을 지시했는데, 히죽히죽 웃으며 엉뚱한 대꾸를 하고 있었다.

"내 말이 자네를 웃겼는가?"

맹 장로는 이놈이 자신을 늙은이라고 얕잡아보나 싶어 정색을 하고 따졌다.

"아, 아닙니다요…… 장로님. 그런 건 절대 아니고요, 말도 안 되는 게시글에 일일이 답글이나 댓글을 달아 대응하면 오히려 상대와 주변의 관심이 쏠려서 문제가 커지고요, 또 오래가기 때문에…… 가만히 놔두면 묻히게 돼 있다는 말씀을 드리려고……"

웃음을 거둔 팀장이 양손을 내두르고는 그것이 그것 같은 용어를 씨불이며 변명했다.

"시간이 해결해준단 말인가?"

"……예. 시간이 해결해줄 문제를 굳이 나서서 헛수고할, 아니 문제를 키울 필요가 없습니다요, 장로님. 긁어 부스럼 만든다는 속담을 생각하시면, 혹 이해가 되실까요? 하지만 장로님께서 걱정하시니까, 새로운 글을 여러 개 올려서 불편한 게시글들을 묵은 글로 만들어서 창을 열었을 때 첫눈에 잘 띄지 않도록 해보겠습니다."

그래도 못마땅하기는 마찬가지였으나, 전문가라는 팀장이 가장 바람직한 대처법이라고 했다. 맹 장로는 팀장이 쓰고 있는 야구 모자와 턱에 기른 염생이 수염도 못마땅했다. 버르장머리가 없어 보였다. 세상이 옛날 같지 않아 깎으라고 타이를 수도 없었다.

"포털 관계자나 담당자를 직접 찾아가서 글을 지우라고 부탁을 하면 안 되겠소?"

맹 장로는 임시방편이 아니라 깡그리 없애버리는 근본적인 대책을 원했다.

"헌법이 보장한 표현의 자유 때문에 안 됩니다요, 장로님. 물론 포털 측에서 글이 사실인지 아닌지를 가려내서 지울 수 있는 법적 권한은 있습니다만, 포털 측이 스스로 사실 유무와 시시비비를 가린다는 게, 그게 판단 기준이 따로 없어서 생각처럼 쉽지만은 않습니다요. 게다가 포털로서는 논란을 일으키는 글이 올라오면 조회수도 늘고 해서……"

"팀장 말이 사실이라면, 유명 정치인이나 재벌 관련 악성 글들은 어떻게 금방금방 삭제가 되는 거요? 아예 어떤 특정인은 비난 글이 검색조차 안 된다고 하더구만."

맹 장로도 디지털 문맹은 아니었다.

"그건 포털 소유주가 엄청나게 좋아하고 가깝거나, 포털 소유주가 벌벌 떨 만큼의 권력 실세라거나, 포털 광고 매출에 치명적인 영향력을 끼칠 수 있는 재벌들일 경우입니다요, 장로님."

"거짓을 장삿속으로 이용한단 말이지?"

"예? 아, 예. 그렇게 말씀하시니, 그렇게도 볼 수 있겠네요."

팀장이 놀랍다는 표정으로 맹 장로를 바라봤다.

"우리 신사랑 담임목사 정도의 힘으로도 안 된다는 거요?"

맹 장로가 딱 집어 물었다.

"아, 그게……"

어느 틈에 모자를 벗은 팀장이 붉게 염색한 파마머리를 긁적였다.

맹 장로의 점검과 추궁이 계속됐다.

"'주만사랑교회 대신 전해드립니다'는 어떻게 처리가 됐소?"

"알아보고는 있는 중인데요, '주만사랑교회'라는 등록된 교회명도 땡땡 대학교 같은 학교 이름처럼 영리를 목적으로 하는 단순 상호명이 아니고 공익적 성격을 띠고 있는 기관이기 때문에 상표권이 등록된 고유명사라고 할지라도 사용 불가능하다고 보기는 어렵고, 또 '대신 전해드립니다'라고 했기 때문에 문제 삼기 어렵다는 게 지금까지 제가 알아본 결과입니다."

맹 장로는 팀장의 말이 한 바가지 술에 한 양동이의 물을 탄 듯해서 확 와닿지 않았다.

"온통 욕설에, 비방에, 공갈에 거짓으로 도배가 된 글들뿐인데, 그게 왜 불법이 아니라는 거요?"

"좀 전에 말씀드렸듯이 의사 표현의 자유라는 게 있다니까요."

팀장이 짜증스레 답했다.

"사실에 대한 자유와 해석에 대한 자유는 서로 다른 거요. 대체 무슨 자유 타령이요? 남의 밥상머리에서 똥 싸는 자유를 말하는 거욧?"

맹 장로가 화를 내며 소리쳤다.

"똥 싸는 말씀을 하시니까, 갑자기 생각나서 드리는 말씀입니다만, '주만사랑교회 대신 전해드립니다'가 화장실이라고 생각하시면 됩니다. 오히려 저는 '주만사랑교회 대신 전해드립니다'가 여기저기에 똥을 싸지르며 돌아다니지 말고 화장실에서만 싸지르도록 유도하는 순기능도 있다고 봅니다요."

신 목사 식의 비유를 배웠는지, 팀장이 맹 장로의 화에 당황하기는커녕 그의 말을 받아 가르치듯이 대꾸했다.

"가짜 뉴스를 없애야 한다고 난리들을 부리면서 정작 이런 것들은 왜 단속을 안 하는지 원…… 쯧쯧."

"우리 담임목사님께서 설교 중에 자주 하시는 말씀이 있잖아요. '남이 뭐라고 하든 신경 쓰지 말고 네가 가야 할 길만 가라. 남에게 신경 쓰다 보면 제 갈 길을 못 가는데, 그런 바보가 되지 마라' 명언이잖아요?"

교회 홈페이지 '신사랑 어록'에 등재한 말이라고 했다.

맹 장로는, 이놈이 감히 담임목사의 말씀을 빌려 나를 조롱하는구나 싶었다. 하지만 세상 물정 모르는 삼십 초반 핏덩어리와 예의범절을 놓고 다툰들 무슨 득이 있겠는가.

"어쨌든 중요한 것은 지금 저희 교회가, 아니 신사랑 담임목사님께서 장안의 화제, 아니 우리 교회가 전국구 교회로 떠오르고 있는 중, 아니 거의 떠올랐다는 겁니다요. 화제의 중심이다 보니까, 지난번 담임목사님 설교 때 도장 깨기 하러 온 놈이 있듯이, 사이버 상에서는 그보다 많은 꼴통들이 돌아다닌다고 봐야 하지 않겠습니까요?"

맹 장로는 말끝마다 가르치듯이 되묻는 팀장의 대화 태도가 몹시 못마땅했다. 놈의 턱수염을 잡아 뽑든지 태워버리고 싶었다.

도가 지나친 악성 댓글과 음해성 왜곡 글에 대해서는 변호사를 통해 민 · 형사 소송을 알아보고 있는 중이었다. 먼지가 쌓여 태산이 되고, 헛소문이 모여 사실을 낳는 법이 아니던가.

맹 장로는 계속 술에 물을 탄 듯이 하나 마나 한 말을 늘어놓고 있는 미디어 팀장을 내보냈다.

미디어 팀장과 미팅을 마친 맹 장로는 더욱 심란해졌다. 그는 성경책을 챙겨 3A센터를 나와 대예배실로 향했다.

두 대의 250인치 대형 LED 스크린 사이에 박달나무 십자가가 걸려 있었다. 박달재 성막 기도처 인근에서 도벌한 백년생 박달나무를 가공해 만든 십자가였다. 전광판이 커서 그 사이에 세운 십자가가 코끼리 등짝에 붙은 모기 같았다.

맹 장로는 야고보서를 펼쳤다.

> 내 형제들아 너희는 선생 된 우리가 더 큰 심판을 받는 줄 알고 선생이 많이 되지 말라.
>
> 우리가 다 실수가 많으니 만일 말에 실수가 없는 자라면 곧 온전한 사람이라 능히 온몸도 굴레 씌우리라.
>
> (……)
>
> 이와 같이 혀도 작은 지체로되 큰 것을 자랑하도다. 보라

얼마나 작은 불이 얼마나 많은 나무를 태우는가.

혀는 곧 불이요 불의 세계라 혀는 우리 지체 중에서 온몸을 더럽히고 삶의 수레바퀴를 불사르나니 그 사르는 것이 지옥 불에서 나느니라.

맹 장로는 두 손을 모아 이마에 붙이고 통성으로 기도했다.

"주님, 내 아버지시여. 어리석은 저희들을 교만으로부터 지켜주소서. 시기와 다툼이 아닌 화평과 관용과 양순과 긍휼과 선한 열매가 가득하도록 도우소서. 주님, 바라옵건대 참된 사랑으로써 우리들의 사랑을 지켜주소서."

볼을 타고 흘러내린 눈물이 성경을 적셨다.

8

노석면 장로는 중앙 통로 양쪽 좌석을 짚어가며 강대상 쪽을 향해 비트적거리며 걸어가는 맹대성 장로의 굽은 등을 바라봤다. 뭐가 그리 긴급한 기도 거리가 있기에 신 목사가 선물했다는 지팡이조차 챙길 겨를이 없었단 말인가.

일층 신도석 좌측 끝자리에 앉은 노 장로는, 맹 장로가 자신을 미처 보지 못한 것인지, 보고도 못 본 척하는 것이지 알 수 없었으나 개의치 않았다.

신사랑 목사에 의해 교회 제직 성도로 맺어진 둘은 막역지우였다. 물론 나이로 따지면 노 장로가 아홉 해 위였다. 그러나 노 장로는 신 목사 앞에서처럼 맹 장로 앞에서도 나이티를 내지 않았다.

1998년 IMF 구제금융 때, 폭망한 신노근—6·25전쟁 당시 충북 영동군 황간면 노근리 근처에서 주워온 아이라고 해서 이름을 노근으로 짓고, 고아원 부원감인 신(申)씨 성을 붙였다—목사가 재기할 때, 지금 이 강외구 산북동 자리에 노아의 방주 크기로 성전을 지어 헌당한 성도가 노석면 장로였다.

노 장로는 신노근이 목사 안수를 결심하기 전부터, 그러니까 한미주성교회 전도사로 있을 때부터 알고 지낸 가까운, 아니 부자지간 같은 사이였다. 그는 혈혈단신 월남한 '38 따라지'였다.

당시 청주 '시부대청' 인근에서 양복점을 했던 노석면 집사가 1988년 노근이 결혼할 때, 신랑 신부의 예복과 예식비를 모두 해주고, 경주 신혼여행 경비까지 대주었다. 고아인 신노근에게 노석면 집사는 허울뿐인 허경언 원로목사에 비할 바 없는 아버지였다.

신학교 동기인 주보라와 우여곡절 끝에 결혼한 신노근은 목사 안수를 받고 한미주성교회를 떠나 목회 활동을 위해 서울 변두리 공단 지역으로 이사했다. 그즈음 노석면은 대기업의 맞춤복 진출로 사양 업종이 된 양복점을 접고 고물상을 운영했다.

그는 신노근이 구로공단 인근 재래시장 안의 상가에 낡고 눅눅한 지하방을 얻어 개척교회를 열었을 때도 쪽방촌에 살림집을 얻어줬다. 신노근은 지하 교회 한쪽 구석에 커튼으로 칸막이를 치고 기숙을 했는데, 방바닥이 스티로폼이었다. 거기서 신노근은 혼전 임신한 주보라와 함께 살고 있었다. 그녀의 집에서는 노근이 성도 근본도 모르는 후레자식이라는 이유로 끝내 허락하지 않은 결혼인지라, 신혼 초에 처가로부터 숟가락 몽당이 하나 도움을 받지 못했다.

이듬해 여름, 첫째를 출산했을 때도 연락을 받고 찾아갔다. 석면은 노근과 열한 살 차이가 있었으나, 일가붙이와 자식이 없는 노석면 부부에게 신노근은 동생이자 아들이었다. 석면이 얻어준 한 평 남짓한 가리봉동 쪽방촌에서 태어난 첫째 아들 만을(晩乙)은 정신지체였다. 못 먹고, 못 자고, 제대로 쉬지조차 못한 산모가 연탄가스까지 두어 차례 맡은 탓이라고 했다.

노석면은 버려진 고철을 수집해서 돈을 벌었다. 고물상을 특화해서—어쩌다 보니 그렇게 된 것이다—주로 고철만 다룬 덕에 큰돈을 벌 수 있었다. 그러다가 중간 수집상들이 고가로 사 가는 고철이 전량 중국으로 수출된다는 사실을 알게 되었다. 개혁개방을 한 중국이 경제발전에 가속이 붙어 쇠가 귀해진 때문이라고 했다.

노석면은 고물상을 아내에게 맡기고, 한보철강이 있는 당진 제철소 근처로 이사했다. 청주, 충주, 대전에 각각 고물 수집상을 차리고, 모은 고철과 폐지를 한국의 중간상을 거치지 않고 중국의 수입업자와 직접 거래했다. 중국의 수입업자가 통역사를 대동하고 와서 거래를 텄다. 이문이 세 배로 커졌다.

사업은 누워서 떡 먹기보다 쉬웠다. 고철과 폐지만 모아 놓으면 중국에서 온 수입업자가 돈을 건네주고 알아서 가져갔다. 그러다가 당진제철소에서 나오는 '기레빠시'와 버려지는 쇳가루를 모았다. 쇳가루는 폐기 처리물이기 때문에 공짜나 다름없이 끌어모을 수 있었다. 쇳가루는 먼지처럼 풀풀 날아갔기 때문에 고로에 넣어 재가공을 할 수가 없었다. 석면은 이런저런 궁리를 하던 중에 포항에서 쇳가루를 송편 크기로 뭉치는 기술을 개발한 회사를 알게 되었고, 우여곡절 끝에 위장취업을 해서 그 기술을 훔쳤다. 우리나라에서는 순도가 떨어진다는 이유로 재가공한 철을 거들떠보지도 않았으나, 중국에서는 대환영이었다.

노석면은 하루하루 쌓여가는 돈이 무서워졌다. 내가 이렇게 많은 돈을 자꾸 벌어도 되나 싶었다. 돈을 어디에 써야 할지도 몰랐다. 돈은 쌓이는데, 돈이 쌓일수록 잠이 안 오고 불안했다. 돈 때문에 생긴 불면증이었다.

동업을 하자거나 사업 확장을 부추기며 들러붙는 놈들도 많았으나 상대하지 않았다. 그는 자신의 머리와 손아귀를 벗어나는 규모의 사업은 원치 않았다. 누굴 믿는단 말인가. 그는 자기자본만으로 가까운 대산공단 내에 제2공장을 짓고, 조선용 후판(厚板) 가공 사업을 시작하면서부터 사업적 안정을 찾고 번영기로 들어섰다. 돈은 더 쌓였다.

그러던 중에 주보라 사모로부터 연락이 왔다. 뜻밖의 연락이었다. 목회가 쫄딱 망했는데, 가출한—순례가 아니었다—신노근의 행방이 묘연하다며 울먹였다. 사모는 그동안 연락조차 하지 않아 죄송한 마음에 여러 날을 고민 고민하던 끝에 도저히 어쩔 수가 없어서 연락을 한 것이라며 말을 마친 뒤 방성통곡했다.

노석면은 가슴이 갈가리 찢어지는 것 같았다. 연락을 안 한 것으로 치면 자기 잘못이 더 크다 할 수 있었다. 돈을 버느라 바빠서 잊었던 것이다. 아들을 잃은 느낌이었다. 그는 자책했다. 돈을 벌면서도 그토록 불안했던 이유를 비로소 알 것 같았다.

그는 신노근의 행방을 백방으로 수소문하면서 밤낮을 가리지 않고 교회를 찾아가 주님께 그의 무사귀환을 눈물로 기도했다. 경찰에 가출 신고를 하고, 중앙지와 지방지는 물론이요 스포츠신문 등에도 광고를 냈다. 노석면이 애타게 찾고 있으니 돌아오라고, 그를 본 사람의 제보도 받는다고 했고, 제보자에게 큰 포상금을 주겠다는 전단지도 제작해 뿌렸다. 하지만 일 년이 다 되도록 감감무소식이었다.

석면은 그가 살아서 돌아오게만 해주면 그동안 번 돈 모두를 하나님께 바치겠다고 서원했다.

노근의 아내 주보라가 만을을 등에 업고 찾아와 그동안 고마웠다면서 죽은 것 같으니 이제 그만 포기하라고 하고 돌아간 그해, 그러니까 성탄절 이브에 그가 노석면을 찾아왔다. 새천년을 앞둔 1999년 함박눈 내리는 저녁나절에 존 레논처럼 긴 머리를 늘이고 대산 제2공장에 불쑥 나타난 그는, 노석면에게 신노근이 아니라 재림한 예수였다.

노석면은 야적장을 등지고 우뚝 선 그가 긴 머리를 날리며 세찬 눈보라 속에 서서 자신의 이름을 목 놓아 울부짖던 모습을 지금도 잊을 수 없었다. 그날, 예수가 되어 돌아온 신노근은 하나님의 계시와 은사를 받아 신사랑으로 개명했다고 말했다.

노석면은 서울 강외구 산북동 산13번지에 부지를 매입하고 노아의 방주를 본뜬 성전을 지어서 하나님께 헌당했다. 신사랑 목사가 노아의 방주를 주만사랑교회라고 명명했다.

신 목사는 폭망해서 다른 개척교회 목사에게 헐값으로 팔아넘긴 주향한교회를 찾아가 십자가를 달라고 했다. 적산가옥인 '아가페' 고아원이 철거될 때, 대들보를 가져다가 만든 뜻깊은 십자가였다. 세로목은 연귀 맞춤으로 대들보 세 개를 이었고, 가로목은 둘을 이어서 만든 십자가였다.

신사랑 목사는 주만사랑교회 헌당 예배 때 이 십자가를 걸었다. 그리고 십자가 밑에 자신의 각오와 주님의 축복을 담아 영원히 꺼지지 않는 샛별 조형물을 특수 제작해 켜두었다.

하지만 스타 목회자이자 부흥강사요 인기 연예인이 된 지금은 샛별 조형물만 그대로 두고, 고아원 대들보로 만든 십자가는 도벌한 박달나무로 만든 십자가로 바뀌어 있었다. 하나님 언약의 빛 세례를 받은 박달나무 십자가라고 했다.

고아원 대들보 십자가를 버린 신사랑 목사는 도벌한 박달나무 십자가를 스토리텔링해서 우상의 상징물로 만들었다. 박달나무 십자가가 곧 신사랑 목사의 투사체였다.

노석면 장로는 대예배실을 쩌렁쩌렁 울리는 맹대성 장로의 통성기도가 끝나기 전에 대예배실을 나왔다. 어둑어둑해지고 있는 밤하늘에서 눈송이가 소담스레 쏟아지고 있었다. 함박눈이었다. 노 장로는 대산 제2공장 야적장을 등지고 서서 자신의 이름을 목 놓아 울부짖던 장발의 신노근 목사가 떠올랐다.

흐벅진 눈송이가 올해로 77세가 된 노 장로의 굽은 어깨와 성근 백발 위로 하염없이 들러붙었다.

9

신사랑 목사는 팜므파탈이라는 게 바로 이런 건가 싶었다.

생각이 많아질 때, 생각이 깊어질 때, 생각이 꼬일 때, 생각이 흩어질 때, 심지어는 어쩌다 아무 생각 없이 멍때릴 때를 가리지 않고 두더지 게임기의 두더지처럼 불쑥불쑥 매리가 떠올랐는데, 이제는 특강 중에 그랬다. 생각마다, 생각과 생각의 틈서리마다, 판단 중지 상태에도 매리가 켜켜이 들어앉아 있었다.

이미 CMN에서 녹화한 '말씀 속에 성공 있나니'의 내용을 그대로 가져와 제목만 살짝 'CEO, 말씀처럼 경영하라'로 바꿔서 강의하는 것인데도, 유머도 애드리브도 안 되고 하는 말마다 겉돌며 매듭과 옹이가 생기고 삼천포로 빠지기까지 했다. 하지만 불세출의 순발력과 언변을 가진 데다가 말로만 먹고살아온 신 목사인지라 태가 나지는 않았다. 되레 그 버벅거림 때문에 청중의 집중도가 높아진 것 같았다.

"CEO는 섬기는 자입니다. 직원을 섬기고, 고객을 섬기고 좌우지당간 섬겨야 하니 목자와 같아요."

예배나 설교 또는 부흥성회가 아닌, 그러니까 비종교 활동인 경우에 신 목사는 깍듯한 경어를 썼다. 다독가로서 박학다식하고, 논리 정연하고, 경우 바른 그가 대중 특강에서 굳이 반말을 사용해 책잡히거나 반감을 불러일으켜 스스로 지적 품격과 신뢰를 깎아먹는 짓을 할 이유가 없었다.

3A센터, '아르케 스쿨'에서 주관한 특강인데, 수강 참석자는 중소기업과 대기업의 CEO 또는 4급 이상 되는 간부급 공무원과 제직 교인들이었다. CMN 방송을 통해 아름아름 이름

을 얻어온 명품 강의인지라, 칠백 석 규모의 공연장인 '드림 박스(Dream Box)'가 만석이었다.

"에덴동산 관리자였던 아담은 거기서 쫓겨난 순간, 근로자가 됐어요. 하나님께서 소유는 책임을 동반한 권리라는 가르침을 준 일대 사건입니다. 또 자유의지에 의한 선택에는 반드시 책임이 따른다는 것을 일깨워준 사건이기도 해요. 우리가 다 알다시피 아담 스미스는 1776년 『국부론』을 쓰기 전에 『더 시오리 오브 모랄 센티멘츠』, 즉 『도덕 감정론』이라는 책을 썼습니다. 그게 1759년입니다. 『국부론』을 쓰기 십칠 년 전에 소유에 대한 책임을 일깨워주고자 쓴 것입니다."

신 목사는 경영에 있어서 신뢰와 약속의 중요성을 강조하면서, 실물경제가 아닌 금융경제 시대인 오늘날에는 경제의 실체가 없기 때문에 무엇보다 도덕과 윤리가 더더욱 중요해졌다고 강변했다. 아담 스미스는 이것까지 내다봤기 때문에 『국부론』이전에 『도덕 감정론』을 쓴 것이라고 주장했다.

신 목사의 주장은 아니었다. 그는 어느 교수가—너무 많은 책을 읽어서 이 책도 저자를 기억하지 못했다—쓴 책에서 읽은 내용을 기억했다가 마치 자신의 주장인 양 도용해서 떠들었다. 그는 학자가 아니라는 이유로 지식 도용을 하면서도 도덕적 감정을 갖지 않았다.

"우리 주만사랑교회에서 아르케 스쿨을 운영하는 이유도 여기에 있습니다. 비유로 쓴 '말씀'들을 따라가다 보면 근본에 이르게 되는데, 바로 그 속에 2008년 서브프라임 모기지 사태로 쫄딱 망한 자본주의를 부활시킬 동력이 있다는 것입니다."

나무-석탄-석유-가스와 전기 등이 지금까지 자본주의를 발전시킨 에너지이자 성장 동력이었다면, 앞으로는 '말씀'이 인류의 신성장 동력이 될 것이라고 예언했다. 그러면서 그 전조(前兆)로 인문학과 스토리 경영이 각광받고 있는 것이라고 주장했다.

인문학으로 기존의 기술을 융·복합 차원에서 심플리시티하게 편집해서 돈으로 둔갑시킨 마술사가 스티브 잡스라고 했다. 그러고 나서는 뜬금없이 그 심플리시티가 '단(單)' 사상인데, 자신이 하나님으로부터 받은 '사랑'의 계시와 상통한다고 덧붙였다. 그러면서 잠시 박달재 성막 기도처 얘기로 빠졌다가 돌아왔다.

수강자들은 미처 이해가 되지는 않는 듯한 표정을 지으며 웅성웅성하다가 신 목사의 강요에 못 이겨 마지못해 고개를 끄덕이는 것 같았다.

"그럼 모두(冒頭)에 내가 왜, 왜! 섬기는 자가 CEO다, 라고 했느냐? 사업과 사역, 신앙과 현실은 이음동의어입니다. 신앙은 천국을 위해 있는 것이 아니라, 현실을 위해 있는 것이라는 것도 아셔야 합니다. 요셉을 볼까요. 버림을 받음으로 인해 사랑과 용서를, 유혹을 받음으로 인해 인내를, 절제를 통해 거룩함을, 기근을 통해 축복하는 사랑의 실천 방법을 배

웠습니다. 이런 것이 바로 CEO에게 필요한 현실적, 기업가적 정신이 아니겠습니까, 아녀유?"

우레와 같은 박수가 터져 나왔다. 이해하고 동의를 해서라기보다 선동에 특화된 말투와 사투리 애드리브 때문이었다. 신앙이 천국이 아닌 현실을 위해 있다는 주장은 설교에서 절대 하지 않는 말이었다. 설교에서는 골로새서 3장 2절 말씀인 '위엣것을 생각하고 땅엣것을 생각지 말라'고 했다.

그는 성경 속에는 CEO 정신을 본받을 수 있는 성인들이 수두룩 빽빽하게 많다고 했다. 그러면서 베드로, 바나바, 사울 등을 통해서는 책임감의 중요성과 권위에 대한 경계를, 모세에게서는 위임받은 자의 역할과 사명을 본받을 수 있다고 했다.

자신은 이런 이유로 손주 이름을 요셉으로 지었다고 자랑을 하는 통에 또 한차례 박수와 웃음을 이끌어냈다. 그는 손주만 생각하면 입이 근지러워지고 힘이 불끈불끈 솟았다.

신 목사는 특강을 끝맺으며, "그렇다고 해서 여기 계신 모든 분들이 반드시 하나님을 믿고 성경을 봐야만, 성인처럼 해야만 성공할 수 있다는 말은 절대 아닙니다"라고 사족을 달았다. 신 목사는 음주운전 내지는 약물복용 운전 같았던 갈지자 특강을 무사히 마쳤다.

일개 평신도에 불과한 여자애 하나가 머리와 가슴속에 똬리를 틀고 들어앉아서는 제멋대로 들썩들썩 나대는 일이 수시로 발생하리라고는 꿈에도 생각지 못했었다.

신 목사는 간밤에도 망측한 꿈에 빠져 몸부림치느라 잠을 설쳤다. 벌거벗은 몸으로 땀에 흠뻑 젖은 회갈색 준마의 등에 올라 빛 속에서 광야와 산맥을 번갈아 가며 치달리는 꿈을 꿨다. 그는 혼몽 속에서 갈색 갈기를 단단히 움켜쥔 채 까무잡잡하고 매끄러운 말 잔등 위에 아랫도리를 비벼대는 민망한 짓을 하다가 깼다.

신사랑 목사는 더 이상 버틸 것이 아니라, 성막 기도처를 다녀와야 할 것 같다는 생각이 들었다. 아니면 칭다오를 다녀오던지. 영육이 온통 매리에게 매여 있어 정신이 구름 위를 떠다니는 것처럼 혼몽했다.

10

"올해가 왜 건국 백 주년이라는 거이지? 1919년 상해에서 지들끼리 몇 명 모여서 몰래 만든 임정이 어드러케 공식적이라는 거이야? 1948년 세운 정부, 유엔이 인정해준 정부, 고거이 정통이고, 진짜야. 안 그래? 지금 이 정권은 순 엉터리야."

담임목사 대타로 강대상에 오른 허경언(許敬言) 원로목사가 하나님의 이름을 팔아서 특유의 탁성으로 또 정치 발언을 시작했다. 본인 스스로 다시는 안 하겠다고 성도들에게 약속한 정치 발언을 또 하고 있었다.

"미국에서 독립운동을 하시다가 하나님 명령을 받고 귀국한 이승만 박사가 대한민국을 세운 겁니다. 지금은 근본 없는 것들에게 휘둘리는 천박한 세상이라 다들 모르시겠지만, 그 당시에는 온 백성이 이 박사를 국부로 모셨더랬어요. 건국의 아버지, 자유대한민국의 아버지다, 이 말입니다. 애굽 땅에서 핍박받는 유대인을 구원해낸 모세에 버금가는 우리 민족의 구원자가 이승만 박사입니다, 여러분. 여러분은 하나님이 이승만 박사를 통해서 이 대한민국이 세웠다는 걸 똑바로 아셔야 돼."

원로목사가 벌겋게 달구어진 쇳덩이 같은 얼굴로 쇠망치 두드리는 것 같은 소리를 토해냈다.

그러나 대예배실 분위기는 헛헛하고 썰렁했다. 이런 분위기가 안타까웠는지 갑자기 성도 몇몇이 두 손을 번쩍 든 채 큰 소리로 "아멘"을 외쳐댔다.

"대한민국 최초의 정당이 1918년에 세운 '신한(新韓)청년당'이라는 둥, 1945년에 세운 '한국독립당'이라는 둥, 억지소리들을 지어서 지껄여대고 있지만, 소천하신 우리 한경직 목사님께서 1945년 세운 '기독교사회당'이 제대로 된 정통 정당이에요. 일부 정치학자들이 개신교 종교 정당의 효시일 뿐이라고 폄하하는데, 그게 아니라 대한민국 정당의 효시인 겁니다. 함부로 역사를 왜곡해서 하나님을 욕보이는 건 절대로 안 되는 짓이야."

허경언 원로목사의 대예배 설교는 군이나 교도소에서 받는 특식처럼 특정한 날에만 있었다. 특정한 날이란, 3 · 1절, 광복절, 제헌절이 낀 주일이나 신사랑 담임목사가 갑자기 아프다거나 예기치 않은 일로 출타 중일 때이다. 이를 뺀 나머지 이유로 설교를 못할 때에는 신 목사의 신학대 스승이 대타로 뛰었다.

통상적으로 원로목사라고 하면 해당 교회를 설립했거나, 그 교회에서 삼십 년 이상 목회를 하고 은퇴한 목사를 일컬었으나, 허 원로목사는 그런 경우에 해당되지 않았다. 신사랑 목사의 뜻으로 추대 · 영입하여 모시는 원로목사였다. 그는 청주 한미주성교회 담임목사이자 부속고아원 '아가페' 원장을 역임한, 노근리에 유기된 신노근의 영육을 키워준 양부(養父) 같은 존재였다.

"없던 대한민국을 세우고, 빨갱이들에게 먹힐 대한민국을 지키고, 지금 같은 위상으로 대한민국을 번영시킨 게 다 우리 개신교 덕이에요. 여러분들이 그걸 아셔야 해."

근력이 왕성한 원로목사가 다시 시뻘겋게 열을 올렸다. 이번에는 큰 소리로 '아멘' 하는 성도가 없었다. 다만 웅얼거리듯이 '아멘' 하는 소리가 들렸다.

"해방 조선이 빨갱이들에게 통째로 먹힐 뻔했을 때, 하나님의 뜻을 받든 이 박사가 남쪽만이라도 빨갱이의 야욕으로부터 구해내야겠다, 해서 일본 놈들을 몰아내준 미군들의 도움을 받아서 대한민국이 만들어진 겁니다. 빨갱이들이 이걸 까부수려고 쳐들어온 게 6 · 25사변이에요. 이 박사만 미국 정부에 대고 자유대한민국을 살려내라고 요청한 거이 아니라, 우리 한경직 목사도 사변이 터진 이튿날, 미국에 있는 국제선교협회와 국제문제교회연구회로 빨갱이들로부터 자유대한민국을 구해달라고 급전을 쳤어요. 퇴역한 명장이신 맥아더 장군이 복귀—한국전쟁에 참전코자 복귀한 것은 아니었다—까지 해가면서 괜히 우리 전쟁터에 달려온 게 아닙니다. 하나님이 예비하셨다가 보낸 거예요. 그러니까 이 박사와 한 목사 같은 개신교 어른들이 앞장서서 자유대한민국을 살려야겠다고 매달렸기 때문에 하나님이 미군도 보내주고 스물한 개 국가에서 유엔군도 보내주고 한 겁니다."

원로목사가 손수건을 꺼내 입가에 고인 게거품을 닦고, 물 한 잔을 벌컥벌컥 다 마셨다.

분위기가 산만해지면서 웅성웅성했으나, 원로목사는 신경쓰는 것 같지 않았다.

지난번 대선을 앞두고 자청해서 했다가 말썽이 된 설교에 버금가는 정치적 발언이었다. 당시 원로목사의 극우 편향 설교 내용이 누군가에 의해 선관위에 고발 접수됐고, 또 사십여 분 동안이나 꼼짝없이 붙들려 앉아서 원로목사의 정치적 선동 발언을 들을 수밖에 없었던 교인들은 신사랑 담임목사에게 민원을 제기했다. 그러나 시간만 끌다가 둘 다 유야무야됐다.

신사랑 목사는 그런 설교를 한 원로목사도 문제지만, 그걸 문제 삼은 신도들도 문제가 없다고 할 수 없다고 했다. 이런 신 목사를 두고 황희 정승 같은 현명한 '처신'이라고 극찬을 하는 신도들도 있었다. 교회가 블랙홀 속으로 빨려든 것만 같았다.

이번 설교는 민원을 제기한 신도들을 겨냥한 원로목사의 보복성 표적 훈계 같았다. 또한 역사를 모르거나 그릇된 역사의식을 가진 신도들에 대한 나름의 걱정과 준엄한 질책도 포함됐으리라.

원로목사는 개신교가 정부도 못하는 국위 선양을 하고 있으며, 그래서 개신교가 대한민국 정부보다 낫다는 논지로 남은 설교를 이어갔다.

"세계 각지에서 구호 · 개발 엔지오로 활동하고 있는 한국 봉사 단체 중에서 기독교계가 차지하는 비중이 사십 빠센또가 넘어요. 우리 개신교가 아동 후원에 있어서도 전 세계적으루다 압도적입니다. 주만사랑교회 우리 신사랑 목사님께서도 후발 대형교회 목회자로서 주도적으로 참여하고 계세요."

성도들의 힘을 모아 교회 차원에서 하는 일을, 마치 신사랑 목사 개인의 돈과 역량으로 하는 양 말했다. 83세의 나이에도 불구하고 담임목사에게 극존칭을 써가며 아첨을 해대는 원로목사를, 안쓰럽게 생각하는 성도들보다 추하고 부끄럽게 생각하는 성도들이 더 많았다.

"어찌 됐든 전 세계 기독교계 엔지오들 중에서 우리나라 교회가 내는 구호 · 개발 기금이 최대 수준이에요. 세계에서 가장 많다는 얘깁니다. 여러분들은 이게 자랑스럽지 않아요?"

질책하듯 물었다.

"아멘!"

"아멘만 하지 말고, 박수도 한 번 치시라요."

원로목사의 강요로 삑사리 같은 박수 소리가 잠시 울렸다.

"지금은 나눔을 통한 선교 활동으로 전환하고 있지만, 대한민국 개신교계가 전 세계에 미치는 영향이 결코 적지 않다는 사실을 아셔야 합니다. 좌파 정권은 앉아서 빨갱이들 비위를 맞춰가며 얼마 안 되는 구호에나 생색을 내고 있지만, 우리 개신교는 전 세계의 선한 빈자와 병자들을 구원하면서 국위를 선양하고 있다는 겁니다. 그러니까 우리 성도 여러분들은 정권을 욕할 자격도 있고, 우리 성도라는 것에 대한 자부심을 가져야 돼."

설교 전반부에서 해방 이후 한국 현대사에 끼친 개신교의 위업과 위대함을 설파한 원로목사가 후반부에서는 한국 개신교가 전 세계에서 어떤 위대한 일들을 하고 있는지 열변을 토했다.

"핍박받는 동족을 광야로 인도해낸 모세처럼 지금 자유대한민국에도 행동하는 목회자, 행동하는 성자가 절박하게 필요합니다. 일찍이 하나님의 계시와 언약을 받은 우리의 성자

신사랑 목사님께서, 다시 하나님을 만나서 '지금이 광야로 나가야 할 때입니까' 하고 여쭙기 위해, 심판의 불 칼을 받아 오시기 위해 사흘 일정으로 박달재 움막 기도처에 들어가셨어요. 우리 모두 담임목사님께서 하나님의 뜻에 따라 구국의 계시를 받아 오시기를 바라는 간절한 마음으로 다 같이 합력하여 통성으로 기도합시다."

설교 중에 신사랑 목사를 위한 통성기도가 시작됐다. 폭우 속 개구리들의 울음소리 같은 통성기도가 성전 가득 울려 퍼졌다.

성도들은 뒤늦게 원로목사가 단 위에 선 것이 신 목사가 갑자기 성막 기도처에 갔기 때문이라는 것을 알았다.

"뭐야? 4 · 19 혁명이 모세를 축출한 폭거였다는 거야? 그렇다면 헌법에 명시된 4 · 19 정신 계승은 뭐지?"

"대선 전에는 대놓고 좌파 놈 찍지 말라고 하시더니, 이제는 아예 정권을 빨갱이로 몰아가시네."

"한경직 목사는 우리 교파를 이단으로 몰아 쫓아낸 이였잖아? 우리 교파를 빨갱이로 몰아서 파문시킨 목사는 구국의 영웅이라고 하고, 나라다운 나라를 만들어보겠다고 발버둥 치는 정권은 빨갱이 정권이라는 거야?"

"여기에 빨갱이 좌파 신도가 잠입했다고 원로목사님께 이른다. 흐흐."

"담임목사님이 순천국이라면 이를 갈듯이, 원로목사님은

진보는 모두 빨갱이라면서 이를 가시는데 말조심해라."

통성기도 중에 삿된 군말들이 끼어들었다.

1955년 예수교장로회 총회장으로서 교계의 절대 권력자가 된 한경직 목사는 '용문산기도원'을 연 나운몽 목사와 '전도관' 운동을 한 박태선 목사를 이단으로 규정해 찍어냈다. 그러나 나운몽 계보에서 조용기 목사가, 박태선 계보에서 이만희 목사가 나와서는 각각 한국 개신교의 대부흥을 이루어냈다. 허경언 원로목사가 활동을 한 한미주성교회와 주만사랑교회도 이 두 계파 중 하나에 닿아 있다고 볼 수 있었다.

원로목사가 설교하는 내내 여기저기서 구시렁거리는 볼멘소리와 잔말들이 흘러나왔다. 한경직 목사가 '우리 교파를 빨갱이로 몰아 파문시킨 목사'라고 구시렁거리며 한바탕 욕을 한 늙은 교인은 성경책과 소지품을 주섬주섬 챙겨 들고 조용히 일어나서 나갔다.

설교를 지켜보는 맹대성 장로는 좌불안석이었다. 금방이라도 신도석에서 누군가가 벌떡 일어나 원로목사를 향해 삿대질을 하고 욕설을 퍼부으며 난동이라도 부릴 것 같았다.

단 위에 있는 원로목사의 설교를 말릴 수도 없고, 난감했다. 대체 언제부터 주만사랑교회가 주만 사랑하던 신앙심을 버리고 증오와 갈등과 반목과 불안을 부추기는 반정부 안티 교회가 되었단 말인가. 맹 장로는 착잡하고 가슴이 아팠다.

"우리 신사랑 담임목사님이 1953년생이신데, 생신이 5월 5

일이야. 이날이 무슨 날이냐 하면……"

"어린이날 아닌가요?"

신도석에서 나온 대꾸가 농담이라기보다 비아냥 같았다.

"설교 중에는 목사가 묻는 말에만 대답하는 겁니다. 그게 주의 종에 대한 예의예요."

귀 밝은 원로목사가 눈을 흘기며 발끈했다.

"6·25사변 통이었는데, 제주도에서 북진통일 총궐기대회가 열렸던 날이야. 여러분은 잘 모르시겠지만, 제주도에서 총궐기대회가 열렸다는 거이 의미가 있어요. 빨갱이 놈들이 남쪽에서 하는 건국을 반대해 4·3 반란을 일으켰던 그 제주도에서, 빨갱이를 끝까지 쳐부수자고 도민들이 들고 일어나 총궐기대회를 한 거이야. 뒤늦게 정신을 차린 거이지. 그날이 1953년 5월 5일이라구. 그러니까니 우리 신 목사님은 숙명적으로 빨갱이를 박멸하라는 역사적 사명을 띠고 이 땅에 태어난 거야."

듣기에 따라서는 심각한 역사 왜곡이자 망언이었으나, 근현대사를 머릿속에 넣고 살지 않는 일반 성도들로서는 앉은 자리에서 진위를 헤아려 가릴 수 없는 문제였다. 또 설교 때는 목사가 팥으로 메주를 쑨다고 해도, 그렇다면 그런 것으로 받아들이는 것이 성도 된 자의 도리요 미덕이기도 했다. 하나님의 대리자인 목사의 말씀은 머리가 아닌 가슴으로 받아들이는 것이 성도의 도리라고 하지 않던가.

"내가 오늘 말이 나온 김에 우리의 훌륭한 성자이신 신사랑 담임목사님 찬양 좀 할게. 우리 원로목사들 모임이 있어. 거기서 우리 신 목사님 인기가 최고 짱이야. 하나님께 사랑받지, 국가관 뚜렷하지, 노인 공경심 최고지. 건국 이래 이런 목사가 없다고들 해. 요즘 뜨뜻미지근한 목사들, 겉과 속이 다른 사과 같은 목사들은 반성들을 많이 해야 해. 아멘?"

시종 엄지척을 한 상태로 신 목사를 칭송한 원로목사가 아멘까지 요구했다.

"아멘!"

담임목사 칭송과 관련한 아멘 요구인지라, 다들 힘차게 아멘 하며 합력했다.

고아 출신이라는 콤플렉스가 있는 신 목사가 허경언 원로목사를 비롯해 은퇴한 노목사들을 깍듯이 모심으로써, 아브라함이 '복의 근원'이라면, 신 목사는 '효의 근원'이라는 소문이 교계에 파다했다.

자신의 설교 내용에 대한 성도들의 무반응과 무대응을 멋대로 해석한 허경언 원로목사가 급기야는 성도들을 거리 투쟁으로 내모는 듯한 선동 발언까지 곁들였다.

"시간 되시는 분들은 나가봐. 나가들 보라고. 광장에 나가봐야, 나라 돌아가는 꼬라지와 진정한 애국자들이 손에 손에 태극기를 들고 흔들며 뭔 고행들을 하고 있는지 알 수가 있어요."

노망이 든 것도 아니고, 맹 장로는 앞으로 더 이상 원로목사를 단에 세워서는 안 되겠다는 생각이 들었다.

"다들 알다시피 우리 기독교는 수도원이 없어. 없는 이유가 뭐냐. 하나님이 여성을 지으신 목적은 유일해요, 단 하나야. 좋은 아내, 좋은 엄마가 되라는 겁니다. 내가 꾸며낸 말도 아니고, 나만 하는 말도 아니야. 독일의 유명한 신학자인 도로테 죌레가 여성에게 규정된 영역을 3K라고 했어. 퀴허, 킨더, 키르허예요. 우리말로 하면 부엌, 아이들, 교횝니다. 여기 계신 여신도님들도 다 같이 좋은 엄마들이 되셔야지요?"

교회가 '아르케 스쿨'을 만들어 기본과 근본을 가르치고, 또 '아르테 스쿨'을 만들어 영재를 길러내는 이유가 여기에 있다고 하면서 여신도들에게 아르케, 아르테 스쿨 지원 및 참여를 강권하는 것으로 설교를 마쳤다.

주일인 그날, 허경언 원로목사는 설교를 아슬아슬하게 마쳤으나, 과다 분비되고도 남은 도파민 때문이었는지 끝내 대형사고를 치고 말았다. 믿음이 넘쳐서라거나 근력이 넘쳐서, 그것도 아니라면 신사랑 목사를 위한다는 마음에서 벌인 깜짝 이벤트일 수도 있었다. 그러나 그게 뭐였든 맹 장로는 알고 싶지 않았다.

"명색이 목양장로까지 한 사람이 성도들이 지나다니는 성전 앞에서 이게 뭐 하는 짓거리요? 당신, 자꾸 이렇게 상스러운 짓을 하면 지옥 불에 떨어져!"

축도를 마치자마자 관례에 따라 성도들을 배웅하려고 본당 출입구로 먼저 이동한 원로목사가 고함을 내지르고 있었다. 83세가 아닌 38세 같은 짱짱한 쇳소리였다.

대예배실을 나온 성도들이 힐끔힐끔거리며 시비로 엉겨 붙은 둘 사이를 에둘러 비켜갔다. 놀란 부목사와 전도사들이 떼거리로 달려와서는 급히 몸으로 울타리를 치고는 둘 사이를 떼어놓았다. 병색이 짙은 주보라 목사 겸 사모와 예배 진행 요원들은 구경하려고 기웃거리며 머뭇대는 성도들을 흩어서 옆문을 통해 교회 밖으로 내보냈다.

성도들이 보는 앞에서 원로목사에게 멱살까지 잡혀가며 삿대질과 욕설로 봉변을 당한 노석면 장로는 샌드위치 패널 사이에 몸을 끼운 채 가부좌 자세로 돌덩어리인 양 앉아 있었다. 그러고는 무아지경에 빠진 양 내처 무반응 무대응이었다. 원로목사와 다툴 문제가 있는 것도 아니고, 또 나이 지긋한 원로목사와 다퉈서 얻을 것이 없다고 판단한 것 같았다.

노 장로가 매고 있는 샌드위치 패널 앞면에는,

하나님과 동기간이시라고?
신사랑 목사는 어찌 이단의 길을 가려 하는가!

뒷면에는,

박달나무 십자가를 아가페 대들보 십자가로 바꿔라

성전의 태극기는 내려라
자녀 승계 위한 청주 지교회 설립을 중단하라
해외 선교 자금 사용 내역을 공개하라
하나님께 바친 내 돈, 하나님께 드려라

라고, 씌어져 있었다.

원로목사가 샌드위치 패널을 벗겨내려고 재차 노 장로에게 덤벼들었다. 다시 드잡이질이 벌어졌다.

"이노옴! 이 고얀 놈!"

83세 흑발 노인이 77세 백발노인의 머리카락을 잡고 욕설을 퍼부었다.

윤필용 시무장로가 부목사와 전도사들이 몸으로 둘러친 바리케이드 속을 뚫고 들어가 원로목사를 끌고 나왔다. 원로목사가 손아귀에 묻은 노 장로의 백발을 털어냈다.

"하나님께 헌당한 교회와 자발적으로 바친 헌금인데, 이제 와서 담임목사에게 그걸 몽땅 다 내놓으라고 하는 노석면이, 당신은 인마, 사탄이야, 사탄!"

윤 장로에게 잡혀 끌려가던 원로목사가 몸을 돌려 노 장로를 향해 악을 썼다. 목자라기보다 동네 달건이 같았다.

노석면 장로는 원로목사가 말하는 그런 주장을 하지 않았다. 원로목사가 노 장로에 대한 대응 프레임을 교회 건물과 헌금을 돌려달라고 생떼를 쓰는 무뢰배, 즉 사탄을 타도하기 위한 성전(聖戰)으로 짠 것이다. 노 장로는 이게 원로목사의 개인 수작인지, 당회에서 나온 교회 차원의 방어 전략인지 알 수 없었다.

국기 게양대를 등지고 서서 대형 사고를 지켜보고 있던 맹 장로가 원로목사를 피해 3A센터로 향했다. 붙들리면 한 시간 넘는 그의 궤변과 하소연을 들어줘야 했다.

11

"물론 저를 만나주시지도 않으시겠지만, 얼굴 마주 보고 말씀드리는 것보다 전화로 말씀드리는 것이 서로 편하지 않을까 해서……"

"자네가 장부를 가져갔나?"

말을 자른 배시중 안수집사가 물었다.

재정 장부와 당회 회의록의 관리 책임은 배 집사 몫이었다. 재정 장로와 수석 장로가 따로 있었으나, 배 집사가 실질적이자 최종적인 관리 책임자였다. 신 목사가 모든 관련 책임을 배 집사에게 물었다.

배시중은 상업고등학교 출신으로 국민은행 강외지점장으로 근무하다가 2001년 신사랑 목사의 스카우트 제의로 명예퇴직을 했다. 그러고는 교회 재정 업무를 총괄 관리했다. 그는 지점장도 명퇴도 신 목사가 시켜주고 권한 것이라고 했다. 그가 지점장이 되기 이전부터 신 목사의 비자금을 관리하고 있다는 소문이 제직회에 파다했다. 그는 돈의 생리와 흐름을 꿰고 있는 회계통이었다.

"딩동댕."

"이 친구가…… 지금 장난하나?"

배 집사는 어처구니가 없었다.

"안 그래도 장부를 돌려드릴까 해서 전화 드린 겁니다."

"그래야지. 주님의 것이 아닌가. 어서 돌려주게."

"지난번에 부탁드렸던, 담임목사님 카드 사용 내역 중에서 카르티에 라이터와 담배 케이스 구매 여부만 확인해주시면 즉각 돌려드리겠습니다."

"담임목사님의 공적인 카드 사용 내역을 왜 그렇게 알고 싶어 하나?"

배 집사는 원하는 정보를 확인해주라고 했던 맹 장로의 말이 떠올랐으나, 고개를 저었다. 알고자 하는 의도를 모르는데 절대 그럴 수는 없었다.

"교회 법인카드로 명품 라이터와 담배 케이스를 산 것이 공적인 겁니까?"

"누가 라이터와 담배 케이스를 샀다고 이러는 건가? 그리고 또 그런 걸 누군가가 샀다면, 그럴만한 이유가 있어서 샀을 터인데, 목회 활동에 쓰이는 경비는 공과 사를 가려낼 수 없다는 걸 자네도 잘 알지 않나? 대체 무엇 때문에 자꾸 이러는 건가? 이유나 말해주게."

달래듯이 말한 배 집사가 마치 이유를 알면 도와줄 수도 있는 양 물었다.

"개인 사정입니다."

"자네 개인 사정이면 자네가 해결하게. 들어줄 수 없어 미안하네."

배 집사는 국가 세무 담당 공무원도 볼 수 없는 교회 재정 관련 자료를 보여달라고 떼를 쓰며 겁박하는 요한의 작태가 무모하고 한심스럽기까지 했다.

"그럼 담임목사님 허락을 받으시고 연락 주세요."

"뭐, 뭐얏? 말 같은 소리를 하게. 뭐라고 말씀드리고 허락을 받으라는 건가? 아니, 그런 말씀을 드리면 알려주라고 할 것 같은가?"

"그러니까 제가 요청한 사항을 배 집사님 선에서 확인만 해주시면 되잖아요. 배 집사님한테는 그걸 확인해줘서 생기는 문제보다 장부가 없어져서 생기는 문제가 더 크지 않을까요? 아니면 지금 이런 상황을 목사님께 일러바치시는 건 어때요? 아니할 말로 제가 담임목사님 비자금 장부를 다 까달라는 것도 아니잖아요."

대놓고 협박을 하고 있었다.

"뭐얏?"

비자금 장부라는 말에 배 집사는 펄쩍 뛰었다. 그의 말이 토끼 몰이꾼의 야멸찬 징 소리로 들렸다.

배 집사가 관리 중인 비자금 규모만 삼백억이 넘었다. 신 목사의 임금소득과 목회활동비 그리고 신학교 특강비, 부흥회 강사비, 심방비, 결혼주례비, 장례비 기타 등등, 이른바 출처가 떳떳하고 깨끗한 돈은 재정 장로가 따로 관리했다. 그러니까 비자금 삼백억에 합법적 수입으로 볼 수 있는 돈들 중 극히 일부만 물타기용으로 포함되어 있었다.

성요한은 자신이 훔쳐낸 회계장부를 공개하면, 교회가 작성한 장부마다 내역과 금액이 각기 다르다는 것이 들통날 텐데, 감당할 수 있겠느냐고 물었다. 배 집사에게 이 말은 마무리 펀치를 맞은 것과 다를 바 없었다.

배 집사는 비자금 장부란 말을 듣는 순간, 켕기지 않을 수 없었다. 그런데 거짓 회계 문제까지 들고 나온 것이다. 요한이 지난 오 년 동안 재정 관리 일을 도우면서 대체 뭘 봤는지, 뭘 어디까지 알고 있는지 배 집사는 알지 못했다.

거울을 보고 '맞고'를 쳐도 돈이 빈다는 말이 있다. 돈은 유기물이었다. 아무리 양심적으로 철저하게 관리한다 해도 양자(量子) 운동과 같은지라 완전한 통제가 불가했다. 이런 유기물을 배 집사 혼자 떡 주무르듯 주물렀는데, 자신도 모르게 손에 묻은 콩고물을 그가 보지 않았다고, 또 보지 않았기 때문에 전혀 모를 것이라고는 장담키 어려웠다.

2009년에 들어서면서 교세 확장에 명운을 걸고 한창 전도에 열을 올릴 때, 경품 구매만으로도 적지 않은 예산이 집행됐다. 물론 재력 있는 교인들의 자발적이거나 울며 겨자 먹기식 협찬이 많았으나, 협찬만으로는 해결할 수 없었다.

등록 교인 35,902명에서 5만 명으로 도약하는 것이 목표 과제였다. 대형 교회 순위권 10위 안에 드는 것이 신사랑 목사가 제시한 달성 목표였다. 열혈 신도들이 '새벽별 보기 운동'이나 십자군 전쟁처럼 전도 활동에 매진했다.

새 등록 신도에게는 성경책과 여행 가방, 스테인리스 고급 냄비 세트를, 분기별로 뽑힌 전도왕에게는 그랜저 승용차와 골프채 세트를 각각 사은 경품으로 줬고, 성경 다독자에게는 6박 7일 터키 성지순례 여행을 보내줬다.

대학생 신도를 확보하기 위해서는 주일 주차 안내 및 정리 등으로 시간당 25,000원의 알바비를 지급해줬다. 아르테 스쿨이 주관하는 남녀 대학생 소개팅 프로그램도 운영했다. 이게 다 마중물이 필요한 사업들이었는데, 돈이 들었다.

당시에는 노석면 장로가 신 목사의 개인 금고이자 돈 나오는 화수분이었다. 게다가 장로 출신 이명박 정권이 들어선 뒤에는 교회가 시의적절하게 정치적 도움을 준 연고로 정치권에서도 적지 않은 돈이 흘러들었다. 출처와 정체가 불분명한 눈먼 돈이었다.

신 목사는 이때부터 인기 있는 정치 집회 강사와 게스트로 곧잘 불려 다니며 회당 일억에 상당하는 사례비를 받았다. 이 돈은 교회 재정과 무관한 신 목사 알바비였다.

회계학과에 재학 중인 성요한이 바로 이 드나드는 돈의 규모가 부쩍 커져서 바쁜 시기에 예산 집행 및 관리를 알바로 도왔다. 사람이 돈을 속이지 않는다 할지라도 돈이 사람을 속이는 경우가 있는지라, 요한이 본 것도 아는 것도 전혀 없다고 장담할 수 없었다.

어쨌든 요한이 공갈 협박을 하고 있는 것은 분명했으나, 그가 아무 근거 없이 틀린 말을 지껄이는 것은 아니었다. 장부 도난 내지 분실은 배 집사에게 공적—교회 내적 규율이 적용되기 때문이다—책임이 반드시 따를 수밖에 없으나, 카드 사용 내역이 유출된 것은 그에게 공적 책임을 묻기가 쉽지 않은 문제일 수 있었다. 신 목사의 쇼핑을 일일이 지켜보지 않았다 할지라도 당시 여행에 동반한 다수의 성도들이 있었기 때문에 배 집사를 정보 유출자로 특정할 수도 없는 문제였다. 물론 의심받을 수는 있을 것이나, 의심이야 평소에도 늘 받고 있는 게 아니던가.

"풀 모델명을 문자로 찍어 보내드렸으니, 생각을 잘해보시고 답을 주세요, 집사님."

배 집사는 외통수에 걸린 느낌이었다.

성요한에게 훔친 수기 장부는 겁박을 위한 '인질' 아니 도구에 불과할 뿐, 더 이상 쓸모 있는 것이 아니었다. 어차피 국가기관 어디가 됐건, 교회의 부정한 장부를 제보하겠다고 할지라도 받아주지 않을뿐더러, 설령 받아준다고 해도 문제를 삼을 수 없거나, 문제 삼지 않을 것이 빤했다. 국세청이 주만사랑교회에 유감이 있다고—유감이 없도록 교회가 힘썼다—해도 장부를 문제 삼을 법적 근거가 없고, 법적 근거가 있는 검경이 받아준다 하더라도 주만사랑교회와 유감이 있을 리 없어서 거들떠볼 이유가 없을 것이다.

포털사이트를 통해 교인과 불특정 다수의 일반인에게 공개를 한다고 해도, 한 달 치의 회계장부 원본과 교회 홈피에 공개된 엑셀 금액 내역이 서로 다른 문제를 두고 누가 어떤 관심이나 가질 것이며, 문제를 삼겠다고 덤벼들겠는가. 또 덤벼든들 어떤 대미지를 줄 수 있단 말인가.

교회 살림살이를 함부로 까발렸다가 되레 그 뒷감당을—열혈 교인들의 저주와 보복—어떻게 하려고 그런 무모한 짓을 하겠는가. 요한은 잠깐 시끄럽다가 그칠 소동이나 불필요한 우환 따위를 만들고 싶지 않았다.

배 집사는 요한이 보낸 문자를 확인했다.

Cartier Lighter 18k Yellow & White Gold Weave Pattern Ma 603431 Rare Custom Cartier Lig

CARTIER Paris Cabochon Emeraid 18k Gold Large Cigarette or Card Case 602461 CARTIER Paris Caboc

2부

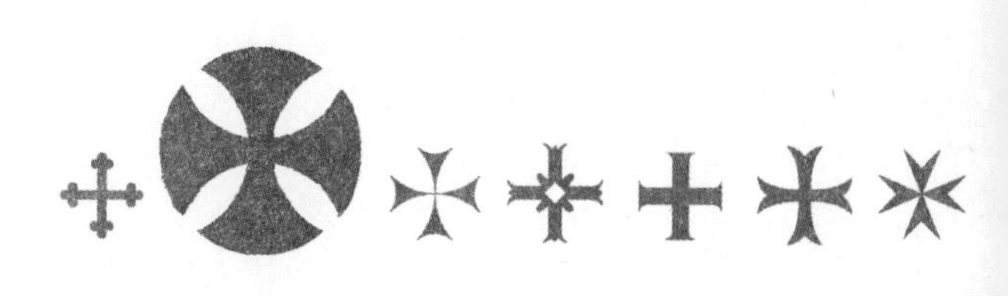

동기간

네가 만일 너를 미워하는 자의 나귀가

짐을 싣고 엎드러짐을 보거든

삼가 버려두지 말고 그를 도와

그 짐을 부리울지니라

—출애굽기 23 : 5

1

반두권은 요즘 들어 뉴스나 신문을 볼 때마다 자신의 삶에 대해 자신감과 긍지를 부쩍 크게 느끼고는 했다. 세상이 바뀌었다는, 즉 민주화가 됐다는 핑계로 거물급 정치인들이 깡패들을 손절하는 추세였다. 스마트한 4차 산업혁명 시대인 만큼 세상이 유리알처럼 투명해져서 더 이상 깡패들과 이해(利害)를 나누며 뒷배가 되어줄 수 없게 되었다는 것이다.

하지만 두권은 달리 봤다. 민주화 효과로 인해 정치인들이 깡패의 주먹보다는 사이비 목사의 주둥아리를 선택할 수밖에 없게 된 때문이라고 생각했다.

이명박의 대선 출마 때부터 이심전심으로, 과부와 홀아비가 통정하는 심정으로 목사가 정치인을 키우고 정치인이 목사를 키웠다. 그 뒤부터 상생하며 이익을 공유했다. 물론 모든 목사들과 정치인들이 그랬다는 것은 아니다.

그러나 정치는 대화와 타협이고, 종교는 복음(말씀)에 따른 진리 구현인지라, 서로 추구하는 바와 가는 길이 달라 목사가 정치인을 돕는 게 쉽지만은 않았다. 두권은 이것이 신사랑 목사가 극우 꼴통이 된 이유라고 봤다. 아무튼 일부 목사들과 정치인들이 가두와 뒷전에서 서로가 서로의 뒷배가 되어 짬짜미를 하며 분기탱천하고 일취월장했다.

두권은 목사 하나 모시기가 정치인 열을 모시는 것보다 힘들었다. 여러 가지 이유가 있었지만, 목사가 정치인을 뒷배로 삼고 있는 경우가 꽤 있어서 결국은 목사와 거기에 딸린 정치인을 한 세트로 모셔야 하는 꼴이 되었기 때문이다.

자신의 업계는 좀 무식하고 험악해도 업계의 룰이라 할 수 있는 낭만과 양심과 의리라는 게 남아 있었지만, 정계와 교계 일부에는—일부가 전체를 좌지우지하는 게 문제 아닌가—그런 게 다 없어져 살벌했다. 공약(空約)에 길들여진 정치인은 거짓과 설레발로 세상만사를 등쳐 먹으며 살아가려 했고, 일부 목사는 비행과 악행마저도 '하나님의 뜻'으로 퉁치려고 했다. 정치인이 정치를 싫어하고, 목회자가 목회를 싫어한다고도 했다.

학식 있는 '드릴'이 말하길—나중에 이실직고하기를 공자 말씀이었단다—수치심과 긍휼을 모르면 인간이 아니라고 했다. 정말 세상 돌아가는 걸 보고 있노라면 그런 명언을 머릿속에 짱박아놓고 있다가 적절한 타이밍에 날릴 줄 아는 드릴이 존경스러워 보였다. 어쨌든 정상배들이 툭하면 국민의 뜻을 멋대로 주물럭거려 파는 것이나, 목사가 하나님의 뜻을 파는 것이나 크게 다를 게 없어 보였다. 이러니 '가오'를 위해 자기 관리를 할 줄 아는 반두권으로서 어찌 자신감과 자긍심이 안 생길 리 있겠는가.

자신들이야 교양과 상식이 뭔지를 진짜로 몰라서 그걸 어길 때가 있으나, 고급진 지성을 가졌다는 정치인이나 목사들은 교양과 상식이 뭔지 빤히 알면서도 지키지 않았다. 그리고 그들은 상식에 어긋났다는 지적을 받으면, 즉각 잘못한 언행을 반성하고 바꾸려 하는 것이 아니라, 아예 상식 자체가 본래부터 잘못된 것이라고 몰아붙이며 상식의 개념이나 체계를 통째로 바꿔버리려고 덤벼들었다.

세상이 이렇게 망나니 칼춤 추듯 마구잡이로 흘러가다보니, 세상의 잘잘못을 가리던 기준이 없어져버렸다. 그래도 자신들은 잘 몰라서 가끔 상식을 벗어나기는 해도 인간 도리는 벗어나지 않으려고 노력하는 편이다. 도리를 지킨다는 게 아니라 노력을 한다는 말이니 말꼬리를 잡거나 오해는 마시라.

아무튼 도리도 이치도 상식도 양심도 사라진 야속한 세상이었다. 내가 잘해서 잘될 생각보다는 남을 거꾸러뜨려서 잘될 생각만 한다. 두권은 잘난 사람들이 만들어가고 있는 이런 세상을 이해하기가 힘들었다.

그들의 가치관대로라면 두권은 굳이 불법 사업을 접고 합법 사업을 하려고 발버둥 칠 필요가 없었다. 그러니까 누구나 함부로 자신을 나쁜 놈 또는 범죄자라고 욕할 수 없다는 것이 두권의 생각이었다.

74년 동안이나 가만히 있었는데, 갑자기 과거를 청산해서 역사를 바로잡아야 한다며 쪽발이들하고 맞짱을 뜨고 있는 대통령도 이해가 되지 않았다. 나라 안에서도 심판하지 않은 악질 일제 부역자와 그 후손들이 떵떵거리며 잘 처먹고 살아가는데, 심지어는 게다짝인지 짚신인지 모를 정치인들까지 선량으로 뽑아 여의도에 앉혀주고 있는데, 뭔 독고다이처럼 대통령 혼자서 과거 청산을 하겠다고 난리 블루스인지 모를 일이었다. 심지어는 국회의원이 일본 천황 생일 축하 파티에 가서 헤죽헤죽 웃어주기도 하고, 우리 국익보다 일본 국익을 챙겨주지 못해 안달하는 짓거리를 하며 설쳐대도 아무런 저항 없이 대의정치가 잘 돌아가는 불가사의한 나라인데, 이런 것들은 두고 보기만 하면서 쪽발이들에게만 큰소리를 쳐대니 걔네들이 우리를 어찌 깔보지 않을 수 있겠는가.

"너네는 나라 안에 테키(적)는 놔두면서, 왜 나라 밖에 있는 테키와 싸우자고 무조오켄(무조건) 덤벼드무니까?"

한일 관계가 삐걱거리자 밀항으로 방한한 야쿠자 놈이 한 말이었다. 나라 안에 있는 악질 친일 세력 청산은 안 하면서 일본만 가지고 못 잡아먹어 안달하는 한국민의 의식구조가 이해가 안 된다고 했다. 뭔가 아는 게 있는 놈 같았다. 그러면서 자국 내 적을 먼저 해결하는 게 맞는 순서가 아니겠느냐며 따지기까지 했다. 두권은 쪽발이의 내정 간섭에 발끈했다.

"우리는 이마(지금) 쇼닌(장사꾼)으로 만난 거다. 나랏일은 세이지카(정치인)들이 알아서 할 것이다. 세이지카가 우리 쇼바이(장사)에 간섭하면 어떻게 되겠냐? 기분 존나 나쁘지 않겠냐? 그리고 너는 네 등에 카타나(칼) 꽂은 놈이나 찾아서 잘 처리해라."

두권은 뽕 장사하면서 야로를 부리다 걸린 상대편 똘마니의 신상정보를 일러주며 충고했다. 그러나 한편으로는 야쿠자의 애국심이 허접한 정치인보다 낫다는 생각이 들었다.

"이번에는 너네 나라 오야지가 한일 문제를 후카갸쿠테키(불가역적)로 해결해서 또다시 같은 보상 문제로 츠우세키노넨(통석의 염)이 없었으면 한다."

그만하자는데도 기어이 입을 털었다. 왜 너네들은 57년 전에 끝난 보상 문제를 정권이 바뀔 때마다 들고 나와서 떼를 쓰느냐는 말까지 덧붙였다. 일본 정부는 야쿠자를 따로 모아 놓고 한일 역사 교육을 시키는 게 아닌가 싶었다.

두권은 한일 간의 억하심정은 자신들에게도 쉬운 문제가 아닌 것 같아 통석의 염이 들었다.

"너는 나에게 뽕을 팔러 온 놈이지, 가이코칸(외교관)으로 온 놈이 아니지 않나, 빠가야로!"

기분 상한 두권이 급기야 인상을 쓰고 눈을 부라리며 내질렀다. 장사도 장사지만, 뽕보다는 나라가 중요했기에 쪽발이에게 애국심에서 밀릴 수는 없는 노릇이었다.

일촉즉발. 자칫 칼부림 또는 총질까지 벌어질 뻔했으나, 외교관으로 만난 것이 아니라 장사꾼으로 만났다는 점을 서로가 급하게 상기한 뒤에 각자 이성을 되찾았다.

두권은 하는 일 없이 세비만 받아 처드시는 몇몇 정치인들 때문에 내 돈 주고 뽕을 사면서도 쪽발이 새끼들에게 조롱을 당하고 훈계까지 들어야 하나 싶었다.

클럽과 뽕, 성인오락실이 본래 두권의 주종목이었다. 대부분 현찰만 오갔다. 그러다가 2008년에 접어들면서 풍광 좋은 시 외곽에 모텔을 지어—먼저 때려짓고 뭉개면서 로비를 하다 보면 해결 방안을 찾을 수 있었기에 그린벨트에 무조건 지었다—숙박업을 병행하면서 부동산 사업에 발을 들이게 되었고, 그 바람에 신사랑 목사와 엮이게 되었다. 주만사랑교회 강남 성전 예정 부지 매입에 공동투자를 한 것이다. 두권의 투자 원금 전액 보전과 오른 땅값의 n분의 1을 받는다는 조건이었다.

교회는 국민 4대 의무 중 하나라는 납세의무를 지지 않는 지라, 부동산 거래 시 소득세와 취득세 등을 깡그리 면제받았다. 때문에 두권은 합법적으로 플러스알파도 챙길 수 있었다.

한창 권력 끗발이 올랐던 이명박 정권 때는 자기 돈 한 푼 없이도, 타인 소유의 부동산을 정상적으로 매입하지도 않은 채 이를 다른 이에게 매도해 떼돈을 버는 '마술사'들이 있었다. 물론 이 정권을 든든한 뒷배로 둔 마술사들이었다. 그러니까 매(買)하지 않은 남의 부동산을 자기 것인 양 매(賣)해서 엄청난 차익을 챙기는 신묘한 거래 기술이었다.

이후에도 마술사들 세계에서는 비슷한 거래가 여전히 이루어지고 있다고 했는데, 이 정권 때처럼 김선달 대동강 물 팔아먹는 수준까지는 못 되지만, 제2금융권의 가짜 잔고증명서로 기묘한 부동산 거래를 해 거액을 득했다는 소문이 떠돌았다. 물론 갑남을녀나 필부필부는 불가하고, 막강 공권력을 뒷배로 둔 분들이나 가능한 일이라고 했다.

이런 거악들의 수준에 비하면 두권이 하는 짓은, 두터운 기름 종이를 속에 넣어 딱지를 접거나, 쇠 다마로 유리 다마와 겨누는 코찔찔이들 놀이 수준에 불과하다고 할 수 있었다.

교회도 진짜 만만치 않았다. 우선 '자유대한민국' 영토 내에서 보호받고 있으면서도 납세의무를 지지 않았다. 엄청난 특혜였는데, 국민이기 이전에 신민(神民)을 내세우는 '이중국적' 때문이었다.

작년부터는 목사도 임금소득에 대해 납세를 한다고 했는데, 임금의 80퍼센트를 필요경비로 빼준다고 했다. 쥐 오줌만큼도 못 되게 내도록 배려해준 것인데, 그 쥐 오줌도 목회활동비라고 주장하면 징세 대상에서 빼준다고 했다. 그런데 목회활동비인지 아닌지를 가려낼 기준도 방법도 따로 없다고 했다. 그러니까 목사가 목회활동비야, 라고 하면 목회활동비가 되는 것이다. 목사의 '말씀'이 기준이라는 것이다. 그러니까 엿장수 가위질만도 못한 게 목사의 세금 기준이었다. 그러면서도 일부 목사들은 나라를 걱정한다면서 태극기와 인장기 부대를 앞세워 국가와 정권을 수시로 욕했다.

클럽 하나를 운영하면서도 일 년에 두 달 치 매출액이 넘는 23억의 세금을 갖다 바쳐야 하는—그래서 가짜 양주와 LSD 등으로 '반까이'를 할 수밖에 없는 것이다—두권으로서는 이해가 안 되는, 대단히 불공정한 조세 제도였다. 아무리 음주가무와 '말씀'이 서로 격이 다른 상품이라고 해도, 둘 다 정신적 위안을 준다는 공통된 씀씀이를 고려할 때 너무 불공정한 것 같았다.

그렇다고 해서 지금 와서 갑자기 직업과 업종을 바꿀 수도 없는 노릇이었다. 긍정의 생각이 행복을 낳고, 부정한 생각이 불행을 낳는다는, 신 목사 어록에 등재된 말처럼 두권은 불공정 세금 문제도 좋은 쪽으로 생각하기로 했다.

두권은 이제부터 핫하게 떠올라 비상하고 있는 페가수스, 신사랑 목사의 등짝에 올라타고 궁극의 꿈과 행복을 찾아 비상(飛上)할 생각이었다. 주님이 맺어준 이 값진 인연을, 고급진 인맥을 부동산 투기 수단으로만 달랑 이용하고 만다면, 소 잡는 칼로 닭만 잡고 마는 바보 같은 짓이요, 주님의 은혜를 모욕하는 행위가 아닌가. 신 목사는 황소를 잡는 칼이었다.

"형님. 소 잡는 칼이 뭡니까요, 넘 다크해요. 그래도 명색이 목사님이신데…… 행운의 파랑새가 어때요?"

성전 부지 합작 투기 이후에 추진할 원대한 사업 방향을 들은 '드릴'이 페가수스와 비상을 일러줬듯이 언어 사용에 대해 조언을 해주었다. 역시 4년간 대학물을 빨아먹고 온 놈이라 비유도 먹물적이었다. 그러나 놈은 알바로 현장에 투입됐을 당시, 전동드릴을 들고 다니며 시위 노조원들의 골을 뚫어버리겠다며 날뛴 악마였다. 아무튼 드릴을 알바로 고용했던 두권은 그때도 먹물의 창의성에 놀랐을 따름이었다.

드릴은 이명박 정권 시절에 불법 파업을 하고 사업장까지 불법 점거한 악마 같은 노조 놈들을 까부술 때, 알바로 고용한 놈이다. 자칭 UDT 출신의 사회체육학과 복학생이라고 했는데, 잔인하고 무모한 것으로—두권은 당해봐서 안다—봐서 UDT라기보다 검새 따까리 출신 같았으나 꽤 쓸모 있는 놈이었다.

똥 찾는 강아지처럼 거리를 헤매고 다니는 정치인과 목사들의 패악한 가치관을 따른다면, 두권은 절대로 부하들을 똑바로 다스릴 수가 없었다. 대갈빡으로건 주둥아리로건 주먹으로건 뭐를 이용해서건 잘잘못을 제대로 가려낼 수 있어야 대가리를 쓰다듬어주든지 배때기를 갈라 창시기를 뽑아 개 먹이로 주든지, 아니면 4년제처럼 드릴로 골을 뚫어버리든지 할 것이 아니겠는가. 그런데 그들의 모호하고 편향적인 가치관으로는 도통 잘잘못을 가려낼 수 없을 것 같았다. 똥과 오물덩어리를 기준으로 삼을 수는 없는 게 아닌가.

아무튼 동업자로서 신사랑 목사의 비위를 맞춰가며 가까이 모시는 일은 만만치가 않았다. 서로 동등한 사업 파트너에 불과한데도 쓸데없이 신경 써야 할 일들이 많았다. 어찌 된 일인지 신 목사가 자기 사업장 근처에는 얼씬도 못하게 했다. 자신같이 죄 많은 놈은 올 곳이 아니라는 뜻인가 싶었다. 몹시 자존심이 상하고 기분이 나빴으나, 어설픈 깡패들이 자존심을 지키려다가 비명횡사하는 경우가 많은지라 참기로 했다. 두권은 자신을 진정한 깡패, 참된 깡패로 생각했다.

죄진 자들아 다 내게로 오라, 라고 했다고 들었는데, 아닌 것 같았다. 기회가 닿으면 신 목사에게 따지려고 성경을 들춰보니, '죄진 자들'이 아니라, '수고하고 무거운 짐 진 자들'이었다. 다들 수고와 짐 때문에 죄를 짓는 것이 아니던가.

두권은 신 목사가 자신을 혐오하는 바람에 칭다오 출장 결과를 대면으로 보고하려고 교회까지 찾아갔다가 까여서 전화보고로 대신할 수밖에 없었던 것이다. 사람은 자기 이익을 위해 거짓을 말하는 속성과 말을 꾸미는 재주가 있어서 반드시 상판대기를 맞대고 하는 면대면 대화가 필요했다. 서로 쪽을 맞대고 눈까리를 마주 보며 이바구를 까야지 서로가 날리는 뻐꾸기의 진위를 알 수 있는 법이다. 진위를 가려내는 기준은 언제, 어디서나, 누구나, 말이 30이라면, 표정 및 분위기가 70이 되어야 하는 게 아니던가.

그 계집은 타고난 색녀였다. 까무잡잡한 피부에 젖은 눈동자에 짓는 표정에 따라 신기루인 양 보조개가 보였다가 안 보였다가 했다. 물론 그녀의 잘못은 아니다.

두권은 그 계집을 척 보는 순간, 심장이 쿵 하면서 멋대로 날뛰고 아랫도리가 뻐근해지는 것을 느꼈다. 그래서 그 즉시 색녀임을 몸으로 느낀 것이다. 그쪽 방면으로 일찍이 지식 · 정보 · 경험이 남달라서 달인의 경지에 오른 두권이 보기에 그녀는 명기(名器)를 장착한 색녀가 틀림없었다. 전문용어로 님포마니아라고 하던가. 체험이 아닌 육안 감별이라 100퍼센트까지 장담할 수는 없으나, 99.1퍼센트까지 확실하다고 자신할 수 있었다.

하지만 신사랑 목사가 깔치로 삼기에는 버거운 상대였다. 바쁜 신 목사가 어찌 그녀를 날이면 날마다 또 수시로 상대할 수 있겠는가. 또 그녀는 겉은 순진해 보였으나, 속이 영악했다. 토마토가 아니라, 겉과 속이 다른 바나나라는 얘기다. 하지만 어쩌랴. 악연이건 호연이건 다 하나님이 맺어준 연인 것을…… 목사도 남자일진대 깔치 연이 없겠는가.

교회 마당에서 신 목사에게 안면몰수를 당했을 때는 자존심과 자긍심에 큰 스크래치를 입었다. 동냥질 갔다가 쪽박만 빼앗기고 쫓겨난, 거지 좆 같은 기분이었다. 교회를 드나들다가 자칫 개과천선이라도 하게 되면 자신에게 쓸모없는 사람이 될까 싶어서 저러는가 싶기도 했다.

주가가 날로 주구장창 상종가를 치고 있는 우리 신 목사는 간을 배 밖에 꺼내놓고 사는 사람처럼 겁 없이 덤벼들 때가 있었다. 하나님과 씨름했다는 야곱을 본받으려고 그러는지, 정말 자신이 하나님의 친동생이라고 생각하는 것인지, 자신이 뭐든 최고라고 생각해 무모한 도전을 일삼는 것 같았다.

"그려? 그러면 나허고 한판 붙어볼 터?"

잔대가리와 이빨로만 상대를 이겨먹는 것이 성에 차지 않았는지, 몸으로도 이겨보겠다며 두권에게 도전을 한 것이다.

강외구 경찰서 상무관에서 유도복 차림으로 맞붙은 신 목사는 역시 힘이 아닌 잔꾀와 잔기술로 두권을 넘기려 했다. 잔꾀도 기본 멘탈이 강해야 먹히고, 잔기술도 근력이 받쳐줄 때나 먹히는 것이다. 그래서 히딩크가 2002년 한일월드컵을 준비할 때, 볼 차기는 안 하고 허구한 날 기초체력 훈련만 쌔빠지게 시킨 것이 아니던가.

아무튼 모든 싸움은 속도와 힘이 아니라 힘과 속도인 것이다. 대뜸 기술을 걸려고 깝작대는 신 목사를 힘으로 번쩍 뽑아들어 패대기를 쳐버렸다. 신 목사 키가 두권보다 한 뼘가량이나 컸다. 자신이 뽑혀서 들어 올리리라고는 미처 생각지 못했던 것이다. 사람은 자신의 장점을 곧 강점으로 착각하기 때문에 망한다는 사실을 모르는 것 같았다.

두권은 패인을 모르는 신 목사가 재경기를 하자며 계속 덤벼들어 걱정스러웠다. 왠지 재경기를 받아줬다가는 관계가 깨질 것 같았다.

생각 같아서는 뼈를 부러뜨려 한 보름쯤 못 일어나게 하고 싶었으나, 늘 바쁜 스케줄에 쫓기고 있다는 것을 참작해서 참았다. 조금 찜찜하고 미안스러운 것은, 두권도 신 목사를 패대기칠 때 정해진 유도 기술을 쓰지 않았다는 것이었다.

아무튼 그 뒤부터는 신 목사가 함부로 두권을 낮춰보거나 목소리를 깔거나 눈을 치뜨지 않았다. 하지만 그때 그의 잔기술에 걸려들어 졌을 경우를 생각하면 등골이 오싹하고 눈앞이 아찔했다. 부흥성회를 하느라 방방곡곡을 싸돌아다닐 때마다, 아니 어쩌면 지상파 공영방송에 나가서도—자신이 깝작거리는 깡패 오야붕을 한 방에 패대기쳤다고, 자랑삼아 떠들고 다니고도 남을 인간이었다—십중팔구 나발을 불어댔을 것이다. 그러니까 졌다면, 쪽이 팔려서 은둔을 하든지 이민을 갈 수밖에 없었을 것이다.

신 목사가 얼마 전 갑자기 전화를 걸어와서는 칭다오를 다녀온다고 하기에, 깔치를 보러 가시는구나 싶어 왕복 뱅기표를 끊어줬는데, 그 뒤로는 고맙다는 인사는커녕 연락도 없고 감감무소식이었다. 워낙 유명하고 바쁘신 분이라 옥음(玉音)

을 듣거나 용안을 뵙기가 어려웠다.

통화 중에 농담 삼아서 '뱅기표라도 끊어드릴까요' 했는데, 대뜸 정색을 하고는 '그래주면 정말 고맙지'라고 하는 바람에 득달같이 비행기 표를 끊어서 전해줬다.

담임목사가 해외 선교지로 출장을 가는데 대형 교회에서 비행기 표 한 장 못 끊어줄 정도로 가난하지는 않을 것이기 때문에 칭다오 가는 짠한 속사정을 짐작할 수 있었다.

2

"아빠 친구가?"

사연을 듣고 있다가 충격에 빠진 신사랑 목사가 비명을 지르듯이 되물었다. 어떻게 그런 패륜이 있을 수 있나 싶었다. 왜 이 아이가 면담과 안수기도를 그토록 간절하게 요청했는지, 윤필용 장로가 왜 꼭 만나봐야 할 아이라고 했는지 이제야 알 것 같았다.

신 목사의 치유의 영성은 박달재 움막 기도처의 이적(異蹟)과 더불어 '주만사랑교회' 성도들뿐만 아니라, 그들의 입을 타고 전국 방방곡곡으로 떠들썩하게 소문이 퍼져 있었다. 신 목사에게 안수기도를 한번 받았다 하면 영육 간에 은혜와 치유의 기적이 반드시 나타난다는 소문이었다. 오죽하면 불신자인 방송국 피디도 받았겠는가. 신약의 사복음서에 나오는 예수의 서른일곱 가지 기적 가운데 특별히 병 고침과 귀신 쫓는 기적의 힘이 신 목사에게 있다고 했다.

그래서 전국 각지에서 병들고 귀신 들린 많은 성도들이—멀쩡한 정상인들도 찾아왔다—찾아와 안수기도 받기를 소원했다. 처음 일 년 동안은 아무리 바쁘고 고달프고 귀찮아도 아무 조건 없이 방문자 모두에게 사랑을 담아 공평한 안수기도를 해주었다. 그러나 신자뿐만 아니라 불신자들까지 떼거리로 찾아와 숫자가 산술급수적으로 늘어나는 바람에, 점점 목사라기보다 주술사 취급을 받는 데다가 심신까지 너무 지쳐서—한 사람 기도를 할 때마다 기운이 쭉쭉 빠졌다—감당할 수가 없었다. 물리적인 시간도 감당 불가였다. 하루 24시간, 일 년 365일을 안수기도만 하고 있을 수는 없는 노릇 아닌가.

해서, 궁여지책으로 사전 예약제를 실시했다. 주일 1, 2, 3, 4, 5부 예배 중에 1, 2, 3부 예배 후 각각 30명씩 90명만 받기로 숫자를 제한했다. 그러다 보니 강남 8학군 입학처럼 경쟁률이 천정부지로 올라 웬만해서는 선정되기가 힘들었다. 로또 당첨보다 어렵다고들 했다. 선정의 공정성과 수혜의 공평성을 위해 접수 선착순과 무작위 추첨을 겸하는 방식을 택했으나, 이를 믿으려고 하는 사람이 없었다. 경찰공무원을 입회시킨다 해도 소용이 없을 것 같았다.

신 목사가 모르는 야로와 부정이 있는 것 같았다. 인간 세상에 속한, 인간들의 교회인지라 친소 · 정실 관계, 사회적 신분과 명망, 음성적으로 오가고 있는 사례비 수준이 선정 기준으로 작용한다고 했다. 맹 장로가 조사한 결과였다. 신 목사는 음성적 사례비를 양성적 헌금으로 바꿨다.

고액의 헌금을 정정당당하게 받고, 빠르고 편리하고 쾌적한 공간에서의 안수기도를 위해 담임목사실 옆에 온돌 구조로 별도의 기도실을—가톨릭의 고백성사와 구분하기 위해서였다—꾸며 '고객'을 받았다.

"목사님. 이 자매는 하루속히 안수기도를 해주셔야 할 것 같습니다."

맹학교 교장 출신인 윤필용 장로가—신 목사 안수기도 전담 진행자였다—맹대성 장로로부터 받았다고 하면서 편지 꾸러미를 건네주며 말했다. 같은 필체로 쓴 수십 통의 편지였다.

고1 때 아빠의 동업자로부터 강간을 당했다고 했다. 엄마는 소머리곰탕집을 했고, 아빠는 후배의 동업 제의로 엄마가 곰탕 팔아 모은 돈을 가지고 인테리어 사업을 했다는 것이다. 후배는 기술과 경험을, 아빠는 돈을 댔다고 했다. 강간당한 사실을 엄마에게 말했으나, 되레 딸의 행실을 지적하며 처녀가 자랑할 일이 아니니 묻으라고 했다는 것이다. 자매는 자랑할 일이 아니라는 황당한 말에 배신감과 함께 심한 충격을 받았다.

그 뒤 자매는 그 동업자가 엄마와 오랜 기간—아빠와 동업을 하기 전부터—내연관계였다는 사실을 알게 되었다는 것이다. 결국 아빠에게도 도움을 청할 수 없다고 판단한 그녀는 하나님을 찾아가게 되었고, 울며불며 기도를 하던 중에 공부만이 지옥으로부터 탈출할 수 있는 유일한 길임을 깨닫게 되었고, 그 깨달음 덕에 다행히 서울에 있는 대학으로 진학하게 되어 아빠의 후배와 떨어지게 되었다.

그러나 패륜아가 자매를 놔주지 않았다. 대학 3학년이 되던 해에 아빠와 엄마는 그놈에게 큰 사기를 당해 빚더미에 올라앉았고, 그 빚을 갚느라 잘되던 소머리곰탕집마저 남의 손에 넘겨야 했다.

자매는 극한 상황 속에서도 좌절하지 않고 장학금과 알바로 서울 유학 생활을 근근이 버텼는데, 놈이 학교로 자매를 찾아와 돈을 요구했다. 버티다 못해 카드 대출로 돈을 해줬다. 결국 카드 대출이 쌓여 이리저리 돌려막기를 하다가 사채를 쓰게 됐다. 자고 나면 이자가 배로 뛰는 식으로 늘었다. 삼 개월도 안 돼 원금의 열 배를 넘어 막장에 몰린—채권추심원이 쫓아다니며 강의실 밖에서 기다렸다—자매는 신체포기각서를 쓰고 보도방에 나가게 되었고, 급기야 단란주점에서 몸까지 팔게 되었다. 몸을 팔아 번 돈이 그놈 몫의 용돈이었다.

윤 장로로부터 간추린 편지 사연을 전해 들은 신 목사는 마귀 사탄 같은 놈에 대한 분노와 증오, 자매에 대한 긍휼과 사랑으로 뜨거운 눈물을 쏟았다. 그러고는 당장 순번을 바꿔 조성애 자매를 데리고 오라고 했다.

신 목사는 고아원 '아가페' 시절부터 힘없고 겁이 많고 마음이 여려서 억울하게 핍박받는 선한 사람들을 너무도 많이 보면서 자랐다. 당시에는 악으로부터 그들을 막아줄 힘이 없어 분을 삼키며 그저 지켜보기만 해야 했다. 그가 굳이 목사가 되고자 결심하고 고집한 것은 장차 선한 힘을 키워서 더 이상 악을 보고도 애만 태우며 지켜보는 비굴한 짓을 하지 않기 위함이었다.

"아아, 끄으응…… 으아……"

조성애를 만난 신 목사는 북받쳐 오르는 측은지심과 분노를 주체할 수가 없어 앓듯이 신음했다.

상담과 안수기도는커녕 말조차 제대로 잇지 못한 채, 종주먹으로 자기 가슴만 때리며 끙끙거렸다. 그렇게 한참을 버둥대며 끙끙거리다가 겨우 입을 열었다.

"얘야, 너를 사랑하시는 하나님이…… 지금, 여기에 너와 함께 계신단다. 그러니 다 고……해라. 모두 다 고하거라."

조성애와 마주 앉은 신 목사는 자꾸만 터져 나오려는 신음을 목구멍 안쪽으로 애써 밀어 넣으며 말했다.

신 목사는 그날, 순서를 기다리고 있던 예약 신도 두 사람의 안수기도를 연기했다.

"아흑, 아흐흑……"

성애가 어깨를 들썩이며 울기만 했다.

"아으, 끄으응…… 으아……"

좁은 기도실에서 성애의 울음과 신 목사의 신음이 뒤엉켰다.

급기야 신 목사가 성애를 부둥켜안고 울었다. 성애는 꺼이꺼이 울었고, 신 목사도 마침내 흐느꼈다. 서로의 눈물이 서로의 어깨를 적셨고, 그러고 남은 눈물은 방석을 적시고 방바닥에 고였다. 신 목사는 무릎을 꿇고 기원하고 축원했다.

"주여, 오 주여어! 차마 고하지 못해도, 그 고하지 못한 것이 무엇인지 다 아시는 주여. 성령의 불 칼로써 간악한 자를 벌하시고, 어린 양에게 치유의 은사와 새 생명과 희망을 주소서, 주여!"

신 목사는 성애에게 안수기도를 마치고 나서도 목 놓아 주를 외쳤다.

한과 설움을 쏟아내고 마침내 감정을 추스른 성애가 딸꾹질을 하며 알아들을 수도 없는 말을 중언부언 고했다. 자매의 말을 듣고 있는 동안 신 목사는 추임새를 매기듯 주여, 주여를 부르짖었다.

한두 차례 상담과 안수기도로 치유 · 회복될 수 있는 재앙이 아니었다. 악의 뿌리가 깊이 박혀 있었고 가지와 잎도 흐드러져 무성했다.

두 주가 지나고 자매를 두번째로 만났을 때, 신 목사는 윤필용 장로와 맹대성 장로를 불러 패악하고 무도한 그놈을 당장 경찰에 고발 조치해서 다시는 자매 곁에 얼씬도 못하게 하라고 했다.

"안 돼욧, 목사님!"

성애가 깜짝 놀라며 펄쩍 뛰었다.

"왜 안 된다는 거냐?"

맹 장로가 물었다.

"그러면 우리 엄마는 어떡해요?"

놈이 경찰에게 엄마와의 관계를 까발리면 아빠가 알게 되고, 그러면 가족은 풍비박산이 된다고 했다.

"엄마와 그 사람은 내연관계라고 하지 않았느냐?"

윤 장로가 물었다.

"엄마도 강간을 당한 것이지, 내연관계는 아니었어요."

"그럼 왜 내연관계라고 했느냐?"

윤 장로가 다그쳤다.

"엄마도 저처럼 강간을 당한 것이라면 믿지도 않을 것이고, 또 너무 비참하고 창피하기도 해서……"

"알겠다. 윤 장로님 그만하세요."

신 목사는 엄마와 놈이 내연관계라고 했다가 엄마가 강간을 당한 것이라고 갑자기 말을 바꾼 성애에게 왠지 믿음이 가지 않았다. 그러나 그 말의 진위를 따질 계제가 아니었다.

"아빠는 아무것도 모르고 있다는 거냐?"

신 목사가 물었다.

"예."
성애가 고개를 끄덕이며 답했다.
"그럴 수가 있나?"
윤 장로가 고개를 갸웃거리며 중얼댔다.
어찌 됐든 바쁜 신 목사는 성애의 문제에만 매달려 있을 수 없는지라, 맹 장로와 윤 장로에게 그녀가 겪은 일에 대해 좀 더 깊이 있게 자세히 알아보고 각별히 케어해줄 것을 당부했다.
그러고 나서 육 개월쯤 흘렀을 때, 어떻게 됐는지 궁금하기도 하고 걱정이 되기도 해서 짬을 내어 윤 장로를 통해 조성애를 보자고 했다.
"지금도 여전히 그놈이 돈을 뜯어 가니?"
"아니요."
아니라고 했지만, 믿을 수 있는 답은 아니었다.
좀처럼 눈을 마주치려 하지 않았다. 초점을 잃은 젖은 눈동자가 눈꺼풀 속에서 계통 없이 떨고 있었다. 까무잡잡하고 손바닥만 한 얼굴이 더 야윈 것 같았고, 몸도 더 마른 것 같았다. 보였다 안 보였다 했던 보조개가 또렷하게 보였다. 정신도 몸도 정상적인 상태로 보이지 않았다.
"지금도 보도방이라는 데를 다니고 있는 게냐?"
얼핏 성애의 골반이 뒤틀린 것을 본 신 목사가 안쓰럽게 말했다.
성애가 아기처럼 도리질로 답을 했다. 역시 믿음이 가지 않는 답이었다.

신 목사는 성경이가 떠올라 짠한 마음에 또 울컥했다. 그도 딸을 둔 애비가 아닌가.

"허리 좀 보자. 여기 엎드려보거라."

방석 두 개를 잇대어 깔아주며 그 위에 엎드리라고 했다.

신 목사는 유도를 하면서 배운 카이로프랙틱으로 성애의 틀어진 척추와 골반을 매만졌다. 잠깐 만져서 바로 교정이 되는 것은 아니었으나, 보고도 못 본 체할 수는 없었다.

둘째인 위한을 통해 조성애 자매의 결혼 소식을 들었을 때, 신사랑 목사는 갑작스럽고 뜻밖이라 어리둥절하면서도 반가웠다. 상대가 성요한이라는 말을 듣고는 의외이다 싶었지만, 안심이 되고 다행스럽다는 생각과 함께 기쁘기까지 했다. 물론 둘의 결혼 소식을 처음 듣고 난 뒤에는 한동안 서운하고 미안하고 죄스러운 마음들이 잡스럽게 뒤섞여 착잡하기도 했다.

그런데 둘을 맺어준 사람이 위한이라는 것을 알고는 뭔가 찜찜하고 의아스러웠다. 어쨌든 신랑신부의 청에 따라 주례를 섰고, 받은 주례비는 축하금에 보태서 돌려줬다.

신 목사는 성애의 결혼을 다행스럽고 홀가분하게 받아들이려고 애썼다. 다 주님의 뜻이 아닌가. 일생일대의 깜짝 외도였기에 한동안 움막 기도처를 들락날락하기도 했으나, 별 탈 없이 순리대로 매듭이 지어진 것 같아 하나님께 감사했다. 속

죄를 받은 기분이었다.

그런데 지난 8월 초에 새댁이 된 조성애로부터 급히 만나 달라는 연락이 왔다. 결혼을 하고 나서도 그녀가 불쑥불쑥 몇 차례 연락을 해왔으나, 신 목사는 타지에 있다거나 바쁘다는 핑계로 만나지 않았고, 가능한 한 전화를 받지 않았다. 마음이 정리된 상황에서 육(肉)에 끌려다닐 빌미를 만들 수는 없었다.

하지만 뜻대로만 되지 않았다. 담임목사실 앞에서 죽치고 있는데 어찌 안 만나줄 수가 있겠는가. 죽치고 기다리는 것으로 끝나지 않고, 미투에 걸려든 모 교수가 당한 것처럼—우리 교회 장로라서 그가 일방적으로 당한 고초를 세세히 알고 있다—목사실 문짝에 포스트잇이라도 덕지덕지 써 붙이는 날에는 그야말로 종말을 맞이할 수 있었다.

조성애는 신 목사가 해외 지교회 선교 사역지를 방문할 때, 자신을 데려가달라고 했다. 칭다오 스난구(市南区)에 있는 지교회를 선교 활동 점검차 방문할 예정이었는데, 그걸 알고 부탁하는 것 같았다. 해외라면 어디든 관계가 없으니 데려가만 달라고 했다.

중국은 종교 활동이 불법인 나라인지라 공산당원을 끼고 복합형 상가건물을 지어 비밀리에 운영하고 있는데, 잦은 단속으로 예배가 중단돼 파송 선교사와 교인들이 시험에 빠져 실족 중에 있었다. 그 당시에도 집중 단속에 걸려 일시 폐쇄 조치 중이었다.

신 목사는 충분히 들어줄 수 있는, 어려운 부탁이 아닌지라 이유도 묻지 않은 채—그때 이유도 묻고, 요한도 동의한 것인지 물었어야 했다—조성애를 방문단 명단에 넣어 동행했다. 그런데 방문 일정을 마치고 귀국하기 전날, 사달이 났다. 조성애가 더 체류해야겠다면서 막무가내로 귀국을 거부한 것이다.

폭행과 사기죄로 교도소에서 복역 중인 패륜아가 광복절 특사로 곧 나온다고 했다. 놈으로부터 통보를 받았다는 것이다. 그래서 귀국을 할 수 없다고 했다. 아빠 후배인 그놈과의 관계가 정리되지 않았다는 말이었다. 정리되지 않은 상태에서 성요한과 결혼을 한 것이라는 뜻이었다.

신 목사는 뒤늦게 성애에게 당했다는 사실을 깨달았다. 칭다오 동행 사유를 묻지 않은 것을 뼈아프게 후회했으나, 다 지난 일이었다. 처음부터 도피를 위해 자신을 속여 이용한 것이었다. 신 목사는 사기라도 당한 양 황당해서 분노했다.

하지만 어쩌겠는가. 끌고 올 수는 없는 노릇이었다. 그녀를 파송 선교사 부부가 묵는 아파트에 맡겨두고 오는 수밖에 없었다. 상가건물을 지을 때 스베이구(市北区)에 사들인 아파트였다.

전지전능하신 하나님의 섭리로도 어쩌지 못하시는 인간만의 연이 따로 있는 것인가. 영향력 있는 유명 정치인, 연극인,

교수, 연예인뿐만 아니라 목사들까지 줄줄이 '미투'의 그물에 걸려 굴비 꾸러미처럼 꿰어지는 것을—더러는 꿰어지기를 거부하고 자살하기도 했다—보고 신사랑은 식겁했다.

신 목사는, 지금은 잘못된 만남과 연을 떨쳐내려고 발버둥 칠 때가 아니라, 뒤탈을 막기 위해서 최선을 다해 못다 베푼 애틋한 사랑을 아낌없이 또 후회 없이 베풀 때라고 생각했다.

조매리가 칭다오에서 얌전히 머물고 있고, 그녀가 만족해하는 아파트까지 따로 얻어줬다고 해서 문제가 해결된 것은 아니었다. 공간의 제약이 없는 소셜미디어 시대인지라, 거기서 자칫 고립감이나 우울증에 빠져 꿀꿀하거나 착잡한 심경으로 SNS를 만지작거리는 날에는 얼마든지 골치 아픈 문제가 생길 수 있었다. 안 그래도 교회가 SNS 때문에 골머리를 앓고 있지 않은가. 어디다 대고 불만을 토로하지 못해 발버둥 치는 하릴없는 인간들이나 해코지를 못해 안달이 난 인간들이 꼬여들어 난장판을 벌이는 곳이 SNS 아니던가. SNS야말로 눈에 보이지 않아 때려잡을 수도 없는 마귀 사탄이었다.

신 목사는 이런 여러 이유를 생각해서 만사 제치고 칭다오로 날아가 징징대며 을러대는 매리를 만나서 얼추 달래놓고 돌아오기는 했으나, 여전히 걱정스러운 일이 한두 가지가 아니었다. 성요한이 바보가 아닌 다음에야 아직껏 갑자기 사라진 아내 조성애에 대해 아무것도 알아내지 못했다고는 할 수 없었다.

원로목사 입을 통해 성도들에게 움막 기도처를 다녀온다고 거짓말을 하게 한 것도 마음에 걸렸다. 하지만 사실대로 말할 수 있는 것이 아닌지라 어쩔 수 없었다. 이미 끝난 일이라고 아퀴를 지었다.

이 눈코 뜰 새 없이 바쁜 시기에 밑도 끝도 없이 혼자서 해외 선교 시찰을 다녀오겠다고 할 수도 없었다. 게다가 해외 선교 시찰이라면 칭다오가 아니라, 방글라데시 다카를 가야 할 차례였다. 칭다오를 간다고 해도 사전 준비 절차가 필요했다.

신 목사는 박달재 움막 기도처를 갈 때마다 자가운전을 했다. 서울에서 먼 거리에 있었고, 차를 주차하고 걸어 올라야 하는 좁고 험한 산길도 꽤 멀어서 자주 다니지 못했다. 큰 시련을 당했거나 중대한 결정을 앞두고, 하나님의 뜻을 반드시 들어야 한다고 생각할 때만 갔다.

움막 기도처는 주만사랑교회 성도들도 각별히 떠받드는 성소였다. 그래서 성도들은 움막 기도처라 하지 않고, 성막 기도처라고 했다.

38번 옛 국도를 타고 하가다 자드락길을 따라 마을 쪽으로 2킬로미터를 들어간 뒤, 차에서 내려 산비탈을 타고 600미터 경사로를 더 걸어 올라야—예전에는 길이 없었으나 교회의 요청을 받은 제천시가 야자 매트가 깔린 탐방로를 만들어줬다—움막 기도처가 있었다.

움막 기도처에는 전기도 가스도 들어오지 않았다. 성지에

문명을 들여 오염시키고 싶지 않았다. 인터넷은 물론이요 휴대전화도 터지지 않는 산중이었다. 맹 장로가 비상시를 대비해야 한다면서 혼다 GX100 소형 발전기를 가져다놨으나, 가동한 적이 없었다.

신 목사가 하나님의 계시와 성령의 빛을 받았다는 자리에 한 평 남짓한 움막을 짓고, 당시에 신 목사에게 새 생명을 주고 계시와 은사를 내려주었던 외줄기 빛과 말씀을 기리기 위해 특수 제작한 조형물을—대예배실 십자가 밑에 있는 것과 같은 모양이나 배터리 충전용으로 손전등 크기이다—24시간 밝혔다.

신 목사는 1999년 초겨울에 맨손으로 움막 기도처를 지은 이후, 일체의 증개축을 하지 않았다. 몇 차례 보수만 했는데, 기도처 근처에서 취한 초목과 자재로 신 목사가 직접 했다. 그는 움막 기도처에 다른 이의 손길이 닿는 것을 금했다. 성도들이 제천시의 내락을—공식 허가는 불가했기 때문에—받았다면서 규모를 키워 만민 기도원으로 만들자고 했으나 그럴 생각이 없었다.

신노근이 신사랑으로 거듭난 근원지이자 주만사랑교회의 태(胎)라 할 수 있는 성소인지라, 비워둘 수 없어 큰아들 만을 내외를 관리인으로 뒀다. 기도처에서는 사람이 살 수 없는지라 산 아랫마을에 관리 숙소를 따로 지어줬다. 관리 숙소로 불리기만 할 뿐, 격식을 갖춰 지은 한옥이었다. 그러고는 내외가 먹고살 방편을 마련해줘야 했기에 한 평 기도처를 기도원으로 공식 등록하고, 만을을 원장 목사로 임명했다.

많은 성도들이 이적을 낳았다는 움막 기도처에서 기도하고 은혜 받기를 원했으나, 신 목사에게 선택된 소수만이 무박(無泊)으로만 갈 수 있었다. 덕이 없는 자가 죽어 명당에 묻히면 동티가 나듯이, 소나 개나 믿음 없는 자가 성령의 용광로인 움막 기도처를 드나든다면, 그자에게도 해가 될뿐더러, 그런 곳을 성소라 부를 수는 없기 때문이라는 것이 이유였다.

신 목사는 큰아들 신만을에게 성소 관리의 콘셉트는 신성성과 희소성이라고 단단히 일러줬다. 그러면서 아버지가 자필로 적어준 신표(信標) 없이 오는 사람은 절대 받지 말라고 했다. 만을이 정상인이—병역 문제 때문에 어쩔 수 없이 정신지체 3급 판정을 받았다—아닌지라, 같은 말을 큰며느리에게도 단단히 일러줬다.

허경언 원로목사에게 2박 3일 일정으로 움막 기도처를 다녀온다고 말한 신 목사는, 2박을 칭다오 스난구에서 하고, 3일째 되는 날 새벽에 비행기 편으로 귀국했다. 공항 주차장에 세워둔 BMW를 찾아 곧장 움막 기도처로 이동했다. 움막 기도처에서는 신호가 잡히지 않아 전화를 받을 수도 걸 수도 없었다.

대포폰들은 스타렉스 금고 안에 있고, 맹대성 장로와 차주운 기사 딱 두 사람만이 번호를 알고 있는 비상용 휴대전화를 가지고 있었는데, 걸려온 전화는 없었다.

중앙고속도를 타고 6부 능선을 내처 내달리던 신 목사는 치악 휴게소에 들러 소변을 보고 제주 삼다수 2리터들이 세 병을 샀다. 그는 맹 장로에게 전화를 걸어 사흘간 더 금식기도를 하고 돌아갈 예정이라고 했다. 아직 응답을 받지 못했느냐고 물어, 그렇다고 답했다.

신 목사는 달리는 승용차 안에서 기도 제목을 두 가지로 정했다. 조성애와의 연을 뒤탈 없이 자연스럽게, 가능한 빨리 정리할 수 있도록 해달라는 것과, 강남 성전 착공을 서둘러달라는 발원이었다.

조성애는 밑이 없는 늪이고 수렁 같았다. 이미 영육이 만신창이가 된지라, 그녀의 언행에 대한 합리적 기대나 예측이 불가능했다. 그래서 믿을 수가 없었다. 그녀가 성요한과 전격 결혼을 한 것도 미스터리였다. 대체 무슨 꿍꿍이속으로 결혼을 한 것인지 알 수가 없었다.

신 목사는 이 알 수 없는 모든 것을 하나님께 맡기기로 했다. 그는 자신과 매리의 연은 주님이 맺어준 것이니, 기도로써 간구하면 주님께서 정하신 날에 정하신 방식으로 해결해 주시리라고 믿었다. 성전 건축 또한 세속의 얕은 판단과 힘으로는 할 수 없는 성역(聖役)인지라 오직 주님만이 해결할 수 있는 일이었다.

성역을 생각 중에 신 목사는 문득 신중업 실장이 떠올랐다.

그 사람이라면 '거래'를 해볼 만한 이 같았다. 그가 1999년 주님이 보내주셨던 노석면 장로와 같은 사자인지, 주님께 묻고 싶었다. 지금이 광야로 나가 싸워야 할 때인지를 묻는 문제도 기도 제목으로 삼아야 했으나, 아직은 후보 기도 제목들 가운데 하나였다.

신 목사가 품속에서 키우고 있는 원대한 궁극의 비전이 있었다. 강남에 성전을 짓는 것은 궁극의 비전을 향한 전 단계 인프라 중 하나였다. 물론 모든 것을 건너뛰고 단박에 '세계 기독청'을 만들겠다는 대인배 목사님도 계셨지만, 신 목사는 절차와 과정을 존중하며 이성적으로 사고하고 합리적으로 행동하는 지식인이자 목자이자 성자였다.

그는 최근에 기도로써 확정한 마스터플랜이 있었다. 강남에 바벨 성전을 준공하여 하나님께 봉헌하면 목회자로서의 숙원은 이루어지는 것이다. 1988년 영등포시장 상가건물의 어두컴컴하고 눅눅한 지하 셋방에서 '주만향한교회'를 개척해 단 두 명의 뜨내기 신도로 시작한 목양 사업이었다.

사글세였던 지하 교회가 건축계의 노벨상이라 일컫는 프리츠커상을 받은 일본 부부 건축가가 설계한 강남 대성전으로 거듭나는 것이다. 신 목사는 울컥하는 감회에 빠져 눈시울이 뜨거워지며 시야가 흐릿하게 번지는 것을 느꼈다. 그는 운전 중인지라 급히 손수건을 꺼내 눈자위를 훔쳤다.

성전 헌당만으로 모든 꿈이 완성되는 것은 아니었다. 강외

(江外) 변두리에서 시작한 후발 주자인 만큼, 장차 강남 성도들에게 어필할 수 있는 맞춤형 목회 활동을 개발해야 했다. 주만사랑교회가 강둑에서 강물만 바라보며 아등바등하다가 이무기로 끝날 삼류 교회가 아니었다는 것을 만천하에 확실히 보여줄 필요가 있었다.

강남으로 성전을 옮겨도 강외구 주만사랑교회 골수 성도들, 즉 충성고객이라 할 수 있는 40퍼센트는 따라올 것이다. 나머지 빈 60퍼센트를 채우고 플러스알파를 채우려면, 전대미문의 만만치 않은 고난과 역경을 딛고 일어서야만 할 것이다.

세상이 자족할 만큼 바뀌어 절박하지 않았다. 그만큼 전도를 통한 새 신자 확보가 어려워진 것이다. 결국 수평 이동을 통한 교인 확보가 불가피하기 때문에 강남 것들과 물고 뜯는 이전투구를 치를 수밖에 없을 것이다. 하지만 신 목사는 주님이 함께 하시기에 이전투구 또한 두렵지 않았다.

물불이 두렵잖고 창검도 겁 없네
주는 높은 산성 내 방패시라

그는 운전대를 두드리고 몸을 들썩이며 잠시 찬송가를 소리쳐 불렀다.

문제는 궁극의 꿈이었다. 물론 주님이 예비하셨다가 주시겠지만, 자신만 잘한다고 되는 것이 아니라 민심이라는 플러스

알파가 있어야 하기에 쉬운 문제가 아니었다.

신학도와 노가다 출신 대통령도 나왔는데, 고아 출신 목자 대통령도 나올 법하지 않은가. 그는 이명박의 대선 캠프를 들락날락거리다가 어느 날 문득, 그런 꿈을 갖고 가능성도 확인했다. 그 사람보다 자신이 못한 게 없었다.

일국의 대통령 또한 오직 하늘이 내려주는 것이다. 천심도 때로는 민심을 따르고, 민심도 때로는 천심을 따라 움직이지 않던가. 기운은 있으나 형체가 없는 민심을 움직이는 것이 천심이다. 그 크신 하나님의 마음.

장로 출신 대통령이 세 명이나 나왔으니, 이제는 목사 출신 대통령이 나와야 할 차례가 아니겠는가.

1990년대 후반부터 극우 정치와 개신교와 레거시 미디어가 이심전심하며 신사랑을 위한 판을 깔아주며 분위기를 띄우고 있었다. 그는 그렇게 생각하고 판단했다.

때가 이르고 있는 것이다. 찌질이들이 더럽혀온 사이비 판을 깨끗이 닦아내고, 그 위에서 새로운 매직을 보여줄 때가 이르고 있는 것이다. 실상이 아닌 매직을 좇아 조응하는 시대가 아니던가. 더는 관망하며 침묵하면서 망설일 이유도, 겸양의 덧옷을 걸치고 다닐 이유도 없었다. 말(言)이 왕후장상의 씨가 된 세상이다. 그 말을 가지고 있지 않은가. 신 목사는 온몸을 찌르는 전의를 느끼며 가속 페달을 밟았다.

2020년 신임 장로를 임명할 때는 정당인, 교수, 고위공무원, 경영전문가 등 각계의 명사들을 고루고루 엄선해서 임직할 생각이었다. 종교와 정치가 융복합되어 가공할 시너지를 낼 수 있도록 혁신적인 프레임을 짜야 했다.

신 목사는 이미 전속 스피치라이터인 안도문 집사에게 이번 칼럼집은 3 대 7 비율로 구성하라고 했다. 종교가 3이라면, 시사가 7이 되도록 하라고 했다. 시사에서는 민생과 안보 관련 주제를 늘이라고 했다. 기독교인만을 상대로 기독교 서점에만 깔 종교 칼럼집이 아니기 때문이었다.

3

성요한은 지상 도로가 아닌 지하 연결통로를 통해 주만사랑교회 본당에서 한 블록 떨어져 있는 '21C-WITH 3A-C' 건물 지하 일층으로 갔다. 우리말로 풀어 쓰면 '21세기에 함께하는 3A센터'였다. 20대 국회에서 외통위 위원을 지낸 소부길 장로가 교회도 21세기에 맞게 글로벌해야 한다며 고집을 부려서 붙이게 된 건물명이었다.

지하 삼층 지상 오층으로 지어진 부속 건물 3A센터에는 아가페 스쿨(Agape School), 아르케 스쿨(Arche School), 아르테 스쿨(Arte School)이 각각 한 개 층씩을 썼고, 나머지 두 개 층은 행정과 예배 지원을 위한 사무실과 중·소 회의실 그리고 부목사와 전도사들의 공용 사목실로 쓰였다. 주보라 부담임목사실은 일층 웰컴홀 안에 있었고, 3A센터가 아닌 신사랑 담임목사실은 기획, 재무를 담당하는 사무실과 함께 본당 건물에 있었다.

아가페 스쿨은 시니어들을 대상으로 한 교육 및 놀이, 독거노인 케어 등을 담당했다. 노인 인구가 14퍼센트를 넘어 이미 고령사회로 접어들었고, 오 년쯤 뒤에는 20퍼센트가 넘어 초고령사회로 접어들 것이라고 했다. 가진 게 시간뿐인 노인네들을 위한 소일거리용 프로그램과 노닥거릴 공간도 필요하고, 시간과 돈과 자유의지를 생산적으로 선용하며 살아가는 뉴시니어 세대의 신문화 창출을 위한 프로그램과 실행 공간도 필요했다.

2001년부터 뒤늦게 시작한 '아버지 학교'도 '솔로몬 웰빙 가족 학교'로 확대 개편하여 맹(盲)학교장 출신인 윤필용 장로의 책임 아래, 아가페 스쿨에서 주관하고 있다.

아르케 스쿨은 동서양의 인류 문화 속에 담긴 소중한 가치를 재해석하여 신앙과 일상생활에 리메이크한다는 목적으로 설립되었으나, 개신교적 사상과 정치 이념이 담긴 일종의 정치 아카데미 성격을 띠고 있었다. 중세 서양의 자유 7학예 위주로 강좌를 개설했고, 재테크 프로그램도 신설했고, 최근 들어서는 '베미드바르사회문제연구소'도 오픈했다. 그래서 아르케 스쿨은 신 목사의 정치적 언동을 받쳐주는 싱크탱크 역할을 하고 있다는 소문이 떠돌았다. 요한은 신사랑 목사의 정치적 야심이 노골적으로 깃든 위장 조직이 아르케 스쿨이라고 생각했다.

아르테 스쿨은 주로 강외구 부유층과 고위층 자제들의 대입교육과 유학을 지원 · 관리해주고 있었다. 강남 · 목동 · 분당에서만 하는 것으로 알려져 있는 인기 절정의 '다니엘 학습법' 초청 강연도 열었다. 최고 1퍼센트에 해당하는 유명 강사를 초빙해 분기별 토플 집중특강을 열었고, 강남 최고의 고액 논술강사를 초빙해 면대면 특별 첨삭지도 프로그램도 운영했다. 물론 개별적으로 별도의 고액 수강료를 받았다. 아르테 스쿨은 교인 또는 교인 자녀뿐만 아니라, 교외(教外) 불신자의 자녀들도 10퍼센트의 추가 수강료를—보증금 명목이라고 했다—내면 등록이 가능했다.

아르테 스쿨 출신의 SKY대와 해외 명문대 합격자, 각종 국가고시 합격자들은 매년 제주 그랜드하얏트호텔로 초청해 성대한 축하연을 열어주고, 미국 동부지역 명문대학을 탐방시켜주었다. 또 이들을 매개로 한 '싱글매칭 1일 데이트 이벤트'도 아르테 스쿨이 주관했다. 신 목사의 사위 염우식도 여기서 건진 물건이었다.

요한은 계단을 통해 지하 이층에 있는 펜싱 클럽 연습장으로 들어갔다.

미국 아이비리그 대학에서는 신입생 선발 시 미식축구-펜싱-승마-조정 순으로 각각의 경기 성적에 따라 가산점을 줬다. 미식축구가 100점 만점에 25점, 펜싱이 23점으로 배점이 높았다. 한국의 일부 부유층 유학생들은 이 가산점 제도를 적극 활용했다. 세 종목 가운데 우리나라의 여건상 접근이 용이하고 점수가 높아 실행 가능성과 이용도가 가장 큰 스포츠가 펜싱이었다.

모 재벌기업 실세의 지원을 받아 강남에서 자기 클럽을 운영하고 있는 올림픽 펜싱 금메달리스트가 신 목사의 특별한 간청에 의해 아르테 스쿨의 '수피어리어 펜싱 클럽'을 매니지먼트해주고 있었다. 이 클럽은 주로 강북 지역의 부유층과 고위층 자녀들의 명문대 유학 루트로 최고의 인기를 누리고 있었다.

이렇듯 주만사랑교회도 여느 선발 대형 교회 못지않게 유소년부터 시작해서 청소년-대학-중장년-노년-사후까지 원스톱 시스템으로 품을 수 있도록, 즉 요람에서 무덤까지 성도들이 함께할 수 있는 각양각종의 프로그램을 종합선물세트처럼 갖춰 '한 살림 경제 공동체'로 운영하고 있었다.

요한은 대학 1학년 때부터 연마해온 검도를 계속 이어서 해보려는 생각을 했었으나, 대나무가 아닌 쇠를 다루고 싶었다. 적의와 살의를 한 점으로 모아 한 손에 집중한 채 칼의 그립감을 느끼고 싶었다. 그러기 위해서는 베고 내리긋고 찌르는 동작이 섞인 검도가 아닌, 오직 찌르는 검의 동작만 연마할 수 있는 펜싱의 에페가 나을 것 같았다. 770그램짜리 에페를 거머쥐고 25분의 1초 안에 적의 심장을 꿰는 것이다.

요한은 맏개형 그립(French Grip)의 칼을 움켜잡았다. 허공으로 뻗은 칼끝에 시선을 꽂고 적의 한 점 심장이 보일 때까지 집중했다. 칼의 쓰임새가 자신의 생명을 보호하고 상대를 살상하는 것이었으나, 요한은 필살이 전부였다.

검도와 에페는 칼의 모양새만큼이나 검법도 서로 다르나, 요한은 다르다는 것을 느끼지 못했다. 격투기 선수가 복싱 대결을 하면 부지불식간에 발이 나오듯이 가끔 에페로 죽도인 양 내리치거나 자르고 베려 허둥대기도 했으나, 그때마다 일발필살을 상기하며 제어했다.

코치는 요한의 몸에서 살기가 느껴져 무섭다고 하면서도 배움이 빠르다는 칭찬을 아끼지 않았다.

요한은 부동심 속에서 에페와 한 몸이 되고자 용맹정진했다. 그리고 운동 전후로 『중용』을 한 시간씩 숙독했다. 요한은 심신 동일체를 위해 수련했다.

"합!"

기합 소리가 터졌다. 허공을 노려보던 요한이 마침내 칼끝에 드러난 한 점을 뚫었다. 군더더기 없는 동작이 곧고 빨랐다.

성요한이 질문한 그대로였다. 파리에서 카르티에 라이터와 담배 케이스를 구매한 사실이 담임목사의 목회활동 관련 카드사용 내역에 있었다. 배시중 집사가 매출전표를 휴대전화 카메라로 찍어서 카톡으로 전송했다. 받은 내역을 확인한 요한은 곧바로 훔친 장부 두 권을 마닐라 각대봉투에 밀봉해 퀵서비스로 보냈다.

가톨릭 신부도 아닌 목사가 명품 라이터와 담배 케이스를 살 일이 뭐 있겠는가. 그것도 여성용으로. 개신교 목사가 타인에게 선물할 품목이라고 보기에는 부적절했다. 같은 목사인 사모나 딸이 흡연자일 리도 없을 테고……

다른 선물 아이템도 많을 텐데, 목사가 굳이 라이터와 담배 케이스를 사서, 젊은 여신도에게 선물을 한 것이다. 목사가 그런 특별한 선물을 주는 여신도라면, 서로 특별한 사이라고 볼 수 있었다.

신사랑과 조성애가 그런 관계였다. 성애는 결혼 후 금연을 약속했으나, 여전히 몰래 담배를 피웠다.

티파니 다이아 귀고리도, 루이비통 스카프도 신 목사가 사준 선물이었다. 화장대 서랍 밑바닥에서 나온 콘돔도 신 목사의 선물일 것이다.

그러나 요한은 성애가 어떤 사정으로, 무엇이 그리 다급했기에 한마디 말도 없이 도망치듯 집을 나가 사라졌는지 전혀 짐작되는 바가 없었다. 잃어버린 바늘을 찾듯이 온 집안을 샅샅이 뒤지고 성애의 소지품을 꺼내 이 잡듯이 살폈으나, 불륜의 흔적—요한은 콘돔을 쓰지 않았다—말고는 무단 잠적 사유로 볼 만한 직접적 단서는 찾지 못했다.

다만 요한은 스카프, 귀고리, 라이터, 담배 케이스, 콘돔 파우치 등을 찾아내 신 목사와 성애 사이의 의혹을 추적하고 있었다. 성애는 5개월째 연락 두절 상태였다.

결혼한 지 3개월 만에 행방불명이—무단가출이 아닌 유괴 가능성도 배제할 수는 없었다—된 아내 조성애는 신위한의 소개로 만나게 됐다. 눈썰미 좋은 위한이 말하길, 교회 새 신도 중에 참하고 예쁜 각시감이 있는데, 사대문 안에 있는 S대 2학년생이라면서 네가 좋아할 만한 스타일이어서 만나보면 한눈에 반할 것이라고 했다. 그의 말이 허풍은 아니었다.

여자의 부모는 홍성 시외버스터미널 근처에서 한때 음식점과 인테리어업을 했다고 했다. 여자는 의상디자인학과를 다니고 있으며, 삼수 중인 남동생을 데리고 학교 인근에 원룸을 얻어 자취를 한다고 했다. 위한은 실실거리며 그녀의 남동생은 영장이 나와서 곧 입대할 것이라고 덧붙였다.

대학을 졸업한 요한은 교회 회계 관리 알바를 하며 공인회계사 시험을 준비 중이었기 때문에 한 달에 서너 번꼴로 드문드문 만났다. 통상 점심 직전에 만나 오후 네시쯤까지 함께 있었는데, 식사하고, 차 마시고, 어쩌다 영화 보고, 노래방을 가는, 특별한 것 없는 건전한 데이트였다. 그래도 따분하다거나 식상하지 않았고, 편하고 즐거웠다. 그녀가 오후 다섯시부터 이튿날 새벽까지 동대문 의류도매시장에서 철야 알바를 해야 하기 때문에 낮에만 만날 수밖에 없었다는 점이 아쉽고 특별했다.

그러다가 그녀의 남동생이 입대를 하고 난 뒤, 한 달쯤 지났을 무렵이었다. 알바를 쉬는 날, 처음으로 술을 마시고 늦은 밤까지 함께 있다가 그녀의 자취방까지—굳이 방 안까지 바래다줄 이유는 없었다—바래다주게 되었는데, 뭉그적거리다가 그만 일을 저지르고 말았다.

요한은 잠자리를 하면서 너무 놀랐다. 처음에는 과음 때문인 것으로 생각했다. 만취한 성애가 정성껏 받아주며 자극을 즐기는 것 같았다. 주저함이나 서툰 것이 없었다. 어느 순간 요한은 그녀가 이끄는 대로 자신이 움직이고 있다는 생각이 들었다.

책에서 본 대로 전희를 시작하자 교성을 내지르며 격하고 과한 반응을 보였다. 열고 조이고 닫는 것이 능숙했다. 요한은 자극과 흥분을 주체하지 못해 몸을 뒤틀며 교성을 내지르는 성애를 보기가 민망해 한 몸이 되고도 어쩔 줄 몰라 쩔쩔맸다.

그런 와중에도 요한은 왠지 자신이 숙맥이 아니라는 것을 보여줘야 한다는 생각이 들어 온 힘을 다해 급하고, 거칠고, 힘차게 몰아붙였다. 그러자 어느 순간 발버둥을 치다 말고 요한을 급히 밀쳐낸 성애가 몸을 뒤틀었다. 그러고는 용출수처럼 맑은 물을 뿜어냈다. 요한은 놀라고 당황스러웠다. 잠시 후 성애가 머뭇거리고 있는 요한에게 다가와 애무를 했다. 그는 성애의 몸부림과 교성과 용출수 속에서 뒤엉켰다가 떨어졌다가를 반복하며 밤을 지새웠다.

지친 요한은 새벽녘이 되어서야 흠뻑 젖은 요를 걷어낸 맨 바닥에서 잠이 들었다. 그는 이런 여자와 섹스도 있구나, 라는 생각을 하며 까무룩 잠에 빠져들었다.

그러고 나서 이해할 수 없는 일이 생겼다. 그녀가 알바를 쉬는 날, 그러니까 한 달에 한 번 갖는 술자리를 두번째 가졌을 때였다. 성애는 술 담배를 제법 즐겨 했는데—설마설마했었는데 사실이었다—술 취한 그녀를 보고 걷잡을 수 없이 흥분한 요한이 그녀를 꼬드겨 인근 모텔로 데려갔다.

모텔 객실에 들어간 요한이 서둘러 몸을 씻고 나왔을 때, 이해할 수 없는 일이 벌어진 것이다. 돌사자상처럼 사지를 웅크린 채 벽에 기대앉은 그녀가 요한의 손길을 완강히 거부하며, 제발 자신을 건드리지 말아달라고 사정을 했다. 무슨 일인지 사색이 된 그녀가 온몸을 부들부들 떨고 있었다. 얼굴은 땀에 흠뻑 젖어 있었고 눈동자에 초점이 없었다.

질겁을 한 요한이 절대 건드리지 않겠다는 약속을 하고, 조심스레 다가가 그녀의 이마를 짚자 뜨거운 열감이 느껴졌다. 이마를 짚고 있던 요한의 손을 거칠게 밀쳐낸 그녀가 괴성을 지르며 양팔을 허우적거렸다. 요한은 괴성을 들은 누군가가 금방이라도 달려와 문을 두드릴 것만 같아 불안했다. 마치 그녀는 강간 위기에 처한 여자처럼 목숨 건 저항을 하는 것 같았다.

멀찌감치 한쪽 구석으로 떨어진 요한은 목석인 양 붙박인 채 그녀가 안정을 찾을 때까지 기다렸다. 생수를 커피포트에 데워 따라줬으나 마시지 않았다. 열이 있으니 병원 응급실을 가보자고 했으나, 괜찮다고 하며 거절했다.

모텔을 나와서 자취방까지 바래다주겠다고 했으나 혼자 가겠다고 고집했다. 생리가 시작되기 전에 예민해져서 그런 주접을 떤 것이니 양해해달라면서 사과했다. 하지만 요한은 바보가 아니었다. 모텔로 강제로 끌고 간 것도 아니었고, 섹스를 강요한 것도 아니었다. 그녀가 기꺼이 동의를 하지 않았는가. 생리 직전이라 예민해져서, 아니 본인 말대로 예민해져서 섹스가 내키지 않았다면 얼마든지 다음으로 미루자고 할 수도 있는 상황이었고, 또 모텔에서도 거절 의사만 밝히면 될 일이었다. 그런 식으로 광분할 일은 아니었다. 또 바래다주겠다는 것마저 굳이 거절하는 것도 이상했다.

요한은 그녀와 헤어져 돌아가는 길에 뭐 이런 경우가 다 있나 싶어 불쾌한 생각에 빠져 있다가 불현듯 뭔가 미심쩍은 생각이 들었다. 미심쩍고 이해가 되지 않는 문제에 대해 위한에게 물어보려고 했으나, 자칫 면박이나 창피를 당할 수도 있다는 생각에 포기했다.

아무튼 모욕적이고 부당한 취급을 받은 것은 사실인지라 기분이 좋지만은 않았다. 그러고 나서는 오랫동안 그녀를 만나지 않았다. 만날 일이 없었다. 요한도, 그녀도 먼저 연락하지 않았다. 그 뒤로 조성애가 교회를 나오지 않아 우연히 마주치는 일도 없었다.

그렇게 일 년이 지났을까, 교회에서 김장을 담그는 날, 우연히 만난—그녀가 다가와서 알은체를 했으니 우연히는 아니다—그녀가 따로 할 말이 있다고 했다. 화장이 짙어져서 그런지 학생 태가 나지 않았다.

그날 그녀가 자신의 과거사를 털어놨다. 천인공노할 이야기였다. 요한은 그날 만남으로 그녀에 대해 그동안 가졌던 대부분의 의혹들을 내려놓았다. 불쾌했던 마음이 씻은 듯 사라졌고, 되레 미안하고 죄를 진 듯해서 가슴이 먹먹했다.

의협심과 동정심이 남다른 그인지라 그녀의 말을 듣는 중에도 분노로 치를 떨며 울었고, 다 듣고 나서도 계속 울었다. 안타깝고 슬퍼서라기보다 분노를 주체할 수가 없어서, 당장 상대를 찾아내 응징할 수가 없어서 소리쳐 울었다. 아빠의 후배라는 패륜아는 잡아서 패죽이고 싶었고, 가족의 고통을 알지도 못하는 무책임한 그녀의 아빠를 용서할 수도 없었고, 딸의 고통을 알고도 방관한 비겁한 그녀의 엄마도 용서할 수 없었다. 가엾은 그녀를 지켜줄 사람이 누구란 말인가.

그러나 요한은 그녀가 의류도매시장 알바생이 아니라 보도방 접대부였다는 고백을 듣는 순간, 모든 것을 포기하기로,

아니 포기할 수밖에 없다고 다짐했다. 아빠 후배에게 당한 것과 보도방 접대부로 일을 했다는 것은 성격이 다른 문제였다. 감당할 수 있는 여자가 아니었다. 위한이 왜 이런 여자를—그도 알지 못했으리라—자신에게 소개시켜줬는지 원망스러울 따름이었다.

그러나 요한의 다짐대로 되지 않았다. 무슨 조홧속인지 그녀가 머릿속과 가슴속을 꽉 메운 채 계속해서 양쪽을 수시로 오르락내리락했다. 머리가 거부하면 가슴이 받아들였고, 가슴이 거부하면 머리가 받아들였다. 이유도 없이 그녀를 놓치면 안 될 것 같다는, 못 살 것 같다는 조바심에 꺼둘렸다. 더욱 황당한 것은, 무슨 오지랖 넓은 생각인지 모르겠으나, 그녀도 자신을 놓친다면 제대로 된 삶을 살아갈 수 없을 것 같다는 생각이 들었다. 하나님이 위한을 통해서 자신을 그녀에게 보냈거나, 그녀를 자신에게 보낸 것일 수 있다는 생각도 들었고, 『파리의 노트르담』 같은 숙명이라는 생각도 들었다. 기도를 해도, 기도가 하나님께 가닿지 않고, 그녀에게 가닿았다.

성애와 다시 헤어진 요한은 박명(薄明)의 나날을 보냈다. 공인회계사 시험 준비는커녕 숨 쉬고 사는 일상생활조차도 정상적으로 할 수가 없었다.

결국 요한은 백방으로 수소문하여 그녀가 일 나가는 클럽을 찾아냈다. 웨이터와 주먹다짐까지 하며 납치하다시피 그녀를 끌고 나온 그는, 헤어지자고 한 자신을 용서해달라고 빌면서 밤새 사랑을 고백하고, 설득하고, 통사정한 끝에 결혼 약속을 받아냈다. 그러고 나서 요한은 자신이 그동안 모아둔 돈과 대출로 성애의—애칭이 삐아쁘였다—몸값을 지불했다. 이후 만 가지 걱정이 사라졌다. 요한은 공인회계사 시험 준비에 매진했다.

요한은 고시실에서 혹시라도 그녀가 클럽 일을 다시 하나 싶어서 매일 밤 아홉시에서 새벽 세시 사이 불특정한 시간에 두세 차례씩 기습 전화 체크를 했으나, 동대문시장 의류도매상가에서 알바 중이라고 했다. 깜짝 암행 순찰을 나갈 수도 있다고 하자, 언제든 나와보라고 했다. 전화를 즉시 받는 경우가 드물고 사오 분쯤 있다가 전화를 걸어 오거나 십 분이 넘게 있다가 전화를 걸어 오는 경우도 있어 미심쩍기는 했으나, 수시로 손님을 상대해야 하니 그럴 수밖에 없을 거라는 생각이 들었다. 그녀 또한 그 때문이라고 했다. 그래서 철석같이 믿었다. 아니 철석같이 믿을 수밖에 없었다.

그런데 사라진 성애를 찾아서 헤매고 다닐 때, 한 달 동안이나 날이면 날마다 동대문시장 의류도매상가 전체 매장을 샅샅이 뒤지고 다녔으나, 그런 알바생은 전에도 없었고, 지금도 없다고 했다. 그렇게 빼어난 용모를 가진 알바생이 있다면 소개시켜달라며 농을 거는 점주들도 있었다.

성애는 174센티미터의 큰 키에 흔치 않은 미모여서 한 번 본 사람이라면 웬만해서는 그녀를 기억하지 못할 리가 없었다. 더구나 의류도매상가에서 알바생으로 일하는 까무잡잡한 피부에 보일락 말락 하는 보조개를 가진 미인이 어디 흔하겠는가.

요한은 출입국기록 조회를 통해서 성애의 출국 사실을 뒤늦게 알게 되었다. 성애의 요청으로 혼인신고를 하지 않아 제삼자인 요한이 직접 조회를 할 수가 없었다. 어쩔 수 없이 군부대로 성애의 동생을 면회 가서 사정을 말하고 부탁했다. 요한의 장인과 장모는, 카메오 출연처럼 결혼식장에 잠깐 나타났다가 사라진 그녀의 홍성 부모는 어찌 된 일인지 연락처 파악조차 할 수 없었다.

결혼 3개월도 안 돼 사라질 생각이었다면, 도대체 결혼은 왜 했단 말인가. 그리고 무엇 때문에, 뭐가 그리 급해서 온다 간다는 말 한마디 없이 연기처럼 사라졌단 말인가.

그리고 신위한 이 썩을 놈은 조성애를 얼마나 알아서 그토록 자신만만하게 소개를 시켜줬단 말인가. 원망이 연(緣)의 단초인 위한에게까지 뻗쳤다.

4

철야기도를 마쳤을 때, 움막 기도처에 푸릇푸릇한 여명이 비쳤다. 신사랑 목사는 응답을 받기 위해 무릎을 꿇고 숱 없는 머리를 조아린 채 사흘 낮밤을 통성으로 기도했다. 무릎과

종아리가 접착제로 붙여놓은 듯 굳어 움직일 수가 없었다.

뻣뻣하게 굳은 다리를 주물러 펴고는 무릎걸음으로 엉금엉금 기어서 움막을 나왔다. 옅은 먹물을 끼얹은 듯한 어둠 속에서 화살처럼 뻗쳐 내려온 빛이 신 목사의 대머리를 환히 비추고 있었다. 동쪽 하늘에 솟은 샛별이었다. 그는 빛을 향해 몇 걸음 더 기어가 벼랑 끄트머리에 엎드렸다. 기어가는 동안 정수리에서 샛별이 번뜩였다.

온몸이 땀으로 흠뻑 젖은 신 목사는 정수리를 뜨겁게 달구는 성령의 불빛 속에서 또다시 통성으로 기도했다. 기도 소리가 산천초목을 흔들어 깨웠다. 그는 마침내 천둥치듯 울리는 메아리 가운데 하나님의 음성을 들었다.

어둠이 걷히고 산등성이를 오른 새벽 햇살이 골짜기를 밝혔다. 햇살이 번개 파편 같았다. 이마를 들고 몸을 가눈 신 목사는 정신이 아뜩했다. 자신이 벼랑 끝에 바싹 붙어 있다는 것을 알고는 흠칫하며 뒷걸음질 쳤다.

한기가 들어 패딩점퍼를 덧껴입었다. 가벼운 스트레칭과 산책으로 몸을 추스른 그는 기도처 안팎을 깔끔히 정리하고는 성경책과 빈 삼다수 병을 챙겨 들었다.

움막 기도처를 내려와 자드락길과 탐방로가 만나는 공터에 세워둔 BMW에 올랐다. 시동을 걸기 전에 휴대전화 전원을 켰다. 부재중전화도 문자도 없었다. 비상 상황이라 할 수 있는 특별하거나 긴급한 일이 없었다는 뜻이었다. 꼬박 닷새 동안이나 양들을 떠나 있었음에도 불구하고 별다른 일이 없었다는 것은 주님의 은혜였다.

그래도 그는 서둘러 차를 몰아 국도로 들어섰다. 제천 톨게이트를 향해 달리던 그는 차를 돌렸다. 아무리 조급해도 여기까지 와서 큰아들 내외를 안 보고 갈 수는 없었다. 알리바이를 확실히 해두기 위해서도 그렇고, 또 지금 보고 가지 않으면 설 명절이나 되어야 볼 수 있을 것 같았다.

"엿새 전에 왔다가 돌아가는 길에 잠시 들렀다."

아직은 이른 아침인지라—여섯시 십 분 전이었다—그는 아들 내외의 단잠을 깨운 것 같아 미안했다. 마을이 고요했다.

신 목사는 엿새 전을 강조했다. 아들이나 며느리가 만약 엿새 전 또는 닷새 전에 움막 기도처를 다녀갔다면 거짓으로 들통 날 말이었으나, 개의치 않았다. 그가 엿새 전 왔었다고 하면, 엿새 전에 오지 않았어도 온 것이 되기 때문에 문제 될 것이 없었다. 그러나 엿새 전에 왔다는 말을 하지 않으면, 엿새 전에 왔었다는 것을 아들 내외가 어찌 알 수 있겠는가.

"……"

만을은 엿새 전을 가늠하지 못해서인지, 잠이 덜 깬 때문인지 별무반응이었다. 그가 엿새 전을 가늠한다 해도 본래 표정이 없는 아이니 알 수 없었다.

엉거주춤한 자세로 서 있던 신 목사가 무릎을 꿇고 앉아 아들 내외를 위한 기도를 했다. 그러고는 얼른 일어서며 말했다.

"잠깐 얼굴만 보고 가려고 들렀다. 더 자거라."

"오신다는 기별이래도 주시지 그러셨어요, 아버님. 오셨다가 이리 그냥 가시믄……"

며느리가 서운한 기색을 드러내며 몸 둘 바를 몰라 했다.

"갑자기 그렇게 됐다, 아가. 번거롭게 알릴 필요가 뭐냐."

움막 기도처에 오면서 미리 연락을 할 필요는 없었다. 물 이외에는 금식인지라 따로 필요한 것도 없기 때문이었다.

"제가 미음이라도 금방……"

"됐다. 아직 금식이 끝나지 않았다."

기도는 끝났으나, 작정한 금식은 모레 밤 열두시까지였다.

"그러시다면 아버님, 물 한잔이라도……"

"알겠다. 한잔 다오."

천성이 곱고 순박한 며느리의 곡진한 마음은 헤아려줘야 할 것 같았다.

큰아들의 상태와 무관하게 괜찮은 며느릿감이 많았다. 아들의 아내가 아니라, 신 목사의 며느리를 얻어주려 하기 때문이었다. 그러나 아들의 아내 자격이 중요하고 우선이었다.

그래서 신 목사는 괜찮아 보이는 또는 괜찮아 보인다고 하는 며느릿감을 다 내치고, 다들 마뜩잖아 하는 며느리를 보았다. 비록 궁핍하고 기구한 삶을 살아왔으나, 신앙심이 깊고 마음자리가 올바른 조선족 여자였다. 청상과부이고 나이배기에, 얼금뱅이인 그 여자가 큰아들의 아내로 그의 며느리로 제격이라고 판단한 때문이었다. 짝이 분에 넘치면, 화(禍)의 근원이 되지 않던가. 신도 가운데도 그런 이유로 불화하고 이혼하는 쌍이 한둘이 아니었다.

물 한 대접을 받아서 한 방울도 남기지 않고 다 마신 신 목사는, 대문 밖까지 따라 나온 큰아들 내외의 배웅을 받으며 차에 올랐다.

"위한이네는 둘째를 가졌다고 하더구나."

차창을 연 신 목사가 대문 앞에 나란히 서 있는 아들 내외를 향해 말했다.

"예. 아버님. 올찌세미에게 들어서 알고 있습네다…… 죄송해요."

며느리가 시누이인 성경(聖敬)에게 들어 알고 있다면서 기어 들어가는 목소리로 대꾸했다.

5

노석면 장로는 신사랑 목사의 설교 내용이 가증스러웠다.

"지금도 살아 계신 하나님이 모든 것을 불꽃 같은 눈동자로 지켜보고 계셔. 백이십 년 전에 니체라는 미친놈이 신은 죽었다고 했지만, 신은 살아 계신다고. 내가 이십 년 전에 박달재 산속에서 단둘이 만났다고 했잖아. 그리고 니체가 미쳐서 헛소리를 지껄였다는 것은, 내가 그냥 하는 말이 아니라 『서양철학사』를 쓴 요한네스 휠쉬베르거라는 독일의 유명한 철학자가 한 말이여. 그 양반이, 그 책에서 니체는 미친놈이라고 심판했어. 내 말을 못 믿겠으면 그 책을 구해서 읽어보라구."

"아멘!"

"할렐루야!"

노 장로는 주만사랑교회 성도들이 집단최면에 빠져들고 있는 것 같았다.

"이 시대는 배신과 증오의 시대여. 양심과 도덕까지 실종이 되니까, 이렇게 되는 겨. 하나님께서 내 기도에 뭐라고 응답하셨느냐, 궁금하지? 서로 사랑하고, 또 사랑하라. 죽도록 사랑하라, 고 하셨어. 할렐루야?"

"아멘!"

"단순 실수를, 어쩌다가 한 과오를 적폐라고 주장하며 청산하자고 외치던 놈들이, 이제는 자기들과 생각이 다르다는 것만 가지고도 트집을 잡아 보복을 하고 있는 겨. 로마서 12장 17절을 펴봐…… 자, 다 찾았으면, 다 같이 큰소리로 합독, 씨이작!"

"아무에게도 악으로 악을 갚지 말고 모든 사람 앞에서 선한 일을 도모하라."

이구동성으로 합독했다.

"18절."

"할 수 있거든 너희로서는 모든 사람으로 더불어 평화하라."

"19절."

"내 사랑하는 자들아 너희가 친히 원수를 갚지 말고 진노하심에 맡기라 기록되었으되 원수 갚는 것이 내게 있으니 내가 갚으리라고 주께서 말씀하시니라."

"누가 갚아?"

신 목사가 외쳤다.

"하나님!"

"다시! 누가 갚는다고?"

"하낫니임!"

"적폐청산은 누가 하신다고?"

"하낫님!"

"할렐루야! 그려. 주님이 갚는다고 하셨어. 적폐는 니들이 아니라, 주님이 청산하시는 거라고…… 그러니까 너희는, 악에 지지 말고 선으로 악을 이기라, 고 하셨어. 그런데 이것들은 악으로 선을 이기려고 덤벼드는 거 아녀?"

노 장로는 단 위의 신 목사와 눈이 마주쳤으나 피하지 않았다. 선악을 버무려 뒤바꾼 신 목사 또한 노 장로의 눈을 쏘아볼 뿐, 피하려 하지 않았다. 하나님의 성전에서 주의 종과 장로가 눈싸움을 하고 있는 셈이었다.

'이놈이 하나님의 말씀을 엿장수 가위처럼 사용하는 놈이 아닌가.'

샌드위치 패널의 문구를 비닐 조끼에 그대로 박아 입고, 단으로부터 다섯째 줄 중앙 자리에—강대상의 목사와 눈을 맞추기에 안성맞춤인 자리였다—앉아 있는 노 장로는 분노했다.

자신의 설교 속에만 존재하는 세상과 경우가 신 목사에게 따로 있는 것 같았다.

오늘도 예배 도중에 설교에 항의하는 신도를 끌어냈다. 그는 신학대 재학 중인 학생이라며, 소속과 이름까지 밝히고 질문을 했으나, 답은 "밥 먹는 데 와서 똥 싸는 저놈, 당장 끌어내"였다.

"예수님께서 말씀하신 심판의 여섯 가지 기준은, 배고픈 사람, 목마른 사람, 나그네 된 사람, 헐벗은 사람, 병든 사람, 감옥에 갇힌 사람에게 환대와 사랑과 연대를 실천했는가, 입니다. 신 목사님께서 지금 말씀하시는 차별과 증오와 혐오는 어디에 근거한 것입니까?"

노 장로가 듣기에 그 질문은, 신 목사에게 왜 밥 먹을 먹지 않고 똥을 먹느냐는 경고였지, 똥 싸는 말이 아니었다.

"어디서 온 성도인지 물어봐. 남들 밥 먹는 데 와서 똥 싸는 놈이 우리 성도일 리는 없겠지만, 그래도 물어봐. 어여."

신 목사가 발을 구르며 소리쳤다. 그는 예배 중에 서슴없이 사용하는 이런 비속어와 폭언을 정당한 권위 행사이자 카리스마로 생각하는 것 같았다. 그러면서 사랑과 용서와 평화를 설교하고 있으니, 노 장로는 돌아버릴 일이었다.

신 목사의 오만과 독선, 야만과 광기가 점점 심해지는 것 같았다. 노 장로는 저런 목자를 상대로 뉘우치기를 바라며 일인 시위를 하는 것이 무슨 소용일까 싶었다.

6

핫하게 떠오르는 AI 관련 신기술을 선도 개발해서 갑작부자를 만들어주겠다고 했다. 자신은 사과가 아니라 토마토 같은 놈이니 믿어도 된다고 했다. 그게 무슨 뜻이냐고 물으니, 겉과 속이 똑같은 진짜배기라고 했다.

성인 불법 오락 프로그램 개발을 위해 연변까지 날아가서 탈북 IT 기술자를 모셔왔는데, 이놈이 AI 관련 기술을 개발할 수 있다면서 이런 허튼 불법 사업일랑 걷어치우고 합법적인 미래형 사업을 하자고 했다. 통이 큰 놈인지, 주제넘은 놈인지, 사특한 놈인지 알 수가 없었다.

AI가 뭐냐고 물으니까, 한마디로 말해 아티피셜 인텔리전스, 즉 인공지능이라고 했다. 인공지능이 뭐냐고 물었더니, 기계의 뇌라고 했다. 기계가 뇌를 갖는다면 큰돈이 될 것 같다는 지극히 상식적인 생각이 들어 더 이상은 묻지 않았다.

배석한 '드릴'이 자꾸 눈치를 주는 바람에 더 묻기도 그랬다. 물론 무식이 드러나 빨갱이에게까지 얕잡아 보이는 것도 싫었다.

인력을 뽑아주고 사무실을 내달라고 했다. 아무 인력이나 뽑는 게 아니라, AI에 특화된 벤더 및 애플리케이션 경험과 함께 파이선, C#, R에 대한 전문지식, 그리고 사용자인터페이스와(UI)와 사용자경험(UX)도 있는 자여야 한다고 했다. 또 자연어 생성(NLG), 음성인식, 가상 에이전트를 사용한 경험을 가진 데이터 과학자와 개발자, 그리고 머신러닝 전문가도 필요하다고 했다.

반두권은 뭐라고 씨불이는 것인지 한마디도 알아들을 수가 없었다. 물론 한 번도 들어본 적이 없으나, 양자역학이나 상대성 이론 강의를 알아듣는 것보다도 훨씬 어려울 것 같다는 생각이 들었다. 우리말로 씨불여도 배경지식이 없어서 알아들을 수 없을 판인데, 놈이 지껄여대는 말의 5할이 영어이니 봉사가 암흑천지를 헤매는 꼴이었다. 뿐만 아니라 다국어 능력자를 뽑아야 한다는 것을 보니, 세상에 영어만으로 안 되는 일도 있는가 보구나 싶었다.

엔터테인먼트에 종사하는 두권은 아티피셜 인텔리전스라는 업종에는 문외한인지라 무슨 말을 하는지조차 알아듣지 못하는데, 그런 일을 하는 전문 인력을 어디 가서 구해온단 말인가. 말귀를 알아듣는 것 같은 드릴을 붙여줄 테니 서로 잘 상의해서 구하라고 했다.

놈은 또 사무실을 유명 대학교 안에 구해달라고 했다. 요즘은 대학이 사무실 임대업도 하느냐고 드릴에게 물었더니, 국가가 지원하는 산학협력사업이라는 것이 있는데, 제대로 된 대학이라면 또 장차 살아남으려면 하기 싫어도 해야 한다고 했다. 두권은 대학이 공장도 경영하느냐고 물었다가 핀잔을 받았다.

대학에 AI 개발을 위한 시설 · 장비 · 기술 등 각종 인프라가 갖춰져 있어 그리로 들어가야만 한다고 했다. 두권은 탈북자라는 놈이 남한의 대학 사정에 빠꼼이인지라 몹시 놀랐다. 혹시 이놈이 탈북을 위장한 간첩은 아닌지, 산업 스파이는 아닌지 의심스러웠다.

놈이 유명 특정 대학을 지목하면서 거기가 아니면 아무 소용이 없다고 했다. 두권은 대체 이놈이 어떻게 특정 대학의 AI 기술 개발 현황과 인프라 구조까지 알고 있으며, 언제부터 이런 걸 꿰뚫어 보고 있었는지 궁금했다. 그렇다고 해서 따로 물어볼 생각은 없었다.

아무튼 철저한 계획이 있는 놈 같았는데, 산업 스파이나 신종 첨단 사기꾼이 아니길 바랄 뿐이었다. 하지만 설령 그렇다고 해도 드릴로 골을 뚫어 묻어버리면 되기 때문에 크게 걱정할 일은 아니었다.

성공하면 옵션으로 북에 두고 온 가족들을 데려올 수 있도록 도와달라고 요구했는데, 그 옵션이 사실이라면 간첩이나 사기꾼은 아닐 것 같았다. 가족을 옵션으로 건 인간이 사기를 치겠는가.

놈이 상호 신뢰 유지를 위해 개발 보고는 분기별로 하겠다고 했다. 두권은 들어도 알 수 없는 그런 보고 따위는 분기별로 안 해도 좋으니, 하루속히 분기별로 돈만 가져오면 된다고 했다. 돈은 액수가 모든 것을 말해주기 때문에 별도의 골치 아픈 보고나 설명을 들을 필요가 없지 않은가.

최고의 전문가들을 뽑았다고 해도 교육 훈련과 연구 기반 조성 등 충분한 워밍업과 와인드업이 필요하기 때문에 결과물이 나오기까지는 시간이 꽤 필요하다고 했다. '꽤'가 얼마쯤이냐고 묻자, 장을 담근다는 생각을 하라고 했다.

기획 부동산 투기사업에 뛰어든 이후 기다리는 것을 숙명으로 받아들인 두권은 기다리는 일에 이골이 나 있었다. 강남 땅도 주님께 맡겨둔 채 십 년째 국으로 기다리고 있지 않은가. 돈이 되는 기다림이라면, 짜릿한 전희로 알고 마다할 이유도 몸 달아야 할 이유도 없었다.

두권은, 기술 · 비즈니스 분석 · 관리 등 세 가지 스킬을 모두 갖췄다는—물론 AI 전문가에게 검증을 받았다—이 탈북자 놈을 믿고 기꺼이 투자하기로 했다. 단순한 자금 투자가 아닌 제2의 폼 나는 4차산업형 인생을 위한 투자였다.

신사랑 목사에게 부탁한 것은 바로 이놈과 팀을 특정 대학의 산학협력관에 입주토록 주선해주는 건이었다.

두권이 요즈음 들어서 바라는 한 가지가 있다면, 악의 늪에서 빠져나오려고 발버둥 치는 자신의 발목을 신사랑 목사가 잡아당기는 불상사가 없었으면 하는 것이었다. 두권의 삶이라는 게 지랄 같았다. 수렁에서 빠져나오려고 발버둥을 치거나 빠져나오는가 싶으면, 누군가가 발목을 잡거나 뒤통수를 때려 주저앉히는 일이 반복되고 있었다.

불법에서 합법으로 갈아타는 것이 한 끗 차이요 종이 한 장 차이인데 두권에게는 그게 정말 지난한 일이었다. 아이러니하지만 불법을 저질러야 합법으로 갈 수 있었다. 법 위에 우뚝 서서 양쪽을 자유자재로 넘나드는 일부 검새와 권력가와 재력가들이 부러울 따름이었다.

물론 아싸리하게 가진 것을 모두 내려놓으면 합법적 세상으로 직행이 가능했다. 그러나 그렇게 해서 갔을 경우, 아니 갔다고 해도, 가서 합법적으로 살아갈 방도가 없었다. 그러니 무슨 소용인가. 그의 삶에서 합법과 불법은 뫼비우스의 띠처럼 안팎이 따로 없었다. 아직까지 그랬다. 두권은 이걸 끊으려고 신 목사의 바짓가랑이를 잡고서 발버둥을 치는 중이었다.

두권은 나라 밖에 맞서 싸울 적이 없어서 그러는지 나라 안에서 서로 적을 만들어 죽기 살기로 싸우고 있는 지금이야말로, 그 아귀다툼 속에서 자신의 뫼비우스 띠를 자를 수 있는 절호의 기회를 잡을 수도 있을 것 같았다. 실체도 없는 극우대 진보라는 이념으로 갈라서서 선악을 넘어선 원혐과 적개심으로 사생결단을 내고자 하는 지금이야말로 신분 세탁의 기회를 잡을 수 있는 절호의 찬스가 아니겠는가. 그림자를 본 개가 짖어대고, 그 짖어대는 개와 다툴 수밖에 없을 때, 그 짖어대는 소리의 틈 속에 악으로부터 벗어날 출구가 있을 것이다.

드릴이 '지당하고 합리적인 예측'이라면서 이를 사자성어로 하면, '방휼지쟁(蚌鷸之爭)'이라 했다. 도요새가 조개와 다투다가 다 같이 어부에게 잡히고 말았다는 고사성어로 둘이 싸우면 엉뚱한 제삼자가 이익을 본다는 뜻이라 했다. 드릴은 신 목사와 견주어 봐도 꿀릴 게 없는 놈이라는 생각이 들었다.

7

"애비가 지난번에 보내준 책은 다 읽었느냐?"

신사랑 목사가 숙제 검사를 하는 담임선생인 양 물었다.

보내준 책이란 사서삼경 세트를 말하는 것이었다.

"신학과 말씀만 공부한다고 해서 성공한 목사가 되는 건 아니다. 세속의 이치를 꿰뚫어 볼 줄 알아야 한다. 중세에도 신학도들은 자유 7학예를 기본으로 공부했다."

그래서 이번에는 『사기』 『역사』 『그리스로마신화』를 부쳤다고 했다.

천의무봉하고 천변만화하는 신 목사의 구변은 다독에서 나왔다. 그는 트리비움(3학)이라 불린 문법 · 수사학 · 논리학과

콰드리비움(4과)으로 불린 대수학 · 기하학 · 천문학 · 음악을 공부하고, 인문, 사회, 자연, 응용과학에 해당하는 고전과 양서 오천여 권을 탐독했다. 지금은 '책을 짓는 것은 끝이 없고 많이 공부하는 것은 몸을 피곤케' 한다는 전도서 12장 12절의 말씀을 새겨서, 역행(力行)에 힘써야 할 때이므로 탐독을 자제하고 있을 뿐이었다.

그는 말발에 비해 글발이 따라주지 않아 고민이었으나, 다행히 글은 남의 손을 빌려서 할 수도 있는지라 별다른 문제가 되지 않았다.

"아버지가 근자에 많이 바빠져서 앞으로는 책을 선별해 보내주기가 힘들 것 같다. 엄마나 장로들에게 부탁을 할까 했으나, 거기서도 올림픽대로에 있는 '샘터서림'에 가면 얼마든지 한국어로 된 고전은 구할 수 있을 것이니, 앞으로는 책명만 카톡으로 보내주마. 미한 양국의 베스트셀러 도서는 아버지가 굳이 목록을 보내지 않아도 네가 찾아서 읽어야 한다. 가능한 한 영어로 된 책을 많이 읽도록 해라. 깜박할 뻔했는데, 사회심리학과 진화생물학 관련 유명 도서는 꼭 읽어야 한다. 하나님 말씀을 씹었다고 해서 스티븐 핑거 같은 석학의 글을 멀리하면 안 된다. 그리고 말로만 읽었다고 하지 말고, 각각 천 자 안팎의 독후감을 적어 메일로 보내라고 했는데, 왜 안 보내는 게냐?"

"……"

"왜 대답이 없느냐?"

"……"

"너는 애비가 있어서 이런 잔소리를 들을 수 있지만, 애비는 아버지가 없었다. 아버지가 없다는 게 뭔지, 아버지가 없는 삶이 어떤 것인지 너는 상상도 못할 거다."

위한이 듣기 싫어하는 말이라는 것을 잘 알고 있기 때문에 하지 않으려 했으나, 답을 안 하고 버티니 부아가 솟구쳤다.

"……에."

"독후감을 보내겠다는 것이냐?"

"……에."

"공부를 열심히 해서 내공을 쌓아야 한다. 주만사랑교회 후계자임을 잊지 마라."

"……"

"실력과 힘이 없고, 순진하면 자기 것이라고 해도 빼앗길 수 있다. 잡스를 봐라. 자기가 설립한 회사에서 쫓겨나는 수모를 겪지 않았느냐?"

"……?"

"듣고 있는 게냐?"

"……에."

작은아들 위한이 왜 멀쩡하게 다니던 신학대학을 갑자기 그만두고 미국 유학을 가겠다고 한 것인지 신 목사는 그 이유를 나름대로 미루어 짐작하고 있을 뿐 정확히 알고 있는 것이 아니었다. 아들의 유학은 그가 바라던 바였다. 그래서 그에게 아들의 유학 결심은 불감청이언정 고소원이요, 주님의 축복일 수밖에 없었다. 굳이 이유까지 알 필요가 없었다. 아들이 택한 바이올라대학교 탈봇신학대학원은 명문이었다.

"아버지는 미군이 먹다가 남긴 거, 먹다가 버린 것을 주워 먹으면서 자랐다. 너를 미국으로 유학 보낸 이유는, 미국의 선진 정신을 얻어 먹이기 위해서이다. 어느 놈이 뭐라 해도 구한말 조선을 일본이 키웠고, 대한민국은 미국이 만들고 살려내서 키운 나라다. 그러니 미국 것을 모르고는, 미국 것을 받지 않고는 온전히 살 수 없다. 친일이네, 친미네 하면서 욕들을 하지만, 그 친일, 친미가 자유대한민국의 근대화와 현대화의 힘이었다."

위한의 사상과 이념의 좌편향성을 의심하고 걱정하는 신 목사는 대면 대화나 통화 때마다 정신 교육을 잊지 않았다. 한때 이단 동아리 활동에 빠져 해방신학을 기웃거렸던 아들이었다. 위한이가 끝내 유학을 안 가겠다고 버틴다면 납치를 하거나 반죽음을 시켜서라도 보낼 각오를 하고 있었다. 하지만 아들이 아버지의 막강한 그늘로부터 벗어나고자 발버둥 치고 있다는 것을 알고 있는지라 참고 기다려준 것이었다. 둘째 아들 위한은 신 목사의 삶에서 알파이자 오메가요, 유일한 희망이자 대안이었다.

한국에서 배우나 미국에 가서 배우나 어차피 교육비 일체는 목회활동비로 처리되는 것이었다. 주만사랑교회 성도들을 위해서도 위한의 미국 유학은 축복이 아닐 수 없었다.

"그리고 이제 학기도 거의 마무리되어가고 있으니, 아버지가 일전에 말한 유명 목자 멘토링 투어를 슬슬 시작해야 한다."

유명 목자 멘토링 투어란, 미국의 저명한 목회자와 신학자들을 찾아가 면담을 하는 여행을 뜻했다. 면담 대상자 이십여 명의 리스트는 이미 아들에게 전해준 바 있었다. 여행 경비 또한 또렷한 증빙이 없어도 신 목사의 목회활동비로 전액 처리된다.

"만나지 못하면, 멀찍이에서 보고 인증샷이라도 찍어놔야 한다. 한국에 돌아오면 그것만으로도 큰 재산이 될 게다."

"……"

"듣고 있는 게냐?"

신 목사가 짜증스레 물었다. 전화통을 붙들고 사정하는 애비의 심정을 모르는 것 같아 야속했다.

"아버지. 여기에 좀 더 있다가 들어가면 안 될까요?"

귀국을 연기해달라는 말이었다.

"좀 더?"

신 목사가 비명을 지르듯 물었다.

"예. 일이 년쯤 더 있다가……"

"무슨 소리냐?"

신 목사가 날 선 목소리로 다그치듯 되물었다.

"공부를 좀 더 해볼까 해서요, 아버지."

"무슨 공부를 더 한다는 거냐? 전도서 12장 12절 말씀을 잊었느냐? 공부는 그만큼 했으면 충분하다. 뭐든 정도가 있다. 모자라도 안 되지만, 넘쳐서도 안 된다. 주님의 뜻에 따라 지교회를 예비해뒀으니, 정한 날짜에 돌아와 주님이 너를 위해 예비한 양들을 돌보거라."

"아버지?"

신 목사는 이놈이 자꾸 '아버지'라고 부르는 걸 보니, 무언가 다급한 모양이구나 싶었다. 유학을 보낸 이후 처음으로 들어보는 '아버지' 소리였다.

"요섭이는 안 보여줄 셈이냐?"

요섭은 두 살 된 손주였다. 신 목사는 금쪽같은 손주를 사진으로만 봤을 뿐 아직 안아보지 못했다.

예년 같으면 일 년에 열 번도 넘게 들락날락했을 미국을, 동남아 선교사 파송국 관리와 국내 일정만으로도 빠듯했기 때문에 그 먼 곳까지는 가볼 짬이 나지 않았다.

"아버지. 제 말을 한번 들어보세요. 제가 여기서……"

"유머 관련 책은 꼭 읽어라. 유머를 모르면 성공하기 힘들다."

위한의 말을 자른 신 목사가 말했다. 그는 며느리의 목소리를 듣고 싶었으나, 포기하고 서둘러 전화를 끊었다. 요한의 헛소리를 더 듣고 있을 이유가 없었다.

8

"목사님. 대체 어디로 가시는 겁니까?"

담임목사실로 들어온 맹대성 장로가 자우어 지팡이를 짚고 꼿꼿이 선 채 물었다. 그는 돌아서서 슬며시 문을 걸어 잠갔다.

"제가 어디를 간다고 이러세요, 형님?"

놀란 신사랑 목사가 농으로 되물으며 멋쩍게 웃었다. 맹 장로 앞인데 어찌 켕기는 것이 없다 할 수 있겠는가.

아무 이유 없이 독대를 요청할 맹 장로가 아니었다. 문까지 걸어 잠그지 않았는가.

"형이라고 부르지 마세요. 사사로운 문제가 아닙니다."

맹 장로가 정색을 하며 여전히 꼿꼿이 선 채로 말했다. 몸이 불편한 그로서는 오래 지탱할 수 없는 자세였다. 그런데도 이를 악문 채 근심과 불안이 가득한 표정으로 같은 자세를 고수하고 있다.

누가 찾아왔는지, 네댓 차례 노크 소리가 들렸으나 계속 아무런 반응을 보이지 않자 조용해졌다.

"그럼 말씀이라도 놓으세요. 제가 불편…… 아니, 무서워요."

얼음땡 놀이를 하듯 꼼짝 않고 앉아 있던 신 목사가 회전의자에서 일어났다. 그러고는 문을 등진 채 여전히 꼿꼿한 자세로 붙박여 있는 맹 장로를 두 팔로 감싸 안아 소파에 앉혔다.

"무서운 게 있으신 분이 이러시는 겁니까?"

맹 장로가 꾸짖듯이 물었다.

"전들 왜 무서운 게 없겠습니까, 형님. 저도 무서운 게 많습니다."

"그럼. 도(度)를 넘지 마시고, 항상심을 가지세요."

맹 장로가 신 목사를 바라보며 말했다. 꾸짖는 것이 아니라 애원이었다.

"도와 항상심이 우리가 처한 난제들을 해결해줄까요, 형님?"

신 목사가 양손으로 마른세수를 한 뒤, 양 볼을 감싸 쥐며 물었다. 자기도 이러고 싶어서 이러는 것이 아니라는 항변이었다.

"……"

다 알고 있으면서 모르는 척하지 말라는 항의 같아서 맹 장로는 말문이 막혔다. 자신의 타는 속내를 당신이 아느냐는 원망처럼 들렸다.

맹 장로는 신사랑 목회자가 신사랑 사업가 같은 하소연을 하고 있다는 생각이 들어 안쓰러웠다. 신 목사는 언제부터인가 주님께서 주시는 만큼 받으려 하지 않고, 원하는 만큼을 주지 않는다고 원망하며 떼를 쓰고 있었다.

신 목사가 말한 난제란 계속 딜레이되고 있는 강남 성전 신축 문제를 뜻하는 것 같았다. 1,008평 규모의 대지였다. 전답이 포함되어 있었다. 잔금은 지난해 빚을 내 치렀지만, 전답의 용도 변경과 반두권 사장의 지분 정산은 조속히 해결해야 할

과제였다. 깡패의 명의가 들어간 반석 위에 하나님의 성전을 지을 수는 없었다.

놈은 교회의 면세에 힘입어 취득세를 포함한 이십억 상당의 세금 혜택을 입은 것은 생각지 않고, 땅값 상승분만큼의 n분의 1을 무조건 요구했다. 거래 호가(呼價)가 아닌 공시지가를 기준으로 달라고 하는 것이니 되레 자기가 양보와 배려를 한 것이라며 생색까지 냈다.

"아무리 쫓기셔도 주님의 자리에 올라서시려 하시면 안 됩니다, 목사님. 정말 모든 것을 잃고 싶으세요?"

"대체 무슨 말씀을 하시는 거예요, 형님? 간이의자를 놔도 앉을 자리가 없는데, 계속해서 새 신도들이 몰려드는 걸 보시면서도 그런 말씀을 하세요?"

신 목사가 동문서답했다. 맹 장로의 말을 무시하고자, 아니 피하려고 부러 곡해해서 듣는 것 같았다. 신 목사도 근자에는 자신이 원하는 것만 들으려고 했다.

"선한 양 떼는 슬금슬금 빠져나가고 악한 돼지 떼가 몰려드는데, 그들이 성도로 보이십니까?"

신앙심이 아니라, 그릇된 판단과 사리사욕으로 교회를 이용하고자 몰려드는 무리가 돼지 떼가 아니면 뭐란 말인가.

"악한 돼지라니요? 저를 보고 저와 함께하고자 오는 성도들이 악한 돼지 떼라는 말입니까? 그리고 형님, 목자에게 성도는 모두가 선한 양입니다."

신 목사가 발끈하며 맹 장로를 가르치려 들었다.

"배시중 집사를 불러서 헌금 추이를 점검해보세요. 그들이 양인지, 돼지인지 아시게 될 겁니다. 유튜브 출연, 방송 출연, 특별 강연 등으로 들어오는 돈은 꽤 늘었겠지만, 목사님이 밖으로만 나도신 지난 오 개월 동안 주일 헌금이 십 퍼센트나 감소했어요. 돼지 떼는 헌금을 내지 않습니다."

성도가 늘었는데, 헌금이 10퍼센트나 감소했다는 것은 분명히 점검이 필요한 중대 사안이었다. 배 집사가 헌금을 삥땅 칠 리는 없었다.

"제가 개인 돈벌이를 하러만 다녔다는 말로 들립니다. 십 퍼센트 감소면 적은 건 아닙니다만, 주일 헌금 감소가 어제오늘 시작된 일인가요? 또 우리 교회만 그런 것도 아니잖아요. 왜 이러세요, 형님?"

신 목사가 억지 같은 변명을 하며 말했다.

맹 장로는 자만심을 넘어 자기애와 오만에 찌들어버린 신 목사가 어쩌면 돌이킬 수 없을 만큼 먼 길을 간 것이 아닌가 싶어 두려워졌다.

"목자는 성전과 성도들을 지키시는 게, 제일 사명입니다. 성전과 양들을 떠나서 더 이상 연예계와 정치판을 헤매 다니지 마세요. 부탁입니다."

"……유념하도록 할게요."

힐끔힐끔 시계를 들여다보던 신 목사가 아무런 이의도, 반발도 없이 쿨하게 답했다. 어서 대화를 끝내고 자리를 뜨려고 건성으로 하는 답이었다.

그걸 알면서도 맹 장로는 화가 나기보다 짠한 마음이 들었다. 신 목사도 지금 상황이 버겁고 힘겨울 텐데 매정하게 몰아붙였나 싶었다. 하지만 고아로서 사고무친인 신 목사에게 쓴소리를 해줄 수 있는 사람이 없었다. 다들 그의 권위와 독선에 눌려, 또는 거기에 빌붙어 먹느라 제대로 쳐다보지조차 못했다. 허경언 원로목사까지도 신 목사 앞에서 입에 발린 아첨을 일삼았다. 그러고는 돌아서서 제 잇속을 챙기기에 바빴다. 노욕에 찌든 돼지였다.

너도나도 신 목사에게 빨대를 꽂고 단물만 빨아먹다가 문제가 터지면 모두 신 목사에게 덮어씌우고 뒤도 안 돌아본 채 냅다 달아날 놈들뿐이었다. 신 목사 가까이에 '악마의 변호사' 하나 없었다. 물론 하나님과 동기간인 양 행세하는 신 목사에게 누가 감히 범접해서 직언이나 조언 따위를 지껄여댈 수 있겠는가.

이른바 거물이 되면 하나같이 분별력과 판단력이 흐려지는 것인지, 아니면 가진 게 차고 넘쳐서 너그러워지는 것인지는 알 수 없었으나, 아첨꾼과 거짓된 자들의 감언이설과 표리부동을 제대로 가려내지 못했다. 돼지를 양으로 보는 신 목사도 마찬가지였다. 저 사람이 하나님의 교회를 위해 충성하는 양인지, 담임목사와 교회를 뜯어먹으려 아양을 떠는 돼지인지를 가려내지 못하고 헷갈려 했다.

신 목사는 자신이 충성파 직분자들을 이용하고 있다고 생각하지만, 그들도 자신을 이용하고 있다는 사실을 알지 못하는 것 같았다. 심지어는 자신을 나무 위에 올려놓고 이용이 끝나면 흔들어 떨어뜨리려고 덤벼드는 정치인들도 분별하지 못했다. 신 목사는 허황된 오만과 자만심에 사로잡혀 악과 적들을 가려내지 못하고 있는 것이다.

무슨 일로 칭다오를 몰래 다녀왔는지 묻고 싶었으나, 그만뒀다. 자칫 자신의 뒤를 캐고 있다는 오해와 불신을 부를 것 같았기 때문이다.

미투 관련 기사 복사물이 신 목사 앞으로 한 보따리나 왔다는 것도 알려주고, 배 집사가 자신과 상의한 요상한 선물 구매 관련 문제도 물어보고 싶었으나, 뒤로 미뤘다. 문을 잠근 것은 그런 말을 하려 한 때문이었다. 그런데 지금 말을 꺼냈다가는 왠지 서로 감정만 상해 다툴 것 같아서 피했다.

그러나 맹 장로는 근자에 들어 신 목사와 교회 주변에 석연찮은 일들이 어른거리고 있는 것 같아 몹시 불안하고 신경이 쓰였다. 기도 중에도 느껴지는 불안이었다.

"많이 바쁘신 건 압니다. 그러나 긴 시간 동안 교회 살림살이를 직접 돌보지 않으시면 문제가 생길 수도 있습니다, 목사님."

맹 장로가 완곡한 표현으로 에둘러 당부했다. 캐묻고 싶었던 것과 신신당부하고 싶었던 것들이 많았으나 다음 기회를 엿보기로 했다. 다만 재정 · 인사 · 행정권을 오로지해왔고, 또 그렇게 하고 있는 최고 결정권자인데, 그런 그가 장시간 한눈을 파는 것은 위험천만했다. 교회의 모든 상황을 손아귀에 틀어쥐고 모든 사정을 꿰고 있는 사람이 오직 신 목사 한 사람뿐이었다. 배 집사나 윤 장로나 자신은 각각 신 목사가 맡긴 부분만큼만 알고 있을 뿐이었다. 그렇기 때문에 담임목사의 눈만 피하거나 속일 수 있다면 누구든 얼마든지 사고를 칠 수 있었다. 그러기에 그가 밖으로만 나도는 사이에 대형 사고가 터지지 말라는 법이 없었다. 맹 장로는 끝으로 이런 우려를 덧붙이고 잠금장치를 풀었다.

엊그제 열린 '사랑나눔 금요장터'는 난장판이 됐다. 그동안 소음과 통행 불편 등으로 항의를 해왔던 주민들이 떼거리로 몰려와 교역자들과 한바탕 실랑이를 벌였다. 자칫 난투극으로 번질 뻔했는데, 주보라 목사가 끼어들어 온몸으로 뜯어말리는 바람에 드잡이질만으로 끝났다. 부목사 둘은 양복이 찢어지고 목과 옆구리에 타박상을 입었다. 주보라 목사도 옆구리에 멍이 들었다. 뒤늦게 골목시장 상인들까지 가세해 서로 밀치고 나자빠지는 몸싸움이 벌어졌고, 신고를 받은 경찰이 출동하고 나서야 사태가 종료됐다. 부목사들이 관할 치안센터로 불려가 조사를 받았다고 했다.

평일에도 태극기와 성조기를 들고 교회 주변을 어슬렁거리던 가짜 성도들, 즉 막돼먹은 돼지들이 주민들을 자극하는 바람에 몸싸움이 시작됐다는 말은 하지 않았다. 양 떼와 돼지 떼 비유로 이미 마음이 상했을 신 목사를 자극하지 않기 위해서였다.

"원로목사님과 노석면 장로님이 부딪히신 일은 보고 받으셨지요?"

"……"

신 목사는 아내에게 전해 들어서 알고 있었으나, 답을 하지 않았다.

두 사람의 관계에 대해 듣고 싶어 하지 않는 것으로 판단한 맹 장로가 다툰 이야기는 보고하지 않았다. 신 목사에게 노 장로는 아킬레스건이자 급소였다.

"대선 때에도 선관위 조사까지 받고, 항의 민원이 쇄도했었는데, 지난번 설교에서 또……"

원로목사의 설교 문제에 관해서는 말하지 않을 수 없었다.

원로목사의 극우 성향에 대해서는 신 목사도 익히 잘 알고 있는바, 굳이 상세히 설명할 필요가 없었다. 맹 장로는 신 목사가 원로목사의 설교 문제에 대해 시큰둥한 반응을 보이자, 기분이 상했다. 그래서 원로목사가 성도들이 보는 앞에서 노 장로에게 쌍욕을 퍼부으며 폭력을 행사한 일을 거론하며 아무런 조치도 하지 않으면 화의 근원이 될 것이라고 경고했다.

"생각해볼게요."

애매한 답이었다. 원로목사의 대예배 설교 문제를 생각해보겠다는 것인지, 그의 폭행과 폭언 문제를 생각해보겠다는 것인지는 알 수 없었으나, 신 목사가 생각해보겠다는 것은 어떤 조치도 취할 생각이 없다는 뜻으로 받아들여야 했다.

허경언 원로목사가 신 목사에게 아버지 같다면, 맹 장로에게도 아버지 같은 존재일 수밖에 없었다. 둘 다 아가페 고아원 원생이었기 때문이다.

예나 지금이나 원로목사가 신 목사에게 베푸는 것은 아무것도 없었다. 고아원 시절에는 신노근의 유별난 의협심과 어른스러운 행동거지 때문에 요주의 인물로 찍어 특별 감시를 했고, 1988년 그가 개척교회를 시작했을 때도 원로목사는 종파가 다르다는—사실무근의 주장이었다—얼토당토않은 이유로 땡전 한 푼 지원해주지 않았다.

허경언이 주만사랑교회에 공헌한 바가 있어서 원로목사가 된 것이 아니었다. 그가 주만사랑교회에 기여한 것은 아무것도 없었다. 그에 비해 노석면 장로는 주만사랑교회 성전을 지어 봉헌한 성도였다.

주만사랑교회를 부흥시킨 신 목사가 교회 운영 규정을 바꿔 한미주성교회를 은퇴한 노목사를 원로목사로 모셔온 것이다. 고아인 신 목사는 허경언 원로목사를 필요로 했다. 아가페 고아원 원장이었던 허경언 목사를 자신의 양부(養父)로 내세울 수 있기 때문이었다.

신 목사에게는 하늘의 아버지는 계셨으나 땅의 아버지가 없었다. 그는 하늘에서 사는 게 아니었기 때문에 땅의 아버지가 필요했다. 그래서 애비 없는 호래자식이라는 말은 듣고 싶지 않다면서 원로목사를 아버지인 양 모신 것이다. 이런 이유로 신 목사는 원로목사를 맹 장로 버금가게 끔찍이 생각했다. 맹 장로가 이를 이해하지 못하는 바는 아니었으나, 아버지도 아버지 나름이 아니겠는가.

"형보다 앞으로 살아 계실 날이 적잖아."

일방적인 짝사랑이라고 퉁을 주면, 그때마다 농처럼 하는 대꾸였다. 그러면서 허 목사님이 돌아가시면, 맹 장로를 최고 어른으로 모시겠다고 했다.

신 목사의 고집과 의리를 누구보다 잘 알고 있는 맹 장로는 그를 붙잡고 더 이상 뭐라고 할 수 없었다.

담임목사실을 나온 맹대성 장로는 카페 'ELIM(엘림)'에서 기다리고 있는 가상보 집사를 만났다. 전직 청와대 경호원 출신으로 사설 경호업체 '가디언 GSB'를 운영하는 대표였다.

"담임목사님 경호팀을 꾸려주세요."

"경호요?"

주의 종인 목사에게 웬 경호팀이 필요하냐는 반응이었다.

"외부 활동을 하실 때만 경호해주시면 됩니다. 뛰어난 무술 실력까지는 필요 없고, 허우대가 위압적이지 않으면서 인상이 험하지 않은, 외모가 튀지 않는 젊은 친구들로 댓 명쯤 붙여주세요. 그리고 이건 가 집사님과 저만 아는 비밀입니다."

목소리를 낮춘 맹 장로가 집게손가락을 입술에 대며 말했다. 그가 볼 때 신 목사는 조만간 광장 집회에 나갈 것이 빤했다. 그곳이 설령 사지가 아니라 할지라도 신 목사를 홀로 내보낼 수는 없었다. 맹 장로를 감싸고 도는 불길한 예감 때문이었다.

가상보 집사와 헤어진 맹 장로는 지하 기도실 끝 방으로 향했다. 사람의 힘으로는 불가능한, 오직 주님께서 돌봐주셔야만 가능한 일들이 너무 많았다. 기도가 필요했다.

신사랑 목사가 장기 플랜을 세워 야심차게 추진해온 의류 · 요식 · 의료 · 금융 네트워크는 지난해부터 헐거워지기 시작하더니 급기야 곳곳이 벌어져 삐걱거렸다. 경기침체의 영향이라고 했으나, 그건 정치인들이 정치적 목적에 따라 툭하면 지껄여대는 말이었고, 지금 조이지 않으면 곧 흐트러져 무너질 것 같았다.

신 목사는 주만사랑교회를 독립체로서 자생력을 가지고 작동되는 왕국으로 건설하고자 했다. 교회 네트워크를 통해 자급자족할 수 있는, 자력갱생할 수 있는 공동체를 만들고 싶어 했다. 그래서 구축한 것이 CFMF(Clothing · Food · Medical care · Finance) 네트워크였다.

이 특화된 네트워크는 후발 교회인 주만사랑교회가 그동안 선발 대형 교회의 꽁무니를 단시간에 따라잡을 수 있었던 동력이었다. 또한 후발 대형 교회들의 롤모델이 되기도 했던 운영 시스템이었다.

9

신사랑 목사는 맹대성 장로의 잔소리를 들은 것도 있지만, 칭다오와 움막 기도처를 다녀온 뒤라 영육 간에 여유와 힘이 생겼기 때문에 안 그래도 교회 살림살이를 챙겨볼 요량이었다. 한눈을 길게 팔고 있다 보면, 어디서건 한순간에 전혀 예기치 못한 사고가 터질 수 있다는 맹 장로의 시의적절한 지적에 전적으로 동의했다. 한 방에 훅 갈 수도 있는 게 세상사 아니던가.

신 목사는 교회 브랜드 구축 차원에서 시작한 '주만사랑 교회: BEYOND 2020 CI'—Corporate Identity를 변용한 Church Identity이다—작업 관련 2차 수정 보고안을 들여다봤다. 그는 목사이나 사목(司牧)하지 않고 경영했다. 때문에 복음과 교리를 선진 경영 프레임과 패러다임 속에서 재해석해 가공하여 사목했다. 이를 제직자들에게는 리뉴얼이라고 했다. 천국 열쇠를 받은 베드로가 성전을 세운 지 이천 년 넘게 지났으니 리뉴얼, 리폼, 리셋은 당연한 것이 아닌가.

그는 2001년 『최고 경영자 예수』 『긍정의 힘』을 읽으면서 기독교의 경영적 가치와 의미를 재발견했다. 신세계였다. 이때부터 하이에크의 신자유주의 사상과 케인즈의 경제 이론을 공부하고, 피터 드러커의 경영 관련 저서들을 찾아 탐독하고, 각종 자기계발서를 사서 읽고, 에디슨이 설립했다는 전기기기업체 GE를 돈 놓고 돈 버는 금융그룹으로 재탄생시켜 성공시켰다는 잭 웰치 신화 등 경영 기법들까지 찾아서 두루 공부했다.

뿐만 아니라 빅데이터로 소비자의 의식과 성향을 분석해 시장을 조정한다는 애플, 페이스북, 아마존, 구글의 최고경영자들도 연구했다. 교회의 기획 · 행정 기능을 강화하고, Plan-Do-See와 MBO(Management by Objectives)를 벤치마킹해서 기본으로 하라고 지시했다. 19명의 부목사들은 세 명씩 돌아가면서 삼성 등 재벌기업에서 운영하는 경영 교육 관련 프로그램을 의무 이수토록 지시했다. 신도와 고객은 다를 바가 없기 때문이었다. '고객 감동'='신도 감동'이었다.

CI는 미션(존재 이유)과 비전(목표)을 재정립하는, 재창업에 버금가는 대역사인지라, 강남 바벨 성전 준공에 맞춰서 하려고 했다. 하지만 계획에 차질이 빚어지면서 강외구 산북동 '방주' 성전에서의 목회가 길어지게 되었고, 그에 따라 제직자들의 기강이 해이해지고, 성도들의 신앙생활도 헐렁해지는 것 같았다. 자극이 필요했다.

2020년이 되면 강외구 산북동 산13번지에 성전을 세운 지만 이십 년을 맞이한다. 그러니까 바로 지금이 이십 년 동안 신고 다녔던 가죽 구두를 갈아 신어야 할, 즉 혁신을 해야 할 타이밍이었다. 그래서 그는 봉헌 이십 주년 기념으로 CI 선포식을 계획했다.

2020년 8월 15일로 예정된 청주 지교회 창립예배 겸 신위한 담임목사 임직예배와 맞춰서 선포식을 하려고 했으나, 그때로 잡으면 너무 늦춰지는 감이 있어서 교회 재창립일인 1월 1일로 정했다. 조직의 혁신, 즉 변혁은 필수였다. 현실에 안주한 채 변화하지 않는 조직은 망한다고 하지 않던가. 또 변화에서 타이밍은 무엇보다 중요한 요소였다.

당회에서 VI(Visual Identity)를 중심으로 약식 CI 작업을 하자는 일부 의견도 있었으나, 신 목사는 오히려 VI는 강남 성전으로 이전할 때 하기로 하고, MI(Mind Identity)와 BI(Behavior Identity)를 중심으로 하자고 제안했다. 담임목사의 제안은 곧 결정 사항이었다.

완전한 CI 작업을 하려고 했으나, 강북에 계속 머무르면서 교회의 심벌마크와 로고타이프를 바꾼다는 것은 생뚱맞은 짓이 될 수 있었다. 심벌마크와 로고타이프를 바꾸거나 리메이크해야 하는 VI 작업은 마땅히 새 부대에 새 술을 담는 강남 성전 시대에 해야 했다.

우리나라가 미국의 CI를 일본을 통해 받아들이는 과정에서 잘못 받아들이는 바람에 VI만을 CI로 잘못 알고 있어 문제라고 지적한 시카고대학교 경영학과 출신 마이클 문 장로를 CI 추진 부위원장으로 임명했다. 그는 왜식(倭式) CI가 아닌 미국 본토식 오리지널 CI를 하겠다고 장담했다.

대기업 CI 수주 실적을 자랑삼아 내세웠던 커뮤니케이션디자인학과 교수인 도민종 집사가—그도 마이클 문과 같은 미국 국적 소유자였다—불만을 드러내며 몹시 서운해했으나, 조금만 기다리면 강남 성전 VI 작업을 할 수 있다며 달랬다.

MI와 BI는 자신의 영역이 아닐뿐더러, 큰돈도 되지 않을 것이라고 판단한 도 집사가 신 목사의 결정을 기꺼이 수용했다. MI와 BI의 중요성에 대해 마이클 문 장로로부터 귀에 딱지가 앉도록 설명을 듣다가 세뇌당한 신 목사는 CI 관련 인건비 예산 총액 중 60퍼센트를 마이클 문 장로에게 지급하기로 했다. MI와 BI를 그림이나 기호로 형상화하는 게 VI라고 하니, 당연한 셈법이었다. 육신이 영혼의 값보다 비쌀 수는 없지 않겠는가. 마이클 문 장로의 말을 듣고 나서 깨달은 바 있는 신 목사는, 스피치라이터인 안도문 집사를 CI 위원으로 추가 투입시켜 움막 기도처와 교회의 브랜드 스토리텔링 작업을 추진해달라고 했다.

마이클 문 장로가 메일로 전달해준 50쪽 분량의 2차 추가 수정안까지 프린트해서 꼼꼼히 검토했다. 추가 수정안을 받고도 바쁘다는 이유로 보름이 넘도록 방치해두고 있었던 것이다. 방치라기보다는 잊어버리고 있었다. 신 목사는 마이클 문

장로에게 전화를 걸어 검토가 늦어진 사정을 구구절절 말하고 정중히 사과했다. 그는 학계에서의 위치나 사회적 위상으로 볼 때 소홀히 대할 수 없는 사람이었다.

신 목사는 자신의 의견과 요구 사항을 색색의 포스트잇에 따로 메모해 붙였다. CI추진위원회에 직접 참석하지 못하게 되면—그럴 가능성이 컸다—맹 장로 편에 메모를 붙인 수정안을 통째 전달해줄 생각이었다. 수정안 검토를 마치고 메모 내용을 다시 확인한 신 목사는 맹 장로를 부르려고 하다가 안도문 집사를 먼저 불렀다.

전속 스피치라이터인 안 집사에게는 3A센터 오층의 전망 좋고 조용한 구석진 곳에 별도의 개인 사무실을 배정해주었다. 스피치라이터를 끔찍하게 챙기는 신 목사의 특별 배려였다. 그에게도 배 집사와 마찬가지로 고액의 연봉에 '기밀유지비'를 따로 지불했다. 돈도 돈이지만, 신뢰와 사랑과 배려로 각별히 예우해줬다. 메이저 신문 기자 출신이자 유명 시인인 그는 다용도 전천후 폭격기처럼 모든 장르의 글을 감당하고 소화했다. 또 '바담풍' 하면 '바람풍'으로 알아들었고, 보수 언론 출신 기자임에도 불구하고 생각의 균형추가 좌나 우로 기울지 않은 지사형 문사였다.

신 목사는 자신의 말발에 버금가는 글발을 가지고 있는 그를 무척 좋아하고 아꼈다. 그의 사인본 시집을 받을 때마다 금일봉을 잊지 않았고, 그렇게 받은 시집은 밑줄까지 그어가며 반드시 읽었고, 설교 시 인용을 해주기도 했고, 또 피드백까지 해주는 열성 팬이기도 했다. 뿐만 아니라 천 권을 구매해서—할인받은 저자 가격으로 출판사에서 구매하는 것이 아니라 신도들을 선발해 여러 온오프라인 매장에서 구매했다—교인들과 지인들에게 돌렸다.

신 목사는 자서전 진행 상황을 점검하고, 늦어도 내년 9월 중순까지는 초고 집필을 마칠 수 있도록 힘써 달라고 했다.

"에세이집 최종 교정본은 읽어보셨는지요?"

크리스마스 대목에 맞춰 출간키로 예정한 주보라 목사의 에세이집을 말하는 것이었다. 신 목사의 이름과 안도문의 필력이 만들어낸 에세이집과 칼럼집은 발행 족족 베스트셀러에 올라 대박을 쳤으나, 이번에 아내와 안 시인의 최초 합작품인 에세이집은 어떤 결과를 낳을지 자못 궁금하고 기대가 컸다. 명색이 아내의 에세이집인데, 내용을 들여다보면 대부분 남편인 신 목사에 대한 애정과 자랑이 담긴 절절한 에피소드로 넘쳐났다.

"내가 요즘 너무 바빠서 맹대성 장로님께 한번 읽어봐주십사 부탁드렸어."

"……아, 예."

자존심이 상했는지, 탐탁지 않게 답했다.

"나도 시간이 나는 대로 꼭 읽어볼 걸세. 자네가 쓴 글이야 나무랄 데가 없지 않은가."

예민하고 괴팍한 글쟁이의 심성을 고려해 얼른 칭찬을 덧붙였다.

자신은 시간이 없어 읽지 못함에도 불구하고, 맹 장로에게 최종 원고를 꼭 읽어달라고 지시한 것은 이유가 있었다. 행여라도 밖으로 알려져서는 안 될 내용이 들어 있거나, 자신의 이미지를 손상하거나, 자신의 신앙과 이념에 반하는 내용이 있을 수도 있기 때문이었다. 안 시인을 못 믿어서가 아니라, 아내의 해맑은 푼수기를 알기 때문이었다.

신 목사는 준비해두었던 금일봉을 안 시인에게 건넸다. 집필료가 아니라, 아내의 화수분 같은 수다를 불평 없이 모두 들어준 데 대한 별도 사례금이었다. 아내의 책은 근로계약 조건에 없어서 당연히 집필료를 따로 줘야 했고, 금일봉은 재교와 삼교 때 각별한 신경을 써달라는 '기름칠'이기도 했다. 모르긴 몰라도 감동적인 글은 머리가 아닌 가슴으로 쓰는 것인지라, 기름을 흠뻑 쳐줘야 가슴이 뜨겁게 반응한다는 것이 그의 지론이었다. 자신도 강사료에 따라 성령이 반응하기 때문이었다. 어차피 금일봉도 목회활동비로 나가는 돈이었다.

배시중 집사로부터 들은 재정 현황 보고와, 곧이어 윤필용 장로로부터 들은 부서별 운영 보고는 듣는 내내 '주여, 주여' 하며 탄식을 토해낼 만큼 마음이 편치가 않았다. 직분자들이 각자가 해야 할 기본조차 안 하고 있다는 강한 의구심이 들 정도로 불편했다. 특히 19명이나 되는 부목사들의 수동적인 목양 태도와 무사 안일한 행정이 못마땅했다. 전투 중인 소대장이 진두지휘를 하지 않고 배후에서 돌격 명령만 내리고 있는 꼴이 아닌가. 무능하면 그만큼 성실해야 했고, 게으르려면 그만큼 유능해야 할 터인데, 이도 저도 아닌 부목사들이 안타까웠다. 아마도 아내 주보라 목사의 부실한 건강 상태가 부목사들을 관리 · 감독하는 데 영향을 끼치는 것 같았다. 솔선수범 없이 말로만 아랫사람들을 부릴 수는 없지 않은가.

그는 부목사들을 소집해서 화풀이나 잔소리를 해대는 것보다 인사고과제도를 손보는 것이 낫겠다는 생각을 했다.

3A 스쿨과 CFMF에 관한 보고는 따로 날을 잡아 상세히 받기로 했다.

신사랑 목사는 신중업 실장의 제안에 답을 줘야 했다. 그사이 그의 비서 어동수로부터 다섯 차례나 징징대는 재촉 전화가 왔다. 그중 두 차례는 대포폰이 아닌 목사실 직통전화였다. 대포폰을 안 받아서 번호를 알아냈다고 했다.

신 실장이 직접 전화를 드리면 불편해하실 것 같아, 자기가 대신 전화를 드리는 것이니 다른 오해는 하시지 말아달라고 했다. 어동수는 기자 시절부터 오해하지 말라는 말을 입에 달고 사는 놈이었다. 그만큼 오해할 짓을 많이 하고 다니는 놈이었다. 하지만 오랜 기간 검찰청과 정치판을 헤집고 다니며 인맥을 쌓고 못된 잔기술을 많이 보고 배운 놈인지라 얕잡아보거나 함부로 다룰 수 있는 놈이 아니었다.

아직 젊은 놈이지만, 검찰 쪽에만 빨대를 꽂고 있는 게 아니라, 간특하고 노회한 방영석 교수를 빰치는 전략가이자 모략가라는 말도 들렸다. 정치 검찰을 차장검사로 모시고 있는 검찰 사위가 귀띔해준 정보였으니 나름의 신빙성이 있었다. 어동수는 총칼의 시대가 끝나고 펜과 법의 시대가 도래했음을 아는 놈이었다.

신 목사는 더 이상 시간을 끌어 어동수와 신중업을 불필요하게 애먹일 필요가 없다고 생각했다. 전도서 3장의 말씀처럼 때가 된 것이다.

10

마중을 나와 포렴을 등진 채 출입구 앞에 선 '자미원(紫微垣)' 사장이 금빛 스타렉스에서 사뿐히 뛰어내린 신사랑 목사를 월·죽·송·석(月竹松石)실(室)을 지나 한갓진 특실 수(水)로 안내했다. 윤선도 「오우가(五友歌)」의 오우를 본떠 방 이름을 지은 것 같았다. 복도 맞은편 쪽은 크기가 작은 춘·하·추·동·황·청·백·적·흑실이었다. 규모가 크고 고급스러워 보이는 한정식집이었다.

신중업 실장이 먼저 와서 기다리고 있었다. 바늘 가는 데실 가듯이 자칭 책사라는 방영석 교수가 실실 웃어가며 신 실장 옆에 들러붙어서 열심히 이바구를 까고 있었다. 점심나절인데 방 교수의 얼굴이 불콰한 것을 보니 낮술을 걸친 것 같았다. 이래서 저마다 교수를 하려고 떼돈을 바쳐가면서 안달인가 싶었다. 어쨌든 교수는 한국 사회에서 신분과 지위로 볼 때 최상위 포식자였다.

신 실장과 악수를 나눈 신 목사가 방 교수를 보고는 헤벌쭉 웃어주는 것으로 인사를 갈음했다. 그러나 방 교수는 특유의 설레발로 신 목사에게 호들갑스러운 인사치레를 했다. 두 사람이 서서 포옹을 하고 있을 때, 여닫이문이 빼꼼히 열리고 2:8 가르마를 탄 머리통이 나타났다.

"실장님. 방이 준비되었답니다요."

어동수 비서였다.

"여어, 우리 어 기자님 아니신가."

자리에 앉으려던 신 목사가 설레발을 치며 반갑게 악수를 청했다.

"저와 같이 잠깐 자리를 옮기시지요, 목사님."

두 사람 간의 인사가 끝나자, 신 실장이 앞장을 서며 말했다.

신 목사가 신 실장의 뒤를 좇아 방을 나섰다. 맞은편 끄트머리에 있는 흑실 앞에 서서 대기하고 있던 사장이 직접 문을 열어주었다.

"목사님, 요점만 짧게 말씀 올리겠습니다."

두 사람 모두 꽃방석 위에 자리를 잡고 앉는 것을 본 사장이 밖에서 문을 닫자, 신 실장이 서둘러 입을 열었다.

공천과 총선 일정 때문에 쫓기고 있구나 싶었다. 하기야 첫 출마이자 처음 치를 선거이니 오죽하겠는가.

뉴스를 볼 때마다 해동토건그룹이 날마다 새로운 건으로 계속해서 탈탈 털리고 있었다. 검찰은 압수수색을 하면서도 새로운 압수수색 영장을 계속 청구하고 있었다. 넘어지면 일으켜주려는 사회가 아니라, 평소 꼬나보고 있던 놈들까지 가세해서 짓밟는 사회라는 것을 다시금 뼈저리게 일깨워주는, 전형적인 수사 사례였다.

"불필요하고 소모적인 다툼이 극심한 세상이오. 녹취를 뜹시다. 어떻소?"

촉이 빨라 무슨 애기를 나누게 될는지 아는 신 목사가 말했다.

"예?"

신 실장이 당황스러운 듯 물었다.

"이 방에서 나간 뒤에 무슨 일이 생기면 서로 말이 달라질 수 있고, 또 서로가 딴말을 하게 되면 누구 말이 맞는지를 놓고 다투게 될 텐데, 하나님 심판 날까지 어찌 기다리겠소?"

신 목사가 주머니에서 꺼낸 소형 녹음기를 상 위에 올리며 말했다. 엄지손가락 크기의 녹음기였다.

신 실장이 난처한 표정으로 머뭇거리자, 말은 흩어질 터이니 서로를 위해서 확실한 증거를 남겨두는 것이 좋지 않겠느냐고 덧붙였다.

"목사님도 힘든 일을 많이 당해보셨군요?"

신 실장이 사타구니에 처박았던 고개를 들며 고개를 끄덕였다.

"녹취한 파일은 복사를 떠서 드리겠소. 자, 시작 버튼은 실장님께서 누르시오. 이게 버튼이오."

신 목사가 손가락 끝으로 녹두알 크기의 버튼을 가리켜주며 소꿉놀이를 하는 아이처럼 짓궂은 표정으로 말했다.

버튼을 누른 신 실장이 긴장이 되는지, 잠시 헛기침을 하며 잠긴 목을 풀었다. 그러고 십 초가량의 침묵이 흘렀다. 서로가 긴장을 한 때문이었다.

"그럼, 시작하겠습니다."

신 실장 말에 신 목사가 고개를 끄덕였다.

"제가 목사님의 소망을 이뤄드리면, 목사님께서 제 소망을 이뤄주시겠습니까?"

무슨 뜻인지 단박에 알아들을 수 있는 말이었다. 세상사 근본 이치인 주는 정 가는 정, 기브 앤 테이크를 못 알아들을 바보가 어디 있겠는가.

"요점만 짧게 말씀하시겠다고 하시고는, 요점 없이 말씀을 그리 돌리시면 목자인 내가……"

신 목사가 능청을 떨었다.

"송구합니다, 말주변이 없어서…… 제가 강남땅에 주만사랑교회 성전을 기부 건축해드리면, 저를 국회의원으로 만들어주시겠습니까?"

기브 앤 테이크처럼, 1+1=2처럼 명징한 화법이었다. 7÷2, 5÷3, 4÷3이 아니었다.

"신 실장님은 성전 기부 건축을 내게 약조하실 수 있지만, 나는 신 실장님을 국회의원으로 만들어드리겠다는 약조를 할 수 없다는 걸 잘 아실 텐데…… 우리 개신민족당에 들어오시는 것도 아니실 테고 또 내가 하나님이 아닌데, 어찌 그런 답을 할 수 있겠소."

신 실장을 국회의원으로 만들어주겠다는 것은 신 목사가 약조를 할 수 있는 사안이 아니었다. 그가 그걸 몰라서 한 말은 아닐 것 같았다. 건축은 돈으로 지을 수 있지만, 국회의원은 불특정 다수의 민의로 만드는 것이 아닌가. 어쨌든 신 목사는 잔뜩 들떴던 마음을 가라앉히며 짐짓 김빠진 표정으로 대꾸했다.

"선거는 민의라는 것도 알고, 목사님이 사람들의 마음을 움직이신다는 것도 잘 알고 있습니다. 그러니까 그렇게 해주시겠다는 약속만 해주시면 됩니다. 하나님의 이름으로……"

신 실장의 말이 또 모호했다. 민의와 사람들의 마음은 같은 말이 아닌가. 사람들의 마음을 움직이는 신 목사가 민의도 움직일 수 있다는 뜻인가. 신 목사는 그 뜨르르하게 유명한 시카고대학교 경영대학원 출신이라는 그의 지능지수가 의심스러웠다.

"결과를 책임지시라는 말씀이 아니라, 과정을 책임지셔달라는 말씀이지요."

신 목사가 어처구니없다는 표정으로 바라보자, 이응고 신 실장이 아무렴 자신이 바보이겠느냐는 표정으로 히죽 웃으며 덧붙였다.

"그게 무슨 소리요? 당신도 과정을 약속하겠다는 거요?"

신 목사는 웬 말장난인가 싶어 발끈했다.

"아, 아닙니다. 성전은 반드시 지어드립니다. 그러니까 절대로 그런 뜻으로 올린 말씀이 아니오라, 목사님께서는 성전 헌당과 저의 당선을 위해 최선을 다하겠다는 서원을 하나님께 하시겠다고 제게 약속만 해주시면 됩니다. 목사님께서 그 서원을 어기실 수는 없겠지요. 그래서 약속만 해달라는 것이었습니다."

그가 손사래를 치고 정색을 하며 말했다.

신 목사는 그가 나름대로 주워들은 교리도 있고, 목마른 사람을 다룰 줄도 아는 것 같다는 생각이 들었다. 인간의 신의와 하나님과의 신의—서원은 하나님께 드리는 맹세였다—둘 다를 건 약속을 받아내고 싶다는 뜻이었다.

"내 힘만으로 할 수 있는 일이 아닌데 어떻게 서원을 하란 말이오?"

"목사님께서 불가능하신 일을 제가 부탁드리겠습니까? 그리고 목사님이 하시는 일은 하나님께서 도와주시지 않겠습니까?"

신 목사는 이놈이 나를 알아보는구나, 제법이구나, 만만히 볼 놈이 아니구나 싶었다.

어쨌든 그의 바람이 전혀 불가능하다고 볼 일은 아니었다. 또 막말로 신 목사가 약속을 못 지켰다 한들, 그래서 신 실장이 낙선했다고 한들, 신 실장이나 해동그룹이 딱히 손해 볼 것은 없었다. 성전을 공짜로 지어줬다고 해도 세상에 공짜는 없는 법이어서, 해동그룹이 성전 헌당으로 얻을 수 있는 것들이 적지 않았다. 세제 혜택은 물론이고, 따져보고 알아보고 마음먹기에 따라서는 크고 작은 부대 잇속도 챙길 수 있었다.

이런 것들을 속속들이 알고 있는 신 목사이기에 신 실장 말에 혹하거나 감지덕지하며 호들갑스러운 반응을 보이지 않았다.

신 목사는 갈색 프라다 손가방에서 성경을 꺼내 미국 대통령이 취임 선서를 하듯이 그 위에 손을 얹고 약속했다.

"저에게 약속하시지 말고 하나님께 서원해주세요."

신 실장이 정색을 하며 말했다.

"그럽시다."

못할 것도 없지 않은가. 신 목사가 흔쾌히 답했다.

신 실장이 그 모습을 휴대전화 영상 모드로 촬영했다.

총론에 합의한 두 사람은 주요 각론 몇 가지를 마저 논의했다. 그러고 나서 신 실장이 사적으로 사소한 부탁을 하겠다면서 덧붙였다.

"정치판에 들어와 보니, 내 돈을 내가 쓰는 것인데, 그 돈을 쓰는 게 쉽지가 않네요. 교회가 제 돈을 조금만 관리해주셨으면 합니다."

사적으로 받을 사소한 부탁이 아니라, 주요 각론에 아니 총론에 넣어야 할 중대 사안 같았다. 교회 안에 비자금 관리 창구를 두도록 해달라는 뜻이었다.

잠시 머리를 굴리던 신 목사는 돈을 '인질'로 잡고 있는 셈이 될 수도 있다는 판단에서 응해주기로 했다. 그러나 그 조금이 얼마만큼인지는 모르겠으나 '조금만'을 전제로 한다며 "그럽시다"라고 답을 했다.

신 실장의 이 부탁은 배 집사에게 맡기면 될 것 같았다.

"여기까지 녹취한 시간이 26분 11초요. 이제 그만 녹취를 끝내도 되겠소?"

신 목사가 녹음기를 바라보며 말했다.

"예."

신 실장의 답을 듣고 빡, 하고 손뼉을 친 신 목사가 녹음기를 껐다.

"이걸 신 실장님께 통째 드릴 테니, 복사본만 내게 전해주시오."

재생 버튼을 눌러 잠시 녹음 상태를 확인한 신 목사가 엄지 손가락 크기의 초소형 녹음기를 신 실장에게 건네주며 말했다. 처음에 한 말을 바꿔 신 실장에게 녹음기 자체를 넘기겠다는 뜻이었다.

“제가 복사본을 갖겠습니다요, 목사님.”

신 실장이 손사랫짓을 하며 말했다.

“내가 복사를 뜨려니 번거로워서 그러는 거요. 자 받으시오.”

두 사람 하는 짓이 달빛 아래 낟가리를 둘러메고 마주 서서 ‘형님 먼저, 아우 먼저’ 했다는 동화 속의 의좋은 형제 같았다.

‘거래’를 끝낸 두 사람이 월실로 향했다. 흑실로 갈 때와 달리 돌아올 때는 두 사람이 도원결의한 의형제처럼 어깨를 나란히 하고 정답게 걸었다.

두 사람이 사이좋게 월실로 들어섰을 때, 어동수 비서와 방영석 교수는 얼굴을 붉힌 채 서로 딴 곳을 바라보고 있었다. 라파엘로의 「아테네 학당」에 나오는 아리스토텔레스와 플라톤처럼 어 비서는 방바닥을, 방 교수는 천정을 각각 보고 있었다. 둘만 있던 삼십여 분 사이에 말다툼이라도 한 것 같았다.

취기로 불콰했던 방 교수의 얼굴이 달궈진 인두인 양 시뻘겠다. 술을 더 한 것 같지는 않았고, 잔뜩 굳은 표정들을 보니 말다툼을 한 것이 틀림없어 보였다. 방 교수가 더 붉으락푸르락한 것을 보니 수세에 몰렸던 것 같았다.

서로 치고받는 말을 들어보니, 보수 야당의 상황과 여건이 여당에 비해 나쁘지만은 않은데, 매번 프레임 싸움에서 밀리거나 뒤지고 있는 것을 어떻게 보느냐는 문제로부터 의견 충돌이 생긴 것 같았다. 둘 다 다혈질이기 때문인지 토론을 하지 않고 언쟁을 했다. 신 목사도 관심 있는 문제인지라 귀를 세우고 들었다.

육사 학력에 성도일보 정치부 기자 출신인 어 비서가 게거품을 물고 말하길, 프레임을 짤 때 콘셉트나 목적에 사심이 없어야 하는데, 섣부른 당파적 예단과 근거 없는 진영적 희망에 기대기 때문에 번번이 질 수밖에 없는 것이라고 주장했다. 세상사, 특히 정치판에서는 당연히 그래야 한다는 것이 없는데, 꼰대들이 당연히 그래야 하고 또 마땅히 그럴 수밖에 없을 것이라는 예측 아래 전략을 짜는 게 문제라고 했다. 그러면서 프레임은 자기 가치관이나 희망 사항만으로 짜는 게 아니라, 상대방의 허실과 대중의 보편적 바람 등을 제대로 헤아려서 짜야 한다고 덧붙였다. 그런데 보수 수구적 가치관 속에서 상대를 무조건 얕잡아보기만 할 뿐 지피지기를 하지 않는다고 꼬집었다.

어 비서의 말투가 시건방지고 말하는 태도가 오만방자했다. 방 교수에게 대놓고 하는 말은 아니었으나, 자신도 보수이자 꼰대라고 생각하는 방 교수가 발끈하지 않을 수 없었다. 방 교수는 보수가 정권을 잃으니까 별 같잖은 놈이 다 자신을 무시하는구나 싶어 분노가 치밀었다.

씩씩대는 방 교수를 무시한 어 비서가 신 목사와 신 실장을 향해 자기 쪽 희망 사항이나 상대에 대한 복수심과 증오심을 버려야 제대로 된 전략이 나오는 게 아니겠느냐며 동조를 구했다.

누구 편도 들 수 없는 상황이라는 것을 잘 아는 두 사람은 꿀 먹은 벙어리인 양 서로를 바라보며 눈알만 데굴데굴 굴렸다.

"우리는 사심이고, 저쪽은 공심이란 말이지?"

방 교수가 견강부회하며 과민반응을 보였다.

세상 물정 모르는 풋덩어리가 주워들은 말만 가지고 까분다는 표정을 지었는데, 그러는 방 교수는 신 목사가 보기에도 꼰대였다. 신 실장이 어 비서에게 맞서지 말고 자제해달라는 부탁의 눈짓을 보냈다.

신 목사는 방 교수와 같은 자만심과 무지와 꼰대 기질이 '우리들'이 타도해야 할 공동의 적이라는 사실과 바로 그런 것들이 적들이 우리들을 공격할 때 이용하는 군량이자 무기가 되고 있다는 사실을 모르고 있는 그가 안타깝고 안쓰러웠다. 그러니까 방 교수는 내부의 적이자, 엑스맨이자, 트로이 목마였다.

어동수의 말이 틀리지 않았다. 레거시 보수 언론 기자들은 기사만 우리들 입맛에 맞게 써주는 것이 아니라, 정보원 역할까지 해주었다. 심지어는 우리들을 위해 자발적 '공작'을 벌이는 기자들도 있지 않은가. 저들 속에 없는 자신들의 이익이 우리들 속에 있기 때문이었다.

지금의 보수 야당은 정권만 못 잡고 있을 뿐이지, 정권을 잡고 있는 여당보다 여론과 민심 조성에서 하등 불리할 것이 없었다. 이념으로 포장을 했지만, '가진 자'와 그걸 '빼앗으려는 자'의 싸움일 뿐이었다.

언론과 검찰이 이를 이용해서 자기네 조직의 이익을 얻고자 진영 논리를 한껏 부추기고 있었다. 이미 다 가진 자가 더 가지려는 자의 편에 선 것이다. 게다가 일부 우국지사를 자처하고 사이비 공정과 정의를 외치는 식자들은 사실보다는 의견을 긁어모아 생산한 창의적 혐오와 의혹들을 불철주야 주야장천 배설하고 있었다.

그럼에도 불구하고 우파적 프레임이 잘 먹혀들지 않고 있는 이유를 놓고 두 사람은 티격태격하는 중이었다. 어동수가 그 이유 가운데 하나로 오만하고 무지하고 자만심에 찌든 꼰대 의식을 지적한 것인데, 꼰대 중의 왕꼰대인 방 교수가 동의할 수 없다며 반발을 하고 나선 것이다. 꼰대들을 위해서라면 기꺼이 십자가도 짊어질 수 있는 방 교수를 어 비서가 잘못 건드린 셈이다.

'우리들'이 잘 해내고 있다는 방 꼰대의 주장은 이랬다. 정보 전달만으로는 자유대한민국을 만들 수 없다고 판단한 언론이 대국민 이념 교육 기관으로서의 역할을 자임하게 된 것이다. 그러니 응원하고 지원하며 좀 더 기다려볼 필요가 있다. 국민은 언론을 통해서 모든 정보와 의미와 가치를 전달받을 수밖에 없는 것이다. 그러니까 국민이 언제까지 언론이 주는 정보와 가르침을 거부하거나 의심하며 부정할 수는 없을 것이다. 위대한 교육의 힘을 믿어야 한다.

게다가 민주 검찰도 언론과의 협업을 통해 합법적인 방법으로 독재 정권에 대한 수사권과 기소권을 집행하기 시작했다. 검찰과 언론의 공적(共敵)이 현 독재정권이다. 법치국가에서 법은 군사정권의 총보다 무서운 위력을 가지고 있는 것이다. 법을 집행하는 검찰이 정권과 죽기 살기로 맞짱을 뜨고 있다. 지금처럼 조금만 더 밀어붙이면서 기다리면 우리 쪽이 반드시 승리하게 되어 있다. 그러니 자중지란을 일으키지 말고 기다려라.

방 교수가 꼰대스러운 주장을 했으나, 신 목사가 생각하기에도 근거가 미약하다거나 틀린 주장은 아니었다. 정권에 각을 세운 보수 언론은 일단 의심이 간다 싶으면, 무조건 까발렸다. 까발리면 연기가 났다. 아니 땐 굴뚝에 연기 날까. 심판 이전에 의심을 받아야 했다. 그렇게 되면 진위와 위법 여부를 떠나 윤리 · 도덕적인 의심을 피할 수 없게 됐다. 또 판단을 할 수 있는 정보를 주지 않고, 심판을 한 결과만 보도했다. 다 보도하는 것이 아니라 선별적으로 했다. 언론은 진위에 대한 책임으로부터 자유로웠기 때문에 얼마든지 '아니면 말고'로 끝날 수 있었다. 그래서 레거시 언론들은 SNS에 떠도는 사적인 게시 글도 필요하다 싶으면 진위 검증 없이 침소봉대해서 기사화했다.

방 교수가 말하길, 정권이 짠 적폐 청산 프레임 속에서는 레거시 언론과 보수 세력과 교회가 한통속이 될 수밖에 없기 때문에 서로가 단단히 뭉쳐 동고동락을 해야 총선과 차기 정권 창출에서 승리할 수 있다고 했다.

간이 배 밖으로 나온 좌파 정부 놈들이 레거시 언론까지 적폐 프레임을 씌워서 청산하겠다고 덤벼드니 레거시 언론이 모두 우파 편으로 기울었거나 우파 편에 선 것처럼 보일 수밖에 없게 된 것인데, 뭣도 모르는 여당 놈들이 또 그걸 가지고 야당이 레거시 언론을 한패로 만들기라도 한 양 적폐 옹호 세력 어쩌고 하며 싸잡아 덤벼들고 있으니 레거시 언론으로서도 야당과 함께 죽기 살기로 싸울 수밖에 없게 된 것이 아니냐고 했다.

어 비서가 덧붙인 이 말에 방 교수가 격하게 동조를 하면서 갑자기 둘 사이에 조성되었던 긴장된 분위기가 눈 녹듯 사라졌다. 초록은 동색이라고, 결국 표현하는 방식이 달랐을 뿐이지 둘의 생각이 같다는 것을 확인한 것이다.

듣고만 있던 신 목사도 끼어들었다. 하나님의 뜻과 반하는 양성평등이니 차별금지니 씨불여가며 법까지 만들겠다고 나대는 놈들을 어떻게 두고 보기만 하겠는가. 창조주께서 정해 세세만년 내려온 인간의 섭리와 도리를 법으로 바꾸겠다며 난리 블루스를 추는 사탄의 무리를 어찌 보고만 있을 수 있겠는가. 새들도 좌우 날개가 있어야 나는 법인데, 촛불로 우측 날개를 태워버린 좌파 놈들이 하나님이 세워주신 자유대한민국을 말아먹으려고 하고 있지 않은가. 때문에 자신도 구국의 대열에 나서기 위해 조만간 광장으로 나가야 할 것 같다고 했다.

"그게 언제요?"

그 말을 들은 방 교수는 심 봉사가 눈을 뜬 양 호들갑을 떨었다.

입가에 묻은 게거품을 손등으로 닦아낸 신 목사가 그 언제쯤이 언제인지를 하나님에게 묻고 있는 중이라고 답했다.

전채 요리가 나왔다.

식탐이 강하기로 소문난 방 교수가 입을 헤벌쩍 벌리며 요리를 반겼다.

"자, 드시지요, 목사님."

방 교수가 수저를 집어 건네주며 말했다.

"고맙소이다만, 저는……"

신 목사가 상에서 물러앉으며 금식 중이라고 했다.

뒤늦게 금식 중이라고 밝힌 신 목사는 기도를 하고 물만 한 모금 마신 뒤에 눈요기로 대신하겠다고 했다. 그는 맹 장로 눈치를 보느라 금식 중이었다.

방 교수가 우리가 다 같이 눈감아줄 테니 한 술만 뜨시라고 권했다. 그 말에 비위가 상한 신 목사는, 목사의 금식은 정치인의 단식과 달라서 거짓이 없다고 했다. 그러면서 정치인의 단식은 유권자의 눈만 피하면 되지만, 목사의 금식은 교인의 눈을 피한다고 할지라도 하나님의 눈을 피할 수 없어서 불가하다고 일갈했다.

수저를 든 신 실장이 아쉽다며 다음에 다시 모시겠다고 했다.

신 목사는 자신이 금식을 자주 하는 편인데, 금식 중이라는 이유로 만남을 미루거나 약속 장소를 찻집으로 바꾸자고 할까 했으나, 그게 더 큰 결례일 것 같아 그럴 수 없었다면서 양해를 구했다.

그렇게 해서 정리가 된 것 같았는데, 황당한 일이 벌어졌다.

"자, 두 분의 대화가 잘되신 것 같으니, 다 같이 축배를 듭시다."

방 교수가 신 목사에게 맥주를 따라 권했다. 금식 중이지, 금주 중은 아니지 않느냐면서 "만공 스님도 곡차를 하셨소"라고 덧붙였다.

순간, 신 목사의 표정이 굳어졌고, 좌중의 분위기도 얼어붙었다.

"나는 목사지, 신부가 아니오."

서슬 퍼런 신 목사가 씹어뱉듯이 말했다.

"미, 미안하오."

방 교수가 사과했다.

"비교할 게 따로 있지, 주의 종을 일개 땡중과 비교하시면 안 되지요."

신 목사가 훈계하듯이 덧붙였다.

"만공 스님은 대덕이시지, 땡중이 아닙니다."

방 교수가 정색을 하며 대거리했다.

"어쨌든 신이신 하나님과 선각자에 불과한 부처와는 끕이 다르듯이 목사와 중도 끕이 다릅니다. 그리고 절에서는 오래전부터 교회로 사절단을 보내 경영 모델까지 베껴가고 있는데, 전혀 모르시나 봅니다."

설교 중에도 가끔 하는 말이었다.

"교회도 절에서 배워 가는 걸로 알고 있소."

절에는 다니지 않으나, 불교 신자를 자임하는 방 교수도 지지 않았다.

"태산이 어디 티끌과 같습니까?"

"기독교나 불교나 다 같은 종교요."

수저를 내려놓은 방 교수가 끝까지 신 목사의 말을 받았다.

신 목사가 혀를 찼다. 저러니까 나잇값을 못하고 토론 때마다 유체 이탈 화법에, 상황과 맥락을 깡그리 무시한 억지 발언으로 제자에게까지 조롱을 당하는 것이 아닐까 싶었다.

"저는 저녁예배를 인도하러 가야 합니다. 먼저 일어나보겠습니다."

신 목사는 손목을 들어 시계를 본 뒤 끄응, 하며 자리에서 일어났다.

신 실장이 수저를 든 채 자리에서 벌떡 일어서며 배웅하려 했으나, 신 목사가 격의 없는 의형제처럼 지내자며 손을 들어

제지하고는 잽싸게 수실을 빠져나왔다.

저녁예배까지는 아직 시간이 넉넉했으나, 자신을 얕잡아보고 함부로 대하려는 방 교수와 더 이상 얼굴을 맞대고 있기 싫었다. 좋은 날에 자칫 불상사가 생길 수도 있었다.

신 목사는 성전을 지키는 것을 최우선으로 해야 한다는 맹대성 장로의 충고이자 권유를 따르기로 했다. 목자로서 마땅히 해야 할 일이었다. 오늘 저녁예배 시간대에 '나라사랑애국실천연대'의 요청에 따라 유튜브에 출연키로 약속이 잡혀 있었으나, 통사정 끝에 밤 열한시로 바꿨다.

자미원을 나와 대기 중인 금빛 스타렉스에 오른 신사랑 목사는, 다섯번째 대포폰이 된 휴대전화를 크리스털 K400 금고 안에 넣었다.

'자미원'에서 만취 상태가 되어 나온 방영석 교수는 왠지 신사랑 목사로부터 괄시 내지는 무시를 당한 것 같아 기분이 더러웠다. 버르장머리 없는 어동수야 어제오늘 까분 놈도 아니고, 또 별 볼 일 없는 핏덩이인 만큼 무시하면 될 일이었으나, 신 목사는 그렇게 치부할 수 있는 사람이 아니었다. '우리들' 진영의 히든카드이자 대안으로 주목받고 있는 인물이 아닌가. 자신이 보기에는 그도 잠룡이었다.

신중업 실장이 신 목사와의 대화가 여의치 않을 경우에 도움을 달라고 해서 쫓아온 것인데, 도움 없이도 둘 사이의 일은 잘 끝난 것 같았다. 생각지도 않았던 낮술에 취해 어 비서와 불필요한 말을 섞는 바람에 위신만 깎인 것 같아 더욱 기분이 상했다.

방 교수는 귀가하는 택시 안에서 불편한 속을 달래느라 진땀을 뺐다. 당분간은 공짜 술이라 할지라도 넙죽넙죽 받아 마시지 말아야겠다는 생각을 했다.

그는, 지난번 신 실장과 염우식 검사가 함께한 '샘골두부명장'에서 밝힌 것처럼 상황은 변한 게 없는데 생각이 바뀌어서 상황이 변했다고 주장하는 철새 지식인들을 만나고 다니느라 매일같이 술을 마셔댔다. 오래 굶주린 때문인지 철새들은 그동안 현실의 시각으로 바라봤던 정치를 이상(理想)의 시각으로 바라보려 했다. 자신들이 바라는 대로 보고 싶어 하는 것 같았다.

막장 정권과 망국의 징조에 저항코자 분연히 일어선 철새 지식인들의 비분강개를 레거시 언론들이 받아쓰기하듯 기사화하여 널리 전파했다. 언론은 있는 사실보다 바라는 의견을 앞다퉈 보도했다. 정말로 구국의 염원이 담긴 언론-검찰-지식인의 위대한 삼중주였다.

방 교수는 철새와 왕따 식자들을 세력화해서 신 실장의 나팔수와 들러리로 삼고자 했다. 이들과 신 실장과 신 목사가 의기투합하면 자신이 킹메이커가 될 수도 있을 것이라는 생각이 들었다.

11

"잠깐만! 설교를 시작하기 전에 영업 방해를 막기 위한 선제적 조치를 취해야겠어. 조지 허버트 워커 부시 아들인 조지 워커 부시가 이라크를 상대로 해서 일으킨 '프리벤티브 워', 그게 뭔지 다들 알지? 나도 그 예방 전쟁을 좀 치르고 나서 설교를 시작해야겠어."

성가대 찬송이 끝나고, 단 위에 올라선 신사랑 목사를 바라보던 성도들이 '예방 전쟁'이라는 말에 어리둥절한 표정을 지었다.

"자, 순천국 기립!"

신 목사의 천둥소리 같은 고함이 대예배실을 쩌렁쩌렁 울렸다. 그러고 나서는 물을 끼얹은 듯 조용했다.

"어여, 기립!"

단전에서 뽑아 올리는 고함질이 침묵을 찢어발겼다. 신 목사의 위압적 카리스마 속에서 일 분 가까이 고함질이 반복됐다.

교회의 고도성장기 종료와 함께 카리스마 리더십은 끝났고, 대화 · 설득형 리더십 시대가 왔다고들 했으나, 주만사랑교회는 예외였다. 그렇다고 해서 대다수 충성파 신도들이 과거의 추종자들처럼 신 목사에게 무조건 맹종만 하는 것은 아니었다. 주만사랑교회도 어느 교회나 공통적으로 겪는, 권위 상실로 인한 혼란을 치르고 있었다.

"끌어내기 전에 어서 자발적으루다가 일어나서 나가랏!"

일 분 남짓이 더 지난 뒤에 다섯 명의 신자들이 주뼛주뼛 자리에서 일어나 성경책과 소지품들을 주섬주섬 챙겨 들고 도망치듯 나갔다.

이 모습이 예방 전쟁이라기보다는 신묘한 마술 같기도 하고, 짜고 하는 쇼 같기도 했으나, 이를 지켜본 성도들은 이적을 보는 양 벌어진 입을 다물지 못했다. 영험하신 목사님은 뭐가 달라도 다르다며 여기저기서 수군거리는 소리가 들렸다. 귀신을 돼지 떼에 몰아넣어 강물에 몰살시킨 성자(聖子) 예수와 다를 바 없는 성자 목사라고 칭송하는 성도도 있었다. 군복 차림에 태극기를 들고 들어온 자들은 밖으로 나가는 다섯 명의 뒤통수에 대고 욕설을 퍼부었다. 그들은 순천국이 아니라 쫓겨날 이유가 없었다.

"전도는 남의 교회 성도를 도둑질해 가는 게 아니라, 거리에 나가서 불신자들을 회개시켜 신자로 만드는 거여. 니들 대가리한테 가서 신사랑 목사가 그러더라고 꼭 전햐!"

신 목사가 그들의 뒤통수에 대고 소리쳤다.

이단의 무리 다섯이 예배 진행 요원의 인도에 따라 대예배실을 모두 빠져나가자, 신 목사를 향해 우레와 같은 박수가 터져 나왔다.

신 목사는 이 들뜬 분위기를 놓치지 않고 찬송가를 선창했다.

다 같이 일어나 용감히 싸워라
저 마귀 물리친 옛 성도들같이
그 어떤 고난 당해도 주 영광 드러내리라

신 목사가 손뼉을 치고 몸을 비틀며 "앗싸!" 하는 추임새를 넣었다. 그는 흥이 넘쳤지만, 주민들의 민원을 생각해 1절만 하고는 설교를 시작했다.

"가야트리 스피박이 말했어. '이 세상을 움직이는 것은, 마음을 움직이는 사랑이다'라고. 어떻게들 생각햐? 사랑이랴, 사랑! 그런 거 같여?"

"할렐루야!"

태극기와 풍선을 양손에 쥔 신도가 악을 썼다.

12월 둘째 주, 주일예배 때부터 태극기 배지를 옷섶이나 모자에 달았거나 휴대용 태극기를 손에 든 신도들이 부쩍 많이 나타났다. 얼룩무늬 군복 차림의 건장한 노인들과 검정 가죽 점퍼 차림에 시커먼 선글라스를 쓰고 똥배를 불쑥 내민 채 거들먹거리고 다니는 터프한 노인들도 더러 보였다. 주만사랑교회 등록 신도는 아닌 것 같았다.

노인네들은 찬송가를 부르면서 눈을 희번덕거려가며 타령조 또는 뽕짝처럼 꺾어서 부르고, 가끔 괴성에 기합까지 질러 군가조로 불러젖히기도 했다. 그때마다 예배 분위기가 살벌하고 삭막해졌다.

그런데도 어찌 된 일인지, 신 목사는 예배를 중간중간 방해까지 하는 이들을 순천국 신도들처럼 내쫓기는커녕 못 본 척했다.

"내가 바로 그 사랑이여, 신, 사, 랑!"

"아멘!"

"할렐루야!"

"충성!"

태극기가 펄럭이고 박수와 휘파람과 괴성이 터져 나왔다. 신사랑을 연호하기도 했다.

신 목사는 고무됐다. 그는 이 모든 기운을 '잇빠이' 끌어모아 '만땅꼬'로 응집한 뒤, 광야로 나가서 한순간에 터뜨려버릴 생각이었다. 신 목사는 뜸을 들이기 위해 압력밥솥을 가열하듯이 뭉근한 불질을 계속해나갈 생각이었다.

설교를 마치고, 헌금을 걷고, 축도를 막 시작했을 때였다.

—뿌타다다당! 뿌앙, 뿌우앙! 부타다다다……

오토바이 굉음이었다.

머플러 개조를 한 듯한 오토바이 엔진음이 난데없이 성스러운 대예배실 안으로 밀려 들어왔다.

12

신사랑 목사는 지난번에 시간이 없어 미루었던, 3A센터의 사업 보고를 대예배실에서 받았다. 부목사 19명과 전도사를 포함한 제직자 전원을 의무적으로 참석시켰다.

신 목사는 배시중 집사에게 다들 알아야 할 필요가 있다면서 날로 열악해지고 있는 재정 상황에 대해서도 제직자들에게 보고하라고 했다. 그러고는 부목사, 전도사, 장로 등을 포함한 모든 제직자들이 격의 없는 자율 토론을 통해 CI 작업과 별개로 교회에 활력을 불어넣을 수 있는 가칭 'JRP : 주만사랑 교회 르네상스 프로젝트'를 구상해보라고 했다.

만 이 년 만에 제직자와 전 직원을 대예배실로 소집한 신 목사는 '긴급 위기 진단과 대응 전략 마련'이라는 주제로 두 시간 동안 담금질을 했다. 끝으로 2020년 1월 1일에—당회에서는 2일에 하자고 했으나, 신 목사가 지금은 2가 아니라 하나인 1의 기운이 필요한 때라면서 1을 고집했다—가질 CI 선포식 준비 상황을 공개 점검하고는, 최소한 다섯 차례 이상 철저한 종합 리허설을 통해 점검하고 그 결과를 보고해달라고 지시했다.

신 목사는 더 이상 시간을 끌면서 모르는 척하고 있거나, 어설픈 변명으로 대응해서는 안 될 것 같다는 생각이 들었다.

철저한 준비와 각별한 각오가 필요할 것 같았다.

제정신을 가진 놈이라면 오토바이를 몰고 주일예배가 진행 중인 대예배실 앞마당을 뱅뱅 돌 수 없었다. 그러니까 선빵을 날린 것이다. 이렇듯 악에 받쳐 전의가 불타오르고 있는 놈이 뭔 짓인들 못하겠는가.

어쨌든 선빵으로 메시지를 받았으니 답을 줘야만 했다. 공연히 시간을 끌다가는 불필요하게 놈의 감정만 자극해 상황을 악화시킬 수 있었다. 신 목사는 성요한을 한갓진 교외로 불러냈다.

"신학대를 가거라."

중처럼 삭발을 하고 시커먼 선글라스를 쓰고 나타난 요한을 바라보며 말했다. 미국에 있는 원하는 신학대로 보내주겠다고 했다.

신 목사는 삭발한 요한의 맨머리가 혐오스러워 창밖으로 멀리 보이는 청평호수를 힐끔힐끔 바라봤다. 을씨년스러운 빈 둘레길 아래로 펼쳐진 널찍한 호수가 그지없이 황량하고 적막했다.

"……"

비쩍 마른 요한은 발열 장갑을 벗어 자신의 손바닥을 툭툭 치며 테이블 위에 벗어놓은 헬멧만 응시할 뿐 아무런 대꾸를 하지 않았다 선글라스는 벗을 생각이 없는 것 같았다.

—웬 트레블스 컴 앤 마이 헛 버든드 비……(내 불행이 내 마음을 무겁게 할 때……)

카페 스피커에서 「유 레이즈 미 업」이 흘러나왔다.

"어떤가? 내가 힘껏 도와주겠네. 일전에 가정사역을 공부하고 싶다고 하지 않았나?"

준비해온 미끼를 던졌다.

요한이 만약 신학 공부를 한다면, '가정사역'을 하고 싶어 한다는 말을 위한으로부터 얼핏 들은 기억이 있었다. 그래서 깜짝 제안을 한 것인데 여전히 묵묵부답이었다.

신 목사는 스케줄에 쫓기기도 했지만, 카페에 보는 눈들이 있어 서둘렀다. 신 목사는 똥줄이 타들어가는 것 같았다. 답답해진 신 목사가 애처로운 눈빛으로 요한을 주시했다. 어쩌겠는가. 칼날을 쥔 입장인데……

아랫입술 밑에 엄지손톱 크기의 소울 패치를 기르고 스카프를 두른 요한은 손바닥을 툭툭 치던 장갑을 테이블 위에 올려놓은 채 여전히 침묵했다. 요한에게서 묵은 술 냄새와 담배 냄새가 나는 것 같기도 했다.

"요한아."

침묵을 견디지 못한 신 목사가 요한을 불렀다.

팔짱을 끼고 있던 요한이 선글라스를 벗고 신 목사를 노려봤다. 눈 밑에 다크서클이 짙었다. 붉게 충혈된 눈동자가 이

글거렸다. 혐오스러운 눈빛이었다.

"그 더러운 입으로 제 이름을 부르지 마세요."

한동안 신 목사를 노려보던 요한이 낮은 목소리로 씹어뱉듯이 말했다.

순간, 신 목사는 움찔하며 엉덩이를 들썩했고, 가까스로 정신을 추슬렀다. 이놈이 얻다 대고 감히……

너는 조성애를 모른다, 걔는 너나 나 같은 사람이 감당할 수 있는 여자가 아니다, 라는 말을 해주고 싶었으나, 그럴 수가 없었다. 그래서 신 목사는 안타깝고 답답했다. 목자로서 진심으로 진실을 말할 수 없게 된 자신의 입장과 처지가 한스러웠다. 이런 심정을 주님은 아실 것이다. 신 목사는 자신도 당한 것이라고, 선의의 피해자라고 하소연하고 싶었으나, 그럴 수 없다는 것 또한 억울하고 원통할 따름이었다.

"자네 처는 피치 못할 사정으로 잠시 나가 있는 것이라네. 좀 더 시간이 지나면, 아니 조만간 일이 잘 해결되면 자네에게 돌아올 것일세."

신 목사는 자신도 모르게 상대가 묻지도 않았고, 또 잘 알지도 못하고 책임질 수도 없는 말을 덤덤하게 내뱉었다.

요한은 여전히 아무 반응도 없었고 대꾸도 하지 않았다. 석상처럼 앉아 있을 뿐이었다.

어찌 된 일인지 그는 매리, 아니 성애에 대해서 아무것도 묻지 않았다. 순간, 신 목사는 자신이 실수했다는 생각이 들었다. 이미 알만큼 다 알고 있으리라 생각했는데 그게 아닐 수도 있다는 생각이 든 것이다.

신 목사는 그의 침묵이 음흉하게 생각되면서 두렵고 궁금했다. 왜 아무것도 묻지 않느냐고 물어볼 수도 없는 노릇이었다.

해외 선교사업 점검차 나갈 때, 데려가달라고 떼를 써서 엉겁결에 데려간 것이었고, 돌아올 때는 신변의 위협을 받고 있다면서 본인이 귀국을 거부한 것이라고 말을 한들, 요한이 그 말을 어떻게 받아들이겠는가. 아니 믿으려고 하겠는가. 신 목사는 아들의 친구인 요한과 '갑/을', '주/종', '원고/피고', '피해자/가해자' 관계로 세팅되어 이러고 앉아 있는 것이 치욕스럽고 난감했다.

신 목사는 카페에 있는 손님들이 자신을 힐긋힐긋 훔쳐보는 것 같아 불편했다. 그는 누군가가 자신을 알아볼까 봐 좌불안석이었다. 이럴 줄 알았다면 모자와 마스크를 준비했을 것이다.

—유 레이즈 미 업 쏘우 아이 캔 스탠드 마운틴스……(당신은 날 일으켜줘요 내가 산 위에 서 있을 수 있게……)

"히즈대학으로 보내주마."

가정사역을 가르치는 유명한 대학이었다.

"……"

"전망이 있는 분야다. 내가 모두 스폰을 하마."

두 가지 다 사실이고, 진심으로 하는 말이었다.

그는 스폰서뿐만 아니라, 요한에게 작은 교회를 하나 마련해줄 힘도 있었다. 지금 미투로 걸려서 자빠지게 되면, 모든 것을 잃게 된다. 그에게 지교회 하나 마련해주는 것과는 비교도 할 수 없는 문제였다.

"설마 했었는데…… 성애를 건드리셨군요."

눈을 내리깐 요한이 혼잣말인 양 중얼대듯 말했다.

신 목사는 요한의 수작에 당했다는 생각이 들었다. 그러나 이미 돌이킬 수 없는 일이었다.

"뭐? ……이자식이 얻다 대고 개수작이얏?"

발끈한 신 목사가 독 오른 코브라인 양 상체를 곧추세웠다. 하지만 독이 오른 만큼 큰 소리를 낼 수는 없었다.

그는 어린놈에게 농락을 당하고 있는 기분이었다. 그래서 자신도 모르게 순간적으로 분노가 일어났던 것이다. 그는 경멸과 분노를 담은 눈으로 요한을 쏘아봤다.

—유 레이즈 미 업 투 모어 댄 아이 캔 비……(내가 나를 넘을 수 있게……)

손님들의 시선이 일제히 그들이 앉은 테이블 쪽으로 쏠렸다. 그러고 흩어지지 않고 탐색을 하듯 머물렀다. 신 목사가 내지른 고함과 욕설이 그들의 호기심을 자극한 때문이었다.

"뻔뻔하기는……"

요한이 목에 두르고 있던 스카프의 매듭을 풀며 이죽거렸다. 그의 눈에서 살기가 돌았다.

요한은 얼굴이 시뻘겋게 달아올라 어쩔 줄 몰라 하는 신 목사에게 벗은 스카프를 던져주고는 의자를 박차고 일어섰다. 우당탕, 하는 소리와 함께 의자가 뒤로 넘어졌다.

신 목사는 우당탕 소리보다 테이블 위의 스카프를 보고는 놀라 정신이 아뜩했다. 그가 매리에게 선물한 스카프였다. 아내가 받을 선물이었으나, 결국은 매리에게 간 370유로짜리 스카프였다.

신 목사는 요한의 덫에 걸려 성애와의 관계를 자백하고, 주위의 시선까지 받을 고함을 지른 것이 후회막급이었다.

"신, 사, 랑, 목사님!"

벌떡 일어선 요한이 앉아 있는 신 목사를 내려다보며 소리쳤다.

그의 눈가에 눈물이 맺혀 있었다. 신 목사는 악어의 눈물인가 싶어 섬뜩했다.

"저는 자초지종을 듣고 진심 어린 사과를 받으려고 온 것이지, 유학을 구걸하려고 온 게 아닙니다. 잘못을 저질렀으면, 주의 종답게 사실 인정-반성-사죄를 먼저 하셔야 하는 겁니다, 신사랑 목사님. 배상은 상대가 용서를 해줬을 때, 죗값이나 고마움의 차원에서 정중히, 예를 갖춰서 제안하는 겁니다.

목사님에게는 제가 아내를 팔아서 유학이나 갈 쓰레기 같은 놈으로 보이셨습니까? 그렇다면 유감입니다, 신사랑 목사님."

개망신이었다. 요한이 돌아서 나가자, 신 목사는 잽싸게 스카프를 챙겨 자리에서 일어섰다. 그러고는 자신을 힐끔힐끔 쳐다보는 손님들의 시선을 등진 채 카운터로 달려가 찻값을 치렀다. 그는 황망하여 정신을 차리지 못했다. 계산을 하라고 건네줬던 카드를 되돌려달라고 하고는 오만 원짜리 현찰을 건넸다. 거스름돈을 받지 않은 채 카페를 뛰쳐나왔다.

가능하다면 자신의 이름을 한 자 한 자, 마치 연호하듯이 수 차례나 큰 소리로 외쳐댄 성요한을 뒤쫓아 가서 단매에 죽여 버리고 싶었다.

—푸타타타탕!

BMW 바이크의 굉음이 허둥지둥 카페를 나서 주차장으로 뛰어가는 신 목사의 골속을 파고들었다.

13

"으따, 행님은 우리 경찰을 개잦으로 보시는 경향이 있으신데, 아니라니까요."

반두권은 마시려던 양주잔을 조용히 내려놨다.

신사랑 목사의 내연녀가—경찰끼리는 조성애를 편의상 내연녀로 통일해서 부른다고 했다—칭다오에 있고, 신 목사가 지난 10월 말에 2박 3일, 이번 달 크리스마스 전주에 1박 2일 일정으로 각각 그녀를 만나고 돌아온 사실을 경찰이 소상히 파악하고 있다고 했다. 1박 2일 일정은 금시초문이었다. 두권은 신 목사가 동에 번쩍 서에 번쩍하는 홍길동인가 싶었다.

"자유와 정의가 오뉴월 땡볕맨쿠로 절절 끓어넘치는 자유민주주의 시대에 짜바리가 민간인 목사님을 사찰하나?"

"신 목사가 단순 민간인은 아니지요, 행님. 아주 핫한 요주의 사회 유명 인사잖아요."

"그러니까 요주의 민간인이라는 이유로 짜바리가 주의 종을 불법 사찰했단 말이냐?"

양주를 한 모금 마신 두권이 담배를 빼물며 물었다.

"자꾸 사찰, 사찰 하지 마세요, 행님. 사찰은 구시대적 유물이 됐다니까요."

놈이 라이터 불을 양손에 받쳐 들이대며 답했다.

"그럼 비공식적으루다 했단 말인디, 어떻게 알아냈으꺼나?"

두권이 이죽거렸다.

"행님도 국가 세금이 들어가는 요시찰, 요감시 대상 인물이신 건 아시지요? 신 목사는 동향 감시 대상이 아니지만, 불법적이신 행님은 합법적인 동향 감시 대상이에요. 행님 10월 초에 칭따오 댕겨오셨지요?"

"뭐? ……그, 그래서?"

놀라 멈칫거리던 두권이 마지못해 수긍했다.

"행님이 또 사업을 확장하시려나 해서 칭따오 여행 목적을 조사하다가 조성애가 나오고, 조성애를 조사하다가 보니 신사랑 목사가 딸려 나오고, 뭐 그렇게 된 겁니다."

"그 깔치는 내 깔친데, 왜 신 목사를 조사해, 인마? 느이들 헛다리 짚은 거야."

두권이 놈의 얼굴을 향해 담배 연기를 내뿜으며 말했다.

"히야, 또 우리를 개잦으로 보신다. 우리 행님, 왜 자꾸 이러실까? 날리실 데다가 대고 뻐꾸기를 날리셔야지, 달건이들 노상방뇨하드키 아무 데나 대고 마구 날리시려고 드시네. 이건 요, 요 얻어 마시는 술값으로 드리는 말씀인디요, 기분 나쁘게 듣지는 마셔요, 행님. 우리를 그러구 계속 좆으로 보시다가는 행님이 좆 되실 수가 있어요."

발끈한 짜바리가 술잔을 가리키며 꼬인 혀로 말했다.

"이자식이 얻다 대고…… 그런데 너는 아직도 유머에 낯설구나."

두권은 야단을 칠까 하다가 경무관까지 승진할 꿈을 가졌다면 민간인과 유머 정도는 주고받을 줄 알아야 한다고 덧붙였다.

"저는 행님께 대면 요청을 받고 요래 나올 때마다 진짜 요,

요, 모가지를 걸고 나오는 겁니다요. 그런데 유머라니요."

놈이 양손으로 목을 움켜쥐며 말했다. 두권은 돈을 좀 더 챙겨달라는 뜻으로 알아들었다.

"패일언하고, 짜바리들이 알고 있단 말이지?"

"패일언이 아니고, 폐일언입니다요."

"그래, 알아 인마. 폐일언."

"경찰과 검새는 두 가족이지만 한 지붕 아래 사는 거니께, 검새들도 알고 있다고 봐야죠. 요즘 수사로 정치까지 하느라 존나 바쁘다고는 해도 검새가 호구 새끼들이 아니잖아요. 신 목사는 그것만 뽀록난 거이 아니라, 조성애 남편인 성요한이라는 친구가 제보, 고소, 고발, 진정한 사건들도 수두룩해요. 이것도 우리뿐만 아니라, 검새들도 우리만큼은 알고 있다고 봐야죠."

"그래? 그런데 왜 가만히 있어?"

"아니, 형? 지금 검새들하고 정권이 맞짱 뜨고 있는 거 몰라서 물어? 총칼을 안 들었을 뿐이지, 사생결단 중이잖아. 둘 중 한쪽이 죽어야 끝장을 볼 전쟁 중에 검새들이 뭐 호구야? 아군을 왜 잡아 죽여."

"말 짧게 뱉지 마라."

담뱃불을 끈 두권이 양주잔을 비우고, 오징어 다리를 질겅질겅 씹으며 주의를 줬다.

아무리 허심탄회한 자리라고 해도 군기는 잡고 넘어가야 했다. 국가공무원이 자기 임면권자도 생까는 판인데, 짜바리 새끼에게 깔보이면 매가리 없이 용의자 취급을 당할 수도 있었다. 짜바리도 국가공무원이 아닌가. 게다가 일반인들까지도 공개석상에서 대통령을 '그놈', '그 새끼', '빨갱이 새끼'라고 부르며 까대는 패악한 세상이 아니던가.

"아, 옙! 죄송합니다요, 행님!"

짜바리가 머리 숙여 사과했다.

"검새들이 지들 이해(利害) 문제로 정권과 쌈질하는 것과, 법에 따라서 법을 집행하는 게 무슨 상관이냐? 범법 가부도 검새가 선별하냐?"

"그거야 저도 모르죠. 그런 건 행님이 관리하시는 검새님에게 물어보세요. 저는 검새님들의 밥인 말단 조무래기예요."

"엄살은……"

두권이 퉁을 줬다.

놈에게 대놓고 퉁을 주거나 놀려먹을 수 있는 것은 주먹이 아니라 돈의 힘이었다. 일인지하 만인지상인 국무총리가 되임 이튿날, 아침 댓바람에 골프장 앞에 나가 죽치고 기다렸다가, 자신을 고용한 재벌 총수가 고개를 빳빳이 세우고 느적느적 나타나자 대가리를 사타구니에 깍듯이 처박으며 맞이하지 않던가. 이게 돈의 힘이 아니고 무엇이겠는가. 짜바리가 깡패 대빵 앞에서 이러고 있는 것도 돈의 힘이 아니고 무엇이겠는가.

"윗분들은 아시겠죠. 그리고 그 윗분이 어느 줄을 잡고 계시느냐, 또는 어느 칼날 위에 서 계시느냐에 따라서 사건의 운명이 결정되는 겁니다요. 그 윗분이 만약에 좌 쪽이시다, 그러면 신 목사는 곧장 좆이 되겠지요. 미투의 가공할 위력 잘 아시잖아요? 아무튼 경찰이건 검찰이건 간에 지금은 조직 내에서도 누가 누구 편인지 서로 모른답니다. 우리 유식하고 존나 정의로우신 팀장님 말씀에 따르면 혼효의 시대래요, 혼효."

혼효(混淆)가 무슨 뜻인지 궁금했으나, 그게 문제가 아니었다. 미투가 문제였다. 미투라는 말을 듣는 순간, 두권은 오함마로 대그빡을 강타당한 듯한 충격을 느꼈다.

비싸서 권하지 않고 아껴 마시고 있던 시바스 리갈 로얄 살루트 50년산을 짜바리의 맥주잔에 가득 따라주고는 쭈욱 들이켜라고 했다. 그러고는 룸 밖에서 경호 중인 '드릴'을 불렀다. 가까운 현금자동인출기로 즉시 달려가서 오만 원권으로 현찰 오백만 원을 찾아오라고 했다.

두권은 짜바리와 헤어질 때, 미리 준비한 오백에, 방금 전 드릴이 찾아온 오백을 보태서 건넸다. 상납금인데, 물론 놈이 다 먹는 것은 아니었다. 방아 찧듯이 꾸벅꾸벅 머리를 조아리며 두 손으로 봉투를 받아 챙기는 짜바리에게 두권은 신사랑 목사와 관련된 모든 정보는 접수 즉시 바로바로 자신에게 직보해달라고 신신당부했다.

두권이 닷새 전에 겪은 일이다.

이렇듯 식겁한 정보, 아니 구속영장 발부에 버금가는 소식을 접하고 나서, 어찌 마른하늘만 멍청하게 올려다보고 있을 수 있단 말인가. 두권도 들은 풍월이 있어 예방 전쟁을 알고 있는 두목이었다.

신 목사와 자신은 서로 입술과 이빨의 관계가 아닌가. 아니, 운명 공동체가 아닌가. 위기의식을 갖지 않을 수 없었다. 그는 유비무환 정신이 떠올랐다. 지금은 대천명(待天命)이 아니라, 진인사(盡人事)를 해야 할 때였다. 선제적 조치를 취하지 않을 수 없었다. 악에서 벗어나려면 불가피하게 악의 힘을 빌려야 할 때가 있었다. 드릴은 이것을 '필요악'이라고 했다.

"준비 끝났습니다요, 형님."

오층 집무실에서 '드릴'의 전화를 받은 두권이 계단을 천천히 걸어 내려왔다. 지옥으로 향하는 심정이었다. 그는 어두침침한 현관을 더듬어 밖으로 나왔다. 짱짱한 햇빛 아래 구름 한 점 없이 맑은 겨울 하늘을 바라보며 날을 잘 받았다고 생각했다.

주만사랑교회 강남 바벨 성전 신축 예정부지 내에 있는 두권의 사옥에는 승강기가 없었다. 오층쯤은 에너지 절약과 건강 증진을 위해 두 발로 오르내려야 한다고 배운 개발독재 시절에 지어진 오래된 건물이었다. 언제 철거할는지 모르는 건물인지라 승강기를 설치할 수 없었다. 불편해도 참아야 했다.

사옥 바깥으로는 성전 부지를 알리는, 시트 커팅을 부착한 3미터 높이의 펜스를 빙 둘러쳤다. 일반인들과 부랑자들의 출입을 통제하기 위해서였다. 두권의 사옥 앞쪽으로만 차량과 사람이 드나들 수 있도록 펜스를 터놓았다.

1톤 냉장 탑차와 앙증맞은 구보다 초미니 굴삭기 U-008 옆에 '드릴'과 두 명의 아이들이 흰 장갑 낀 손에 삽을 든 채 경건한 부동자세로 서 있었다. 주변 고층 건물에서 내려다보는 시야를 차단하기 위해 캐노피 천막을 쳐 하늘을 가렸다.

탑차를 들여다본 두권이 두 손을 합장한 엄숙한 자세로 잠시 중얼중얼거리다가 뒤로 물러섰다. 그러고는 드릴을 향해 고개를 까닥하자, 애들이 탑차에서 관을 끌어내려 파놓은 구덩이 속에 넣고 묻었다. 미니 굴삭기가 삽날을 몇 번 깔짝거리고, 삽을 든 아이들이 달려들어 얼어붙은 생흙을 잘게 부서뜨려 '나라시'(땅 고르기) 하자, 순식간에 장묘가 끝났다.

"꽃을 심어줘라."

두권은 시신이 묻힌 화단을 손가락질하며 말했다.

"예? 지금은 한겨울인데……"

드릴이 엄동설한인데 어떻게 꽃을 심느냐고 했다.

"그럼 조화라도 갖다 꽂든가…… 아무튼 애도를 해라."

두권이 눈을 부라리며 말했다.

신 목사의 심부름으로 칭다오를 다녀온 뒤, 두권은 이러저런 루트를 통해 여자의 신상을 털었다. 신 목사가 두권을 직접 칭다오로 보내 특정 여자를 만나 상황을 점검한 뒤에 경고 메시지를 전해달라고 한 것은 예삿일이 아니었다. 법적인 문제라면 의당 변호사를 보냈을 것이고, 떳떳한 개인사라면 구태여 자신과 같은 특수직 종사자를 보낼 것이 아니라 지인이나 교인이나 일반인을 선발해서 보냈을 것이다.

촉이 빠른 두권은 그 여자가 신 목사의 보물이거나 아킬레스건임을 직감했다. 그래서 뒷조사를 한 것이다.

조사는 지방경찰청에 근무하는 고교 동창이 민원 해결 차원에서 서비스로 해줬다. 하는 일이 고되고 험한 극한 직업일수록 동료애와 결속력이 남다르다. 그래서 경찰도 수사 공조를 떠나 짬짜미 차원의 상부상조를 위해 서울과 지방 간의 소통이 원활하다고 했다.

동창으로부터 상세 보고를 받은 두권은 화(禍)의 근원이 어디에 있는 무엇인지 확실히 알 수 있었다. 물론 미투 차원으로 보지는 못했다.

패륜아가 선배를 속여 가산을 탕진케 하고, 선배의 아내와 딸을 강간하고, 그것으로도 모자라 감방에 가서까지 그 아내와 딸로부터 돈을 갈취해왔다는—딸은 몸까지 팔아야 했다—것이다. 그러고는 감방 동료들에게 광복절 특사로 출소하면 모녀를 데리고 행복하게 살 것이라고 떠벌렸다니, 사람이라고 할 수 있는 놈이 아니었다.

두권이 감방 소식통으로부터 파악한 정보였다. 듣고 보니 인간 말종인지라 말이나 주먹으로 타일러서는 해결을 할 수 없는 개아들 놈이었다. 이런 놈이 그 딸이 결혼했다는 사실과, 이런저런 사정으로 신 목사까지 엮여 있다는 것을 알게 된다면 무슨 짓을 할는지 어찌 알겠는가. 여자가 칭다오에 있다고 해서, 여자만 칭다오로 빼돌렸다고 해서 안심하고 있을 일이 아니었다.

그래서 애들을 붙여서 출소한 놈을 밀착 감시하고 있었는데, 닷새 전에 짜바리가 한 말을 듣고 보니 신 목사가 위험천만한 상황에 빠져 있다는 것을 단박에 알 수 있었다. 경찰과 검찰이 그놈의 존재를 파악하지 못한다고—어쩌면 이미 파악하고 있을 수도 있었다—볼 수는 없는 노릇이었다.

두권에게 '복의 근원'인 신 목사를 보호하기 위해서는 반드시 신속 조치가 필요한, 신 목사에게는 '화의 근원'인 놈이었다. 아무튼 빠른 조치가 필요했다.

두권은 휴대전화에 녹음 애플리케이션을 깔고, 신 목사에게 전화를 걸었다.

"광복절 특사로 나온 민달성이란 놈이 조성애를 찾아다니고 있답니다요. 교도소 인맥을 통해서 좀 알아봤는데, 그놈이 출소하면 조성애를 찾아서 데리고 살겠다고 했답니다."

녹음 기능을 켜고 말했다. 신 목사가 대면을 꺼리니, 전화 통화를 하는 수밖에 없었다.

"반 사장이 민달성이를 어찌 아는가?"

신 목사가 놀란 듯 소리쳤다. 그가 목소리를 떨었다.

"어둠의 자식들끼리는 일면식이 없어도 텔레파시로 서로서로 통하는 게 있습니다요."

"……"

신 목사가 더 묻지 않았다.

"성요한이를 만난 것 같습니다."

거짓말이었다. 하지만 출소 후 4개월 동안 조성애를 찾아 여기저기 쑤시고 다닌 흔적이 있는지라 놈이 성요한을 만났을 가능성은 컸다. 합리적 추정이 아니겠는가.

"그게 무슨 소린가?"

신 목사가 화들짝 놀라며 물었다.

"패일언하고 말씀 올리자면, 조치하지 않고 지켜보기만 하다가는 우리 목사님께서 화를 당하실 수도 있으시겠다 싶어서 말씀을 드리는 겁니다. 안 그래요?"

"그, 그래서…… 반 사장은 어떻게 했으면 좋겠는가?"

예상대로 신 목사가 미끼를 물었다. 하지만 덥석 꽉 물지는 않고 느슨하게 문 채 두권의 의중을 물었다. 떠보는 것이었다.

"금식기도로 해결될 일은 아니잖아요? 동의만 해주신다면 제가 처리해야지요."

두권은 말을 에두르면서도 짜증이 났다. 잘났다고 떠들어대는 유명 목사라는 놈이, 나 같은 놈은 깡패라며 사람 취급도 안 하는 그렇게 훌륭하신 놈이 좆대가리 하나도 제대로 간수를 못해 엄한 사람을 다시 지옥에 빠뜨리나 싶었다.

"도, 동의는 뭐고, 처, 처리는 또 뭔가?"

"놔두면 그놈이 무슨 일을 벌일는지 모르는데, 놔둘까요?"

위기에 처하면 머리만 땅에 묻는 타조가 아닌 다음에야 놔두면 어떻게 될는지 모를 리가 없었다.

두권의 말을 들은 신 목사가 어떤 가상도를 그려보는지, 잠시 침묵했다. 그러고 나서는 대수롭지 않은 듯이 말했다.

"내가 마땅한 방법이 떠오르지 않아 이래라 저래라 할 수 없으니, 자네가 알아서 하시게."

자기에게 묻지 말고 알아서 해달라는 뜻이었다. 가증스러운 대꾸였다.

두권은 나름대로 이런 '절차적 정당성'을 확보하고 나서 화근을 정리한 것이었다. 신 목사에게 놈은 제거하면 끝나는 화근이었다. 그러나 두권은 제거한 뒤에 보험증서로 쓸 수 있는 놈이었다. 그러니까 태우거나 토막 쳐 없애지 않고 화단에 곱게 묻어둔 것이다.

근자에 신사랑 목사가 미친년 널뛰듯이 전방위로 들쑤시고 다니는 것을 보고는 결코 믿을 수 있는 동업자가 아니라는 사실을 깨달았다. 말과 행동이 수시로 바뀌고, 말과 행동이 따로 놀기 일쑤였다. 자신의 언행을 진리로 생각하는 것 같았다. 정말 전지전능한 하나님과 동기간인 양 행세했다. 이렇게 신과 호형호제한다는 반인반신을 어떻게 사업 파트너로서 신뢰할 수 있겠는가.

게다가 극우 정치세력과 일부 개신교 목자들이 한통속이 되어 하늘을 암맷돌 삼고, 땅을 숫맷돌 삼아서 천지간의 선과 악을 뒤섞어 갈아대는 것을 보고 있노라면 모골이 송연해졌다. 신 목사도 예외라고 할 수 없었다.

성전 부지 지분을 두고 정산 시 또는 정산 전후에 딴소리를 지껄인다면, 보험증서를 꺼내서 보여줄 생각이었다. 다행히 별일이 없으면, 모르타르에 섞어 성전 밑바닥으로 이장시켜 줄 생각이었다. 성전 예정 부지 내에 있는 오층짜리 폐건물을 실효적으로 차지하고 있는 것만으로 안심하고 있을 수가 없었다. 민달성 시신이야말로 확실한 알박기가 아닌가.

AI 회사인 'BDK 엘리먼츠'가 S대 산학협력센터에 입주할 때, 잠깐 들러서 축사 한마디 해달라고 그렇게 사정사정했는데도 찐따 늙다리 장로 편에 화환만 달랑 보내고 끝내 코빼기도 안 보인 인간이었다. 동업자 알기를 똥 친 막대기로 아는 놈이었다.

반두권도 고아 출신까지는 아니지만, 적수공권으로 자수성가한 업계의 신화적 인물이었다. 신 목사는 목회자로서 고작해야 국내 유명 인사에 불과하지만, 두권은 걸출한 조폭으로서 야쿠자와 흑사회는 물론이요 필리핀 · 태국 · 베트남 친구들로부터도 인정을 받으며 왕성한 친교를 나누고 있는 동남아 지하경제의 유명 인사였다.

그는 한국이 고령화 사회로 진입한 2002년에 '대한노인공경운동본부'를 창설하고, 주경야독 끝에 사회복지사 자격증을

땄다. 노인 대상 사업은 블루오션이었다.

노인을 공경하고 선진 고령 문화를 창출하려면, 자본주의사회인지라 '쩐'이 있어야 했다. 그래서 관에 찾아가 맨손으로 봉사하는 자의 궁색한 처지를 호소하고, 지역구 국회의원의 지원을—노인 표를 몰아주겠다고 했다—받아 환경폐기물처리업체를 설립하여 운영했다.

폐기물을 수거할 때는 제값을 받고, 처리할 때는 요령껏 유기(遺棄)하는 방식으로 돈을 벌었다. 두권은 아이들의 헌신적인 도움을 받아가며, 폐기물처리업으로 개처럼 돈을 벌었다. 그러고는 그 돈으로 고령 문화 사업을 넘어 일반 문화 예술 사업인 클럽과 성인오락실 사업에 진출했고, 국토개발사업인 기획 부동산업과 AI 산업으로까지 진출하게 된 것이다.

고령화 사회에서 이미 고령 사회가 되었고, 곧 65세 이상 노인인구가 20퍼센트를 넘는 초고령 사회가 닥칠 것이다. 그때 세계 최대 규모, 최고 시설의 유료 노인복지타운을 건립하는 것이 두권의 꿈이었다. 두권에게 신사랑 목사는 부자들을 위한 노인왕국 건설로 가는 소중한 징검다리이자 뒷배였다. 그러니 자신이 그를 지켜주는 것은 당연한 의무이자 사명이었다.

3부

희생양

지나치게 의인이 되지 말며
지나치게 지혜자도 되지 말라
어찌하여 스스로 패망케 하겠느냐
지나치게 악인이 되지 말며
우매자도 되지 말라
어찌하여 기한 전에 죽으려느냐
—전도서 7 : 16~17

1

본래 말로만 일을 하는 놈이 있고, 일만 말없이 하는 놈이 있는데, 일 많이 하고 말이 적은 놈보다, 일 적게 하고 말을 많이 한 놈이 공을 가져가는 경우가 많다. 그래서 말로써 일하는 아첨꾼은 많아도, 행동으로 일하는 아첨꾼은 적은 법이었다.

신사랑 목사는 '장로 대통령 만들기 프로젝트'에서 나름대로 혁혁한 공을 세운 유공자였다. 하나님 '빽'을 포함한 모든 역량을 총동원해서 청와대 주인으로 만들어줬건만, '잃어버린 십 년'이라는 마타도어를 떠벌여대며 통치가 아닌 통제만 하다가 결국 자기 잇속과 돈만 챙겨서 퇴임 후에는 범죄자가 되고 말았다. 이너 서클이라 할 수 있는 '고소영(고려대, 소망교회, 영남)', '강부자(강남 부자)'에 들지 못한 신 목사는 논공행상에서 팽을 당하고 말았다.

돈을 얼마나 챙겨 먹었는지 액수마저 가늠키가 어렵다고 했는데, 그가 한꺼번에 못 처먹어서 어딘가에 숨겨둔 '금지화림(金池貨林)'을 찾아 헤매는 것을 업으로 삼은 기자도 있다고 했다. 그러나 지난 7년 동안 헤매고도 못 찾은 금지화림을 어느 세월에 어딜 가서 찾는단 말인가. 내부 고발자, 아니 배신자가 나오기 전에는 불가능한 일로 봐야 했다.

금지화림을 만들려면 터를 구하는 놈, 땅을 파는 놈, 물과 나무를 대는 놈, 이걸 가지고 주위를 위장하는 놈 등등으로 각각의 역할이 나뉘었을 터인데, 당연히 역할에 걸맞은 분배도 이루어졌을 것이다. 이 분배로 다들 공범이 되었을 터인데, 어떻게 내부 고발 또는 배신을 할 수 있단 말인가…… 턱도 없는 소리였다.

시간이 지나고 서로 간에 이해충돌이 생기면 내부 고발 또는 배신자가 나오는 법이라고 주장하는 이들도 있으나, 금지화림이 크면 그깟 내부 갈등쯤은 얼마든지 자체 해결이 가능했다.

신 목사도 이명박에 비해 규모는 작지만, 나름의 아담한 금지화림을 가지고 있었기 때문에 그것이 유지 · 작동하는 원리를 누구보다 잘 알고 있었다. 배시중 집사가 금지에 빨대를 꽂아 빨아대고 있지만, 양동이로 퍼내거나 양수기를 가동하기 전까지는 모르는 척하고 있을 생각이었다. 기업들도 예산 총액의 1퍼센트까지는 잡손실로 처리하고, 문제 삼지를 않는다고 하지 않나. 배 집사의 빨대로는 1퍼센트까지 빨기 힘들었다.

다카키 마사오로 뜻을 세우고 군사쿠데타를 통해 16년 동안 장기집권을 한 대통령의 영애로서 양친을 총으로 여윈 비운의 여성은, 가족사를 통해 권력과 명예와 부귀는 화무십일홍이라는 것을 뼈저리게 겪어봤을 터인지라, 공평무사 · 공명정대할 것이라 믿고, 실망에 빠져 있는 신도들을 다시 독려하여 대통령 만들기에 견마지로를 다했는데, 자기 것만 못 챙겼을 뿐 미처 남 챙기는 것을 관리하지 못해 임기 중에 탄핵까지 받아 수감 생활 중인지라, 그 결과가 이전보다 더 참담할 따름이었다. 그때도 '고소영' '강부자'에 맞먹는 '성시경(성균관대, 고시, 경기고)'이 있었는데, 거기에도 해당 사항이 없어 끼지 못했다.

두 번 다 견마지성(犬馬之誠)을 했건만 닭 쫓던 개 신세가 되고 만 것이다. 신 목사는 상실감과 배신감이 컸다. 이제는 구두 맹세만 믿고 누구를 밀어줄 생각이 전혀 없었다.

그래서 신 목사는 가족을 잘 키워 희망을 걸어보기로 했다. 장군들에 이어 검찰총장 출신이 정치 지도자로 등장해 뜨고 있는지라 그도 부랴부랴 검사를 사위로 얻었다. 그런데 이마저도 쉽지가 않았다. 황새인 양 설레발을 쳐대기에 서둘러 낚아채 결혼을 시켰으나, 혼전 요행성 금전 사고로 인해 자신이 뱁새였다는 사실이 들통나버린 사위는 무슨 짓을 하고 다니는지 요즘은 얼굴조차 보기가 힘들었다.

6수를 하는 동안 취미와 경험 삼아 주식을 했다고 했는데, 취미와 경험 때문에 말아먹은 돈이 오억이라고 했다. 사채업자의 돈을 오억이나 빌려 말아드신 것이다.

재수, 삼수 때까지는 고시 공부에만 매진을 했는데, 사수, 오수, 육수를 하게 되면서 미래에 대한 자신감을 잃어 제2의 진로 개척 차원에서—취미나 학습 차원이 아니었다—주식을 하게 된 것인데, 그만 투자 운도 타고난 복도 없어 날리게 됐다고 했다. 이 사실이 결혼 후 들통나자, 주식은 망했으나 고시에서 차석으로 합격을 했으니 그걸로 퉁치고 양해해달라고 했다. 뻔뻔스러운 놈이었다. 어쩌겠는가. 결혼을 물릴 수도 없고.

신 목사는 이자를 포함해서 육억 오천만 원을 사위에게 뜯겼다. 혼사가 오가면서도 오억이 들어갔으니, 결국 돈 주고 사위를 사들인 꼴이 되고 말았다.

그러나 기브 앤 테이크를 삶의 신조로 삼고 사는 신 목사가 아니던가. 소부길 장로로부터 그의 아들 관련 송사에 대한 부탁을 받고 사위에게 도움을 청했다. 상가건물 분양 문제로 입주 예정자와 시비가 벌어졌는데, 기소를 당할 처지가 됐다면서 기소만 유예시켜주면 응당한 사례를 하겠다고 했다. 그런데 검사라는 놈이 이것도 하나 처리를 못했다. 기소 취하도 아닌, 유예를 부탁한 것인데 뭉그적거리다가 되레 예상보다 빨리 기소를 당한 것이다. 입주 예정자가 차장검사 내연녀의 친언니였기 때문에 어쩔 수 없었다고 했다.

신 목사는 기가 막혔다. 차장검사 부인도 아니고, 내연녀도 아니고, 내연녀의 언니라니…… 이런 주변머리라면 기대할 것이 없었다. 이 개망신을—이 일로 전직 2선 국회의원인 소부길 장로가 신 목사와 사위를 은근히 무시했다—계기로 신 목사는 사위가 뱁새라는 사실을 알게 된 것이다.

이렇게 해서 성령의 불 칼을 가진 이적의 해결사, 하나님의 동기간, 무불통지, 사통팔달의 구루(guru)로 알려진 신사랑 목사가 대통령 둘과 소 장로와 사위에게는 호구가 되고 말았다. 대놓고 호소할 수도 없는 창피하고 치욕스러운 대 · 내외적 아픔을 겪고 절치부심 중인 신 목사에게 과거의 킹메이커들이 다시 찾아와 서로 돕자며 치근대고 있었다. 교계와 달리 정계는 이미 뻔뻔함이 일상화되었고, 야합과 배신이 밥 먹고 똥 싸듯이 반복되어서 아예 반성과 용서 따위도 의미가 없는 무도한 세계가 되어버린지라, 어제의 일을 가지고 오늘의 문제로 삼는 놈은 쪼다 취급을 받았다.

단물만 쪽쪽 빨아먹고 돌아섰던 놈들이 다시 찾아와서 말하기를, 교인들이 한 주일 내내 속세에서 여러 죄를 짓고는 주일예배에 나와 그 죄를 빌고 죄 사함을 받는데, 그러고 나서 같은 죄를 또 짓고 또 죄 사함 받는 짓을 반복하지 않는가, 우리네는 교인도 아니어서 교인보다 더 어리석은 어린 양일 수밖에 없다, 그러니 목자이신 신 목사께서 사랑과 용서를 베풀고 손을 잡아주셔야지 어쩌겠느냐고 했다. 주둥아리만 살아 있는 놈들이었다. 교인이나 정치인이나 다 같이 주님 앞에 어리석은 양이라는 물타기였는데, 주님 앞에 신령과 진정으로 기도하며 용서를 구하는 교인과 유권자 앞에서 가식으로 용서를 연기하는 정치인이 같다고 주장하는 후레자식들이었다.

신 목사는 기브 앤 테이크가 되는 정상배들과는 상대할 용의가 있었으나, 후레자식들과는 더 이상 상대하고 싶지 않았다. 그놈들은 이번에는 도와주면 반드시 보답을 하겠다고 했다. 아니, 청와대 화장실에서 똥이라도 한번 싸게 해주겠단 말인가.

신 목사는 자칭 킹메이커 떨거지들을 잘 달래 떼어내면서 자신의 이름은 '사랑'이지 '용서'가 아니라고 했다. 아직 용서가 되지 않아 사랑을 할 수 없다고 했다. 말로만 빌어먹는 후레자식들이니 알아들었을 것이다.

"하나님께서 세우신 이 나라가 아예 망가져버렸어. 게이와 레즈비언들이 제 세상을 만났다니까. 뭐, '초딩모임', '친구라면 우리가치', '앞서 걷는 성소수자 연대', '차별 반대 오방 클럽'…… 이런 게 다 여자끼리, 남자끼리 당당하게 붙어먹자고 해서 만든 모임들이래. 얘네들끼리 모여서 퀴, 퀴…… 퀴, 뭐라더라……"

갑자기 나타난 건망증 탓에 용어가 떠오르지 않자, 신사랑 목사가 상체를 비비 꼬며, 어린아이가 떼를 쓰듯 발로 단을 쿵쿵 굴러댔다. 이 모습이 귀여워 신도들이 박장대소했다.

"퀴어요."

신도석에서 누군가가 소리쳤다.

"그래, 퀴어 문화 축제도 연다는 거야. 연놈이 아니라, 년들끼리, 놈들끼리 대놓고 흘레질을 하라고 축제까지 열어준다는 거여."

보기 드물게 설교 원고를 들여다보며 일일이 단체명까지 또박또박 읽은 신 목사가 단체에 속한 남녀를 싸잡아 저주했다.

"소돔에서 유래된 말인데, 남색가를 뭐라고 부르는 줄 알어? 사더마이트여. 에에, 성경에 나오는 말이 아니여. 성경 뒤적거리지 말어. 이런 더러운 단어는 성경에 안 나와."

신 목사가 성경을 뒤적이는 신도들을 향해 손을 내두르며 말했다. 그러고는 덧붙였다.

"마르셀 프루스트라는 유명한 소설가가 있어. 그 사람이 쓴 『잃어버린 시간을 찾아서』에 나와."

박학다식, 무불통지 신 목사가 융복합적으로 습득한 근거를 제시하며 성소수자들을 마귀 사탄으로 규정하고, 이들을 지지

하는 정권을 악의 세력이라고 했다. 안 그래도 출생률이 세계 최저인데, 이렇게 되면 사람의 대가 끊어져서 곧 나라가 망할 것이고, 인류 멸망의 일등 공헌국이 될 것이라고 했다. 또 핵을 가지고 있는 빨갱이들에게 쪽수로도 밀리게 되어 자유대한민국이 곧 공산화될 것이라고 했다.

신 목사는 자신이 환생한 예언자 엘리아라고 하면서 자신의 예언이 틀리면 손가락에 장을 지질 것이라고도 했다. 목사가 단 위에서 불가에서나 하는 소신공양을 하겠다고 설레발을 쳤다.

"더 늦기 전에 분연히 일어서야 나라도 구하고, 교회도 구하고, 가정도 구하고, 우리 자신들도 구할 수가 있어. 2007년에 만든 차별금지법안을 우리 개신교계가 결사적으로 막지 않았다면, 지금 이 나라 꼬라지가 너덜너덜한 걸레 쪼가리처럼 됐을 거여. 안 그려? 내 말이 틀려?"

"아멘!"

"남자는 여자하고 살아야 하고, 여자는 남자하고 살아야 하는 겨. 하나님이 그렇게 만들었다니까. 그런데 모양이 같은 것들이 끼리끼리 붙어서 살겠다고? 이런 계간(鷄姦)을 막는 게, 어째서 차별이라는 거여? 차별이라서 차별하는 걸 법으로 금지시키겠다고? 지켜야 할 근본은 안 지키고, 차별을 못하게 법으로 지켜주겠다고? 그래서 끼리끼리 붙어먹게 해주겠다고? 에라이, 개아들 같은 놈들아."

"아멘!"

"박수!"

선글라스를 낀 군복 차림의 노인이 벌떡 일어나 외치자, 박수가 터져 나왔다.

"로마서 1장 26절 띄워봐."

단 위 양쪽에 걸린 대형 LED 전광판에 성경 구절이 떴다.

"자, 합독해. 시이작!"

"이 때문에 하나님께서 그들을 부끄러운 욕심에 내버려두셨으니 곧 그들의 여자들도 순리대로 쓸 것을 바꾸어 역리로 쓰며."

"27절."

"그와 같이 남자들도 순리대로 여자 쓰기를 버리고 서로 사랑하여 음욕이 불 일듯 하매 남자가 남자와 더불어 부끄러운 일을 행하여 그들의 그릇됨에 상당한 보응을 그 자신이 받았느니라. 아멘."

"보응이 뭐여? 악의 원인과 결과에 따라서 대갚음을 받는다는 뜻이여."

"아멘!"

"아니, 말이 나온 김에 하는 말인데, 이깟 코딱지만 한 반쪽 나라를 이끌어가는 게, 뭐 그렇게 어려워? 이치대로, 순리대로, 여기 적혀 있는 말씀대로만 하면 되는 거 아녀? 내가 한번 운전대를 잡아봐. 난 정치가 뭔지 하나도 몰러. 민초여. 그래도 이렇게는 안 하겠어. 아니 이렇게 해보라고 해도 못할 거 같여."

훌렁 벗어진 정수리 위로 성경책을 번쩍 들어 올린 신 목사가 소리쳤다.

우레와 같은 박수가 터졌다. 누군가 신사랑 연호를 선창하자 몇몇이 따라 외쳤다. 그러나 하나님의 성전인지라 연호가 계속되지 못했다.

"오죽하면 우리 선한 방광우 동료 목자가 광야에 나가 나라를 이렇게 만든 하나님과 정권을 원망하며 한탄을 하셨겠어. 오죽하면 '하나님 까불지 마', 라고 했겠냐고. 생각이 짧은 것들은 그걸 가지고 또 이렇네 저렇네 찧고 까불며 욕들을 하는데, 꼭 보라는 달은 안 보고 손가락을 보는 것들이 지랄을 한다니께."

"아멘!"

"본래 하나님 말씀과 목회자 말은 다 비유여, 비유. 아녀? 목자가 양에게 빤스를 벗어봐, 라고 했다고 해서 난리들을 부렸어. 다들 알지? 아니 양의 빤스를 벗겨서 뭐 할겨? 빤스를 벗으라고 한 건 가식을 벗어라, 거짓을 벗고, 삿됨을 벗고, 일체 마음의 가식을 벗고 신령과 진정으로 내 앞에 서서 나를 똑바로 봐라, 하나님을 똑바로 봐라, 이 뜻이여. 아녀? 그럼 뭐여 잡것들아? 좌파 놈들은 미투나 할 줄 알지, 비유가 뭔지는 모르나? 헬조선 · 탈조선 만들고, 삼 · 오 · 칠 · 구 · 십포,

완포 세대에 이생망까지 만들 줄은 알아도, 비유가 뭔지는 모르는가벼."

정부와 좌파 규탄대회를 하는 것인지, 가두투쟁 출사표를 발표하는 것인지, 지탄받는 동료 목자를 변론하는 것인지, 설교를 하는 것인지 도통 알 수가 없었다.

점잖고 표정 변화 없기로 소문난 윤필용 장로의 얼굴이 벌겋게 달아오르며 불편한 기색이 역력했다.

성요한은 이층 뒷자리에 앉아서 신 목사의 만담 같은 설교를 들었다. 카페에서 그의 자백을 통해 사실 확인이 끝난 만큼 더 이상 앞자리에 앉아서 역겨운 얼굴을 마주 보며 눈싸움을 할 필요가 없었다.

무슨 이유인지는 모르겠으나 정권과 맞짱을 뜨기 시작하면서부터 복음과 교리를 일탈한 설교가 점점 늘어가고 있었다. 신 목사 방식으로 그의 설교 내용을 비유하자면, 천 원짜리 지폐 한 장만 천 원이지, 오백 원짜리 동전 두 개는 천 원이 아니라는 식의 주장들이었다. 이 주장을 요한이 해석하면, 백 원짜리 열 개나 십 원짜리 백 개는 천 원이 아니기 때문에, 이를 천 원이라고 주장하는 포악무도한 정권은 타도하는 것이 마땅하다는 것이었다.

2

1,004명으로 구성된 '천사 연합 합창단'이 오케스트라 반주에 맞춰 부르는 찬송가가 올림픽체조경기장에 장엄하게 울려 퍼지자, 대형 LED 전광판에 '주만사랑교회' 강남 바벨 본당 신축 조감도가 떴다. 그러고는 곧 화려한 분수 불꽃과 함께 우레와 같은 박수와 함성이 터졌다.

강남 성전 이미지 드로잉에 이어 전체 모형을 정면과 좌우 상하에서 캡처한 화면이 연속적으로 떠오르자, "우와, 바벨탑이다"라고 외치는 탄성이 터져 나왔다. 3D 입체 동영상으로 만든 가상 화면이 상영되는 동안 간헐적인 탄성이 이어졌다. 지하 오층 지상 십오층짜리 타워형 고층 성전이었다.

신사랑 목사는 'BEYOND 2020' CI 선포식을 주만사랑교회 강남 진출과 광야 출정을 위한 탐색전 내지는 전초전으로 삼고자 했다. 그래서 행사 콘셉트를 억압과 핍박의 땅 애굽으로부터 자민족을 구원해낸 광야의 모세와, 구국을 위해 투쟁하는 광장의 목자를 대비시켜 설정했다. 물론 건국의 아버지 이승만 대통령도 모세의 이미지와 컬래버레이션했다.

일본에서 온 부부 건축가가 직접 설계 개념을 프레젠테이션했다. 1월 1일에는 가족이 모여 정월의 첫 참배인 '하츠모데(初詣)'를 하고 오세치 요리를 먹어야 하기 때문에 참석이 불가하다며 뻗대는 것을 억지로 데려왔다. 세계적인 건축가에게 갑질을 한 것인데, 신사랑 목사는 갑을 관계에서 양보나 배려가 없는 사람이었다.

콘셉트 설정과 기본 설계를 위해 벤치마킹한 해외 유명 교회와 성당들을—영국 웨스트민스터 대성당, 프랑스 롱샹 성당, 이탈리아 산비탈레 성당, 터키 괴레메 동굴 교회, 미국 LA 크리스털 성당—간략하게 소개한 뒤, 주만사랑교회는 성전 부지가 충분치 않아 일반적으로 교회가 넓고 낮게 자리 잡는 설계를 따를 수 없었다고 했다. 무엇보다 녹지 조성 공간 확보를 위해 건물을 위로 높이 올릴 수밖에 없었다고 했다.

그래서 확보되어 있는 전체 부지 가운데 최대 수용인원을 감안한 대예배실 면적을 빼고, 나머지를 사람과 자연, 사람과 사람의 친교를 위한 그린 스페이스로 조성했으며, 이런 문제 때문에 어쩔 수 없이 지하를 오층까지 깊게 파고 위로 십오층까지 올린 타워형 성전이 되었다고 했다.

결국 신 목사가 바라던 대로 21세기 바벨탑이 되고 말았는데, 강남인지라 주변에 고층 빌딩들이 많아서 생경하거나 오만하거나 조화를 깨는 건물이 되지는 않을 것이라고 했다. 그러면서 건축은 본래 터 무늬에 맞게 지어야 하는데, 터 무늬를 벗어나 유감이지만 주변 빌딩들의 모양새와 어우러진 설계가 이루어졌기 때문에 터무니없는 건물이 탄생하지는 않을 것이라고 했다. 말을 돌리는 것을 보니 설계 중에 발주처인 교회 측과 무언가 의견 대립을 겪은 것 같았다. 아내가 설명을 하는 동안 곁에 선 남편은 덧붙임 없이 동의한다는 듯이 고갯짓만 반복했다.

건축가가 말을 그렇게 한 것인지, 통역을 그렇게 한 것인지, 연륜 있는 대가답게 언어의 기교까지 부려가며 설명을 마쳤다.

설계에 대한 프레젠테이션이 끝나자, 신사랑 목사가 만화방초로 꾸민 단상 위로 힘차게 뛰어올랐다. 단상 위에는 정중앙의 플라스틱 받침대 위에 놓인 강남 신축 성전 미니어처 외에 아무것도 없었다. 내·외빈들은 모두 단 아래 첫번째와 두번째 줄 좌석에 나란히 앉아 있었다. 유명 목회자들은 물론, 정재계 인사와 유명 문화예술인들도 더러 보였다.

단상 뒤 가설 벽에는 모세의 엑소더스 장면을 중심으로 개신교의 역사와 해방과 건국 그리고 이승만의 취임식 화면 등이 중첩되어 장중하게 펼쳐지고 있었다. 양머리 모양을 얹은 단상 양쪽의 이오니아식 기둥에는 '한국 교회의 새로운 가치, 사랑으로 하나 되는 나라'라고 쓴 대형 배너가 걸려 있었다.

"지금부터 주력(主曆) 2020년 첫날을 우리 주 하나님께 온전히 드리며, 믿음의 반석인 주만사랑교회 비욘드 2020 CI를 선포하겠습니다. 우리 주만사랑교회의 핵심 가치는,"

말을 끊은 신 목사가 LED 화면을 향해 돌아서자, 웅장한 배경음악과 함께 자막이 뜨고 우레와 같은 함성과 박수와 괴성과 휘파람이 터져 나왔다.

"너희가 하나님의 선하심을 오직 사랑으로 행하라!"

예수께서 이르시되
네가 어찌하여 나를 선하다 일컫느냐
하나님 한 분 외에는 선한이가 없느니라(누가 18:19)

"나라의 근본인 개신교 정신의 복원과 부흥을 위한 십자가를 우리 주만사랑교회와 삼만 성도들이 당당히 짊어지고 나가겠다는 것을 하나님 앞에 서원합니다."

"아멘!"

"교회의 이념, 규범, 성도상은 나눠드린 책자를 참고해주시면 고맙겠습니다. 다음으로 미션 스테이트먼트는 맹대성 총괄명예장로님께서 낭독하시겠습니다."

자우어 지팡이에 몸을 의지한 맹 장로가 단을 향해 뒤뚱거리며 걸었다. 시간에 쫓기는 진행 요원이 부축하려 달려왔으나, 맹 장로가 뿌리쳤다.

"우리 주만사랑교회는 세계 속의 으뜸 교회가 되기 위해 오직 하나님의 말씀만을 본받아 사랑의 정신으로 합력하여 성도 사랑 · 가족 사랑 · 나라 사랑을 구현한다."

맹 장로가 차분한 목소리로 미션 스테이트먼트를 선언했다.

"할렐루야!

"아멘!

천사 연합 합창단의 베토벤 교향곡 9번 합창이 울려 퍼지자, 고함 소리와 함께 태극기 · 성조기 · 일장기가 한데 어우러져 체조경기장을 뒤흔들었다. 마치 붉은 악마가 국가 대항전을 응원하는 것 같았다. 산발적인 괴성과 흐느끼는 소리도 들려왔는데, 종교 행사인지, 한 · 미 · 일 연합 정치 행사인지 알 수 없었다.

귀빈 대표로 지명된 고위 검찰 출신 교인이 올라와 아랫사람들을 타이르는 듯한 점잖은 목소리로 정치와 종교가 온전히 하나가 되어야 잃어버린 이 나라의 정의와 근본을 되찾을 수 있다면서 주만사랑교회 삼만 성도들은 물론이요 전국 천이백만 성도들의 깨어 있는 의식과 분발을 각별히 당부한다고 했다.

각계 초청 명사들에게 각각 오 분씩 배당해준 축사와 격려사가 이어졌다. 정 · 관 · 재계를 가리지 않고 연설을 원하는 거물급들에게 발언의 기회를 줬는데, 발언에 참여한 사람들은 주로 정치인들이었다. 삼만여 성도이자, 유권자들—관중석이 14,594석이고 경기장 바닥에 몇 명을 더 수용했을지는 모르겠으나, 삼만이라고 하기에는 무리였다—앞에서 얼굴을 알리며 연설할 기회가 어디 흔한 일인가.

강남 성전 모형을 본떠 만든 대형 케이크를 절단하는 것으로 CI 선포식이 끝났다. 식전 성가 공연을 포함해 장장 세 시간 동안 진행된 대규모 행사였다.

폐회 인사를 하는 신사랑 목사에게 스포트라이트가 집중됐다. 그는 이 행사를 통해서 자신의 가치와 위상이 교계에서 정계로, 정계에서 국민 대중 속으로 확실히 전파되기를 기원했다. 개신교 관련 언론사 기자들은 물론이고 레거시 언론사 기자들이 신사랑 목사를 상대로 열띤 취재 경쟁을 벌였고, 사장과 임원진까지 외빈으로 참석한 CMN은 행사의 전체를 생중계했다.

저녁에는 장소를 프레스센터 만찬장으로 옮겨 주보라 목사의 출판기념회를 열었다. 신 목사는 자신의 출판기념회도 아닌 아내의 출판기념회로 사람들에게 부담을 주기가 민망해서 망설였다가 차려진 상에 숟가락을 하나 더 얹는다는 심정으로 출판기념회를 CI 선포식 부대 이벤트로 만들었다고 했다.

선포식이 끝난 뒤, 별도로 선정한 인사들에게 '일정이 가능하시다면'이라는 조건을 달아 즉석에서 공지를 했기 때문에 출판기념회는 겸손한 깜짝 이벤트 성격을 띠게 되었다. 책은 이미 12월 중순부터 시중에 유통되고 있었다. 깜짝 초대를 받은 내외 귀빈 가운데 95퍼센트가 참석했다. 신 목사는 자신의 인기도이자 저력인 것 같아 초대 수락률에 내심 으쓱했다.

주보라 목사의 출판기념회가 신사랑 목사에 대한 우상화와 찬양 일색으로 치러졌다. 초대받은 기자들이 기사의 포커스를 저자인 주보라 목사로 잡아야 할지, 책 속의 주인공인 신사랑 목사로 잡아야 할지를 몰라 헤맸다. 책 제목도 『죽어서, 살아온 사랑』이었다.

입이 헤벌쭉해진 신 목사는 원님 덕에 나발 부는 꼴이 되고 말았다는 흰소리를 씨불이며 아내의 손님들을 가로채 맞이했다. 온종일 행사에 시달려 심신이 곤고해진 주보라 목사는 사위 염우식의 부축을 받으며 이런 신 목사를 자랑스러운 듯 지켜봤다.

최근 들어 구설 때문에 공식 석상을 피하고 있다는 유명 교회의 은퇴 목사가 신 목사 부부 쪽으로 슬그머니 다가왔다. 숱한 음해와 방해를 물리치고 아들에게 교회를 성공적으로 승계한 목사였다. 장차 귀감으로 삼아 가르침을 받고 싶어 하는 목사인지라 신 목사가 정중히 맞이했다.

"프로테스탄트의 역사가 미국의 역사이듯이, 개신교의 역사가 곧 자유대한민국의 역사야."

은퇴 목사가 신 목사 귀에 대고 속삭였다. 그러고는 신사랑 목사가 침체된 개신교를 일으켜 새로운 역사를 쓰기 바란다고, 응원한다고 덧붙였다.

신 목사는 은퇴 목사를 와락 껴안으며 볼에 뽀뽀를 했다. 그는 힘이 불끈불끈 솟았다.

3

지난해 12월 중국 후베이성 우한에서 발생한 괴 바이러스가 1월 말 한국으로 건너왔다. 1월 20일 내한한 중국인이 최초 감염자로 확진 판정을 받았다.

바이러스 발생 초기에는 세계보건기구도 바이러스의 정체를 몰라서 헤맸는데, 한 달쯤 지나자 국제바이러스분류위원회가 'SARS-CoV-2'라고 명명하고 개발된 치료약과 백신이 없는 신종 바이러스라고 발표했다. 전염성이 강하고 현재로서는 걸리면 치료가 불가하니 예방에 진력해야 한다고 했다. 세계보건기구는 이 바이러스의 공식 명칭을 'COVID-19'라고 했고, 우리나라는 '코로나 바이러스 감염증-19'로 하고, 약칭 '코로나19'로 부르기로 했다.

우여곡절 끝에 공식 병명은 확정했으나, 치료제도 백신도 감감무소식이었다. 게다가 바이러스의 실체가 변화무쌍해서 정체성 파악조차 어렵다고 했다. 그러다가 2월 말이 되자, 순천국 대구광역시 교역에서 집단 감염이 발생했고, 그 뒤로 코로나19가 들불처럼 전국으로 퍼져나갔다.

감염병 위기 경보를 최고 수준인 '심각' 단계로 하고 대구·경북 일부 지역을 특별재난지역으로 선포하는 등 아비규환이 됐다. 대구를 '봉쇄'할 것이라는 사실무근의 악의적 소문을 퍼뜨리는 극우 정치인들도 나타났다. 코로나보다 소문을 더 두려워하는 사람들이 생겼고, 이런 사람들이 앞장서서 소문을 퍼 날랐다.

정부는 해외에서 감염 공포에 떠는 국민을 데려오려고 전세기를 띄웠다.

"담임목사님을 찾는 전화가 수십 통도 넘게 왔어요."

마스크 두 장을 겹쳐 쓴 기획팀 여직원이 1부 예배를 마치고 나오는 신사랑 목사에게 달려와 말했다.

코로나19가 기승을 부려 마스크 착용이 의무화되고, '생활 속 거리두기'를 하던 것이 '사회적 거리두기' 1단계로 강화되어 시행되고 있었다.

"누군데?"

"젊은 여잔데, 물어봐도 누구라고 말을 안 해요. 번호를 남겨주면 목사님께 전해드리겠다고 해도……"

신 목사는 더 묻지 않았다. 누구의 전화인지 알 것 같았다.

"목사님과 통화 가능한 휴대전화 번호를 알려달라며 막무가내로 떼를 쓰는데, 제가 따로 아는 번호가 없다고 했어요."

금빛 스타렉스를 향해 종종걸음 치는 신 목사의 등에 대고 여직원이 칭찬받기를 바라는 어린아이처럼 자랑스레 떠벌렸다. 신 목사가 여직원에게 잘했다는 칭찬을 보냈다.

크리스털 K400 금고를 열어 휴대전화를 꺼냈다. 부재중전화 열두 통과 메시지 여섯 건이 들어와 있었다. 메시지에는 애원, 원망, 욕설 등이 가득했다.

"저를 여기에 감금시키신 거죠?"

신호가 가자마자 전화를 받은 매리가 대뜸 억지를 부렸다.

"……"

대꾸할 말이 없었다.

"제가 우한 바이러스에 걸려 죽기를 바라시는 거죠?"

"……"

"그렇게는 안 될걸요. 저도 생각이 있는 여자라고요, 목사님."

도피 스트레스와 고립감과 코로나19 공포감이 겹쳐 매리가 제정신이 아닌 것 같았다.

"귀국해라."

대수롭지 않은 듯 말했다.

"어머머, 이 양반 좀 봐. 불법체류자로 만들어놓고는 귀국하래."

이 양반? 얘가 미쳤구나 싶었다. 그러고 보니 매리가 칭다오에 체류한 지 21개월째였다.

"미안하다. 방법을 찾아보마."

욱했으나, 같이 미친다고 해서 해결될 문제가 아니었다. 우선 달래야 할 것 같았다.

"그만큼 데리고 노셨으면, 제자리에 돌려놓으시든가, 책임을 지셔야지……"

신 목사는 매리의 뇌에 바이러스가 침투한 것일는지도 모른다는 생각이 들었다. 아니면 근본이 없거나, 똥갈보로 일을 하면서 못된 것을 배웠거나…… 어쨌든 뭐가 됐건 보통 일이 아니었다.

시종 공갈 협박에 시달리다가 어르고 달래서 겨우 통화를 마친 신 목사는 앞이 캄캄했다. 성령의 은사를 받고 박학다식하고 사통팔달이면 뭐 하나. 도무지 묘책이 떠오르지 않았다. 신 목사는 괴롭고 답답했다.

결국 반두권에게 전화를 걸어 급히 좀 만나자고 했다. 두시쯤—3부 예배가 끝나면 한시였다—공기 좋은 교외에서 만나 점심이나 하자고 했다.

"허, 씨발…… 미투네요."

선유도공원이 바라다보이는 식당에서 반두권이 신사랑 목사의 설명을 듣다 말고 말했다. 마치 잭팟이 터져서 고함을 질러대는 놈 같았다. 왜 그렇게 좋아하고 빈정대는지 속이 뒤집어질 것 같았다. 놈이 입안에 넣고 씹던 밥알이 상 위로 튀었다.

신 목사가 입에 넣었던 빈 숟가락을 내려놓고 마스크를 썼다.

"어떻게 해드릴까요?"

늑대 같은, 아니 하이에나 같은 놈이었다.

"그걸 알면 내가 왜 자네를 보자고 해서 이렇게 하소연을 하고 있겠나?"

두권이 하이에나 같은 놈이라면 신 목사 또한 늙은 여우였다.

"아무리 걱정이 크셔도 식사는 마저 하셔야지…… 다 먹고 살자고 이러는 것인데……"

국그릇을 들어 후루룩 들이마신 두권이 멋쩍은 표정을 지으며 빈정댔다.

신 목사는 계속 빈정거리며 여유로운 웃음까지 지어 보이는 반두권을 쥐어박고 싶었다.

4

답신이 닷새 만에 왔다. 그동안 이메일 확인을 안 한 것인지, 아니면 물건 확보가 가능한지를 알아보느라 늦어진 것인지, 그도 아니라면 구매자의 애를 태우기 위해 비즈니스 전략상 의도적으로 답을 늦춘 것인지는 알 수 없었다.

러시아와의 밀거래 루트로 알려진 감천항에 가서 직접 구해 볼까도 했으나, 멀고 번거롭고 낯설고 또 겁이 나기도 해서 일단 포기하고, 가깝고 낯익고 간편해서 상대적으로 안전감이 있는 방법을 택하기로 했다. 안면 있는 자와의 직거래를 택한 것이다.

전투비행단에서 카투사로 근무하던 시절 알게 된 'S-4 (군수과)' 1등 중사(SFC : 퍼스트 클래스 하사)였다. 올해로 한국

근무 4년차가 되었으니, 복무 규칙에 의거하면 벌써 한국을 떴어야 할 놈이었다.

It's been a while. How's hacking?

You can get the firearms.

The price will be prepaid. I'll wait for your answer.

Dean.

(오랜만이다. 잘 지내나? 네가 원하는 총기는 구할 수 있다. 가격은 선불이다. 답을 기다리겠다.)

딘이 프로톤 메일(proton mail)로 보낸 답신이다. 떠버리가 군더더기 없이 간결한 답을 보냈다.

놈에게 총기를 주문하면서 콜트 45 M1911이었으면 좋겠으나, M9 베레타도 괜찮다고 했다. 콜트 45는 익숙한 것도 있었지만 백 년 이상 검증받은 권총이고, M9 베레타는 현재 미군이 사용 중인 제식 권총이기 때문에 믿음이 갔다.

돈은 달라는 만큼 줄 테니 물건과 돈을 맞교환하자고 했다. 카투사 시절 지켜봤는데, 믿음이 안 가는 의뭉스러운 놈이었다. 본인은 극구 부인했으나, 약쟁이로 의심되는 놈이었다.

놈이 말하기를, 자신은 사우스 코리아와 인연이 매우 깊은데, 친할아버지인 맥 라마르 하지스(Mag Lamarr Hodges)가 한국전쟁 당시 최초의 미군 참전용사라고 떠벌렸다. 당시 일본 도쿄에서 점령지 치안 담당을 하고 있다가 한국전쟁에 참전했다는 놈의 친할아버지는 '게리오언(Garryowen)'으로 불린 제7기병연대 2대대 G(George)중대 소속 기관총 부사수였다고 했다.

성요한이 알기로 제7기병연대는 1890년 운디드니 인디언 원주민 학살 사건을 저지른 악명 높은 부대였다. 아무튼 딘은 분쟁 지역보다 상대적으로 안전하고, 생명수당 등 처우도 좋아서 한국을 선택했다고 제 입으로 고백을 하고도 강대국 주둔군으로서 으스댈 때는 자기 할아버지가 목숨 걸고 구해준 나라이기 때문에 책임지고 지켜주기 위해 온 것이라며 같잖은 설레발을 쳤다. 그래서 할아버지와 자신이 한국의 은인이라고 떠벌려대는 황당한 후레아들이었다.

거리 시위 때 보면 성조기를 들고 나와 미국에 대한 변함없는 감사와 충성의 예를 표하는 국민들도 많던데, 너는 어떻게 생겨 먹은 한국인이기에 미국과 자기에 대한 존경심이 좆도 없냐고 나무라기까지 했던 놈이다. 이런저런 생각 끝에 요한은 차라리 감천항으로 갈 걸 그랬다는 후회가 들었으나 이미 엎지른 물이었다.

딘은 할아버지 맥이 일본 주둔과 한국전쟁에서 벌어 온 돈으로 자그마한 농장을 사서 운영했는데, 아버지가 술과 노름으로 다 말아먹어서 다시 돈을 벌려고 한국에 왔다고 했다. 놈은 아버지의 술과 노름이 할아버지의 한국전쟁 후유증 탓이라고 했다.

딘은 동맹국 파견 군인으로 왔다기보다 돈벌이하러 온 놈이라 그런지 총기 밀매에 대해 아는 게 많았다. 군에 있을 때 놈은 이런저런 잡담을 하다가 구글 사이트에 수많은 총기 매매 글들이 떠돈다고 해서 쉽게 구할 수 있다고 생각하면 오산이라는 충고 겸 경고를 해 준 적이 있었다. 가짜 물건과 미끼가 많다고 했다. 나중에 총기가 필요하면 딴 데 갈 생각 말고 자기한테서 구입하라고도 했다.

요한이 휴대가 용이한 총에 대해 묻자, 가볍고 짧은 좆이 휴대는 편하지만, 묵직하고 긴 좆보다 만족도가 떨어진다는 사실을 일깨워주고 싶다고 답했다. 콜트 45나 M9 베레타 말고, 휴대도 편리하고 정확도가 높은 권총이 있으면 그걸 사고 싶다고 하자, 그가 보낸 답이었다. 놈이 제 표현 수준에 맞추느라 정확도를 만족도로 바꿔 말한 것이다. 그러고는 답신 끄트머리에 다시 선불을 강조했다.

꼭 선불이어야 하느냐고 물었다. 그러자 딘은 일등 선진문명국이자 자유수호국에서 온 사우스 코리아 구세주의 직계 손자를 못 믿는다면, 'Bae Eun Mang Dug'이라고 써서 보냈다. 적반하장이 몸에 밴 놈이었다. 그는 네가 마음에 들어할 만한 총기는 이미 구해서 반짝반짝하게 기름칠을 먹여놨고, 입금이 확인되는 대로 '페이스 투 페이스 트랜잭션(면대면 거래)' 할 것이라고 했다.

을의 입장인 요한은 잘 알겠다고 했다. 돈을 치르고 총기를 수령하는 딘의 거래 절차는 생각했던 것보다 복잡하고 까다롭고 길었다. 닷새 간격을 두고 두 차례 프로톤 메일로 물품보관함 위치 및 식별번호와 비밀번호를 적어 보냈다. 서울 지하철역 해피박스와 합정 지하철역 물품보관함이었다. 물품보관함 대다수가 지문인식 시스템으로 바뀌어 비밀번호 입력만으로 이용 가능한 곳을 찾느라 시간이 좀 걸렸다고 했다. 미국 놈이라 한국 사정에 어둡다고 해도 프로답지 않은, 석연치 않은 변명이었다.

입금을 완료하고 찾아간 서울 지하철역 해피박스 안에는 총이 아니라 손바닥 절반 크기의 미키마우스 캐릭터 인형이 들어 있었고, 두번째로 찾아간 합정 지하철역 물품보관함 안에는 편지 봉투가 들어 있었고, 그 속에 용산–서대전행 KTX 승차권이 있었다. 6호차 5A, 5B 두 자리였다.

요한은 콜트 45를 KTX 객실에서 받았다. 기차가 천안아산역으로 접어들고 있을 때, 통로 건너편 5C에 앉아 있던 외국인 사내가 자리에서 일어섰다. 사내는 빈 좌석인 5B에 쇼핑백을 슬그머니 내려놓고는 요한이 받침대 위에 올려둔 미키마우스 인형을 집어 들고 하차했다.

검정 마스크와 검정 선글라스를 쓴 흑인 사내가 쇼핑백을 두고 미키마우스 인형을 가져갔는데, 놈이 말한 면대면 거래였다. 돈을 건네주고 쇼핑백을 받기까지 16일이 걸렸다.

5

정부와 방역 당국이 전대미문의 코로나19와 사투를 벌였다. 코로나19에 '색깔'을 입혀서 중국인이 곧 병원체인 양 주장하며 중국인들의 입국을 당장 전면 금지시켜야 한다며 정부를 윽박지르는 세력도 있었다. 그들은 코로나19가 아닌 정부와 싸웠는데, 세계보건기구가 공식 명명한 'COVID-19'를 거부하고, '우한 코로나'라고 부르면서 중국에 대한 증오심과 정부에 대한 불신을 조장했다.

코로나19는 중국의 인접국인 한국뿐만 아니라 전 세계로 급속히 퍼졌다. 세계가 코로나19 확산으로 큰 혼란을 겪고 있는 가운데 한국은 모범 방역국으로 'K-방역'이라는 브랜드명까지 얻으며 여러 나라의 벤치마킹 대상이 되었다. 그러거나 말거나 '찬송가와 태극기'를 앞세운 시위 세력들은 이심전심으로 주말마다 '이승만 광장'에 모여서 대통령 하야와 정권 퇴진을 부르짖었다.

국회는 여야 합의 아래 급히 코로나 3법을 제정 · 통과시키고, 이에 근거한 방역 조치를 강화했다. 그러자 일부 극우 세력들은 정권이 방역을 핑계로 전체주의 계엄 통치를 하고 있다면서 강력히 반발했다.

코로나19를 보는 시각이 정치적 입장에 따라 둘로 나뉘었다. 사람의 목숨이 걸린 코로나가 정쟁의 수단이 됐고, 일부

의사들은 코로나를 자신들의 기득권 수호를 위한 볼모로 삼고자 했다.

정치적 이유로 '로켓맨' 김정은의 팬을 자처하는 미국 대통령도 본심인지 의도적 발언인지는 모르겠으나 코로나를 정치적 시각으로 바라보는 극우 세력들의 주장을 편들어주는 듯한 입장과 태도를 보였고, 그럴 때마다 극우 세력들은 거리로 나가서 성조기를 흔들며 감사의 예를 표하고 더 큰 구애를 했다. 유사 이래 장구한 세월 동안 한반도 패권 다툼을 벌여온 주변 강국들은 외교적 수사와 달리 한국의 안정성과 자주성 확보를 원치 않았다. 그들은 한국을 침탈했거나 약취해왔음에도 불구하고 꾸준히 한국에 재조지은(再造之恩)을 주장해왔다. 이런 강국들을 찬양하며 구애를 하는 것인데 대체 어떤 도움을 받으려고 그러는지 알 수 없었다.

일부 극우 세력들은 이런 강국들의 도움을 받고자 성조기와 일장기를 들고 '이승만 광장'을 헤매고 다녔다. 해방은 됐지만 독립을 이루지 못했고, 자주와 주체성을 확립하지 못한 나라인지라, 안정보다는 혼란을 부추겨 사익과 당파적 이익을 얻고자 하는 자들이 적지 않았다.

노석면 장로는 이런 자들에게 꺼들리고 있는 나라 걱정에다, 속내를 모르지 않을 터인데도 이들을 규합하겠다며 나서는 신사랑 목사에 대한 우려와 원망 때문에 오래전부터 그의 설교가 귀에 들어오지 않았다.

신사랑 목사는 태극기와 성조기의 물결 속에서 찬송가와 애국가가 뒤섞인 광장의 세력들과 합류하지 않고 있었다. 아직은 때가 아니라고 판단한 것 같았다. 응원과 격려 그리고 입장 관리와 분위기 파악차, 서너 차례 들렀을 뿐이었다. 그때마다 신 목사는 시위 주최 측으로부터 연단 위에서의 사자후를 강요당했으나, 이전저런 핑계를 대고 빠져나왔다.

하지만 노 장로는 여러 정황으로 볼 때 신 목사가 때를 기다리며 자신의 판을 준비하고 있을 것이라는 확신을 가지고 있었다. 사십 년 동안 지켜봤는데 어찌 그를 모를 수 있겠는가. 그는 기회를 만들고, 보고, 잡고, 필요하다면 빼앗아 이용할 줄 아는 승부사였다. 기회가 오면 자기 판을 짜서 승부를 걸 줄 아는 사람이었다. 주만사랑교회가 저절로 큰 것이 아니었다. 뒤늦게 알게 된 것이지만, 신 목사는 남의 둥지에 알을 낳고 둥지까지 빼앗는 뻐꾸기의 근성을 가진 인간이었다.

비전도 미션도 지향점도 없이 혐오와 광기로 저주를 쏟아내면서 한풀이나 하고 있는 판에 끼어서 무엇을 얻겠는가. 신사랑 목사는 답답했다. 지금 자유대한민국에 필요한 것이 한풀이 푸닥거리란 말인가. 투쟁이 한풀이가 되면 칼로 물을 베는 부부 싸움이나 다를 바 없게 되는 것이다. 그는 잃는 것도 얻는 것도 없이 그 나물에 그 밥처럼 식상해져버린 우국 투쟁이 안타까웠다.

신사랑 목사는 중도 통합 프레임 속에서 '단죄와 열망'을 키워드로 한 새로운 '광야 프로젝트'를 준비하고 있었다. 비생산적이며 소모적인 대립으로 적대감만 키우고 자기 파괴적인 혐오로 정체된 정국을 목표와 대상을 특정한 단죄로 바꾸고, 반이성적이며 배타적으로 분절화된 광기는 상생과 도전의 공유가치를 추진해나갈 수 있는 열망의 장(場)으로 바꿔야 했다.

이렇게 긍정의 틀로 판을 깔면 한계와 정체에 빠진 극우 세력은 물론이요 기존 투쟁의 형세가 못마땅해 이러지도 저러지도 못한 채 외면과 방관을 할 수밖에 없었던 범보수 세력이 새로운 자극을 받아 동력을 얻게 될 것이다.

그러나 아직은 광야 프로젝트를 시작할 때가 아니었다. 좀 더 기다려야 했다. 주님이 그러라고 했다. 코로나19도 큰 장애물이었으나, 그보다 한풀이 세력들의 기세가 사그라들어야 했다.

신 목사는 지금 이들의 광기가 자신을 초대하는 길놀이라고 생각했다. 보수 정치인들에게도 그 광기가 정치적 자산이요 팻감이듯이, 신 목사에게도 장차 궁극의 꿈으로 가는 큰길을 밝혀줄 불씨이자 밑불이자 불쏘시개였다. 그래서 방광우 목사와도 불가근불가원으로 지내는 것이었다.

기습적으로 들이닥친 코로나의 장기화는 신 목사에게도 타격이 컸다. 예상치 못했던 큰 걸림돌이자 시련이었다. 교회

수익에 미치는 데미지는 심각한 수준을 넘어서 치명적인 수준으로 치닫고 있었다. 노근리를 찾아 떠났던 IMF 악몽이 되살아날 지경이었다. 꿈자리도 뒤숭숭했다.

온라인 주일예배 헌금을 무통 입금하라고 할 수도 없는 노릇이었고, 또 계좌이체로 받는다 한들 대면 예배를 드리고 현장에서 걷는 수준에 미칠 리 없었다.

제한적 대면 예배도 까다로운 절차를 거쳐야 했다. 예배 지도 단속을 나온 강외구청 공무원들의 감시 아래 개별 발열 체크를 받은 후에 이상이 없어야 대예배실 입장이 가능했다. 그러나 거짓말까지 해가며 방역 당국의 역학조사를 방해한 순천국 집단 감염 사태로 인해 종교 집회에 대한 불신이 커져 여론마저 나빠진 데다가 언론이 일방적으로 방역 당국의 말만 받아서 연일 겁을 주고 공포심을 조장하고 있었기 때문에 예배 참석자가 반토막이 난 지 오래였다. 이런 와중에 비대면 사이버 예배까지 권고하자, 신사랑 목사가 드디어 폭발했다.

"정부, 지들이 하나님이여? 아니, 지들이…… 지가 뭔데, 예배를 드리라 마라 명령질이야. 그런 명령을 내릴 수 있는 분은 오직 하나님 한 분뿐이여, 아녀?"

신 목사가 설교 시작부터 정부, 그것도 정부의 특정인을 겨냥해 게거품을 물었다.

"으아멘!"

성도들이 악에 받친 목소리로 신 목사의 뜻에 찬동했다. 태극기를 신장대처럼 부들부들 떨어대는 신도들도 보였다. 코로나19 이후, 부쩍 많아진 태극기 부대가 성전을 점거하기라도 한 것 같았다.

방역 당국은 예배를 드리지 말라고 한 것이 아니라, 대면 예배를 자제해달라고 한 것이었고, 명령질이 아니라 권고를 한 것이었다. 하지만 신 목사 입장에서는 그게 그거였다.

노석면 장로는 행정 권고를 명령질로 호도하면서 상식과 이성을 깡그리 무시하는 선동질로 성도들의 적개심을 자극하며 분노를 부추기고 있는 신 목사가 안타깝고 안쓰러웠다. 혹세무민이 따로 없었다.

"주기율표 알어?"

입가의 게거품을 손등으로 닦아낸 신 목사가 신도들을 향해 물었다.

"……?"

담임목사의 뜬금없는 과학 상식 질문에 긴장한 좌중이 물을 끼얹은 듯이 조용했다. 설교 중에 자주 당하는 일인데도 성도들은 그때마다 얼음땡 놀이를 하는 양 굳어졌다. 신 목사가 모르는 것도 죄라고 했기 때문이었다. 까불대던 태극기도 잠잠해졌다.

"또 묵언 수행들이셔? 그건 성경책 없는 중놈들이나 하는 거라고 혔잖여. 백삼십칠억 년 된 우주에 있는 물질 중에 사프로만 실체가 밝혀졌는데, 그걸 적어서 만든 게 주기율표여.

이제들 알겄어?"

"아멘."

"주기율표를 최초로 맨든 사람이 누군 줄은 알어?"

"……?"

"드미트리 멘델레예프여."

"오우!"

성도들이 탄성을 보냈다.

"이게 뭔 소리냐면, 구십육 프로가 미규명된 암흑 에너지와 암흑 물질이라는 거여. 그런데 말이여, 나는 그 구십육 프로가 뭔지 알어. 그게 뭐냐…… 뭘 거 같어? 아는 사람?"

신 목사가 오른손을 번쩍 들으며 물었다. 아는 사람 있으면 손을 들라는 제스처였다.

"……?"

기가 죽은 신도들이 조용했다.

"영! 즉, 성령과 말씀이여. 그래서 알 수가 없는 거여. 보이지가 않잖여. 그건 아무에게나 보이는 게 아닐뿐더러 봐도 알 수가 없는 거여. 듣고 느낄 수는 있겠지만, 보지는 못하는 거라구. 빛이 어디서 와? 어둠에서 나오잖여. 하나님이 어둠이 있으라, 하니께 어둠이 생겼다, 라고 했다는 말을 들어봤어? 들어본 사람?—또 오른손을 번쩍 들었다—못 들어봤잖여. 그런데 빛은 어디서 나와?"

"……?"

"어허, 이거 왜들 이러지…… 어디서 와?"
"하나님!"
"그건 당연한 거고. 어디?"
신도들을 향해 고개를 쭉 내민 신 목사가 눈을 크게 뜨고 다시 물었다.
"……?"
또다시 꿀 먹은 벙어리들이 됐다.
"어둠이라고 했잖여, 어둠! 빛은 어둠이 있기 때문에 빛이 될 수가 있는 겨."
"아멘!"
"그러니께 그 구십육 프로 암흑은 성령인 빛이고 말씀인 거여. 내 말이 어뗘, 맞지? 틀려?"
"할렐루야!"
태극기도 힘차게 나부꼈다.
"내가 오늘도 새벽에 깨서 기도했어. 하나님, 대면 예배 드려도 돼? 된대, 된다고 했어. 그래서 드리는 거여. 하나님을 직접 만나본 나도, 내 맘대로 드리고 말고 하는 게 아니라니까. 세상사는 다 주님이 주관하시는 겨. 이 우주 구십육 프로를 주관하는 영과 말씀이 뭔지도 모르는 천둥벌거숭이들이 까불고 있어."
예배 지도를 하느라 어쩔 수 없이 설교를 듣고 있던 공무원들의 낯빛이 시뻘겋게 달아올랐다.

"아멘, 아멘!"

"할렐루야!

다시 태극기가 힘차게 나부꼈는데, 드문드문 성조기도 보였다. 일장기는 입장할 때, 진행 요원이 빼앗아서 따로 보관했기 때문에 보이지 않았다. 가방이나 품속에 감춰 들어오는 뜨내기 성도들이 있었기 때문에 출입구에서 체온 측정보다 철저한 '검문검색'을 했다.

"안 되는 것도 내가 부탁하면…… 하나님이, 오 그래, 내 사랑이로구나, 하고는 재깍 들어줘."

"할렐루야!"

흥분한 한 성도가 벌떡 일어나 마스크를 벗어 던지고, 양손에 든 태극기와 성조기를 흔들어대며 고함을 질렀다. 노 장로가 보기에 부흥성회도 아니고, 성토대회를 치르는 것 같았다.

"자, 거기…… 진정하시고, 마스크 써, 얼른! 감시 공무원 아직 안 갔어. 저기 앉아서 지켜보고 있잖여." 신 목사가 손가락질로 흥분한 성도와 감시 공무원을 번갈아 가리키며 말했다. 그러고는, "분명히 다시 말하는데, 나는 이런 거 싫어해. 태극기와 성조기를 들고 들어오는 것까지는 뭐라고 하지 않겠는데, 거기까지만이야. 그걸 성전에서 흔들어대는 건 안 돼. 이 안에서는 오로지 저기 저거, 저거 하나면 다 끝이야. 저거 앞에 다른 거는 다 먼지 티끌, 아니 우상이여. 여기 서 있는 나도 먼지 티끌이고, 우상이여"라고 했다. 그가 '저거'라며 가리키는 것은 박달나무 십자가였다. 한껏 달아오른 분위기 속에서 말을 마친 그가 '저거'를 위한 복음성가를 선창했다.

> 십자가 십자가 그 위에 나 죽었네
> 그 사랑 내 속에 강같이 흐르네……

열혈 태극기 부대가 신도들의 기를 제압한 때문인지, 받아서 이어 부르는 소리가 작았다.

"그라고 내가 이제부터 중대 선언을 할 테니께, 잘들 들어."

복음성가를 거의 독창으로 마친 신 목사가 정색을 하며 말했다. 그러고 나서는 뜸을 들이듯이 아무 말 없이 신도들을 쓰윽 내려다봤다. 십여 초가량 침묵과 궁금증 속에서 긴장감이 흘렀다. 그가 곧잘 쓰는 설교 기법이었다.

"내가 혐오와 광기의 시대를 단죄와 열망의 시대로 바꾸기 위해서 이제부터 광야로 나가 성전(聖戰)을 치르기로 다짐혔어. 주님께서 그러라고 하셨어."

"할렐루야!"

"단죄와 열망은 근본, 사랑, 화해, 공정의 시대를 열어나가기 위한 전 단계 지상과제이자, 하늘의 계시이고 명령이여. 지난번 움막 기도처에 가서 백이십 시간 금식 철야기도를 한 마지막 날, 동녘 하늘의 샛별이 되시어 두번째로 나를 찾아오신 하나님께서 주신 응답이여."

"주여, 아멘!"

흐느끼며 울부짖는 괴성이 들렸다. 신 목사의 말에 은혜를 받아 방언이 터진 신도들도 있었다.

"빛으로 내게 오신 영광의 하나님께서 말씀하시길, '사랑아, 내 사랑아! 너는 세상을 구할 나의 성자니라. 어서 광야로 나가거라. 나가서 나의 사랑을 증거하고, 확장하여 세상을 구하거라. 지금부터 네가 승리하는 그날까지 내가 너와 함께하며 지켜주고 이끌 것이다'라고 하셨어. 하나님께서 성전을 준비하셨으니, 나가 싸우라는 진군 명령을 내리신 거여, 아멘?"

"오, 아멘! 아으멘! 할렐루야! 추웅성!"

"성막 기도처 하나님의 샛별을 상징하는 저 십자가의 빛을 들고 여러분과 함께 싸울 거여."

'저 십자가의 빛'이란 신 목사가 받았다는 성령의 징표로서 박달재 성막 기도처의 샛별을 상징하는 조형 성물(聖物)이었다. 신 목사가 십자가 아래 위치한 성물을 가리키며 말했다.

그때 사전 지시에 따라 신을 벗고 단 위로 오른 두 명의 부목사가 조형 성물로 다가갔다. 신 목사를 비추던 스포트라이트가 성물을 비추자 모든 조명이 꺼졌다.

"하나님께서 주신 저 공의의 빛을 높이 들고 나아가 싸워서 이 썩고 곪아 터진 세상을 치유하고 구원할 때까지 십자가의 영을 받은 저 샛별 성화가 나 신사랑과 함께 광야에서 우리의 생명을 지켜주고 우리의 성전을 인도할 것이여."

"아멘!"

신 목사의 눈짓을 받은 두 명의 부목사가 흰 수갑을 낀 손으로 불빛 성물을 조심스럽게 들어 올렸다. 그러자 어디선가 구호가 터져 나왔다.

"싸우자!"

누군가가 그 구호를 받아 외쳤다.

"싸우자!"

신 목사도 구호를 받아 외쳤다. 그러고는 찬송가를 선창했다.

믿는 사람들은 주의 군사니 앞에 가신 주를 따라 갑니다
우리 대장 예수 기를 들고서 접전하는 곳에 가신 것 보라

"싸우자, 싸우자!"

찬송가와 구호가 한바탕 뒤엉켰다.

"그려. 성전이여, 성전! 다 같이 죽기 살기로 싸워야 혀!"

두 명의 부목사가 불빛 성물을 받들고 스포트라이트를 받으며 단을 내려왔다. 불빛 성물과 스포트라이트가 사라져 어두컴컴해진 단 위에 신 목사가 유령처럼 서 있었다.

그는 활짝 열어젖힌 대예배실 중앙 출입구를 통해 성물이 국기 게양대를 향해 이동하는 것을 비장한 침묵으로 지켜봤다. 성물이 국기 게양대에 이르자 대예배실 중앙 출입문이 닫혔다. 신 목사가 숙연하고 비장한 목소리로 입을 열었다.

"지금, 이 순간부터는 여기 서 있는 날 위해, 또 여러분 스스로를 위해 신령과 진정으로 기도들을 많이 해야 혀. 그래야 우리가 이겨. 우리의 빽은 뭐다?"

"하나님!"

"작어. 그러믄 지는 겨. 다시, 더 크게!"

양손을 번쩍 들어 올린 신 목사가 외쳤다.

"우리 구주 하나님!"

"우리가 가진 무기는 뭐다?"

"기도!"

"자, 다 같이 힘차게 통성으로 기도합시다."

통성기도가 시작되자, 와글와글했다. 곳곳에서 방언이 터지고 울음이 터지고 괴성이 터졌다. 대예배실이 부글부글 끓어오르는 마그마굄 같았다.

"으억!"

떠들썩한 설교가 끝나고 축도도 끝났다. 신도들이 하나둘 자리에서 일어나 대예배실을 빠져나올 때, 노석면 장로가 비명을 지르며 쿵, 하고 중앙 통로 바닥에 나뒹굴었다. 누군가가 패대기를 친 것 같은데 넘어지면서 좌석 모서리에 이마를 찧었는지 피가 흐르고 있었다. 순식간에 발생한 폭행이었다.

"조끼 벗어, 이 새끼얏!"

칼 줄을 세운 얼룩무늬 군복 차림에 검정 베레모를 쓰고 시커먼 선글라스를 낀 중늙은이가 배통을 내민 채 소리쳤다. 기세가 등등했다.

중늙은이라고는 하지만 체격이 다부져 프로 레슬러 같았다. 참수리가 칼과 삼지창을 움켜쥔 부대 마크와 소령 계급장을 달고 있었다. 그렇다고 해서 그가 해당 부대 출신의 예비역 소령인지는 알 수 없었다. 군복 차림이 유행이라 가짜 군복일 수도 있었다. 어쨌든 주만사랑교회 교적부에 등재된 신도가 아닌 것만은 분명했다.

"어이, 김 상사. 이 새끼, 조끼 벗겨!"

소령이 고개를 돌려 등 뒤에 서 있는 또 다른 중늙은이에게 명령하듯이 말했다. 그도 같은 얼룩무늬 군복 차림이었으나, 계급장은 없었다.

"빨리 벗겨!"

'김 상사'라고 불린 중늙은이가 쓰러져 있는, 백발이 성성한 노 장로를 보며 머뭇거리자, 소령이 눈을 부라리며 재차 명령했다. 김 상사가 왜 직접 안 하고 명령질이냐는 듯 불퉁한 눈으로 소령을 바라봤다.

대예배실을 빠져나가다가 폭행 장면을 목격한 성도들이 웅성웅성하며 바라만 보고 있을 뿐, 악다구니질을 하고 있는 소령의 살벌한 기세에 눌려서 그 누구도 어쩌지를 못하고 있었다.

"우리 신사랑 목사도 물러 터졌어. 성전에서 태극기 흔드는 건 안 되고, 이런 빨갱이 새끼가 대놓고 자기 욕하는 건 된다는 거야, 뭐야?"

소령이 노 장로의 조끼에 날염을 한 구호를 한심하다는 시선으로 내려다보며 중얼거렸다.

명령에 잠시 뻗댄 김 상사가 마지못해 노 장로의 조끼를 벗기려고 달려들자, 격렬한 몸싸움이 벌어졌다.

신 목사는 성전에서 벌어지고 있는 폭행을 등진 채 달아나듯이 대예배실을 빠져나갔다. 그러고는 3A센터 쪽으로 냅다 줄행랑을 놨다.

불빛 성물을 받든 채 다음 순서를—신 목사가 태극기와 샛별 성물의 합일을 위해 구국 기도를 하겠다고 했다—위해 국기 게양대 앞에서 대기하고 있던 두 명의 부목사가 황당한 표정으로 달아나는 신 목사의 뒤통수를 바라봤다. 성도들과 작별 인사를 나누려고 출입구에 서 있던 주보라 사모도 도망치듯이 허둥지둥 달려가는 신 목사의 뒷모습을 멍하니 바라봤다.

"이게 뭐 하는 짓이오?"

뒤늦게 지팡이를 짚고 달려온 맹대성 장로가 소리쳤다. 그러고 나서 그는 불꽃같은 눈동자로 소령을 노려봤다. 3A센터 사무실에 있다가 난동 소식을 듣고 급하게 달려오느라 땀으로 흠뻑 젖은 그의 몸이 금방이라도 넘어질 듯이 뒤뚱거렸다.

6

집에 와 쇼핑백을 확인한 성요한은 총알이 없다는 것을 알고 황당했다. 만두를 주문했는데, 소 없이 피만 오는 경우가 있단 말인가. 부랴부랴 실탄이 빠졌다는 메일을 보냈다.

딘은 콘돔을 사면 좆도 주느냐며 되물었다. 실탄은 별도인데, 주문도 하지 않고 마치 떼어먹은 것처럼 몰아붙이느냐며, 요한의 무식과 생떼에 화가 난다고 했다. 그러면서 노스 코리아가 쳐들어온 것도 아닌데, 총알이 왜 오십 발씩이나 필요하냐고 따져 물었다.

요한은 사과 답신을 보내면서 연습 사격을 위해 백 발이 필요하지만 오십 발만 부탁하는 것이니 그리 알고 총알 값이나 알려달라고 했다. 놈이 실탄은 취급 품목이 아니어서 조달 가능 여부를 확실히 답해줄 수 없기 때문에 일단 후불로 하자고 했다. 그러면서 먼저 구해보고, 구하면 연락을 주겠다고 했다.

그러고 열흘이 지나서 다시 독촉을 하려고 할 때, 우체국 택배로 실탄이 도착했다. 공깃돌과 함께 뽁뽁이로 싼 실탄 스물여섯 발이 플라스틱 통 안에 들어 있었다.

놈이 실탄은 서비스이자 우정의 선물로 주는 것이라면서 작별 메일을 보냈다.

Although I came to help Korea, I felt sorry to go back

without any help. However, I'm glad to help you. I hope my help will contribute to the development of Korean democracy. Be sure to stop by when you come to US. Good luck Dean.

(한국을 도와주러 왔는데, 아무 도움도 못 주고 돌아가는 것 같아 미안한 마음이었다. 그런데 너를 돕게 되다니 다행이다. 내 도움이 한국 민주주의 발전에 기여하길 바란다. 미국에 오면 꼭 들러라. 행운을 빌며 딘.)

이놈이 제 알리바이를 꾸미기 위해서 이따위 허접한 글을 보냈는가 싶었다. 잔망스럽고 같잖은 약쟁이였다. 잔대가리와 주둥아리만 가지고 와서 불법 행위만 저지르다가 돌아가는 놈이 할 말은 아니었다. 주둔군 복무를 돈벌이 생활로 이용하는 양아치 새끼였다.

메일을 본 요한은 조롱을 당한 기분이어서 부아가 솟았다. 미국이 한국의 은인이라는, 그릇된 재조지은(再造之恩) 사상을 가진 약쟁이로부터 모욕을 당한 것 같았다.

답을 썼다. 거래가 끝났기 때문에 요한도 더 이상 신경 쓸 일이 없었다.

When you return home, ask your grandpa Mag Lamarr Hodges, who was a war criminal, if he remembers the massacre of civilians in Nogeun village, Yeongdong County, North Chungcheong Province. Your ally friend.

(귀국하면 전범 맥 라마르 하지스 할아버지에게 충북 영동군 노근리 민간인 학살을 기억하는지 물어봐라. 너의 동맹국 친구가.)

전송하기 전에 '전범'은 지웠다.

7

성요한이 미닫이문을 밀고 들어서자, 먼저 와 있던 신위한과 그의 아내가 자리에서 벌떡 일어났다. 위한이 두 살배기 요섭을 가슴에 안고 있었고, 둘째 아이를 가졌다는 그의 아내는 만삭인 아랫배를 양손으로 받치고 있었다.

요섭은 신사랑 목사가 설교 시간마다 수시로 자랑한 바 있어서 요한도 잘 알고 있는 사내아이였다.

위한의 아내는 미국에서 한인 대상 목회를 하고 있는 교포 목사의 딸이었고, 두 살배기 요한은 미국 국적이었다. 모두 신 목사가 바라던 대로 된 것이다.

어색한 분위기 때문인지 위한이 미국의 코로나 사정 때문에 예정보다 일찍 귀국하게 됐다면서 묻지도 않은 말을 했다.

위한이 한국의 신학교를 그만두고, 미국의 신학교로 유학을 간 이유는 아버지 신사랑 목사 때문이었다. 그는 명문 크리스천 대학으로 알려진 바이올라대학교 탈봇신학대학원에 입학했다. 등록금이 비쌌으나, 자식 학비로 부담 가질 일이 없는 아버지가 원한 대학이었다.

한국에서 신학교 재학 중에 동아리 활동을 하다가 해방신학과 민중신학을 접하게 된 위한은 아버지의 성장제일주의식 목회 활동을 비판적으로 바라보며 부끄러워하게 되었다. 모를 때는 몰라서 아무 문제가 없었는데, 알고 나서는 모르는 척할 수 없었다. 주님은 아버지처럼 가진 자의 편에 서지 않았다.

신사랑은 아들이 사탄의 무리에 현혹되어 이단에 빠졌다고 꾸짖었으나, 위한은 아버지의 신앙이 실족했다며 맞섰다. 위한은 선후배들과도 불화를 겪게 되자 유학을 결심했다. 아버지의 위선만큼 선후배들의 완악함도 견딜 수 없었다.

동아리 선배들이 한국 교회의 병폐를 토론하면서 논제로 신사랑 목사의 목회 활동 사례를 다루겠다고 했다. 최근 한국 개신교계에서 가장 성공한 목사로 꼽혔다는 것이 이유였다. 위한은 사랑도, 동정심도, 배려심도 없이 아버지를 '외식하는 자(휘포크리테스)'인 양 몰아붙여 매도하는 동아리 선배들의 신앙심에 분노했다. 인민재판이 따로 없었다. 선배들이 '부자 = 악', '빈자 = 선'이라는 항등식으로 아버지의 목회 활동을 비난했는데, 문화대혁명의 홍위병 같았다. 요한은 자퇴를 결심하고, 아버지에게 유학을 가겠다고 했다. 그의 유학은 공부가 아닌 도피를 위한 것이었다.

위한은 칠 년 전에 유학을 갔다. 신 목사는 위한을 미국으로 출국시킬 때, 현지에서 재미교포와 결혼을 하고 목회자 안수를 받기 전까지는 방학에 다녀갈 수는 있으나, 중도 귀국은 안 된다는 조건을 달았다. 아들을 유학 보내지 못해 안달복달하던 신 목사가 아들이 유학을 가겠다고 하니 자신의 바람을 조건으로 붙인 것이다. 효자 위한은 신 목사가 바라는 바를 칠 년 동안 모두 이루고, 아버지가 원했던 '후계자'의 자격을 완벽하게 갖춰 돌아온 것이다.

두 주 전에 귀국한 위한은 자가격리를 마친 후, 곧바로 요한을 만나는 것이라고 했다. 그러니까 칠 년 만의 완전 귀국인데, 부모보다 먼저 친구 요한을 만나는 것이라는 뜻이었다.

"애가 내 아들이야. 요섭이라고 지었어. 와이프는 결혼식 때 봤지만, 애는 못 봤잖아. 그래서 소개시켜주려고 데리고 왔어."

요한과 악수를 한 위한이 안고 있던 요섭을 자신의 무르팍에 내려놓으며 멋쩍게 웃었다. 그러면서 아버지보다 먼저 요한에게 소개시켜주는 것이라고 했다.

위한이 목에 건 십자가가 실내등에 반짝였다. 신사랑 목사가 허경언 원로목사로부터 받았다고 자랑했던 목걸이였다.

은제 십자가였는데, 1955년 아가페 고아원을 방문한 이승만 대통령이 허경언 목사의 헌신적인 전쟁고아 구제 활동에 감동을 받아 자신의 은 목걸이를 그 자리에서 풀어 하사한 것이라고 했다.

신사랑 목사가 허경언 은퇴목사를 원로목사로 모셨을 때, 답례로 이 하사품을 '국부(國父)의 십자가'라고 하면서 신 목사에게 선물했다는 것이다. 신 목사가 그 은제 십자가를 유학 가는 아들에게 준 것이다.

위한과 요한의 어색하고 산만한 인사가 끝나자, 마스크를 벗은 위한의 아내가 자기 이름을 말하고는 공수법(拱手法)으로 다소곳이 머리를 숙여 인사했다. 격식을 갖춘 전통 한복 차림이었다.

위한의 결혼식은 삼 년 전 미국 LA에 있는 장인의 교회에서 치렀다. 그때 위한이 왕복항공권을 보내 요한을 초대했다.

요한은 위한이 만나자고 했을 때, 혼자만 나올 것으로 생각했다. 그런데 가족을 데리고 나왔다. 뿐만 아니라 굳이 강남 성전 부지가 한눈에 내려다보이는 레스토랑을 예약한 이유가 뭘까 싶어 심기가 불편했다. 위한의 아내가 어색해하고 불편해하는 요한의 일거수일투족을 슬쩍슬쩍 살피는 것 같았다.

"엄마가 얻어주신 집이 이 근처야. 와이프가 만삭이라 가까운 데를 찾다가……"

아내와 아이를 인사시키려고 집에서 가까운 약속 장소를 잡았다는 말이었다.

요한은 위한의 말이 왠지 궁색한 변명처럼 들렸다. 집 근처라 하더라도 굳이 성전 부지가 한눈에 내려다보이는 고층 음식점을 택할 이유는 없지 않은가.

요한은, 자신의 가족과 성전 부지를 보여주는 위한의 행위가 의도된 것이 아닐까 싶었다. 자비와 연민과 동정심을 구해보려는…… 질투와 시기심은 생각지 못하고…… 그는 펜싱 연습으로 굳은살이 박인 손가락을 만지작거렸다.

위한의 무릎 위에서 공갈젖꼭지를 빨며 칭얼대던 요섭이 요한을 보며 방긋 웃었다. 위한을 닮은 눈이었다. 해맑게 활짝 웃는 요섭의 눈을 바라본 요한은 움찔하며 얼굴을 돌렸다. 요한은 이놈이 지금 내 앞에서 가족의 행복과 자신들 가족의 미래를 자랑이라도 하겠다는 속셈인가 싶었다. 위한의 뻔뻔한 낯짝에 침을 뱉어주든지 뺨을 갈기든지 하려고 나온 것인데, 자신이 되레 전전긍긍하는 꼴이어서 요한은 황당할 뿐이었다.

좌불안석하며 점점 굳어지고 있는 요한의 표정과 태도를 엿보고 있던 위한의 아내가 급기야 스트레스를 받았는지 만삭의 배를 싸쥐고는 얼굴을 찡그리며 몹시 불편해했다.

"자기는 먼저 집으로 가는 게 좋겠어."

요한과 아내의 눈치를 번갈아 살피던 위한이 요섭을 안고 일어서며 말했다. 함께 식사를 하기에는 어려운 분위기라고 판단한 것 같았다. 요한은 테이블 위에 세팅된 세 사람분의 랍스터 크래커 픽스와 포크를 봤으나 아무 말도 하지 않았다.

"걷지 말고 택시 타고 가."

요섭을 안은 위한이 미닫이문을 열며 아내에게 말했다.

위한의 말에 쭈뼛쭈뼛 일어선 여자가 다시 공수 자세로 인사를 했다. 위한이 요한에게 잠깐만 기다리라고 하고는 아내의 뒤뚱거리는 보폭에 맞춰 밖으로 나갔다.

요한은 위한이 큰길에서 택시를 잡아 아내와 아들을 배웅하는 모습을 창밖으로 내려다봤다. 그 모습을 내려다보던 요한은 왠지 모르게 갑자기 화가 치솟았다.

위한의 아내는 한국에서 태어나 미국에서 자랐다지만, 참하고 조신한 시골 여인네 같은 분위기를 물씬 풍겼다. 성애와는 사뭇 다른 분위기였다. 아마도 그 때문에 화가 난 것이 아닐까 싶었다.

신사랑 목사는 미국 이민자 사회에서도 저명인사였다. 개신교 교리에 최신 경영 기법을 접목해 성공한 21세기형 목사로 명성이 높았다. LA 한인 교계에서도 벤치마킹 대상이었다. 위한은 그런 아버지의 명성과 인맥으로 아내를 얻은 것이었다. 중매결혼이었다.

"나와줘서 고맙다, 요한아. 그리고 이렇게 다시 만나다니…… 정말 반갑다…… 좋다."

위한이 식전 빵을 한 조각 뜯어 씹으며 말했다. 안 만나줄 것으로 생각한 것 같았다. 그래도 만났으니 요한도 자신처럼 생각해주길 바란다는 뜻을 담아 하는 말 같았다.

"……"

요한은 대꾸하지 않았다.

문어 샐러드가 나왔다. 주문을 취소하기에는 늦었는지 계속 3인분이 나왔다.

"늦었지만, 공인회계사 합격을 진심으로 축하한다."

위한은 말하고 보니 '진심으로'라는 표현이 의례적으로 하는 말처럼 되었다며 너스레를 떨었다. 위한이 곧잘 하던 익숙한 너스레였다. 그는 불편하고 어색한 분위기를 바꿔보려고 애를 썼다.

"……"

그러나 요한은 대꾸할 마음의 여유가 없었다.

문어 샐러드가 그대로 있는데, 랍스터가 나왔다. 먹음직스럽게 요리한 랍스터가 미니어처인 양 보였다.

요한은 석상처럼 앉아 테이블 위에 놓인 랍스터를 물끄러미 바라봤다. 그는 위한과 계속 이렇게 마주 앉아 있어야 하나 아니면 일어서야 하나, 판단이 서지 않았다. 서로 얼굴을 봤으니 그만 헤어져도 될 것 같았다.

"어서 먹어, 요한아. 네가 좋아하는 거잖아."

크래커 포크를 쥐고 랍스터 속을 파내던 위한이 말했다.

"……"

물론 랍스터를 좋아했다. 예전에 요한은 게 눈 감추듯 먹었다. 랍스터 앞에서는 먼저, 서로 많이 먹으려고 다퉜다. 그래서 위한이 최고급 랍스터 그릴레스토랑으로 약속 장소를 잡았을 것이다. 그러나 식욕을 느낄 수 없었다.

요한이 물잔을 들었다.

위한이 요한의 랍스터 접시를 자기 쪽으로 당겼다. 발라주려는 것 같았다.

"나는 됐어."

요한이 손사래를 치며 말했다. 만나서 처음으로 하는 말이었다.

위한도 겸연쩍은 웃음을 지으며 물을 마셨다.

서로 번갈아가며 물을 삼키는 소리가 어색한 침묵 속을 파고들었다.

"요한아. 우리 아버지, 용서해줘라. 그리고 나도…… 다 내 잘못이다."

요한은 그 말을 듣는 순간, 주먹을 날리고 싶었다.

네가 왜 나에게 그런 짓을 했느냐고 묻고 싶었다. 조성애를 얼마나 알고 있었는지 묻고 싶었다. 알고도 소개를 시켜준 것인지 묻고 싶었다. 신사랑 목사는 그다음 문제였다. 그러니까 아버지의 용서를 구할 것이 아니라, 자신의 용서부터 구하는 것이 순서였다. 물론 요한은 위한도 신사랑도 용서해줄 마음이 없었다. 그래서 아무것도 묻지 않는 것이었다.

요한이 이 자리에 나온 것은 피를 나눈 형제애 못지않은 우정으로 21년 동안 지내온 친구에 대한 마지막 예의를 지키기 위해서였다.

특출한 아버지의 그늘 아래 늘 주눅이 든 채 살아온 위한이 무엇인들 제대로 알고 또 무엇인들 제 뜻대로 할 수 있었을까 싶었다. 조성애가 그의 아버지와 엮여 있었다면 더 말할 것도 없었다. 주님을 위한 아들이라는 뜻에서 위한이라 이름을 지었다고 했으나, 그는 주님이 아니라, 아버지 신사랑의 사리사욕을 위한 도구에 불과했다.

"내가 몰라서 그랬어. 정말 몰랐어, 요한아. 모든 게 다 내 잘못이야, 미안하다 요한아. 흑흑……"

위한이 갑자기 바닥에 무릎을 꿇고 용서를 빌며 흐느꼈다.

"이러지 마, 신위한! 너는 선한 목자야. 악마 앞에서 무릎 꿇지 마라."

자리에서 일어선 요한이 엎드려 있는 위한의 정수리와 등을 내려다보며 말했다.

"악마라니 그게 무슨 소리야? 내가 악마야, 요한아. 하나님도 내 죄를 용서하시지 않을 거야."

위한의 등이 들썩이고 두 무릎이 눈물로 흠뻑 젖었다.

"너는 훌륭한 목자가 될 거야."

요한이 크로스백에서 손수건을 꺼내 건네주며 주문을 외듯 말했다.

"어떻게 살아야 할지 모르겠다."

위한이 울먹이며 징징거렸다.

요한은 그의 엄살에 비위가 상했다. 금수저 가진 놈의 투정이 아닌가. 목사가 안 돼도 뭐든 할 수 있는 놈이었다. 그게 무엇이든 다 할 수 있는 놈이고, 또 무엇이든 다 할 수 없다 해도 아쉬울 것 없이 살아갈 수 있는 놈이었다. 그런 놈이 친구의 인생을 망가뜨려놓고는 어떻게 살아야 할지 모르겠다니……

물론 아버지 신사랑의 사악한 손아귀에 잡혀서 꼭두각시로 살아야겠지만, 주어진 것이 차고 넘치는데 그 정도는 감수해야 하지 않겠는가.

신위한은 곧 지교회인 청주 주만사랑교회의 담임목사로 임직할 것이다. 그리고 장차 아버지의 주만사랑교회를 통째로 승계받을 것이다.

"신사랑 목사와 나의 문제는 당사자인 우리 두 사람이 해결할 일이다. 나는 너를 용서할 수 없지만 사랑했던 친구로서 네가 신 목사로부터 벗어나, 네가 원하는 네 삶을 살아갈 수 있기를 하나님께 기도하겠다."

성요한은 상 위의 냅킨으로 눈자위를 훔쳤다. 그러고는 좀 전에 손수건을 찾느라 크로스백에서 꺼내놓았던 책을 챙겨 일어섰다.

8

"오빠, 나야…… 미안해."

전화를 받은 성요한은 당황해서 어쩔 줄을 몰랐다. 하마터면 휴대전화를 떨어뜨릴 뻔했다. 이어플러그를 꽂으려다가 부지불식간에 받은 전화였는데, 뜻밖의 목소리를 들은 것이다. 조성애였다. 놀라움과 반가움이 뒤섞여 가슴이 두방망이질했다.

"나 한국으로 돌아가고 싶어, 오빠. 여기 너무 무섭고 외로워…… 흑흑."

요한이 뭐라 대꾸하기도 전에 성애가 격하게 흐느끼며 말을 이었다. 갑자기 집을 나간 것은, 그럴 수밖에 없는 말 못할 급박한 사정이 있었기 때문이라고 했다. 사정이 간단하지 않아서 귀국하면 다 말해주겠다고 했다. 다 말해주면 자신을 이해하고 용서해줄 수 있을 것이라고 했다.

"지금 거기는 어디야?"

"칭따오."

칭다오 스베이구의 주소지를 불러주고는, 울면서 하루빨리 돌아가고 싶다고 했다.

요한이 칭다오에는 왜, 어떻게 가게 됐는지 묻고 답을 기다릴 때, 한 떼의 일본인 관광객들이 우르르 몰려들었다. 중국인들과 달라 왁자지껄하지는 않았으나 다들 빨빨대며 돌아다니는 통에 어수선했다.

요한은 코로나 시대에도 불구하고 실탄 사격을 하겠다며 한국까지 와서 떼로 몰려다니는 일본인들의 용기가 황당했다. 2009년에는 부산 실내 사격장에서 화재가 발생해 일본인 세 명이 부상당하고 여덟 명이 죽는 사고가 있었다. 그래도 일본에서는 실탄 사격을 할 수가 없어 사격 마니아들이 한국으로 올 수밖에 없다고 했다. 일본은 실탄 사격이 불법이었다.

"담임목사님을 따라온 건데, 나만 여기에 두고 가셨어."

"왜?"

요한은 성애가 코로나 공포를 못 견뎌서 연락한 것이라는 생각이 들었다. 그게 아니라면 그동안 감감무소식이었던 그녀가 갑자기 요한에게 전화를 걸어 밑도 끝도 없이 귀국을 시켜달라며 생떼를 부릴 리가 없지 않겠는가.

"이유……? 그건 나도 모르지."

모른다고 하고는, 신 목사가 남아서 선교 사업을 도우라고 했다는 둥, 현지의 파송 선교사 부부가 좀 더 같이 있다가 가라고 꼬드겨서 이렇게 됐다는 둥 하며 횡설수설했는데, 휴게실이 시끄러워서 그 횡설수설마저도 제대로 알아들을 수 없었다.

언제 들어왔는지 중국인 관광객과 일본인 관광객들로 뒤섞인 휴게실은 카탈로그를 펼쳐놓고 총기를 고르느라 시끌벅적했다. 승진 시험 때문인지 사격 연습을 하러 온 경찰과 경찰 교육생들도 더러 보였는데, 종업원 말에 의하면 야쿠자와 삼합회로 의심되는 떡대들과 러시아 마피아들도 심심치 않게 들락거린다고 했다.

요한은 콜트 1911 45구경을 구비한 목동종합사격장을 다섯 차례 다녔다. 그러나 같은 곳을 자주 가는 것은 위험하다는 판단에 청주, 대전, 대구, 경주를 거쳐 부산으로 내려왔다. 목동처럼 부산 사격장에는 45구경이 없었으나, 경찰로부터 사격 노하우를 지도받을 수 있는 뜻밖의 행운을 얻었다.

"감금당했단 말이니?"

"그런 거 몰라. 감시당하고 있는 건 아니고, 선교사역을 돕고 있다니까. 아무튼 죽을 것 같으니까, 나 좀 빨리 데려가줘라, 오빠. 응?"

선교 사업을 돕고 있다고 하고는, 우한 바이러스로 집 안에만 갇혀 극도의 불안과 공포감에 시달리고 있다고 했다. 바이러스에 걸린 것 같기도 하고, 이러다가 미쳐서 죽을지도 모른다고 했다. 본의 아니게 불법체류자 신세가 되었기 때문에 외출도 못하고, 중국 출국도 불가한 상태라며 엉엉 울었다.

"감금당한 것도 아닌데, 왜 이제야 연락을 하는 거야?"

요한은 대략적이라 할지라도 자초지종이 궁금했다. 그래야 방법을 찾아 조치를 할 것이 아닌가. 상황 파악을 위해 필요한 질문이기도 했고, 또 따질 것은 따져봐야 한다는 생각도 있었다.

"요한 오빠? 말을 이상하게 한다. 내가 지금 구해달라고 사정하고 있잖아. 내가 지금 어떤 상태인지 알아?"

그걸 어떻게 알겠는가. 성애가 어떤 상태인지는 모르겠으나, 동문서답을 반복하는 것으로 보아 숨기는 게 있고, 상황 파악을 못하고 있는 상태인 것 같았다.

"아니, 성애야…… 내가 정확한 네 사정을 알아야……"

"그게 아니잖아. 내 생각, 내 걱정을 하는 게 아니라, 오빠 생각만 하고 있으니까, 지금 따지려고 이러는 거 아냐?"

"네가 그렇게 생각한다면, 더는 묻지 않을게."

"고마워. 나를 믿어줘, 오빠. 응?"

요한은 뭘 믿어달라는 것인지 알 수 없었다. 그러나 성애의 말마따나 귀국이 우선이었다.

"청양구에 한국 영사관이 있어. 거기 가서 도움을 구해봐."

"내가 그런 생각을 안 해봤겠어? 그러고 싶지 않아. 그러면 일이 커진다구. 조용히 귀국하고 싶어. 그래서 오빠한테 전화하는 거잖아. 방법을 찾아내서 나를 데려가달라고, 제발. 무서워, 죽을 것 같다구…… 흑흑."

통화 내내 허둥지둥했던 요한은, 통화를 마친 뒤에 대화 내용들을 정리하면서 되레 여유가 생겼다.

성애는 칭다오에 간 이유와 귀국을 못한, 아니 안 한—그녀가 한 말의 앞뒤 정황을 놓고 판단하면—이유를 분명히 말하지 않았다. 잔류한 경위 또한 타인의 강요였는지 자발적 선택이었는지 불분명했고, 감금을 당하고 있었다는 것인지 선교 사역을 돕고 있었다는 것인지도 모호했다. 또 요한은 성애의 말이 자기에게 돌아오기 위해 귀국을 하겠다는 것이 아니라, 코로나 때문에—물론 다른 이유가 있을 수도 있겠으나—귀국을 하겠다는 뜻으로 들렸다.

차례가 되어 고글과 하워트 레이트 사격용 귀마개를 착용한 요한은 사로에 나가 섰다. 무게감만 다를 뿐 에페 만개형 그립이나 권총 손잡이나 다를 바 없었다. 요한과 표적지 사이에 십 미터의 간극이 있었다. 여일하다고 말하는 생사의 거리가 십 미터였다. 일발필살의 거리였다.

사격장 측에서 요한이 소지한 콜트 45 M1911의 사격을 허용해줬다.

—탕!

이등변삼각형 자세로 콜트 45구경의 방아쇠를 당겼다. 방아쇠를 당길 때, 집게손가락의 굳은살이 신경 쓰였다.

—탕!

두번째 총알이 표적을 벗어났다.

문득 자신이 영화나 소설 속 얘기처럼 사기 결혼을 당한 것이 아닌가, 라는 생각이 들었다.

요한은 열여섯 발을 사격하고, 열 발을 남겼다.

사격장을 나온 요한은 오토바이를 몰아 광안리 바닷가로 갔다. 그는 한동안 발밑까지 밀려왔다가 모래를 끌고 밀려나가는 바닷물을 바라보고 있다가 휴대전화를 꺼냈다.

요한은 점멸하는 광안대교 불빛을 바라보면서 성애와 통화한 내용을 112에 신고하고, 그녀가 안전하게 귀국할 수 있는 방법을 찾아달라고 부탁했다. 그는 성애가 원하는 조용한 귀국 방법을 알지 못했고, 또 방법을 알아낸다고 할지라도 그걸 실행할 만한 능력이 없었다.

9

"신 목사. 그러지 말고 단 위에 올라가서 딱 일 분만 연설하고 가셔."

전직 거물급 정치인도 오고, 뒷방 늙은이가 된 원로급 정치인들도 오고, 유명 목사도 오고, 우국 시민과 애국 시민도 오고, 탈북민들과 일반 시민도 오고, 예쁜 전직 아나운서도 오고, 심지어는 자기들과 이념과 가치를 함께하는 중들도 온다고, 판소리 전에 단가로 목을 풀듯이, 흥부가 박타령 하듯이 말했다. 이런 큰판이 깔렸으니 한 말씀 하셔서 성령과 사랑의 불을 싸지르고 가시라고 매달렸다.

"성령이 사랑이고, 사랑이 성령이지요."

신사랑 목사가 성령과 사랑은 도긴개긴이라고 일깨워줬다. 부러 한 동문서답이었다.

"처언둥싸안 바윽달재를 울고 너엄는 어우리이 니임아으……"

방광우 목사가 현란한 바이브레이션과 꺾기를 뽐내며 신 목사에게 한 말씀하기 싫으면 한 곡조라도 뽑고 가라고 했다.

신 목사는 그 말이 어떤 의미로 하는 말인지 알지 못해 머쓱한 표정으로 방 목사를 바라봤다.

"박달재 샛별 성령의 힘 좀 살짝만 보여달라는 거야, 별 뜻 없어, 신 목사."

방 목사가 여전히 「울고 넘는 박달재」를 흥얼흥얼거리며 말했다. 찬조 연설을 거절하자 비아냥대는 게 틀림없었다.

"잘됐네, 잘됐어. 그럼 성령과 사랑이 도긴개긴인 줄 모르는 어린양들에게 그걸 설명해주시고 가. 으뗘?"

또 다른 목사가 신 목사의 말투를 흉내 내어 졸랐다.

행사 주관자들에게 둘러싸여 연설을 재촉받는 신 목사는 집단 놀림을 당하는 기분이었다. 목사들과 진행자들에게 둘러싸여 꼼짝달싹할 수가 없었다.

VIP, '이놈'이 빨갱이들과 붙어먹고 있는 것을 미국과 일본을 비롯한 전 세계 자유 우방 국가들에게 꼭 알려야 하기 때문에, 주요 연설을 영어로 통역하고 있다고 했다. 또 대오를 갖춘 일부 십자군 결사대는 이미 청와대를 향해 진격 중이고, 이 모든 것이 유튜브를 통해 전 세계에 생중계되고 있다고 했다. 방 목사가 색연필 뒤 꼭지로 비닐 입힌 현황판을 가리키며 진짜 전쟁을 치르는 양 비장하게 말했다.

이런 버라이어티하고 글로벌한 자리에서 신사랑 목사 같은 걸출한 영웅이 사자후를 한바탕 토해줘야 VIP도 쫄고, VIP 팬덤도 쫄고, VIP 꼬붕인 여당 애들도 쫄고, 좌파들도 쫄아서 벌벌 떨게 될 것이라고 했다. 반면에 일찍이 이승만 국부 시절 하나님께 봉헌한 이 나라를 피로써 지키고자 각오한 우리 천이백만 성도와 열혈 애국 시민들은 성령의 기를 잇빠이 받을 것이라고 했다.

신 목사는 오늘 같은 자리라면 자신도 한마디 당기고 싶었다. 그러나 청주 지교회 창립 예배 때문에 물리적 시간이 안 된다고 했다. 사실이 그랬다.

방 목사가 일 분이면 되는데, 단 일 분이 안 된다는 건 말이 안 된다면서 생떼를 부렸다. 단에 올라갔는데, 어찌 일 분만 스피치를 하고 내려올 것이며, 또 천하제일의 만담가 신 목사인데 일 분짜리 스피치라니, 그게 어디 가당키나 한 말인가. 신 목사는 다음 집회에서의 '사자후'를 약속하는 것으로 '쇼부'를 쳤다. 그러나 신 목사는 상식을 떠나 무지와 생떼가 난무하는 난장판 집회에서, 설교라면 어쩔 수 없겠지만 대중연설을 할 생각은 전혀 없었다. 하지만 그 약속을 꼭 지키겠다며 방 목사와 새끼손가락을 걸었다.

그는 거짓 약속을 하고 나서 곧바로 자리를 뜨려고 했으나, 떼로 와 있는 원로목사들에게 일일이 인사를 올리고 눈치를 살피느라 십여 분을 더 뭉그적거리다가 빠져나왔다.

그 바람에 차 안에서 발만 동동 구르고 있던 차주운 기사가 시간에 쫓겨 허둥댔다. 광화문 '이승만 광장'을 벗어나 금빛 찬란한 스타렉스까지 헐레벌떡 뛰어가는 동안 "하나님 만세! 대한민국 만세! 애국 목사 만세!"를 외치는 소리가 등골과 뒷골을 마구 두들겨댔다.

당초 백 명 안팎의 집회 신고를 했다는데, 애국 시민이 벌 떼처럼 몰려들었다. 방 목사가 광장에는 코로나19가 없기 때문에 수만 명이 모인 것이라고 주장했다. 코로나 이야기도 참 가자 수도 방 목사의 일방적인 주장이었다.

어찌 됐든 집회 주관자들과 일일이 눈도장을 찍고 지분 관리를 한 신사랑 목사는 홀가분한 마음으로 스타렉스에 올라 청주로 향했다.

차 기사가 또 갈지자와 급제동 급출발을 반복하며 현란한 난폭 곡예 운전을 시작했다. 스타렉스의 끼어들기에 추월을 당한 운전자들이 경적을 울리거나 기를 쓰고 따라붙어 차창을 열고 쌍욕을 퍼부어댔다. 한남대교 위에서부터 차가 가다 서다를 되풀이했다. 다들 교외로 나가서 사회적 거리두기를 하려는 것인지 서울 외곽을 빠져나가는 차량 행렬이 도로를 가득 메웠다. 꼬리를 문 채 더듬이질을 하고 있는 차량들 위로 갑자기 비가 내렸다.

주만사랑교회 청주 지교회 창립 예배는 당초 계획보다 대폭 축소된 규모로 치러지게 됐다. 코로나19 탓도 있었지만, 그보다 검박한 창립 예배를 원하는 담임목사 위한의 뜻에 따라 외부 인사 초청이 취소되고 동원키로 한 성도 숫자도 대폭 줄였다.

사회적 거리두기의 철저한 준수를 위해 대예배실 수용 인원의 3분의 1에 해당하는 오백 명만 수용키로 했다. 신사랑 목사가 아메리칸 스타일로 대예배실을 가득 채우자고 했으나, 신위한 목사는 K-방역을 따르겠다고 고집했다.

신사랑 목사에게는 유학 전의 위한과 유학 후의 위한이 달랐다. 머리가 커서 그런지, 두 아들을 둔 애아빠가 돼서 그런지, 어엿한 담임목사가 돼서 그런지 뚜렷한 나름의 소신과 포스도 생긴 것 같았다. 신 목사는 자신을 닮아가는 것 같은 아들을 보면서 안도감과 자부심을 느끼면서도, 다른 한편으로는 이제는 위한이 자신의 품을 떠나가는구나, 라는 생각이 들어 서운하기도 했다. 품 안의 아들 신위한에서 품 밖의 신위한 목사가 된 것이다.

더듬더듬 서울 톨게이트를 벗어난 스타렉스가 고속도로를 달리기 시작했을 때, 전화벨이 울렸다. 맹대성 장로였다.

"목사님에 관한 안 좋은 제보가 접수됐답니다. 첩보에 의하면 미투입니다. 뭐 짚이시는 거라도 있으십니까?"

전화를 받자마자 맹 장로가 대뜸 내지른 말이었다. 긴장된 목소리가 다급했다. 그가 허둥대는 것은 드문 일었다.

신 목사는 그의 다그치는 듯한 말투에 기분이 상했다. 마치 심문을 당하는 것 같았다. 놀라 당황했으나, 불쾌함이 앞섰다. 문득 맹 장로가 자기편이 아닐 수도 있다는 생각이 들었다.

"무슨 개……"

무슨 개수작을 전하는 것이냐고 물으려다 말았다. 자신도 모르게 이유를 알 수 없는 심통과 화가 터졌으나, 가까스로 참았다.

맹 장로가 미투를 만든 것은 아니겠으나, 미투가 터지기를 바랐던 것이 아닐까 하는 황당한 의구심마저 들었다.

"후우…… 주여, 아버지이……"

긴 한숨을 내질러 벌렁대는 가슴을 진정시킨 신 목사가 단전의 힘을 끌어 올리며 중얼거렸다.

"빨리 조치해야 합니다."

"대체 무슨 소릴 하는 거요?"

신 목사가 천연덕스러운 목소리로 물었다.

"그렇지요? 제가 잘못된 정보를 들은 거지요? 잘못된 정보 맞지요, 목사님?"

신 목사의 대꾸에 맹 장로의 태도가 바뀌었다.

"형, 나 몰라? 나는 미투에 걸릴 만한 짓을 한 게 없어. 아무튼 그래도 진위를 떠나서 소문만으로도 끝장이 날 수 있는 중차대한 문제니까, 형이 좀 더 자세히 알아보시고…… 막을 게 있다면, 아니 막아야 하는 거라면, 막을 수 있는 데까지 막아 보세요. 그리고 형…… 염 검사는 절대 끌어들이면 안 돼요."

사위에게는 알리지도 도움을 받지도 말라는 뜻이었다. 그 주변머리 없고 경박한 놈이 알게 되면 득보다 실이 많을 것 같았다.

신 목사에게 염우식 검사는 사위이자 희망이었다. 비록 철딱서니 없는 사고뭉치에다 주변머리 없는 뱁새이기는 해도 지켜주고 키워줘야 할 사위였다. 어렵다고, 다급하다고 해서 지금 써먹으려 든다면 영영 닭 잡는 칼로 끝날 수가 있었다.

"제가 알아서 할 겁니다."

맹 장로가 자신은 청주에 내려갈 수 없을 것 같다고 덧붙이고는 전화를 먼저 끊었다.

통화를 마친 신 목사는 K400 금고에서 대포폰을 꺼내 반두권에게 전화를 걸었다. 이런저런 생각이 뒤엉켜 머릿속이 복잡했다.

고속도로에 들어서고도 한참이 지났는데, 정체 구간을 만난 차가 또다시 가다 서다를 반복했다. 차 기사가 오늘따라 수시로 경적을 울려댔다. 경적을 울려댄다고 해서 달라질 도로 상황이 아니었으나 신경질을 부리고 있는 것 같았다. 신 목사는 차 기사의 신경질이 몹시 거슬렸다.

두권에게 매리의 소재를 즉각 파악해달라고 했다. 그리고 성요한과 민달성의 소재와 동향도 파악해달라고 했다. 급하다고 했다.

소변을 보느라 망향휴게소에 잠깐 들렀다가 아산청주고속도로를 타고 달린 스타렉스가 서청주 톨게이트를 빠져나왔을 때, 두권으로부터 전화가 왔다.

"사라졌답니다. 흑사회, 이 짱꼴라 개씨부랄새끼들 일하는 게…… 니기미 씨벌!"

두권의 욕설이 수화구를 타고 적나라하게 쏟아져 나왔다.

"그게 무슨 소린가? 감시를 세 놈이나 붙였다고 하지 않았나. 성요한이는? 민달성이 그 새끼는 어디에 있나?"

신 목사의 입에서 욕이 튀어나왔다.

"성요한도 집에는 없는 것 같고…… 우리 애들이 행방을 추적하고 있습니다. 휴대전화를 끈 채 오토바이를 몰고 다니는 새끼라 추적이 만만치 않습니다요."

"민달성이는?"

"예? 누, 누구요?"

"민, 달, 성. 아까 물어봤잖아?"

신 목사가 딴전을 부리고 있는 두권을 닦달했다.

"그런데, 왜, 소리를, 지르시고…… 이러실까?"

두권이 쇠심줄 씹듯이 말을 씹어 뱉었다.

"소, 소리를 누, 누가 질렀다고 그래……"

신 목사가 꼬리를 내렸다.

"민달성이는 지난번에 처리하라고 하셔서 깔끔하게 처리했구만, 왜 찾으시는 겁니까?"

"뭐? 처, 처리…… 무슨 처리?"

신 목사는 눈앞이 아뜩했다. 이놈이 대체 무슨 짓을 저지른 것인가.

하지만 지금은 지난 일을 가지고 놈과 시시비비를 다투고 있을 계제도 형편도 아니었다.

"당장 칭따오로 가서 그 여자를 찾게."

왜 그 여자를 아직껏 '처리'하지 않고 놔뒀냐고 따져 묻고 싶었으나, 그러면 놈이 또 어떻게 나올지 몰라 참는 수밖에 없었다.

"예? 지금 비행기도 안 뜨는데, 거길 어떻게 갑니까?"

"가려고만 하면, 왜 못 가? 헤엄을 쳐서라도 가야지."

신 목사가 어깃장을 놓았다.

"꼭 가보신 것처럼 말씀하시는데…… 헤엄쳐 가는 거 말고, 다른 방법을 알려주시던가……"

"알았네. 내가 방법을 찾아서 알려줄 테니, 대신 자네가 직접 가야 하네."

"저는 못 갑니다."

"왜?"

"민달성 실종으로 감시를 당하고 있는 것 같습니다."

"감시를 당하고 있는 것 같은 것이지, 감시를 당하고 있는 건 아니잖아?"

신 목사가 막무가내로 몰아붙였다.

"이미 감시를 당하고 있시다."

"무슨 소리야?"

"지난번 목사님 심부름 갔을 때부터 짜바리 새끼들이 제 뒤를 감시하고 있었어요."

"끄응…… 그걸 왜 지금 얘기하나?"

신 목사는 눈앞이 캄캄했다. 애가 타고 똥줄이 탔다.

"목사님이 내 오야붕입니까?"

"……"

"저는 흑사회 애들을 통해서 칭따오 한국 총영사관과 베이징 한국 대사관에 줄을 대보겠습니다요."

"걔네들을 어떻게 믿나?"

"안 믿으면요?"

"알겠네."

신 목사는 문득 성요한이 청주 창립 예배에 갔을지도 모른다는 생각이 들었다. 위한과는 의형제 같은 사이가 아닌가.

"찾으면 어떻게 할까요?"

두권이 매리를 찾으면 어떻게 할 것인지를 물었다.

"……"

이놈은 왜 알아서 할 수 있는 일을 자꾸 묻는단 말인가.

"어떻게 해드리냐고요?"

놈이 재우쳐 물었다.

"……"

뭐라고 답을 한단 말인가.

"목사님께서 말씀을 해주셔야 지가……"

"언제는 내가 어떻게 해달라고 해서 했는가?"

혼잣말인 양 웅얼거렸다.

"예?"

"반 사장. 여기가 우리의 끝인가?"

잠시 뜸을 들인 신 목사가 차분한 목소리로 물었다.

"예? 뭐, 뭐라고요?"

"우리의 인연과 꿈이 여기까지냐고 물었네."

신 목사가 선문답하듯 다시 물었다. '나 죽으면, 너도 같이 죽는 거야', 라는 뜻이었다.

"아아, 뭔 소린지 잘 알아들것습니다요. 아아, 우리 목사님 존나 쎄셔. 험허고 머언 길이지만, 시방부터는 제가 목사님을 주님 모시드키 업고 가보겠습니다요."

시간이 많이 늦어서 차 기사가 정문이 아닌 뒷문을 통해 주차장 안에 스타렉스를 세웠다. 정문보다 주차장이 본당 출입구와 가까웠다.

서울 주만사랑교회 성도들을 싣고 내려온 교회 버스와 전세

버스 십여 대가 큰길가까지 밀려나와 있었다. 신호등을 끄고 다섯 명의 교통경찰이 큰길을 오가는 일반 차량들을 수신호로 안내하고 있었다. 교회 뒤편 주차장도 다섯 대의 대형버스와 세 대의 25인승 중형버스와 오십여 대의 승용차들로 꽉 들어차 있었다. 지난번 CI 선포식 때 올림픽체조경기장에 왔었던 CMN 중계방송 차량도 보였다.

본당 입구에서 기다리고 있던 윤필용 장로와 배시중 안수집사가 예정 시간보다 십오 분 늦게 도착한 신 목사를 영접해 찬송가 소리가 울려 퍼지는 대예배실로 급하게 안내했다. 하나님과의 약속인 예배 시간은 늦추거나 당길 수 없었다. 일이층 천팔백 석 규모의 좌석이 투명 플라스틱 가림막으로 칸칸이 나뉘어 있었다.

허리 숙여 허경언 원로목사에게 인사를 드리고 자리에 앉은 신사랑 목사는 눈이 따갑고 몸이 근지럽고 머리가 지끈거렸다. 인테리어 공사로 인한 알레르기 반응이었다. 비는 그쳤지만, 습한 공기와 버무려진 페인트와 화공 약품 냄새가 대예배실에 가득 차 있었다. 신 목사는 코로나19로 착용한 두 겹 마스크 덕에 겨우 견딜 수 있었다.

신사랑 목사는 눈앞에서 진행 중인 예배보다 맹 장로와 반사장이 진행하고 있을 일이 궁금하고 걱정이 되어서 안절부절못했다. 민달성을 정말로 죽였다는 것인지, 성요한이는 어디에 있는지, 여기에 와 있는지, 여기에 오지 않았다면 어디에서 무슨 짓을 꾸미고 있는지, 맹대성 장로는 잘해내고 있는지…… 위한에게 요한의 행방을 물어볼 수도 없었고, 그렇다고 해서 요한을 찾아다닐 수도 없는 노릇이었다. 신 목사는 똥줄이 탔다.

단 위에 오른 신위한 담임목사가 코로나19로 인해 창립 예배를 미루려고 했으나, 언제 종식이 될는지 기약이 없고, 또 포스트 코로나 시대를 예측하기 어려운지라, 위드 코로나의 선구적 예배 모델을 구축한다는 차원에서 예정대로 창립 예배를 열게 되었다고 말했다. 말에 군말이 없고, 조리가 있어 그럴듯했다. 신 목사는 긴장과 불안과 걱정 속을 헤매면서도 안심이 됐다.

신위한 목사가 방역 당국이 제시한 기준에 따라서 방역에 만전을 기했을 뿐 아니라, 방역 당국의 사전 점검과 사전 허가를 받은 최초의 K-방역 대면 예배라고 덧붙이자, 아멘과 박수가 터져 나왔다. 신 목사는 아들이 'K-방역'을 추켜세우는 것이 못마땅했으나, 이후 말재주를 부리며 적당히 구라까지 푸는 모습을 보고는 대견스럽다는 생각이 들었다. 아내 주보라 목사가 앓아눕는 바람에 아들의 이런 모습을 보지 못한다는 것이 안타까웠다.

경과보고를 마친 신위한 담임목사가 신사랑 총회장 겸 담임목사를 소개하자, 우레와 같은 박수와 함성이 터져 나왔다. 전국 어디를 가나 자신의 위상과 인기를 실감할 수 있는 환대였다.

주만사랑교회의 32년 약사가—전신인 주향한교회 포함—동영상으로 소개되고, 강남 바벨 성전 3D 동영상이 소개된 뒤, 청주 지교회의 목회 플랜과 비전이 소개됐다.

신 목사는 총회장 자격으로 오 분짜리 격려 설교를 했으나, 허 원로목사는 십 분으로 예정된 축사를 이십 분 동안이나 했다. 원로목사는 물 만난 고기인 양 인근에 있는 청주한미주성교회의 담임목사로 38년 동안 목회 활동을 해왔었는데, 자신이 그 교회 창립자라고 자랑했다. 한미주성교회는 1952년 한국전쟁 중에 미국 북장로교 출신 장교의 뜻과 힘으로 지어진 교회였다.

어쨌든 그는 자신이 청주 개신교의 개척자이며 선구자이자, 지역 복음화를 완성한 일등 공신이라고 자화자찬했다. 그러면서 두 부자 목사님께서 허락만 해주신다면 청주 성도들을 자주 볼 수 있을 것이라고 했다. 설교 기회를 달라는 말이었다.

신위한 목사는 애매한 미소를 지었으나, 정신이 딴 데 가 있는 신사랑 목사는 처음부터 그의 축사를 듣지 않았기 때문에 아무 반응도 보일 수 없었다.

원로목사의 축사가 끝나자, 한 늙은 성도가 자리에서 벌떡 일어나 자신이 예전에 허 목사가 목회 활동을 했던 한미주성교회 교인이었노라고 밝히는 바람에 허 목사가 달려 내려가서 부둥켜안고 감격의 눈물을 흘리는 해프닝도 벌어졌다.

본 설교는 대한기독교 '주사랑연합회' 총회장인 신사랑 목사가, 봉헌기도는 신위한 담임목사가 했다. 신위한 목사의 착의식 및 악수례 또한 총회장인 신사랑 목사가 주재했다. 그러고 나서 신위한을 담임목사로 공포하고, 두 명의 입회 목사가 권면과 축사를 하고 나서 안수증과 임직패를 증정했다.

예배가 끝나고 참석자들에게 기념품을 나눠줄 때, 초대하지 않았는데도 참석해준 지역 기관장과 정치인들 몇몇과 거래 은행 지점장들이 헌금함에 봉투를 직접 넣은 뒤, 부자 목사에게 다가와 목회 번창을 기원한다는 축하 인사를 정중히 올렸다. 전혀 예상치 않았던 신중업과 방영석 교수 그리고 4급 보좌관이 된 어동수도 보였다. 신중업 옷깃의 금배지가 번쩍였다. 신 목사는 큰아들 만을 내외와 작은아들 위한 내외를 불러서 이들 세 사람을 별도로 소개했다.

간단한 교회 투어를 마친 신 목사가 정문 건너편에 서서 교회 쪽을 보니, '축 미국 탈봇신학대학원 신학박사 신위한, 청주주만사랑교회 담임목사 임직'이라고 쓴 대형 걸개형 현수막이 성전 외벽을 덮고 있었다. 십자가 첨탑 위로는 '축 1교회 2성전, 청주 주사랑교회 창립 예배'라고 쓴 애드벌룬이 떠 있었다. 걸개형 현수막 밑에 모여서 기념사진을 촬영했다.

사진을 찍고 난 신 목사가 행사를 주관한 지교회 장로를 불러서 '바이올라대학교 탈봇신학대학원'이라고 풀네임을 적지 않은 것은 옥의 티라고 지적했다. 지적을 받은 장로가 머리를 조아리며 어쩔 줄 몰라 했다.

신 목사가 교회 건물을 안팎으로 건성건성 둘러보는 동안 '신앙동'—신사랑 목사를 앙모하는 동아리의 줄임말이다. 본래 앙모가 아니라 사모로 하려 했던 것인데, '신사동'이 되어 포기했다고 한다—회원들이 신 목사를 에워싼 채 어미 닭을 쫓는 병아리처럼 졸졸 따라다니면서 '신사랑'을 연호하기도 하고, 말을 걸어보기도 하고, 사인을 요청하기도 했다. 자서전은 언제쯤 발간 예정이냐고 묻는 팬들도 있었다. 신 목사가 내년 초가 될 것이라고 답했다.

성요한은 끝내 보이지 않았다.

10

광복절 국민대회 후, 방역 당국은 이 애국 집회가 멀찌감치 물리쳤던 바이러스를 가까이 불러들이기라도 한 양 침소봉대를 했다. 정부가 대체휴일을 만들어 국민들의 외출을 부추긴 탓도 있을 터인데 이는 문제 삼지 않고, 구국을 위한 애국 시민들의 집회만을 꼬집어서 탓했다. 말 그대로 좌우 편 가르기를 통한 '선택적 책임 떠넘기기'였다.

코로나 블루가 마치 특정 종교인과 거리로 나선 애국 시민 때문에 생긴 양, 또 '애프터 코로나 시대'는 기대할 수 없고

'위드 코로나 시대'가 될 수밖에 없는 원인과 책임도 이들에게 있는 양 온갖 오두방정을 떨며 여론을 호도하여 선전 · 선동질을 해댔다.

신사랑 목사는 영악한 정권이 '정치 방역' 프레임 속에서 사실상 전체주의와 계엄 독재 시대로 치닫고 있다고 진단했다. 그러나 우국 및 애국 동지들이 코로나 시국에도 불사하고 목숨을 걸고 광장으로 뛰쳐나가 자유와 민주와 정의와 공정을 지키고자 분투하고, 또 레거시 언론들이 이런 애국자들의 절절한 외침과 처절한 몸부림을 정론직필로 밝혀주고 있어 그나마 다행이었다. 또한 사악한 정권과 당당하게 맞선 정의로운 검찰들은 온갖 모욕과 음해와 탄압 속에서도 공정한 법 집행을 위해 공평무사의 일념으로 멸사봉공하고 있었다. 이런 애국 열사와 의사와 지사와 투사들이 숨통이었다. 이들이 있어 나라가 그나마 숨을 쉬고 있었다.

그러나 사악한 정권은 애국적 민주 검찰들이 법과 정의에 입각하여 공명정대하게 하고 있는 수사를 인디언 기우제 지내기 식의 수사라는 둥, 정치 검찰의 선택적 표적 수사라는 둥의 프레임을 씌워 호도하고 방해하고 중단시키려 갖은 악행을 일삼았다.

신 목사는 불철주야 나라의 생존을 걱정하고 있는 애국 시민들과 달리 눈치나 살살 보며 자기 밥그릇을 챙기기에 여념이 없는 허약한 보수 정치인과 우파 식자들이 원망스러웠다.

그러나 신 목사는 기존 애국 세력들의 분노와 투지만으로는 광장에서의 싸움을 승리로 이끌어 나라를 구할 수 없다는 확고한 신념을 가지고 있었다. 그는 9 · 28 서울 수복 전투 70돌 기념 유튜브 특별 인터뷰에서 목표가 뚜렷한 단죄와 열망의 투쟁 프레임을 짜서 재무장해야만 적에게 빼앗긴 정의와 공정을 수복할 수 있다고 주장했다.

그동안 선두에서 광장 투쟁을 이끌어왔던 열혈 지도자가 구속되자, 투쟁이 소강상태에 빠졌다. 신 목사는 뜸을 들이는 중에 불이 꺼진 것 같아 아쉽고 안타까웠다.

애국 진영에서는 꺼진 불을 되살릴 수 있는 사람이 급하고 절실했다. 뒷전에서 판을 조종했던 자들은 부랴부랴 물밑 백조의 발처럼 분주하게 나댔다. 방 목사 같은 신 · 용 · 지 · 덕(信勇智德)을 겸비한 열혈 지도자는 공모나 초빙을 통해 찾아 모실 수 있는 게 아니었다.

낙선 후, 열혈 애국지사 대열에 합류한 소부길 장로가 말하길, 신 목사님 말마따나 공개 모집이나 공식 추대를 할 수 있는 일이 아닌지라, 쥐도 새도 모르게 물밑에서 조용히 은밀하게 진행되고 있다고 했다. 그러나 물밑에도 쥐와 새가 있었다. 7수생이 된 반기출 안수집사가 찾아와서 귀띔해주기를 그 공석(空席)에 신 목사가 거론되고 있으며 조만간 '작업'에 들어갈 것 같다고 했다. 그는 조만간에 소부길 장로나 방영석 교수가 접근해 올 것이니 준비를 하고 있으라고 했다. 소 장로가 들려준 말이 허튼소리가 아니었다.

신 목사는 반 집사의 고자질이—귓등으로 들어 넘길 말이 아니었다—아니어도 그런 자리를 '승계'할 생각이 전혀 없었다. 방광우 목사가 여기저기 싸질러놓은 똥이나 치우며 다닐 수는 없었다. 또, 무엇 때문에, 무엇이 아쉬워서 저들의 어릿광대나 '가케무샤(影武者)' 짓을 한단 말인가. 신 목사는 자신의 힘으로 찾고, 자신의 힘으로 오를 생각이었다. 그래서 때를 기다린 것이 아니던가.

반 집사가 한 말대로 소 장로가 접근해왔다. 그가 원하는 가부를 답할 이유가 없었다. 공부도 하고 몸값도 키울 수 있는 기회를 걷어찰 이유가 없었다. 신 목사는 속내를 숨긴 채 소 장로를 대했다. 서로가 감당이 되는 선에서 이용하고 이용당하면 될 일이었다. 광야가 무주공산 상태인지라 정체가 모호거나 뒷방 늙은이가—당사자들은 그렇게 생각하지 않았다—된 정치권 인사들과의 만남 횟수가 잦아졌다.

신 목사는 정계가 이렇게 층층이고 겹겹이고 다종다양하고 광대무변한가 싶었다. 성인군자부터 시정잡배까지 각양각색, 형형색색이었다. 그놈이 그놈과 가깝다고 해서 그놈 같은 줄 알고 만나면 그놈이 아니었다. 관중과 포숙아 관계인데, 개와 고양이 관계로 잘못 알아 실수를 하는 경우도 있었다. 신 목사는 이 피아(彼我) 식별이 쾨니히스베르크의 일곱 개의 다리 한붓그리기 문제인 양 난감했다. 또 목회와 정치의 규칙이 너무 달라서 수시로 곤욕을 치러야 했다. 도덕과 상식은 물론이요 분명하고 투명한 생각이 없었고, 분명하고 투명한 패거리가 없었다. 2007, 2012 대선 때보다 더욱 사악해진 복마전이었다.

겉말과 속마음이 다르면서도 만나야 했기 때문에 서로 신경전만 주고받는 소모적 만남이 많았다. 한심스럽고 답답하고 짜증스러웠지만, 만남과 대화는 정치의 기본이자 전부이기에 어쩔 수 없었다.

신 목사는 주님께서 관우 장비와 같은 호연(好緣)을 주실 것으로 기대하며, 소부길 장로와 방영석 교수가 물어오는 만남 제의들을 묻지도 따지지도 않고 모두 받아들였다. 먼저 만나자는 제안만 하지 않을 뿐이었다. 그가 존경해마지않는 한경직 대선배 목사가 정(政)에 끌려다니지 않으면서도, 교(宗教)로 정을 제압하여 부려먹었듯이 자신도 교로 정을 눌러 선용할 수 있다는 믿음이 있었다.

이정재처럼 깡패가 정치에 이용당했듯이, 목사도 정치에 이용당할 수 있었다. 정치권력은 합법적인 최고 권력이기 때문에 목사의 권세와는 비교도 안 될뿐더러 붙어 싸워서 이길 수 있는 상대가 아니었다.

신 목사는, 자신을 앞장세워놓고 부추기고 힘을 실어주는 척해서 자기네 목적을 위한 선전대로 삼으려는 저들의 속내를 들여다보고 있었다. 하지만 그 속내를 잘 알고 있다 해도 저들에게는 변화무쌍한 의외성이 있었다. 물론 아이러니하게도 저들이 자신을 내세우려는 것도 의외성 때문이지만, 신 목사는 그 아이러니 속에 담긴 수 싸움을 감당하기에는 역부족이라는 것을 알고 있었다. 때문에 몹시 두려웠다.

저들은 광장의 주도 세력이 다원화 · 다각화 · 다층화 · 다변화되어 다양한 전방위 투쟁이 모듈처럼 전개되기를 원할 것이다. 1인 주도가 아니라 복수의 주도자들이 각각의 지분을 나누어 가진 채 서로 경쟁하고 견제하며 판을 키워나가는 투쟁 구도를 만들고 싶을 것이다. 1인이 전체가 아니라 부분이 되는, 즉 모듈이 되는…… 그래야 광야의 투쟁이 끝나고 때가 이르렀을 때, 투쟁이 만든 광대가 왕이 되는 것을 막고, 광대들을 지켜보며 이끌었던 자들 가운데 하나가 왕이 될 수 있지 않겠는가. 그러니까 저들이 원하는 것은 각각의 모듈이 될 투쟁과 그 투쟁을 이끌 수 있는 광대들인 것이다. 신 목사는 자신도 그 광대들 중 하나가 될 수 있으리라는 것을 모르지 않았다.

"천하의 범사가 기한이 있고 모든 목적이 이룰 때가 있나니 날 때가 있고 죽을 때가 있으며 심을 때가 있고 심은 것을 뽑을 때가 있으며……"

신 목사는 못마땅하거나 내키지 않는 상대를 만났을 때, 전도서 3장 1절부터 8절을 암송하는 것으로 답을 갈음했다. 그러고는 "때가 되면 기꺼이 나가리다"라는 하나 마나 한 답을 반복했다.

"구국의 일에 어찌 따로 정해진 때가 있겠습니까, 목사님."

재선 의원에 한때 말로 국정을 농단한 가락이 있는지라 소부길 장로도 밀리지 않았다. 그는 자신이 주선한 자리에 배석할 때마다 신 목사에게 같은 말을 반복했는데, 그게 그의 역할인 것 같았다.

"양 치는 목자에게 구국의 짐이라니요."

신 목사야말로 말로 먹고사는 사람인지라, 뱉는 말마다 모호했으나 지당했다.

"구원이 구국 아니겠습니까, 목사님? 길 잃은 한 마리의 양을 위해서도 국경과 물불을 가리지 않는 분이라고 들었습니다만…… 하물며 한 국가를 구하는 일인데……"

삼십 년 검찰 생활을 하고, 국회의원과 장관과 국무총리를 거쳐 정당을 두 번씩이나 창당하고, 대선까지 두 차례나 출마했다는 노정객이 히죽히죽 웃으며 말했다.

'아, 이건 또 뭐지……?' 신 목사는 가슴이 벌렁벌렁했다. 왠지 겁박성 발언으로 들렸다. 자격지심 때문인지, 무언가 뒤가 있는 말 같았다.

"하, 한 마리의 양은 제가 감당할 수 있으나, 한 국가는 어르신같이 훌륭하신 위정자 분들이나 감당이 가능한 것이 아닐는지요."

신 목사는 간담이 서늘했으나, 가까스로 평정심을 찾아 대꾸했다. 그렇다고 해서 진위를 알 수 없는 상대의 말에 지레 켕겨 하는 모습을 보일 수는 없었다. 그래도 등줄기에 식은땀이 흘렀다.

"한 마리 양을 구하실 때처럼 인생을 통째 거시라는 부탁이 아닙니다, 목사님."

소 장로를 보며 헤벌쭉 웃은 노정객이 시가 끝을 이빨로 물어뜯으며 말했다.

'아, 이놈은 뭘 알고 있구나.'

노정객과 소 장로를 번갈이 바라본 신 목사는 입을 다물었다. 심장이 두방망이질을 했다.

노정객의 눈을 피한 소 장로가 떨떠름한 표정을 지었다.

맹 장로 말에 의하면 미투 성립 조건은 오로지 상대방 여자의 느낌과 생각과 말이라고 했다. 두 사람 사이에서 벌어진 일이면 관점도 입장도 생각도 둘이어야 하지만, 그래서 중립적 차원에서의 해석과 판단이 필요한 것이지만, 미투는 예외라고 했다. 미투를 수사할 때, 검경은 가해자나 피고발인을 피의자도 아닌 기결수로 취급한다고 했다. 하물며 미투 관련자가 정치적 수식(數式)에 걸려든다면…… 신 목사는 정신이 아뜩했다.

'선택된 자'가 되면, 사돈의 팔촌은 물론이요 삼대의 죄가 털릴 수 있었다. 호되게 걸리면 꿈속의 죄까지도 털릴 수 있었다.

신 목사가 천애고아로 태어났다 해서 홀가분하다고는—사돈의 팔촌까지 털릴 일은 없지 않은가—하지만, 직계와 방계 가족을 거느린 가장이었다. 가족은 별건 수사의 대상이라고 했다. 혐의 유무를 떠나서 기소까지 가는 것은 검찰의 재량이었다. 신 목사의 로맨스도 검찰이 볼 때 스캔들이 될 수 있었다.

이미 검찰은 합법적 수단으로 특정인의 혐의와 관련하여 백삼십여 일 동안 백 건이 넘는 압수수색 등을 통해 마술적이며 신묘한 기소 실력을 보여준 바 있었다. 신 목사가 설교 중에 입에 침이 마르도록 칭찬한 일이었다.

그러나 맹 장로는 이를 두고 검찰이 자신들의 기득권을 지키기 위해 기꺼이 그 기득권으로 나라를 통치하려고 덤벼드는 무서운 세상이 되었다고 했다. 신 목사는 맹 장로의 사상이 의심스러웠다. 그 맹 장로의 귀띔에 의하면 이 노정객이 그들의 뒷배라고 했다. 신 목사도 수사를 당한다면 기소되는 시점에 그동안 하나님이 주신 모든 것을 깡그리 잃게 될 터였다.

신 목사가 지금까지 소 장로의 주선으로 만난 자들은 이명박과 박근혜 정권 때 만들어서 써먹다가 자멸한 판단 기준으로 세상과 현실 정치를 바라보는 것 같았다. 이미 상식적, 도덕적, 법률적, 헌법적 규명이 끝난 판단이었으나, 이들은 이 규명과 판단 결과들을 하나같이 부정했다. 노정객도 마찬가지였다.

법치국가라면서도 자신들이 입법한 법을 무시하고 정치를 하겠다고 했다. 또 법을 부정하고 법에 저항하려니 양심과 도덕마저 저버릴 수밖에 없었다. 신 목사가 안타깝게 생각하는 부분이었다. 그래서 그는 우리나라가 차라리 신정국가를 지향하는 것이 낫겠다는 생각을 했다. 박근혜는 대통령이 아니라 교주였다. 그렇기 때문에 법의 심판을 인정할 필요가 없는 것이다. 이런 정치판인지라 믿을 놈도 믿고 따라야 할 도리와 이치도 없었다.

신 목사는 이 노정객이 자신의 생사여탈권을 쥐고 있는 저승사자일 수도 있다는 생각에 모골이 송연했다.

"목사님은 이미 호랑이 등에 올라타셨습니다."

청주 지교회 창립 예배를 마치고 이틀이 지났을 때, 맹 장로가 동분서주 끝에 얻은 결과를 이 한마디로 보고했다. 신 목사는 이 말의 뜻을 단박에 알아들었다.

"이보시오, 신 목사. 원칙과 기준을 생각해야 한다는 게 뭔 말이오? 원칙과 기준을 버린 건 우리가 아니라 재네들이 아니오?"

합리적 보수라고 자칭하는 노정객의 말이었다. 신 목사가 침묵하고 있자, 앞서 했던 말을 뒤늦게 끄집어내 대화를 이어가려는 것 같았다. 그러면서 신 목사가 말한 원칙이니, 기준이니, 때니 하는 것은 게임의 룰이 될 수 없는 것이니 다 집어치우라고 했다. 그가 말하는 원칙과 기준은 자기들이 만들어 정치판에서 작동시켜온 원칙과 기준이었다. 말을 덧붙인 그는 이빨로 물어뜯고만 있던 시가에 불을 붙였다.

"우리가 원칙이고, 기준이고, 또 지금이 그때요. 그러니 잘 생각해보시오, 신 목사."

노정객이 힘차게 빨아 뿜어낸 시가 연기가 신 목사를 둘러쌌다.

달리는 호랑이 등에 올라탔다는 맹 장로의 말이 실감 났다. 신 목사는 기침을 콜록콜록 토해내며 모욕감으로 사대육신을 부들부들 떨었다. 문득, 깡패 반두권이 누구보다 경우가 있고 매너 있는 신사라는 생각이 들었다.

"주여……"

어쨌든 호랑이 등에 탄 것이지, 호랑이 아가리 속에 있는 것은 아니었다. 성급히 답을 할 이유가 없었다.

방영석 교수가 주선한 모임에도 참석했다. 범야권의 비공식 정치 현안 간담회 토론자로 초청을 받았다.

"정치가 신앙입니까? 지금이 신정 합일 시대는 아니잖아요?"

신사랑 목사가 선빵을 날렸다.

자신과 교인들을 전위대 내지는 선전대로 삼아 무조건 광장으로 끌어내려는 자칭 애국 정치인들에 대한 일침이자 경고였다. 그는 보호도 못 해줄 거면서—방광우 목사를 보라—이용만 해 먹으려고 혈안이 되어 충동질이나 해대는 그들의 정치적 탐욕과 꼼수에 항의했다.

"우리 개신교가 정치의 시녀입니까, 아니면 광댑니까? 신도들과 태극기 어르신들을 광장에 내보내고 공당에서는 하시는 일이 뭡니까? 합법적 정치권력을 쥐고 있는 선량들은 세비만 또박또박 받아 챙기고 눈치만 살살 보면서 아무것도 안 하고 있잖아요, 지금. 그러면서 왜 우리 애국 신도와 시민들만 광장에 내보내서 광대 짓을 시키려는 겁니까? 그러니까 악에 받쳐서 혐오와 광기만 난무하고 있는 게 아닙니까? 대체 이게 뭡니까?"

신 목사가 마치 애국 시민의 대변인인 양 말했다.

"목사님, 광대 짓이라뇨?"

"구경만 하는 정치인들 앞에서 깃발 흔들고 노래하며 외쳐대는 게 광대 짓이 아니면 뭐요?"

"우리 목사님, 또 이러신다. 우리가 누굴 어디로 내보냈다고 이러시는 겁니까, 무슨 근거로?"

"그러면 여러분은 잘하고 계시는데 애국 시민들이 광장으로 뛰쳐나갔단 말입니까? 광장에 나가서 외치게 만들었으면, 왜, 뭘 외치고 있는지는 알고 있어야 할 터인데, 그것도 모르잖아요. 아닙니까?"

"광장에서 외치는 것과 정치를 하는 건 달라요, 목사님."

"정치와 종교도 달라요. 서로 다른 둘이 같은 길을 가면 원시의 시대, 야만의 시대, 혼효의 시대가 되는 겁니다."

"이보시오, 신 목사! 당신네들이 필요해서 광장으로 나가고는, 왜 자꾸 우리가 나가라고 한 것인 양, 우리들에게 등 떠밀려서 나간 양 말씀을 하십니까? 그거 되게 위험한 말씀이에요."

6선 의원으로 국회의장 후보였으나 이번 4·15총선에서 당이 패하는 바람에 뒷방 늙은이가 된 황대구 의원이 끼어들었다.

신 목사가 예상한 답이었다. 이 말이 방광우 목사를 면회 갔을 때 그가 팽을 당했다며 이를 간 이유였다. 신실한 방 목사가 이런 놈들의 부추김에 당한 것이다.

황 의원은 신 목사를 향해 일갈을 하는 중에도 주스를 나르는 알바 여대생의 엉덩이를 힐끔거렸다. 민주화 투쟁 경력으로 국회 입문을 했는데, 국회 본회의장에서 야동을 보다가 들켜 개망신을 당한 호색한이었다. 그러나 정작 본인은 그게 왜 개망신을 당할 일인지 모르겠다고 해서 특이 멘탈리티로 다시 한번 구설에 오른 적이 있었다. 죄의식이 없는 인간이었으나, 색으로 위력(威力)을 행세하려 드는 치사한 노정객과는 수준이 다른 대인배였다.

"그게 무슨 말씀이세요? 성도님들이 필요로 하는 것은 하나님이 다 이루어주십니다. 광장에 나갈 필요가 없어요. 성도님들이 광장에 나가서 혐오와 광기 어린 저주를 퍼붓고 있는 것은, 그들의 유익을 구하기 위함이 아니라 나라를 구하기 위함이에요. 당신들이 잘하면 우리가 왜 광장에 나가서 나라 걱정을 하겠소?"

신 목사가 '누구든지 자기의 유익을 구하지 말고 남의 유익을 구하라'고 한 고린도전서 10장 24절을 인용해 답을 했다.

"당신들이라니? 이 양반이 뉘 안전이라고, 감히 망발을……?"

"뭐요, 망발? 내가 당신들을 만나자고 했소? 당신들이 나와달라고 해서 나온 거 아니오. 나와서 한마디 해달라고 해서, 한마디 한 거 아니오. 이게 당신네들이 손님을 대접하는 예법이오?"

검정 마고자 차림의 신 목사가 자리를 박차고 일어서며 강하게 반발했다. 당당한 허우대만큼 자못 기세가 등등했는데, 리우데자네이루에 있는 예수 입상 같았다.

"그러면 우리한테 와서 손을 벌리지 말던가?"

고위 당직자라고 밝혔으나, 자신은 공식적으로 이 자리에 없었던 것으로 해달라고 했던 참석자가 불쾌하다는 표정으로 구시렁거렸다. 아마도 방광우 목사를 두고 하는 말 같았다.

방영석 교수와는 대학 선후배 사이이고, 언론 노출도가 높은 정객이었는데, 참석 전에 방 교수와 같이 낮술을 했는지 얼굴이 벌겠다.

"거룩하고 의로운 우리 성도들은 거렁뱅이가 아니오. 우리가 당신들한테 비럭질이라도 했소이까?"

신 목사가 버럭 고함을 지르며 또다시 의자를 박차고 일어섰다.

안절부절못하던 방 교수가 다가와 신 목사를 붙들어 앉혔다. 총선 과정에서 황대구 의원의 똘마니가 된 신중업 초선의원도 급히 다가와 신 목사를 달랬다. 우여곡절 끝에 국회의원에 당선된 신중업은 약속했던 강남 성전 공사를 차일피일 미루고 있었다. 해동토건 회장인 형을 설득 중이라고 했다. 분노를 불러일으키는 핑계였다.

이런 신중업이 자신의 앞에 나타나자 신 목사는 부아가 치밀었다.

"도와주지는 못할망정 내 앞을 막아서지는 말게!"

"……"

대꾸할 말을 찾지 못한 신중업이 벌겋게 달아오른 얼굴로 비척거리며 물러섰다.

방 교수가 주선한 비공식 시국 간담회도 소득 없이 끝났다. 신 목사는 그물에 걸리지 않는 바람같이 '내 갈 길을 꿋꿋이 간다'는 평소의 소신대로 무소의 뿔처럼 혼자서 가야겠다고 다짐했다. 그는 오늘 자신이 한 발언이 노정객의 귀에도 들어가길 바랐다.

신사랑 목사는 간담회에서 못다 푼 썰과 분풀이를, 삼십만 구독자를 자랑한다는 유튜브 채널 생방송 '동상동몽(同常同夢)'에 출연해서 풀어냈다. 그는 내뱉어야 할 말을 입에 물고 살 수 없는 사람이었다.

"나는 광장에 나가 정치인들의 삐끼 노릇이나 대리전을 치를 생각이 1도 없소. 내가 광장으로 나가려는 이유는 정치를 하려는 것이 아니라, 우리 종교를 위해서, 하나님이 세워주신 이 나라를 구하고 지키기 위해서 반드시 치러야 할 성전이 있기 때문이오. 그게 뭐냐? 지금 정치가 보수 대 진보로 나뉘어 혐오와 증오와 저주의 진흙탕 싸움을 하고 있는데, 이러는 바람에 양쪽의 정치가 우리 개신교의 정신과 가치를 지켜주지 못하고, 되레 이용만 해먹고 있게 된 것이오. 대화와 타협이 아닌, 선 대 악의 성전을 치러야겠다, 그래야 우리 개신교가 살아남겠다, 이렇게 판단하고 나도 이제는 광야로 나가야겠구나, 나갈 때가 됐구나, 라고 결심한 거요."

"신 목사님도 더 이상 우리 정치 못 믿겠다, 아니 못 봐주겠다, 그래서 출정하시겠다, 이 말씀이신데…… 이거 이거 대박! 우리 애국 시민 모두가 쌔빠지게 기다려오던 거 아닙니까?"

"이거 이렇게 되면 판이 커지는 겁니까, 바뀌는 겁니까?"

"드디어 광장의 새 주인, 아니 찐 주인이 등장하시는 거죠, 안 그래요?"

"조커의 등장이지."

"조커라니, 왕의 등판이지."

복수의 진행자들끼리 서로 눈짓을 주고받으며 만담을 하듯 찧고 까불었다. 아마도 자신들이 짜놓은 시나리오대로 몰아가는 것 같았다.

"정치인이라는 작자들이 정책과 민생을 팽개치고는 실체도 없는 진보 대 보수의 헛된 싸움질이나 하고 있는 것이 작금의 한심한 대한민국 정치 현실 아니오. 왜 그러는지, 내가 그 이유를 이번에 알게 됐어요. 진보나 보수가 이념도 뭣도 아닌, 제 놈들 밥그릇이었던 거야, 밥그릇!"

"오우, 쎄게 나오시는데……"

"우리 목사님, 화나셨나 봐."

"정치를 한다는 놈들이 허깨비를 만들어서 편 갈라 싸움을 붙여놓고, 지들은 탱자탱자하면서 이권만 챙겨먹고 있는 거요. 그 허깨비가 진보와 보수라는 거였소."

"그럼 진짜는? 찐은 뭐야, 목사님?"

"선과 악!"

"오우, 선과 악!"

"화악, 와닿는다."

"내가 광장에 나가서 진보와 보수의 탈로 위장한 한국 정치의 거짓을 만천하에 까발리고, 작금의 한국 사회에 무엇이 선이고 무엇이 악인지를 가려내서 단죄할 거요. 성전을 치러서 선을 찾아오겠소."

"왠지 작두를 대령해라! 이러실 것 같아."

"이승만 광장에 단두대를 설치하시는 거 아냐?"

"악은 좆됐다."

"그래서 성전이라고 하신 거군요. 그럼 지금, 이 자리에서 '동상동몽'을 통해 선전포고를 하시는 거네요. 신 목사님이 광장으로 출정하시면 무서워서 떠는 넘들이 많겠는데요, 그런 넘들에게 한 말씀 하시죠?"

서로 이해관계가 달라 스튜디오를 나가면 동상이몽이 될 수밖에 없는 진행자들이 신 목사를 부추겼다.

"그동안 많은 정치인들이 나를 찾아와 온갖 감언이설로 꼬드깁디다. 꼭두각시, 광대가 돼달라고."

신 목사는 그들이 불러서 자신이 찾아간 것을, 그들이 찾아온 것으로 바꿔 말했다.

"이제 그 답을 하겠소. 더 이상 꼬드기지 않아도 된다. 나는 하나님께서 마침내 가라고 명령하신 사랑의 가시밭길을 뚜벅뚜벅 갈 것이다! 여러분, 나는 6 · 25사변통인 1953년 5월 5일에 태어난 전쟁둥이 고아요. 우리나라를 살려낸 미국이 저를 키웠소이다. 혈맹 미국이 지어준 고아원에서 미국이 주는 음식을 먹고 자랐소. 제 뼈와 살이 다 미제요."

"우와, 우리 신 목사님. 미제시라 이렇게 건장하시고 대범하시고 화끈하시고 파워풀하시군요."

진행자가 신 목사의 어깨와 팔을 주물럭거리며 너름새를 넣었다.

"나는 골수까지 찐 중도보수주의요. 보수를 대표하시는, 보수를 표방하시는 양반들 똑바로 하세요. 중도보수가 선입니다. 복수나 하자고, 분풀이나 하자고 정치하십니까? 아니면 부귀영화를 챙기려고 정치를 하십니까? 다 아니라구? 그럼,

이제부터 선을 위한 심판에, 선을 위한 성전에 동참들 하셔. 내가 칼을 뽑았은게."

인터뷰 내내 진행자들의 간섭과 유도 질문으로 횡설수설하던 신 목사는, 구국을 위한 선의 정치는 이렇게 하는 것이라는 시범을 보여주기 위해 자신이 직접 광장으로 나갈 것이라는 발언으로 결론을 지었다.

이튿날, 유튜브 생방 내용이 레거시 보수언론에 그의 발언이 대서특필됐다.

성자(聖者) 신사랑 목사, "이제는 직접 나가 싸우겠다!"
대안 있는 '광야의 성전'으로 '선(善)한 정치' 시범 보일 터

유튜브 생방과 신문 방송을 접한 성도와 애국 시민들의 반응이 열광적이었다. 물론, 서로 추구하는 바가 다른, 또 달라야 마땅한 정치와 종교를 노골적으로 한데 버무려 대중을 현혹한다면서 비난하는 정치평론가와 학자들도 더러 있었다. 신 목사는 이런 반응에 대한 기자들의 질문에, 서로의 달란트가 따로 있다는 말로 갈음했다. 새로운 적을 만들 필요가 없었다.

비난과 응원의 댓글과 답글들이 SNS에서 서로 충돌했다. 신 목사의 말은, 말이 안 된다고 주장하는 놈들도 있었다. 말의 속성을 모르는 천둥벌거숭이들의 주장이었다. 하나님이

천지를 말씀으로 창조하셨다는 것도 모르는 놈들이 아닌가.

말이 곧 권력인 세상이고, 신 목사의 말은 종교와 문화적 권력을 가진 자의 말이었다. 그에게는 '말씀'으로 닦은 하나님의 권위와 유명 목자의 권능이 있었다. 때문에 그의 말은, 말이 되느냐 안 되느냐를 떠나 막강한 영향력을 발휘했다.

유튜브 방송 동상동몽은 한 시간 만에 삼만 뷰, 두 시간 만에 오십만 뷰를 넘어섰다.

'예수를 판 유다보다 나쁜 놈', '죽여서 토막을 내주겠다', '입으로 똥 싸는 미친놈' 등등의 악성 댓글도 있었으나, '이념이 밥그릇인 걸 아셨군요', '드뎌 구국의 결단을 하셨군요', '역시 찐 애국자세요' 등등, 공감과 응원하는 게시물과 댓글들이 압도적으로 많았다.

신사랑 목사는 우여곡절 끝에 드디어 새 판을 깔았다. 주사위는 던져졌다. 개떼처럼 쥐 떼처럼 이놈 저놈 많이 몰려와야만 했다. 알곡과 쭉정이는 나중에 자기들끼리 가릴 문제였다. 때가 되면 신 목사가 가리기 전에 자기들끼리 물고 뜯으며 가릴 것이다.

그러나 신 목사는 쭉정이에게 사랑의 새 생명을 불어넣어 알곡으로 만드는 기적을 보여줘야 했다. '프레임 구축→판'이 아니라, '판→프레임 구축'이 신사랑의 '광야의 선한 성전 프로젝트'를 승리로 이끌 전략이었다.

11

차주운 기사에게 어디 가서 두 시간쯤 놀다가 같은 장소에 차를 대라고 했다. 그러면서 오만 원을 건넸다.

신사랑 목사는 골목 입구에 있는 무인 방역기에서 발열 체크와 손 소독을 했다. 그러고는 코로나19 관련 공지문이 덕지덕지 나붙은 담벼락을 지나 곳곳이 부식된 허름하고 어두운 건물 안으로 들어갔다. 곰삭은 지린내가 진동했다. 등이 나가 어둠침침한 복도 양쪽으로 게딱지 같은 쪽방들이 다닥다닥 붙어 있었다.

누룩곰팡이와 음식물이 썩는 듯한 역한 냄새가 지린내와 섞여 코를 찔렀다. 태풍 '바비'와 '마이삭'이 남긴 후유증도 한몫 거들고 있는 것 같았다. 바싹 붙어선 고층 빌딩과 옹벽에 가려져 빛과 공기의 흐름이 차단된 노후 건물이었다. 24시간 내내 환기나 채광을 기대할 수 없을 것 같았다.

그에게 휴대전화가 없어서 직접 찾아올 수밖에 없었다. 지난번 시위 현장에서 만나고 헤어질 때, 정확한 시간은 잡지 않았으나 오늘 저녁나절에 방문하겠다는 약속을 잡았다.

"여보게…… 자네, 자네 있는가?"

방문을 노크한 신 목사가 두 겹으로 착용한 KF94 마스크를 여미며 낮은 목소리로 어색하게 불렀다.

서행하는 기차의 소음과 진동으로 건물이 움찔움찔 진저리를 쳤다.

그때 돌쩌귀가 닳고 합판이 뜯어져 나간 방문이 삐이익, 하는 소리와 함께 열리고, 산발한 중늙은이가 고개를 내밀었다. 제 말로 한평생을 바람처럼 떠돌며 자유롭고 낭만적으로 살아왔다는 '말쟁이' 하대해였다.

"노, 노그니…… 자네. 지, 진짜 와, 왔네."

중늙은이가 못 믿겠다는 표정으로 신 목사와 눈을 맞췄다. 낮잠에서 깼는지 눈곱이 끼어 있었다.

"세수하고, 마스크 단단히 쓰고 나오게."

건물 밖에서 한참을 기다린 신 목사는 말쟁이와 함께 택시를 잡아타고 예약해둔 식당으로 이동했다. 택시 안에서 자신이 여분으로 가지고 다니는 KF94 마스크를 하대해에게 건네주며 바꿔 쓰라고 했다. 그는 망사 스타킹 같은 덴탈용 비말 마스크를 쓰고 있었다.

말쟁이는 한우 소갈비를 앞에 두고 잠시 체면을 차리는 척했다. 신 목사가 젓가락을 쥐여주며 권하자 허겁지겁 갈비를 뜯느라 정신이 없었다. 아가페 고아원 시절, 설 명절에 특식으로 먹었던 갈비 없는 갈비탕 생각이 났다. 설 전날에 위문을 온 미군들이 놓고 간 갈비짝은—그들이 사진만 찍고 도로 가져갔을 리 없을 텐데—마술처럼 온데간데없이 사라지기 일쑤였다.

신 목사가 직접 구운 갈비를 그의 앞접시에 놓아주며 천천히 많이 먹으라고 권했다. 목이 메는지, 말쟁이가 갈비를 입에 문 채 술은 안 되겠지, 라고 물어서 맥주 한 병을 주문해주었다. 신 목사는 갑자기 매일같이 주린 배를 '뽐뿌' 물로 채웠던 아가페 고아원 시절이 떠올라 울컥했다.

신 목사가 몇 점 집어먹는 시늉을 하는 동안, 그는 맥주 두 병과 갈비 5인분을 순식간에 먹어치웠다. 맥주를 더 마시고 싶어 했으나 안 된다고 했다.

오십오 년 만에 광장에서 우연히 재회한 고아원 동기인데, 육신의 나이만 먹어 늙어 보일 뿐, 하걸준에서 이름만 바뀌었을 뿐—개명한 이유를 물어보고 싶었으나, 서로 불편할 수도 있을 것 같아 참았다—달라진 것이 없었다. 서로 장대한 허우대는 닮았으나, 교활한 눈매, 느물거리는 행동, 비굴할 만큼 굽신거리는 태도는 변한 것이 없었다.

'시부대청' 미군 부대 담벼락 아래 쭈그리고 앉아서 군화를 닦아주고, 불량한 상이군인들을 따라다니며 구걸하고, 힘없는 동료 원생들을 괴롭히고, 고아원 원감과 허경언 목사 사이를 이간시켜 분란을 일으켰던 불량배였다. 또 맹대성 형을 찐따 '짱꼴라'라며 놀리고 괴롭혔다. 허접한 말이 많고 이간질을 잘해서 '넝마주이', '말쟁이'라는 별명을 얻었는데, 하걸준이라는 이름보다는 주로 말쟁이로 불렸다.

말쟁이는 교동국민학교를 졸업하기 전해인 1964년 고아원에서 도망쳤다. 나중에 알고 보니 멀쩡한 신작로 전깃줄을 잘라 고물로 팔아먹다가 잡혀서 소년원으로 전학을 간 것이었다.

그는 지난번 만남에서 그때 전깃줄을 자른 것은 사실이나, 잘라 오라고 시키고 팔아먹은 사람은 '딱부리' 아저씨였다고—그는 오른 손목이 잘린 상이군인이었다—밝혔다. 그러니까 강제로 시켜서 했을 뿐, 자신은 선한 피해자라고 했다. 이제는 아무 소용이 없는 말이었다. 아가페 고아원 시절에 노근과 걸준은 주먹 맞수였다. 한 번도 맞짱을 뜬 적은 없으나, 둘은 호적수로 걸준이 고아원에서 사라진 1964년 봄까지 앙숙이었다. 그러나 말쟁이가 노근에게 시비는 걸었어도 주먹싸움을 걸어오거나, 노근이 거는 싸움을 받지 않았다.

신 목사는 그 이유도 물어보고 싶었으나, 참았다. 그 참혹했던 시절을 굳이 들춰내고 싶지 않았다. 고난도 어느 정도여야 추억이 될 수 있었다. 아무튼 말쟁이는 고아원 시절 허경언 목사의 사랑만큼은 듬뿍 받았다. 그게 고아인 말쟁이가 선택한 생존 방식이었다.

식사가 길어진 신 목사는 서둘러 말쟁이를 데리고 길 건너편에 있는 양복점으로 갔다. 성도가 운영하는 양복점이었다.

"체격이 목사님과 똑같으…… 비슷하네요."

양복점 주인이 줄자로 말쟁이의 몸 치수를 재면서 말했다. 그는 치수가 똑같다고 말을 하려다가 하대해가 신성한 신 목사와 비교 대상이 아니라고 생각했는지 급히 비슷하다며 말을 틀었다. 그러고는 신 목사의 눈치를 살피며 송구스럽다는 표정을 지었다. 신 목사는 딴전을 부렸다.

양복점을 나온 신 목사는 말쟁이에게 이발과 염색을 하라며 봉투를 건네고 헤어졌다. 말쟁이가 허리를 숙여 두 손으로 받았다.

말쟁이를 배웅한 신 목사는 차 기사에게 전화했다. 여덟시 이십분이었다. 추적추적 내리는 밤비에 시커먼 아스팔트 도로가 검은 밤바다인 양 번들거렸다.

신 목사는 슬라이딩 도어를 열어주는 차 기사에게 행선지를 일러줬다. 영상 시대이다 보니 정기적으로 탈모 치료와 피부 관리를 받아야 했다. 신 목사같이 낮이 바쁜 VIP 고객들을 위해 밤 열시까지 진료하는 성형외과가 꽤 있었다.

12

신사랑 목사는 배시중 안수집사로부터 재정 보고를 받는 독대 자리에 맹대성 장로를 불러 앉혔다. 처음 있는 일이었다.

그는 2020년 신임 직분자를 임명할 때, 맹 장로와 최종 협의했던 그동안의 관행을 깨고 자신의 뜻대로 처리했다. 이 또한 처음 있는 일이었다. 맹 장로가 전에 없이 자꾸 자기 의견과 주장을 드러냈는데, 신 목사는 그게 싫었다. 주만사랑교회는 신 목사의 교회였다. 때문에 자신의 생각대로 얼마든지 교회를 움직일 권한이 있었다. 신 목사는 노석면도 아닌 맹대성이 교회 운영에 이런저런 간섭을—물론 그들은 보좌라고 하거나, 조언 또는 충언이라고 했다—하려 드는 것이 못마땅했다. 특히 본당의 샛별 성물을 드러내 국기 게양대 앞으로 옮긴 뒤부터 맹 장로가 눈치를 주는 것 같아 불편했다. 아무튼 이런저런 이유로 거리를 두고 싶었다.

하지만 맹 장로는 은퇴 장로이지만, 신 목사가 특임명예장로로—교칙에 수석장로는 있어도 특임명예장로는 없었다—임명한 주만사랑교회의 실세 장로였다. 이를 알지 못하는 평신도들은 윤필용 장로를 이인자로, 제직자들은 맹 장로를 이인자로 알고 있었다.

신 목사는 2020년 신임 장로 선임 때, 맹 장로는 물론 윤 장로와도 상의하지 않았다. 물론 가부를 묻는 신도 투표는 거쳤으나 신도들이 담임목사가 선임한 후보를 반대한 적은 없었다. 그러나 교회 규정에 나오는 후보 선발 절차를 어긴 폭거였다.

신 목사가 독단으로 임명한 2020년 신임 장로들은 독실한 신앙심을 바탕으로 하나님과 교회와 성도들에게 일심으로 충성 · 봉사를 해온 이들이라기보다, 세속에서 인정받아 최고가 되고 명성을 얻은, 이른바 출세한 전문직 종사자들이었다. 현직 정당인, 교수, 고위직 공무원, 경영 전문가를 비롯해 선관위 위원도 있었다. 절차에 따랐다면, 윤 장로도 맹 장로도 쉽게 동의하지 않았을 인사였다.

교회에서 월급을 지급하고 있다는 것과 신앙심이 약하다는 이유로—가끔 술 담배를 했다—해마다 장로 후보에 오른 배시중 집사를 오 년 동안이나 재정장로로 임직시키지 않는 것과도 상반되는 처사였다.

직분에는 욕심이 없다고—그렇다면 돈에 욕심이 있을 것이다—말하는 배 집사가 주만사랑교회 후원 계좌의 입금 현황을 달뜬 표정으로 보고했다. 교회 헌금 재정에 대한 보고는 하지 않았다.

'동상동몽' 유튜브 방송 이후, 후원 계좌로 하루 만에 1억 2,600만 원이 입금됐다고 했다. 신사랑 목사 개인 계좌로 후원금을 입금하겠다는 '신앙동' 회원들과 팬들의 문의가 많았다고 했다. 배 집사가 개인 계좌를 개설해 후원금을 받는 문제는 간단한 것이 아니니, 면밀히 살펴서 고민한 뒤에 결정할 문제라고 했다.

방영석 교수가 명명해놓은 'SKRPU'와 '국개연'은 그의 머릿속에 있을 뿐 공식 등록도 출범도 하지 않은, 즉 가상의 유령 단체이기 때문에 후원금 통장은 지금처럼 교인 여러 명의 차명으로 개설하는 것이 옳다고 배 집사가 조언했다. 조언을 들은 신 목사가 단체명과 개인명을 병기해서 개설하라고 했다.

'동상동몽' 유튜브 인터뷰 이후, 황대구 의원이 방영석 교수와 신중업 의원 편에 지난번 회합에 대한 유감의 뜻을 전해왔다. 같은 편끼리 서로 잘해보지는 못해도, 적이 되지는 말자는 선에서 화해가 이루어졌다. 구속된 방광우 목사가 실형을 선고받은 것이 영향을 끼친 것 같았다.

짐작건대 황대구가 자신은 일단 뒤로 빠지고, 방 교수와 신 의원을 신 목사에게 붙여놓는 것 같았다. 일단 침은 발라두겠다는 수작이었다. 황대구 허락 없이는 방 교수도 신 의원도 신 목사와 물 한 모금도 같이 마실 수 없었다. 황대구는 여색을 밝히는 것 이상으로 나 외에 다른 신을 섬기지 말라고 한 하나님보다도 질투가 더한 놈이었다.

방 교수가 통장 관리는 신 목사가 맡는 것이 가장 안전하고 편리하다고 했다. 여전히 자신의 비자금을 맡기고 있는 신중업은 방 교수의 생각에 동의한다고 했다.

신 목사와 교회를 거치거나, 그 안에서 흐르는 돈은 안전이 보장된다고 할 수 있었다. 신 목사가 그 돈을 들고 튈 이유가 없었다. 경찰도, 검찰도, 세무서도, 국세청도 들여다볼 수 없었다. 그래서 교회는 해외 페이퍼컴퍼니보다 비자금 은닉처로 제격이었다. 수익성은 없으나 안정성이 뛰어난 금고였다.

신사랑 목사는 배 집사에게 'SKRPU'와 '국개연' 관련 차명 계좌로 들어온 후원금은 별도로 계좌를 여럿 개설해서 몇 바퀴 뺑뺑이를 돌리라고 했다. 그리고 정치인들이 내는 주만사랑교회 기부금은 교회로 갈 헌금이 아니고 자신에게 오는 사적 후원금이니 따로 적립시켜 관리하라고 했다.

맹 장로는 신 목사가 뜬금없이 자신을 불러 앉혀놓고 배 집사에게 이런 지시를 내리는 것은, 나중을 대비해 증인으로—배 집사가 딴짓을 했을 경우—삼으려는 수작이 아닌가 싶었다.

야외 부흥성회—예산 지출 항목 개설을 위해 광장 시위 참여를 이렇게 명명했다—소요 경비는 후원금이 아니라, 교회 운영비에서 털라고 했다. 그리고 전국적으로 후원하고 있는 신도 오십 명 이하 영세 교회를—한국 전체 교회의 절반을 차지한다—대상으로 한 후원 예산을 배로 늘리라고 했다.

우리 종단인 '대한기독교 주사랑연합'뿐만 아니라, 타 종단과도 연합을 해서 집회 참석을 독려하기 위한 특별 지원금을 선지급해주라고 했다. 지급 대상 교회를 새로이 선정 · 섭외하거나 지원금을 '분빠이'해줄 때는 뭐 주고 뺨 맞는 엉뚱한 시비가 발생하지 않도록 자체 지원금 지급 기준을 디테일하고 명확하게 문서화해서 실행하라고 했다.

그러고는 배 집사에게 교회명들이 적힌 쪽지를 건네면서 오른손을 활짝 펴보였다. 오백만 원씩 더 주라는 뜻이었는데, 알아들은 배 집사가 고개를 까딱했다. 신 목사의 지시 사항을 모두 메모한 배 집사가 표지가 닳은 수첩을 덮으며 말했다.

"2019년 재정 장부만 남기고 모두 폐기하겠습니다."

작년 것만 남겨두고 모두 없애겠다는 말이었다.

신 목사의 지시로 주만사랑교회를 설립한 2000년부터 현재까지의 수기 재정 장부 원본을 보관하고 있었다. 신 목사가 의심이 들 때마다 들여다보기 위해서였다. 실제로 미심쩍다는 생각이 들면 갑자기 십 년 전 장부까지 찾아오라고 할 때도 있었다.

"어디에 보관하고 있다고 했지?"

"정종실 장로님이 운영하는 하남 폐차장 부품창고와 강남 성전 부지 폐건물 지하창고 금고에 나누어 보관하고 있습니다."

"음…… 2018년 것까지 없애겠다는 말이지? 2018년, 2018이라……"

골똘한 생각에 빠진 신 목사가 중얼거렸다. 혼잣말을 하는 것인지 상대에게 묻는 것인지 알 수 없었다.

아마도 그렇게 되면 2018년까지의 부정과 의혹은 영원히 확인할 수 없게 된다는 데 대한 미련 때문에 고민을 하는 것 같았다. 신 목사가 다시 2018을 중얼대며 배 집사를 뚫어지게 바라봤다.

배 집사가 무표정한 시선으로 신 목사를 마주 보며 답을 기다렸다.

"맹 장로님과 함께 가세요."

난제를 푼 양 답했다.

"예."

배 집사가 맞은편에 있는 맹 장로를 힐끔 바라다보고는 답했다.

"반드시 직접 소각해야 합니다. 저한테 결과 보고 꼭 하시고요, 좀 전에 말한 특별지원금 지급 기준도 반드시 제 확인을 받으셔야 합니다."

"그럼요, 목사님."

배 집사가 고개를 주억거리며 답했다. 맹 장로도 알겠다는 뜻으로 고개를 주억거렸다.

재정 장부는 국세청 공무원들도 들여다볼 수 없는 것이지만, 워낙 다양한 출처와 다채롭게 사용한 양성적, 음성적 돈들이 융·복합 되어 있었다. 광야의 성전을 치를 때, 언제, 누가 적으로 돌변하여 나타날는지 알 수가 없는 일인지라, 깔끔하게 정리해둘 필요가 있었다. 굳이 이십 년이나 자란 긴 꼬리를 매달고서 성전을 치를 이유가 없었다.

"일손이 딸립니다요, 목사님."

배시중 집사가 성요한 없이 버텨오는 어려움을 처음으로 호소했다.

"헌금이 줄었다면서, 사람은 왜 더 필요하다는 거요?"

"일반 회계 때문이 아니라, 특수 회계가……"

헌금은 줄고 있지만, 담임목사의 개인 후원금과 비자금은 기하급수적으로 늘고 있었다. 게다가 신중업이 맡긴 비자금 관리도 만만치 않았다. 그렇다고 해서 일반 회계를 맡고 있는 직원을 빼내 해결할 수 있는 문제가 아니었다. 특수 회계는 '특수한 사람'이 필요했다.

"당분간 신성경 목사를 불러다 쓰는 건 어때요?"

신성경 목사는 지방 사립대 무용과를 나온 뒤에 신학대에 편입해서 졸업한 신 목사의 여식이었다. 정신지체3급인 큰아들 만을을 포함한, 신 목사의 전 가족이 목사였다.

"예."

의사 타진이 아니라, 지시이자 명령임을 아는 배 집사가 두말없이 대답을 하고는 자리에서 일어섰다. 신 목사님의 영애이신데, 어찌 업무 능력을 겪어보기도 전에 가타부타할 수 있단 말인가.

"아, 잠깐!"

신 목사가 문밖으로 나간 배 집사를 다시 불러들였다.

"이거, 준비해주시오."

'이거'라고 하면서 오른손을 두 차례 접었다 폈다 반복했다. 돈의 액수는 서로 수화로 하는 것 같았다.

"옙!"

배 집사도 복명복창하듯 오른손을 두 차례 접었다 폈다 반복을 하고는 돌아서 나갔다.

맹 장로는 배 집사가 신 목사의 지시에 토 다는 모습을 한 번도 본 적이 없었다. 그는 수(數)로 생각하고, 수로 말하고, 수로 살아가는 사람 같았다. 정수(整數)로 표현할 수 없는 것은 아예 생각하지도, 말을 하지도 않는 것 같았다. 신 목사가 그를 의심하면서도 신뢰하는 이유가 아닐까 싶었다.

"신노근."

배시중 집사가 나가고 한 호흡이 지났을 때, 맹 장로가 과거가 된 신 목사의 이름을 불렀다. 잔뜩 굳어서 갈라 터진, 메마른 논바닥 같은 목소리였다.

신 목사는 긴장했다. 개명 이후 맹 장로가 자신의 원명(原名)을 부른 적이 없었다. 더욱이 노근은 지난했던 환난과 함께 이미 잊힌 이름으로, 지금에 와서 불릴 이름이 아니었다.

"예, 형님."

신 목사가 맹 장로의 부름에 격을 맞춰 답했다. 신 목사의 목소리와 표정도 굳어 있었다. 잔뜩 긴장한 때문이었다.

"집회 허가가 나지 않았다."

맹 장로는 법원에 집회 허가 신청서를 내고 백방으로 뛰어다녔으나, 결국 받아들여지지 않았다고 했다.

"예……"

아무 의미 없는 대꾸였다.

"교만이 오면 욕도 오거니와 겸손한 자에게는 지혜가 있느니라 정직한 자의 성실은 자기를 인도하거니와 사악한 자의 패역은 자기를 망하게 하느니라."

잠언 11장 4, 5절 말씀이었다. 신 목사 스스로가 좌우명으로 여기는 말씀을 맹 장로가 암송했다.

맹 장로는 독일 성지 순례를 할 때, 신 목사에게 이 말씀을 영어로 하면 정직과 성실의 뜻이 있는 '신세러티(sincerity)'라는 한 단어로 정리된다며 농처럼 들려줬었다. 신 목사는 갑자기 그때 생각이 떠올라서 웃음을 지었다. 교회 부흥이 최절정에 이르렀던 좋은 시절이었다. 잠시 옛 생각에 빠졌던 신 목사가 대꾸했다.

"형이 걱정하시는 게 뭔지 압니다. 하지만 저는 교만하지도 패역하지도 않을 거예요. 다만 때가 와서 말씀에 따라 움직일 뿐이에요."

"너는 다들 놀려먹는 찐따인 나를 사랑과 긍휼로 지켜줬고, 너를 의심하고 심지어 핍박까지 했던 허경언 원로목사님을 공경과 겸애로 지켜드리고 있다. 나는 이것이 너를 향한 주님의 진정한 뜻이라고 생각한다."

"찐따라니요, 형? 그런 말씀 마세요. 형과 허 목사님은 스스로 잘 사신 거예요. 하나님의 명을 받은 지금부터 제가 해야 할 더 큰 사랑과 더 큰 긍휼과 더 큰 공경과 더 큰 겸애가 있어요. 형이 함께해주셔야 가능한 일이에요."

"그게 교만이고, 패역이다."

"형. 제게 재정 상태를 아느냐고 물으셨지요? 예, 알아요. 헌금은 줄었고, 후원금은 늘었어요. 형이 양과 돼지로 비유하신 성도들은 줄고, 태극기부대는 늘고 있어요. 헌금은 계속 줄겠지만, 후원금은 늘어나지 않을 겁니다. 이게 현실이에요."

신 목사다운 직설화법이었다.

"주여……"

맹 장로가 한숨인 양 뱉었다.

"강남땅은 어쩔 건데요? 성전 안 지어요? 땅값 올랐으니까, 그냥 팔고 시세차익이나 챙길까요?"

신 목사는 해동토건그룹이 성전 건물을 지어 기부하기로 했다는 사실을 아무에게도 알리지 않고 혼자만 알고 있었다. 알리고 안 알리고를 떠나서 신중업이 한 약속과 달리 해동토건은 아직 삽질을 시작할 생각이 없는 것 같았다.

"……"

"그리고…… 우리가 아직 해결 못한…… 해결할 수 없는 문제도 있잖아요?"

신 목사가 비장한 목소리로 말했다. 마치 당장 죽 끓일 돈도 없는데, 책값 달라고 보채는 아이를 나무라는 엄마 같은 태도였다. 맹 장로의 말을 배부른 투정으로 몰아가는 것 같았다.

그 문제라는 것이 무엇인지 잘 알고 있는 맹 장로는 숨이 멎을 것만 같았다. 진위 여부와 관계없이 폭로만으로 모든 것을 끝낼 수 있는 문제였다.

맹 장로는 신 목사에게서 궁지에 몰린 쥐의 다급함 같은 것이 느껴져 참담했다. 그는 손수건을 꺼내 눈자위를 훔쳤다.

"위기 속에 기회가 있다고 했잖아요, 형. 나는 형이 한 그 말을 믿어요. 방광우가 못 나오게 됐잖아요. 광야가 무주공산일 때, 광야가 주인을 찾고 있을 때, 광야를 차지하고 싶은 사람들이 주저하고 있을 때, 이때 광야를 차지하지 않으면 다시는 기회가 오지 않아요. 지금이 바로 그때라고요. 지금 나가지 않으면 끝이야, 형. 이게 마지막 기회일 수 있다고, 형! 형이 말했잖아, 이미 달리는 호랑이 등에 올라타고 있다고……"

신 목사는 광장을 광야라고 했다. 그 광야로 나가야만 비로소 살 수 있는 길을 찾을 수 있을 거라고 했다.

"넌 미쳤어…… 제정신이 아니야."

맹 장로는 머리를 감싸 쥐고 울먹였다.

지금 이대로 있으면 앉아서 죽음을 기다리는 것이다. 이대로 있으면 오직 죽는 길 하나뿐이지만, 광야로 나가면 죽든지 살든지 할 수 있는 두 가지 길이 있다. 하나님이 그 두 가지 길 중에 어느 한쪽을 열어주실 것이다. 죽고 사는 것이 하나님의 뜻이다. 광야에 나가야 하나님의 뜻을 받을 수 있다. 그게 움막 기도처 철야기도에서 받은 응답이라고 했다.

"저는 목사님이 어떤 생각을 품고 계시며, 또 어떤 죄 앞에서 조바심치시는지 알고 있습니다. 저는 목사님의 죄가 아닌 목사님의 생각을 걱정하는 것입니다. 주님이시여! 부디 주님께서 우리 신사랑 목사님과 함께하소서."

울어서 눈자위가 벌겋게 충혈된 맹 장로가 양손을 들고 허공을 바라보며 기도하듯 말했다. 이런 맹 장로를 물끄러미 바라보고 있는 신 목사의 눈에도 이슬이 맺혔다.

허공에 대고 몇 차례 더 주님을 외친 맹 장로가 자우어 지팡이를 움켜쥐고 소파에서 힘겹게 일어섰다.

"형!"

신 목사가 돌아서 나가는 맹 장로를 불러 세웠다. 그러고는 사이드 테이블 서랍에서 검정 비닐봉지를 꺼내 건넸다.

"형님이 직접 파쇄해줘요."

맹 장로가 비닐봉지를 열어봤다. 휴대전화 두 대가 들어 있었다.

신 목사가 매리와 반두권 사장과 통화했던 대포폰을 파쇄해 달라고 부탁한 것이다.

비닐봉지를 받아든 맹 장로가 아무 말 없이 신 목사를 바라봤다. 신 목사는 고개를 돌렸다. 잠시 후, 신 목사를 향해 고개를 두어 차례 끄덕인 맹 장로가 문 쪽을 향해 걸었다. 그때 그의 몸이 한쪽으로 기우뚱하는가 싶더니 바닥에 고꾸라졌다. 지팡이가 허방을 짚은 것 같았다. 놀란 신 목사가 얼른 달려가 일으켜 세웠다.

"고집 그만 부리시고 이제 휠체어 타세요, 형님."

신 목사가 맹 장로를 부축하고 서서 말했다.

"아직은 괜찮습니다, 목사님."

검정 비닐봉지를 들고 담임목사실을 나온 맹 장로는 알 수 없는 설움이 솟구쳤다. 그는 복도에 주저앉아 꺼이꺼이 울었다. 누가 볼까 두려웠으나 터져 나오는 울음을 주체할 수 없었다. 그는 울면서 지하 연결통로를 통해 3A센터 오층에 있는 자신의 사무실로 갔다. 사무실에 도착해 문을 잠근 그는 검은 비닐봉지를 바라보며 또다시 흐느껴 울었다.

'이것이 내가 바라온 것의 실상이요, 내가 보지 못했던 것의 증거란 말인가.'

그는 비닐봉지에 든 두 대의 대포폰이 신 목사와 자신의 실상이라는 생각이 들었다.

오직 하나님의 나라만 봐야 한다며 눈에 보이는 현실을 입에 담는 것조차도 금기시했던 신사랑 목사가 그 무간지옥 같은 현실로 뛰어들었다. 살고자 나가는 것이라고 했으나, 오만의 검과 교만의 전신 갑주를 믿기에 나간 것이었다.

그러나 그가 뛰어든 광야는 하나님의 공의를 찾을 수 있는 광야가 아니라, 이념과 이해(利害)를 다투는 그야말로 힌놈의 골짜기요, 음부(陰府)요, 불의 광장이 아니던가. 어찌하여 불나방이 되어 불의 광장으로 뛰어든단 말인가. 아, 어찌 악으로 선을 구할 수 있단 말인가.

맹 장로는 흐르는 눈물을 닦고 펜을 들었다.

맹대성 장로가 나간 뒤, 신사랑 목사는 잠시 이런저런 생각에 잠겨 있다가 휴대전화를 들었다. 신중업에게 받아 사용 중인 대포폰이었다. '여행의 추억' 동료 출연자들에게 전화를 돌렸다.

다섯 명 가운데 세 명과 통화를 했으나, 아무도 그의 부탁과

제안을 들어주려 하지 않았다. 거액의 '출연료'를 제의했지만, 돈 때문이 아니라고 했다.

지난번 '방송 사고'와 '동상동몽' 유튜브 방송으로 지상파 방송 출연이 잘린 뒤부터 가까웠던 대중 스타들이 자신을 피하는 것 같았다.

13

—독재 경찰 병력이 우리를 보호한다는 핑계로 몸싸움까지 해가면서 폴리스 라인 안까지 들어와서는 우리 애국 시민들을 무차별적으로 겁박하고 있어요. 이게 법치주의 국가에서 할 짓입니까, 할 짓이냐고요?

—신문에도 대문짝만 하게 났어요.

유튜버가 블랭킷판 신문 1면 톱기사를 손가락질로 가리켜 보여주며 말했다.

—집회를 방해하고 저지하려는 거야. 저 봐, 저 봐. 아니, 경찰이 왜 저렇게 바짝 달라붙느냐고?

마스크를 턱에 걸친 집회 참가자가 주먹질을 해대며 경찰을 향해 달려들고 있었다.

—저걸 보고 누가 안전 때문에 하는 근접 보호로 보겠냐고? 경찰이 몸싸움을 유도하는 것이지……

촬영 장면과 진행자의 말이 서로 어긋났다. 그러거나 말거나 작정한 말을 계속했다.

—경찰 병력이 저렇게까지 개입을 하니까, 악에 받쳐서 평화 시위가 난장판이 되는 거야. 공권력이 무질서를 조장하면서 우리한테 덮어씌우는 거지 뭐야……

수배를 받아 도피 중인 불법집회 주동자가 유튜브로 중계했던 동영상이었다.

이 유튜브 동영상을 한 종편 방송이 받아서 재편집한 뒤에 반복 보도했다.

"박 총경. 다음부터는 폴리스 라인에서 반드시 오 보 이상 떨어져서 집회 통제를 하라고 지시하시오."

치안감사관이 찾아준 유튜브 영상과 종편 보도를 본 치안감이 기동단장을 불러 말했다.

"옙. 잘 알겠습니닷!"

경찰청으로 불려온 기동단장 박상도 총경이 발뒤축을 모아 부동자세로 답했다.

식전 댓바람에 전화한 황대구 의원이 경찰의 과잉 진압 관련 뉴스를 봤느냐고 물었다. 말투가 시비조였다. 행안위 소속 위원인지라 응대하는 자세가 중요했다. 공경하는 마음을 담아 아직 못 봤다고 하자, 치안감이 경찰의 애국 시민 폭력 사건을 모른다는 게 말이 되느냐고 따져 물었다. 그러면서 자신은 치가 떨려 말이 안 나온다고 했다.

뉴스를 못 봤다는 것은 직무유기라고 일갈한 황 의원이 폴리스 라인 안에서 자체적으로 훌륭한 질서유지가 이루어지고 있는데, 왜 경찰이 폴리스 라인 안으로 침투를 해서 원성과 오해를 살 일을 하느냐고 따져 물었다. 황 의원이 '폭력 사건'이라고 화를 냈다가 '원성과 오해를 살 일'이라고 말을 바꿨다. 경찰이 폴리스 라인 안으로 침입한 것이 아니라, 태극기부대가 폴리스 라인 밖으로 나와 경찰에게 시비를 건 것이었고, 폴리스 라인 안에서 자기들끼리 크고 작은 범죄가 발생하고 있다는 신고를 받은 경찰이 이를 해결하고자 폴리스 라인 안으로 들어간 것이었다. 그러니까 황 의원의 말이 맞는 말이라 볼 수 없었다. 게다가 경찰은 시위 중인 태극기부대 가까이에는 갈 생각이 없었으나, 범죄 신고를 받은 경찰이 꿈쩍도 하지 않는다고 민원이 들어와 마지못해 출동한 것이었다.

하지만 사실이 이렇다고 토를 달았다가 자칫 말꼬리라도 잡히면 예상 밖의 훈계를 듣거나 불이익을 받을 수 있었다. 국회의원들이 하는 말이 곧 진실이요 정의요 법이었다. 도사견이 짖을 때는 가만히 듣고 있어야지, 대화 상대로 알고 나섰다가는 갈가리 물어뜯기는 수가 있었다.

시위 중에 폴리스 라인 안에서 발생하는 범죄 신고가 적지 않았다. 이성에 굶주린 엉큼한 노숙자와 부랑자들이 끼어들어서 못된 '히야카시'를 일삼는다는, 할머니들의 원성이 자자

했다. 당한 사람들은 경찰이 폴리스 라인 밖에 서서 구경만 하고 있다고 했고, 애국 유튜버들이 이런 주장들을 받아서 성 폭력을 조장하는 경찰이라며 욕을 하고 비방했다.

침소봉대와 지록위마와 아전인수가 특기인 황대구 의원은, 6선의 의정 경험을 갖춘 노회한 의원답게 경찰이 편파적 입장으로 시위를 방해하고, 불필요한 자극을 가해 평화 시위를 폭력 시위로 변질시키려고 개입한 의도가 너무도 명명백백하게 엿보인다며 똑바로 행동하라고 엄중 경고했다. 치안감이 국회의원에게 똥개의 눈에는 똥만 보이는 법이라고 하면서 대들 수 없는 노릇인지라 황 의원님의 말씀과 가르침을 감사히 받겠다고 하고는 통화를 마쳤다.

이런 경위로 인해 역시 식전 댓바람에 불려가 치안감으로부터 특별 훈시와 지시를 받고 온 박 총경은 즉각 실무진 회의를 소집해서 상부의 뜻을 전하고 폴리스 라인으로부터 최소 오 보 이상 떨어져 있으라고 엄중 지시했다. 또 특별한 사건 사고가 일어나거나, 사건 신고가 없는 한 집회 현장 안으로 가까이 접근하거나 들어가지 말 것을 지시했다.

"위험하지 않겠어? 너무 느슨하잖아?"

"자체적으로 질서유지를 잘하고 있다고 하잖아."

"시위는 시위대가 하고, 질서유지는 경찰이 하는 건데, 시위대가 질서유지를 하겠다니…… 그게 무슨 말이지?"

실무진들 간에 갑론을박이 오갔다.

"놔둬야 좌파들에게 위협이 된다고 생각해서 그러는 거 아니겠습니까?"

"치안에 좌우가 어디 있나?"

"좌파를 걱정하는 게 아니잖나? 신 목사 말일세, 신사랑 목사. 그 사람이 광장으로 나온대요. 기존 태극기부대와 서로 부딪힐 수도 있어요."

"신 목사를 왜 걱정하십니까? 그 양반이 우리 편이라고 생각하셔서 그러시는 겁니까?"

"또 그런다. 치안에 내 편 네 편이 어디 있나?"

"있으니까 불려 가셨다가 오신 거 아닙니까?"

경비팀장인 방철수 경감은 직속상관이 눈치가 빨라도 문제지만, 눈치가 없어도 문제라는 생각이 들었다.

오판을 하거나 줄을 잘못 서면 한 방에 훅 갈 수가 있었다. 지금이야말로 순간의 선택이 오 년을 좌우할 수 있는 시기였다. 호시우보(虎視牛步)해야 했다. 판세 파악에 들어간 방 팀장은 계통과 절차에 따라 습득한 공식적인 정보 이외의 첩보에 대해서는 일절 발설하지 않았다. 특히 감이 많이 떨어지는 기동단장 박상도 총경과는 거리를 뒀다.

신사랑 목사에 대해 여러 차례 경찰과 검찰에 고소 · 고발 · 제보를 해온 성요한이 지난 10월 총기를 구입해 전국의 실탄 사격장을 찍고 다니며 사격 연습을 하고 있다는 첩보를 들은 바 있으나 누구에게도 말하지 않았다. 광수대 동기로부터 들은 비공식 첩보로서 테러 위험성이 있는 특이 동향 첩보였다. 그러나 방 팀장은 비공식으로 들은 첩보인 데다가 테러를 목적으로 한 실탄 사격인지, 스트레스 해소 차원의 실탄 사격인지 알 수 없었다. 때문에 보고를 할 수 없었다.

신사랑 목사가 첫 시위에 나서기로 한 날, 방 팀장의 보고로 인해 갑호 비상이라도 발령된다면, 그에 따른 뒷감당은 방 팀장 몫이 될 터였다. 만약 아무 일도 일어나지 않아 가짜 첩보였던 것으로 밝혀진다면, 독박을 써야 했다. 최악의 경우에는 허위 첩보인 것으로 끝나지 않고, 정치적 음모로 왜곡되거나 확대 재생산되어 일파만파의 파장을 불러일으킬 수도 있었다. 또 보고를 했는데, 평소 돌다리로 두들겨보고야 건너는 박 단장이 신중을 기하다가 타이밍을 놓쳐 첩보대로 사고가 터졌을 경우에는 사전에 테러 가능성을 알고도 아무런 조치를 취하지 않았다는 책임을 함께 져야 했다. 소심하고 고지식하고 주변머리 없고 감조차 떨어지는 박 단장이 자신을 보호해줄 리도, 독박을 쓸 리도 없었다.

그래서 방철수 팀장은 첩보를 꿍쳐둔 채 관망키로 했다. 자신이 첩보를 가지고 있다는 것은 광수대 동기와 자신만 알고 있기 때문에 사고가 첩보대로 터진다고 해도 문제될 것이 없었다.

보호 목적이었는지 통제 목적이었는지는 모르겠으나, 어쨌든 특정 개인에 대한 사찰과 감시를 통해 불법적으로 얻은 광수대 동기의 첩보인지라, 그의 양해나 동의 없이는 함부로 발설할 수도 없었다.

아무튼 신사랑 목사의 신변 보호나 안전 문제는 방 팀장의 소관 업무가 아니었다. 또 광수대 동기와는 유사시에 원팀으로 호흡을 맞춰서 같이 움직이기로 일찍이 굳은 맹세를 한 바 있었다. 경찰 공무원으로 있는 한 둘은 '살아도 같이 살고, 죽어도 같이 죽는다'는 맹약을, 사나이 대 사나이로 한 것이다.

14

가부좌를 튼 채 누마루에 돌부처인 양 앉은 6선 의원 황대구가 긴 침묵 속에서 뭉그러져 터진 홍시 같은 노을을 바라보며 생각에 잠겨 있다가 입을 열었다.

"내가 볼 때 신 목사, 그 사람은 자기 계획이 있는 거 같소. 만만하지가 않아. 우리가 아니라, 그가 우리를 이용하려 들 거야. 그를 죽일 수는 있겠지만, 이용하는 건 쉽지 않을 것 같소. 우리가 뒤통수를 맞을 수도 있으니, 좀 더 생각해봅시다."

황 의원이 완곡어법으로 말했다. 염우식 검사를 의식해서 말을 조심하는 것 같았다.

"……"

신중업 의원은 침묵했다. 신사랑 목사에 대해 함부로 왈가 불가할 입장이 아니었다.

"방 교수 생각은 뭐요?"

수렵복 차림의 황 의원이 도베르만핀셔의 귀때기를 만지작거리며 물었다.

"신정 합일의 세상을 꿈꾸는 것 같습니다."

방 교수가 시니컬하게 답했다. 며칠 전까지만 해도 신 목사를 불세출의 영웅인 양 추켜세우던 그가 '동상동몽' 유튜브 영상을 본 이후에 생각을 바꾼 것 같았다. 그러니까 그는 그동안 자신의 판단과 소신이 있어서 신 목사를 추켜세웠던 것이 아니라, 황 의원과 그를 추앙하며 따르는 측근 의원들과 떨거지의 비위를 맞추느라 부화뇌동했던 것이다.

주보라 목사의 『죽어서, 살아온 사랑』에 이어서 신 목사도 지난 8월 청주 지교회 창립 예배 이후에 칼럼집을 냈는데, 내용이 종교 3할에 정치 7할로 구성되어 있었다. 신 의원도 저자 사인본을 받아서 읽어봤다. 목사가 출간한 칼럼집이라고 보기 힘들게 정치적인 내용이 압도적으로 많았다. 컬럼집은 신 목사의 대중적 명성과 인지도에 힘입어 출간 즉시 에세이 분야 베스트셀러 1위에 올라 있었다.

"대체 두 사람은 지금까지 무얼 한 거요? 우리의 전사가 아니라, 우리의 대항마를 키운 거요?"

황 의원이 닭 쫓던 개가 지붕 쳐다보는 표정으로 두 사람을 꼬나보며 툴툴거렸다.

"시카고 경영대학원에서는 상거래를 이런 식으로 하라고 가르칩디까?"

둘 다 대꾸가 없자, 막내인 신 의원에게 화풀이를 했다.

"……"

신 의원은 갓 시집온 새색시의 자세로 침묵했다.

"신 목사께서 우리에게 정치는 이렇게 하는 것이다, 라고 한 수 가르쳐주시겠답니다. 방 교수님도 들었지요?"

"……"

방 교수도 침묵했다.

"아니, 가르치는 건 방 교수 전공 아닌가?"

방 교수에게도 면박을 주었다.

유튜브 채널 '동상동몽'에 2차로 출연한 신사랑 목사가 정치인들을 질타하며 한 수 가르쳐주겠다고 내지른 말을 황 의원이 면박용으로 우려먹고 있었다. 황대구는 일개 목사 따위가 명성과 인기만 믿고 엄정한 민의의 심판을 받아 선출된 국회의원을 함부로 대하는 것이 못마땅하고 가증스러웠다. 물론 신 목사 밑에 붙어서 덕 좀 보려고 강아지처럼 졸졸 쫓아다니며 아첨이나 해대는 배알 없는 정치인들이 있기에 그의 간이 배 밖으로 나왔다는 것도 알고 있었다.

"당신들이 허송세월한 거야…… 하마터면 또 죽 쒀서 개 줄 뻔했잖아. 쯧쯧."

황대구 의원이 혀를 차며 중얼거렸다. 그러고는 혼자 있으면 외로움을 많이 탄다며 애지중지하는 도베르만핀셔를 끌어안고는 턱을 어루만지고 입을 맞췄다.

방 교수는 사람과 대화를 나누면서 개를 편애하고 있는 황 의원이 못마땅했다. 신 의원도 사람을 앞에 놓고 면박을 주면서 개만 챙기고 있는 황 의원이 못마땅했다.

그때, 군복 차림의 장교가 대문을 열어젖히고 들어왔다. 장교는 씩씩한 걸음으로 한달음에 잔디 마당을 가로질러 누마루 앞에 우뚝 멈춰 섰다. 사냥을 안내하기로 한 장교였다. 자리에서 일어난 신 의원이 장교에게 재빨리 다가가 이야기 중이니 밖에서 기다려달라고 말했다.

"그런데, 그게 가능해?"

장교가 돌아서서 대문 쪽으로 향하자, 황 의원이 물었다.

"예?"

방 교수가 되물었다.

"당신이 말한 신정 합일 말이오?"

"제가 말한 것이 아니라, 신 목사의 생각이 그런 것 같다는……"

당황한 방 교수가 황 의원을 멀뚱히 바라보며 답을 얼버무렸다. 자신은 신 목사가 그런 생각을 가지고 있는 것 같다는 말을 했을 뿐인데, 그게 가능한지 아닌지를 왜 자신에게 묻느냐는 뜻이었다.

"신 의원도 모르시오?"

"꼭 알아봐야 할 일인가요, 의원님?"

기분이 상한 신 의원도 못마땅한 듯 대꾸했다. 대체 무슨 생각으로 황 의원이 이러는지 알 수 없었다. 농담으로 받아들여야 할는지, 투정으로 받아들여야 할는지, 빈정거리는 것으로 받아들여야 할는지 알 수가 없어 일정시대에 추녀 밑에 써 붙였다는 '旭日昇天(욱일승천)' 편액만 멀뚱멀뚱 올려다봤다.

"신 목사가 무언가에 쫓기는 것 같은데, 좀 더 알아보라고 했습니다요, 어르신."

경찰 정복 차림의 사내가 말했다. 그의 어깨에 태극 무궁화 세 송이가 피어 있었다. 화제를 바꿔 어색한 분위기를 누그러뜨리려는 것 같았다.

"소환을 하지요."

염우식 검사였다.

긴장된 침묵이 흘렀다. 말뜻을 파악했는지 모두 충격에 빠진 굳은 표정들이었다.

신 의원이 놀란 눈으로 염검을 뚫어지게 쳐다봤다. 동석한 일행도 일제히 염검을 쳐다봤다. 눈을 부릅뜨고 입술을 앙다문 황 의원만이 담담한 표정이었다. 그가 경정에게 손을 내밀었다. 담배를 달라는 제스처 같았다.

소환하자는 것은, 신 목사를 검찰청으로 불러들이자는 말이었다. 사위가 장인을 검찰청으로 불러들이자는 말이니 어찌 놀라지 않을 수 있겠는가.

신 의원은 대체 그 말이 무슨 뜻이냐고 묻고 싶었으나, 굳이 물을 필요가 없었다. 소문으로 떠돌고 있는 미투로 겁박을 해서 포섭하자는 뜻이 아니겠는가.

"염검. 불러들이는 건 언제든 가능한 일일세. 아직 출전도 안 한, 싸워보지도 못한 장수를 왜 불러들인단 말인가?"

시간을 가늠하려는지 손목시계를 힐끔 들여다본 황 의원이 짐짓 담담하게 물었다. 둘만이 상의한 뭔가가 있는 것 같았다.

"때가 중요합니다. 장수가 출전도 하기 전에, 싸워보기도 전에 죽을 수도 있잖아요?"

염검이 그럴 수 있다는 것은 다들 상식적으로 알고 있는 것이 아니겠느냐는 표정으로 좌중을 훑어봤다.

"아, 그래! 내가 왜 그 생각을 못했을까. 우리가 살려주자는 것이구만."

황 의원이 무릎을 치며 함박웃음을 지었다. 입에 물고 있던 생담배가 떨어졌다.

떨어진 담배를 경정이 주웠다.

"살려주고, 도움을 청하면 되겠네. 역시, 자네는……"

황 의원이 염검을 젊고, 똑똑하고, 전도유망한 인재라고 추켜세웠다.

"같이 살자고 하는 거지요."

염검이 토를 달았다.

미투로 언제 죽을지 모르니, 놔둬서 죽이지 말고 선제적으로 소환하여 면죄부와 도움을 맞교환하라는 제안이었다. 황 의원이 마다할 이유가 없는 제안이었다.

둘의 대화가 약속대련처럼 보였다.

"그걸 누가 하지?"

황 의원이 물었다.

"차장검사님께서 하실 겁니다요."

염검이 기다렸다는 듯이 답했다.

"이풍세 말인가?"

"……"

황 의원이 실명을 말하자, 잠깐 당황한 표정을 보이던 염검이 뒤늦게 고개를 주억거렸다.

황 의원과 염검의 대화를 지켜본 신 의원은 놀라움을 금할 수 없었다. 염검이 신 목사를 소환하자는 말을 꺼냈을 때, 저 무슨 패륜적 수작인가 해서 경악했었는데, 사지에 빠진 장인을 구해내기 위한 염검의 치밀한 계략이었던 것이다.

담 밖에서 거친 공회전 엔진음이 들려왔다. 시간이 지체되자, 대기 중인 군용 지프와 카니발 차량 두 대가 시동을 켜고 출발을 재촉하는 것 같았다.

경정이 주운 담배를 건네자 손을 내저어 거절한 황 의원이 무릎을 짚고 어기적거리며 자리에서 일어섰다. 그가 일어서자, 도베르만핀셔가 일어섰다. 그러자 뒤따라 줄줄이 일어선 동석자들이 도베르만핀셔 뒤에 붙었다.

땅딸막한 황대구 의원이 뒤뚱거리며 석계 아래로 내려서자, 솟을대문 밖에서 기다리고 있던 장교가 잔디 마당으로 득달같이 달려 들어와 "추웅성!" 하며 거수경례를 올려붙였다. 장교도 경정처럼 무궁화가 세 송이였다.

권총을 찬 오리 궁둥이 대령이 뒤뚱거리며 앞장섰다. 황 의원과 도베르만핀셔가 그 뒤를 따랐고, 그 뒤를 방 교수와 염검과 경정 순으로 좇았다.

솟을대문을 나온 황 의원과 도베르만핀셔와 염검이 1호차에 동승하자, 대령이 잰걸음으로 선두에 주차된, 태극기를 꽂은 지프에 올랐다. 방 교수와 생담배를 문 경정은 2호차에, 베레타 더블 배럴 샷건을 어깨에 걸친 어동수 보좌관과 기타 등등은 3호차에 올랐다.

솟을대문 앞에 선 신중업 의원은 사냥터로 출발하는 황대구 의원을 거수경례로 배웅했다.

"충성!"

황 의원이 차창 밖으로 손을 내저어 답했다.

신 의원은 어둠이 깔린 이면도로를 벗어나고 있는 차량들의 뒷모습을 바라보며 6선 의원 황대구나 신사랑 목사나 다를 게 없는 사람이라는 생각이 들었다.

제정신을 가진 사람은 나라의 중심을 잡을 수 없단 말인가. 하지만 그 6선 의원이 자신을 전략 공천해서 국회의원을 만들어줬고, 죽어가던 해동토건그룹을 단숨에 살려주지 않았는

가. 또 그 신 목사가 자신의 아킬레스건인 정치 자금을 안전하게 관리해주고 있지 않은가. 신중업은 이 혼효의 시대에 제정신이라는 게 뭔지, 무슨 소용이 있는 것인지 알 수 없었다.

15

신사랑 담임목사님께

"우리가 알거니와 하나님을 사랑하는 자 곧 그 뜻대로 부르심을 입은 자들에게는 모든 것이 합력하여 선을 이루느니라."

목사님. 제가 목사님을 위해서 할 수 있는 일은 오직 기도뿐이라는 사실을 새삼 깨달았습니다. 주님께서는 기도로써 이루지 못할 일이 없다 하셨으니 오직 힘써 기도드리겠습니다.

주 하나님의 사랑과 영광이 목사님과 영원히 함께하소서.

—맹대성 삼가 드림

방금 조끼를 입으려고 양복저고리를 벗던 신사랑 목사는 책상 위에서 메모 쪽지를 발견했다.

로마서 8장 28절 말씀과 간단한 내용이 손글씨로 쓰여 있었다. 잠언 11장 4, 5절과 함께 로마서 8장 28절도 신 목사가 평소에 좌우명처럼 섬기는 말씀이었다.

스탠드 옷걸이 옆에 백금 띠를 두른 체리색 자우어 지팡이가 다소곳하게 세워져 있었다. 맹 장로를 보는 듯했다.

메모지를 읽고 다시 지팡이를 보는 순간, 갑자기 불길한 느낌이 치밀었다. 으레껏 한 응원과 격려인지, 고별인사를 하려는 것인지 알 수 없었다. 하지만 생각이나 감상에 빠져 있을 시간이 없었다. 그는 서둘러 방검 조끼 위에 양복저고리를 덧입고 KF94 검정 마스크를 두 겹으로 착용한 뒤에 옷매무새를 가다듬었다.

아내 주보라 목사는 늘 그랬듯이 아파서 골골대느라 곁에 없었다. 머지않아 교회 부설 요양병원으로 보내야 할 것 같았다.

대예배실 단 위에서는 율동 연습이 한창이었다. 신 목사의 지시에 따라 신성경 목사가 복음성가에 맞춰 직접 안무한 역동적인 율동을 가르치고 있었다. 치어리더들의 춤처럼 다이내믹한 동작이 단 위를 숨 가쁘게 휘젓고 있었다.

마스크까지 쓴 채 몸을 저토록 격하게 놀려대니 유산을 한 것이 아닐까 싶었다. 물론 유산한 것은 안무를 지도하기 전이었다. 혹시나 필요할까 해서 율동을 준비하라고 시켰으나, 광장에서 율동을 보여줄 일은 없을 것 같았다. 광장은 이미 차벽으로 완전히 봉쇄된 상태라고 했다.

짙은 감색 양복 차림의 신 목사가 위풍당당한 걸음걸이로 대예배실에 들어섰다. 연습 중이던 춤꾼들이 줄을 맞춰 단에서 내려오고, 신 목사가 단 위에 오르자 성도들의 환호성과 박수가 터졌다.

"신사랑 목사님 파이팅!"

"신사랑 목사님 만세!"

링 위에 오른 챔피언을 맞이하는 듯한 환호와 열광이었다.

성도들의 환대를 받던 신 목사는 박달나무 십자가를 환히 비추고 있는 샛별 성물을 바라봤다. 마땅히 국기 게양대 앞에 있어야 할 샛별 성물이었다.

신 목사가 단 아래에 있는 예배 진행 요원을 불러 누구 짓이냐고 물었다.

"맹 장로께서……"

출정 예배를 진행키로 한 부목사가 맹 장로 지시로 좀 전에 갖다 놓은 것이라고 답했다. 맹 장로가 좀 전까지만 해도 교회 안에 있었다는 뜻이었다. 신 목사는 알 수 없는 안도감을 느끼며 강대상으로 돌아갔다.

단 위로 올라온 군복 차림의 성도들이 십자가 아래에 자리를 잡고 대형 태극기의 네 귀를 잡아 활짝 펼쳤다. 출정 예배에 참석한 부목사들과 주요 직분자들이 앞자리에 모여앉아 신 목사를 성자(聖子)인 양 우러러보고 있었다. 허경언 원로목사는 아웃도어 차림이었다.

얼핏 보면 단풍놀이라도 가는 행락객들처럼 복장들이 각양각색이었다. 아웃도어 차림이 많았고, 군복 차림과 서로 맞춰

입은 듯한 단색 유니폼을 입고 끼리끼리 모여 있는 신도들도 보였다. 군복 차림의 노병들은 시커먼 선글라스에 흰 수갑을 착용하고 호각과 경광봉과 무전기 등을 제각각 들고 있었다. 신이 나서 한껏 폼을 낸 모습들이었다.

각종 구호가 적힌 손 팻말, 깃발과 현수막들이 태극기와 성조기들 틈에 뒤섞여 도떼기시장인 양 대예배실을 가득 메우고 있었고, 그렇게 주의를 주고 단속을 했건만 일장기도 더러 보였다. 유령 단체인 'SKRPU', '국개연' 깃발 속에 주만사랑교회 깃발도 힘차게 펄럭였다. 이십여 개 단체가 팔십여 건의 광장 집회를 신고했다고—대부분 불허됐다—하니, 서로를 식별하기 위한 교기도 필요할 것이다.

대다수가 마스크는 기본이고, 보안면, 목토시, 선캡 등으로 얼굴을 가리고 있어 누가 누군지 알아볼 수가 없었다. 등산 두건을 두른 신도도 있었다. 군복 차림 가운데 마스크를 착용하지 않은 노인들이 더러 보였다.

"미국산 소고기 수입 반대 시위 때, 청와대 행진 저지 목적으로 세운 차 벽을 가지고 좌파 놈들이 뭐이라고 하면서 욕했지? '명박산성'이라고 욕을 하며 난리 블루스를 춰였지. 다들 기억들 나지?"

강대상을 양손을 짚고 우뚝 선 신 목사가 입을 열었다. '명박산성'이 욕인가 해서 어리둥절한 표정을 짓는 성도는 없었다.

"아멘!"

"지금 광화문 광장에 '죄인산성'을 쌓아 올리고, 경찰 병력을 총동원해 무려 아흔아홉 군데에서 불심검문을 하고 있댜. 이게 전체주의 국가의 계엄이 아니면 뭐여, 뭐냐고?"

신 목사는 좀처럼 수그러들지 않는 소음에도 아랑곳하지 않고 신들린 듯 지껄였다.

"아멘!"

"하지만 우리 십자군과 애국 시민들이 '죄인산성' 따위가 무서워서 벌벌 떨고 있을 바보들은 아니잖여, 안 그려? 이에는 이, 눈에는 눈! 그래서 우리도 허를 찔러야 혀, 허! 지금덜 이승만 광장으로 가지 말고, 일단 집으로들 돌아가. 가서, 점심들을 든든히 먹고 다시 모이는 겨. 집에 다시 가는 게 귀찮다, 싫다, 이런 사람들은 광화문 광장 근처에서 놀다가 점심들을 하셔. 그라고 딱 두시에 세종문화회관 중앙 계단에서 다 같이 만나는 겨. 으뗘?"

광화문 광장은 경찰들이 산성 모양으로 차단벽을 둘러쳐 진입이 불가했다. 그래서 광장 밖 세종문화회관 중앙 계단을 집결 장소로 지정했다.

"아멘!"

"몇 시?"

신 목사가 물었다.

"두시!"

성도들이 목청껏 외쳐 답했다.

"이렇게 크게 외치면 안 돼. 두시를 비밀로 해야 돼."

신 목사가 집게손가락을 입에 대며 말했다.

"아멘!"

"집에도 가기 싫고, 점심값이 없다, 그런 사람은 지금 빨랑 손들엇! 내가 점심값을 줄 테니께."

뒷주머니에서 지갑을 꺼내 열고 지폐를 손에 쥔 신 목사가 소리쳤다.

아멘 대신 웃음이 터져 나왔다. 손을 들고 돈 달라며 소리치는 신도들도 있었다. 순진한 윤 장로가 지갑을 꺼내 들고 손을 든 신도에게 다가갔다.

"그라고 우리가 죄다 한 몸 한마음이지만, 모일 때는 각자 각자가 흩어져서 새색시처럼, 밤이슬 밟는 과부처럼 살금살금 와야 혀. 어디 몇 명이나 살아서 나를 보러 오나, 몇 명이나 성전에 참전하나, 볼터."

"아멘."

"우리는 시방 한갓지게, 쪼잔허게 데모 따위를 하려고 이러는 게 아녀. 하나님의 나라, 하나님이 일으켜 세워주신 이 선한 나라를 올바로 지키기 위한 성전에 나가는 거여, 성전! 자, 다 같이 외쳐봐, 성전!"

"성전!"

"그려 성전. 처어치가 아니고, 호울리 워 말이여, 워!"

"워어, 주여, 아멘!"

"지금도 살아 계셔서 열방의 찬송을 받으시고, 생사화복을 주관하시고, 이 선한 자유대한민국의 안위를 지켜주시는, 이 모든 것의 주권자이신 주님! 이제 마귀 사탄들을 무찌르고자 하나님의 명령을 받들어 564년 만에 거룩한 성전에 나서는 하나님의 사랑하는 십자군 병정들 가슴 가슴마다, 또 이들을 응원하는 성도들 머리 위에, 하나님의 지극하시고 자비하신 사랑이 지금부터 영원히 함께하시기를 축원하나이다아."

"아멘!"

축도가 끝나자, 여기저기서 통성으로 기도하는 소리와 방언 소리, 흐느껴 울부짖는 소리, 기합 소리, 고함 소리, 호각 소리들이 터져 나왔다. 그러고는 '용병'으로 의심되는 일부 무리들은 교회 마당으로 몰려나와 군가를 부르고, '충성', '멸공' 하며 끼리끼리 경례를 주고받고, 정권을 향해 욕설과 저주를 퍼붓느라 난장판이었다.

서로 경례를 주고받는 모습을 보니, 시위 출정식이라기보다 정말 십자군 진군식 같았다. 일부 성도는—성도가 아닌 용병일 수도 있다—주차장으로 가서 허가받은 드라이브 스루로 집회에 참여하겠다는 운전자들을 대상으로 히치하이크를 하기도 했다.

맹대성 장로는 보이지 않았다.

헌 배낭을 멘 양복 차림의 '말쟁이'가 KF94 검정색 마스크를 쓰고 쪽방촌 골목을 빠져나왔다. 그는 쪽방을 나서며 노숙 생활로 까무잡잡하게 탄 얼굴은 짙은 감색 양복과 그런대로 어울리는 것 같았으나, 낡아 색이 바라고 해진 똥색 배낭은 영 안 어울리는 것 같아서 두고 나오려고 했다. 그러나 늘 메고 다니던 동냥 가방인지라 없으면 허전하기도 하고, 또 쓸데가 있을 것 같다는 생각에 메고 가기로 했다.

광화문행 버스는 시위로 운행을 안 한다고 해서 그 근처를 지나는 버스를 기다리는데, 뱃속에서 꼬르륵 소리가 났다. 어제 점심부터 굶은 때문이었다.

넉 달 전, 위안부 수요 집회 저지를 위한 맞불 집회 현장을 구경 삼아 어슬렁거리다가 신노근을 만났다. 너무 반가웠다. 무료 급식소도 문을 닫았고, 코로나19로 얻어먹을 데가 없었다. 그래서 시위 현장 근처를 얼쩡대며 음료수와 빵을 구걸하며 다녔는데, 그러다가 그를 본 것이다. 그는 수요 집회에 참석한 것 같지도 않았고, 반대 집회에 참석한 것 같지도 않았다. 그가 구경을 나온 것인지, 지나가던 길에 구경을 하는 것인지는 물어보지 않았기 때문에 알 수 없었다. 56년 만의 해후였지만, 텔레비전을 통해 많이 봐온 터라 한눈에 척 알아볼 수 있었다.

그는 신노근이 아니라, 그 이름도 유명한 신사랑 목사가 되어 있었다. 자신이 하걸준에서 하대해로 바뀐 것과는 차원이 다른 변신이었다. 그는 성자였고, 자신은 양아치였다.

말쟁이는 처음에 그가 목사라고 해서, 그저 교회 안에서나 알아주는 목사인 줄로 알았는데, 나중에 보니 전국적으로 유명한 목사였다. 아가페 고아원 시절, 노근이와는 생김새와 체격과 성깔이 비슷해서 늘 아웅다웅 다투고 지낸 라이벌이었다.

노숙을 한다고 했더니, 안타까워하며 직접 쪽방을 얻어주고는 몇 번 찾아와서 필요한 세간살이와 밥과 차를 사주었다. 말쟁이는 고아원 동기로부터 받는 도움이었으나, 노근이 유명한 목사인지라 자존심이 상하지는 않았다. 그가 주고, 자신이 받는 것은 당연지사 같았다.

자유인으로 살면서 오랜 세월 풍찬노숙에 익숙해져서 닫힌 쪽방 생활이 불편했으나, 잠만 자는 쪽으로 해서 나름대로 잘 적응을 해나가고 있었다. 그런 그가 양복까지 맞춰주고 이발을 구실로 용돈까지 후하게 찔러주고는 뜬금없이 10 · 3집회에 오라고 했다. 자기가 그 집회에 나가니 와서 함께 선한 자유대한민국 구현을 위해 싸우자고 했다.

그게 무슨 뜻인지는 모르겠으나, 쪽방에서는 낮에 따로 할 일이 없었기에 그가 나와달라고 하지 않았더라도 처음 하늘이 열렸다는 개천절에는 바깥나들이를 할 생각이었다. 백수건달이 볼거리, 먹거리가 있는 행사 현장에 안 나갈 이유가 뭐란 말인가. 이발을 하고 양복까지 차려입은 말쑥한 몰골로 구걸을 하는 건 좀 어색할 수 있었으나, 목구멍이 포도청 아니던가.

신위한은 빨아서 잘 개켜놓은 체크무늬 손수건을 챙겼다. 랍스터 그릴레스토랑에서 성요한이 눈물을 닦으라며 건네준 손수건이었다.

그는 요한을 잘 알고 있었다. 그가 아버지를 용서해줄 리 없었다. 아버지 또한 그에게 용서를 구했을 리 없었다.

위한은 랍스터 그릴레스토랑에서 요한을 봤을 때, 그의 눈빛에 박인 분노와 살기를 단박에 느낄 수 있었다. 아주 짧은 순간이었으나, 강하고 분명한 분노요 살기였다. 친구 요한의 눈빛이 아니었다. 자신을 악마라고 한 말도 예사롭지 않았다.

크로스백에서 손수건을 찾느라 요한이 꺼내놓았던 책이 눈앞에 어른거렸다. 『안중근 평전』, 『중용』이었다. 위한에게는 그 두 권의 책이 예사로워 보이지 않았다. 그래서 인터넷 검색을 했다. 안중근 의사가 『중용』을 탐독했다는 이야기가 나왔는데, 뭔가 맥락이 있는 듯했다. 무슨 일이 벌어질 것 같아 불안했다.

조성애를 요한에게 소개시킬 때, 그녀와 아버지의 관계를 몰랐다고 한 말은, 반은 사실이고 반은 거짓이었다. 요한은 아버지와 조성애 사이에 감돌고 있는 불순한 낌새를 눈치챘다. 둘 중 누구의 탓이고, 어떤 이유로 시작된 관계인지는 몰라도 둘 사이가 이상하다는 감에는 의심의 여지가 없었다.

아버지가 자신에게 그랬듯이, 요한 또한 아버지 가까이에서 항상 일거수일투족을 지켜보면서 살아왔다. 그는 누구보다도 아버지의 눈치를 살피며 살아야 했던 아들이었다. 만을 형이 글과 셈을 모르는 정신지체3급이고, 동생 성경은 머리가 평범하고 욕심이 없는 딸이라는 이유로 아버지는 일찍부터 위한에게 많은 것을 기대했고, 요구했고, 지지했고, 또 투자했다. 말로는 크게 기대하는 것이 없다고 했으나, 더도 덜도 말고 자신의 그림자이자 아바타가 되어주기를 바랐다. 그것이 큰 기대가 아니고 뭐란 말인가. 결국 후계자가 되어야 한다는 말이었다. 그래서 선택의 여지없이 '후계자'가 될 수밖에 없었던 위한은 아버지의 입김과 손아귀 안에서 한 치도 벗어날 수 없었다.

요한은 아버지와 조성애의 부적절한 연이 작동하기 전에 둘 사이를 떼어놓고 싶었다. 그래서 부랴부랴 요한을 성애에게 소개시킨 것이었다. 예쁘고 참하고 바른 성애가—위한은 진짜 그렇게 봤다—아버지가 아닌 요한과 정상적인 관계로 맺어지기를 바랐던 것이다. 둘이 처음 만나 친구가 되었다고 했을 때, 위한은 자신의 바람대로 된 것 같아 기뻤다. 주님의 은혜가 아니겠는가.

그래서 위한은 둘 사이에 잠깐의 오해와 갈등 같은 것은 있었으나 잘 사귀며 지냈고, 요한이 공인회계사 시험에 합격하고 나서 결혼까지 했을 때, 근심 걱정이 모두 끝났다고 생각했다. 둘 사이가 너무 잘되어서 아버지에게 왠지 모를 미안한 감정까지 생겼으나, 그보다 요한과 성애에게 고맙고 사랑스러운 마음이 더 컸다.

그런데 모든 것이 순식간에 뒤틀려 어긋나고 무너졌다. 요한과의 통화 이후, 위한은 뒤늦게 자신이 이미 깨진 독을 풀로 붙였다는 사실을 알게 되었다. 재작년 12월 말쯤, 미국에서 요한의 전화를 받은 위한은, 그가 들려준 말을 모두 미심쩍어하고 부정했다. 그러나 요한과 두번째, 세번째 통화를 하면서 결국 경악하며 그의 말을 모두 인정할 수밖에 없었다.

"너는 알고 있었지?"

다짜고짜 신혼 생활 중인 성애가 갑자기 사라진 지 다섯 달이 넘었다면서 물었다.

"……뭘?"

질문의 뜻을 몰라서 되물었다.

"너는 네 아버지와 성애의 관계를 알고 있었어?"

명확한 답을 알고 있으면서 확인을 하려고 묻는 질문 같았다. 아니, 따지려고 묻는 질문이었다.

뒤늦게 요한의 말뜻을 정확히 알아들은 위한은 뭐라고 할 말이 없었다. 아버지와 조성애의 관계는 의심을 넘어 실체를 가지고 있었던 것이다. 그걸 요한이 명확히 알려준 것이다.

그러나 요한이 무엇을 얼마큼이나 알고 있는지 모르기 때문에, 위한으로서는 섣부르게 어떤 대답도 할 수가 없었다. 알고 있었다고 시인을 할 수도 없었고, 몰랐다고 잡아뗄 수도 없는 상황이었다. 다만, 돌이킬 수 없는 실수를 했고, 씻을 수 없는 죄를 지었다는 생각 때문에 괴로웠다. 아버지와 조성애를 지켜주고, 친구를 위하려 한 일이 참극을 부른 것이다.

"성애가 어디 가 있는지, 너는 알고 있지?"

"모, 몰라. 정말……"

위한이 성애의 행방을 어찌 알겠는가.

위한이 알고 있는 요한이 맞는다면, 아버지를 절대 용서할 리 없었다. 위한은 모든 것이 두려워 달아나고 싶었다. 그래서 아버지의 강권에도 불구하고 귀국하지 않으려 버티려 했던 것이다. 미국에 남아서 시간이 해결해줄 때까지, 주님이 해결해주실 때까지 버티려고 했다.

청주 주만사랑교회 담임목사는 누구든 시키면 될 일이었다. 담임할 교회가 없을 뿐, 목사가 없지는 않았다. 열아홉 명의 부목사 중 하나를 지목하면 감지덕지 맡을 것이다. 때문에 주만사랑교회 담임목사 임직을 위한 것이라면 굳이 자신이 당장 귀국하지 않아도 됐다.

그러나 어찌 달아날 수 있겠는가. 달아난다고, 피한다고 해서 해결될 문제인가. 아버지와 요한에 대한 걱정을 팽개칠 수는 없었다. 결국 귀국을 결심했다. 결자해지. 위한은 자기가 귀국해서 풀어야 할 문제라는 생각이 들었다. 쉽지 않고, 풀지 못할 수도 있으나 놔두고 볼 수만은 없는 문제였다.

위한은 이라크 해외선교 활동을 하면서 그의 돈키호테 같은 공격성과 악마와 같은 분노조절장애를 지켜봤다. 그래서 그가 가진 의외의 위험성과 파괴성을 잘 알고 있었다. 정직함과 성실함과 의협심에 끌려 절친이 됐는데, 이제는 그런 점 때문에 철천지원수가 될는지도 모르는 상황이 되었다.

"신 목사님. 어딜 가시려고요?"

출산이 낼모래로 다가온 아내가 아웃도어 차림으로 방을 나서는 위한의 앞을 막아서며 물었다.

아내는 위한을 꼬박꼬박 목사님이라고 불렀는데, 주의 종 이름은 함부로 부르는 것이 아니라는 양가 아버지 목사님의 가르침 때문이었다. 아내는 그런 여자였다. 이치와 상식에 맞다 싶으면 반드시 지키려고 하는 모범생 같은 여자였다.

"갔다 올게. 이렇게 입고 마스크에 모자까지 뒤집어쓰면 아무도 날 알아볼 수가 없어."

마스크와 뉴욕양키스 버킷 햇을 챙긴 위한이 말했다.

"누가 알아볼까 봐 이러는 게 아니라는 거 잘 알잖아?"

순종적이지만 녹록한 여자는 아니었다.

"그럼 왜 못 보내준다는 건데?"

"알잖아? 시위가 아니라, 혐오와 저주의 익스크리션(배설)이라는 거. 예수님의 복음을 화음(禍音)으로 만드는 그런 팟어브 쉿(똥통)에 당신이 가는 거 원치 않아. 도운트 고우(그러니까 가지 말라고)."

"……"

위한은 대꾸를 해야 했으나, 틀린 말이 아닌지라 아내의 얼굴만 바라보고 서 있었다.

"너희의 비판하는 그 비판으로 너희가 비판을 받을 것이요 너희의 헤아리는 그 헤아림으로 너희가 헤아림을 받을 것이니라 어찌하여 형제의 눈 속에 있는 티는 보고 네 눈 속에 있는 들보는 깨닫지 못하느냐."

위한 앞에 호위무사인 양 버티고 선 아내가 마태복음 7장 2절과 3절을 암송했다. 목사 사모이자 며느리다운 여자였다. 그녀의 손에는 영문판 소설 『카타리나 블룸의 잃어버린 명예』가 들려 있었다. 읽다가 말고 급하게 달려오느라 들고 온 것 같았다.

"여보. 거기에 내 아버지가 계셔. 그래서 가야 돼. 아버지를 지켜드려야 한다고……"

아버지는 10 · 3 제헌절 집회에 나가시겠다고 공언했다. 하나님의 명령을 받아 자신이 주관한 성전이기 때문에 일개 국무총리의 담화나 법원의 결정 따위가 자신을 막을 수 없다고 했다. 맹대성 장로가 아버지의 집회를 말려야 한다면서 전화로 일러준 말이었다.

원천봉쇄를 한다고는 했으나, 판단의 기준이 다른 판사가 조건부 제한적 차량 시위를 허락해줬으니, 당일 시위의 원천봉쇄는 쉽지 않을 것이라고 했다. 맹 장로가 아버지는 판사가 허락한 제한적 허용의 틈을 얼마든지 가르고 들어가실 분이라고 했다.

"목사님 아버님이신 신사랑 목사님은 한국에서 유명하신 목사님이세요. 목사님이 아니어도 목사님을 프러텍션(보호) 해주실 분들이 많아요. 폴리스도 있잖아요."

위한은 아내와 실랑이를 할 시간이 없었다. 시위가 열시 삼십분이라고 했는데, 지금이 여덟시였다. 집회 강행을 말릴 수는 없어도 아버지 곁에 있어야 했다.

아내를 설득해서 허락을 받는다는 것은 불가능했다. 둘 중 한 사람의 가치관이 바뀌어야만 해결될 실랑이가 아닌가. 아내는 사회학을 전공했고 노엄 촘스키를 존경하는 여자였다. 한인 차별에 분노해서 선택한 전공이라고 했다. 미국에서는 흑인 다음이 황인종이었고, 황인종 중에서도 한인은 최하위 수드라 급이었다. 그런데도 시위 현장에 성조기를 들고 나가 미국을 숭배하는 모습을 본 그녀는, 왜 미국인들이 한국인을 두고 노예근성이자 들쥐 근성을 가진 민족이라고 하는지 이해할 수 있을 것 같다며 한탄했다.

1980년 광주민주화운동 때 한미연합군 사령관인 존 위컴이 한국인은 들쥐와 같아서 누가 지도자가 되건 그를 따른다, 라고 한 발언을 치욕으로 알고 사는 여자였다. 그러니까 노예와 들쥐들이 나대는 광란의 스올(지옥)에 내 남편을 보낼 수 없다는 것이었다. 또 귀국하자마자 아버지가 둘째 출산 후에 신학대 입학을 고려해보라고 한 말로 인해 아내는 아버지와 갈

등을 빛고 있었다.

그렇다고 해서 밤새 악몽에 시달린 얘기를 들려줄 수도 없었다. 그러면 주의 종이 무슨 악몽 타령이냐고 타박을 하든지, 그렇다면 더 보내줄 수 없다고 할 것 같았다.

위한은 아내와 길어지는 실랑이로 속이 타 들어가는데, 갑자기 아랫배가 아팠다. 그는 화장실로 뛰어 들어갔다. 설사가 쏟아졌다. 아무리 생각해도 설사를 할 이유가 없었다.

"몸도 안 좋으니까, 가지 마세요."

아내가 화장실 앞에서 쐐기를 박았다.

그때, 아침잠에서 깼는지, 요섭이 우는 소리가 들렸다. 울음소리가 평소와 달리 그악스러워 녀석도 악몽을 꿨나 싶었다.

위한은 아내가 요섭을 달래러 간 틈을 이용해 재빨리 화장실을 나와 신을 신었다. 그런데 늘 현관 콘솔 위에 뒀던 자동차 키가 보이지 않았다. 아내가 감춘 것 같았다.

위한은 현관문을 살그머니 열고 집을 빠져나와 택시를 잡았다. 그는 택시에 오르기 전에 휴대전화 전원을 껐다.

"고속버스터미널이요."

행선지를 일러주고 나자, 아랫배가 끓어오르며 또 아팠다. 터미널에 도착해서 표를 끊고 서둘러 화장실로 달려갔다. 설사가 길어져 결국 타야 할 버스를 놓치고, 표를 다시 끊었다. 시간에 쫓기며 매표창구와 화장실을 한 번 더 왕복해야 했다.

신사랑 목사는 달리는 스타렉스 안에서 차주운 기사에게 휴대전화를 걸었다. 갓길에 차를 세우라고 했다. 교회에서부터 줄곧 뒤를 쫓아오던 검정색 카니발도 금색 스타렉스 뒤쪽에 슬금슬금 멈춰 섰다. 스타렉스가 속도를 줄이다 말고 급정차를 하는 바람에 차간거리가 이 미터도 안 됐다.

'가디언 GSB'라는 스티커가 붙은 검정 카니발로 다가가 운전석 문을 두드린 신 목사가 차창을 내리라고 손짓했다.

"나를 왜 쫓아와?"

"맹대성 장로님께서 우리 대표님께 목사님 신변을 경호하라고 하셨다고 해서……"

신 목사는 맹 장로가 자신을 지켜주겠다고 한 것이 사설 경호팀을 붙여준다는 말이었나 싶었다. 하지만 그것은 아닐 것이라고 믿었다. 아침에 본 자우어 지팡이가 다시 떠올랐으나, 큰일을 앞두고 부정적이고 불길한 생각은 하지 않기로 했다.

"나는 됐어."

"예?"

"됐다고. 나는 하나님이 지켜주시기 때문에 아무 문제 없으니까, 가서 맹 장로님이 어디 계시는지나 찾아봐. 찾으면 바로 내게, 아니 우리 차 기사에게 연락해주고."

차 기사의 휴대전화 번호를 일러주고, 다시 스타렉스에 오른 신 목사는 연설 키워드를 적은 메모지를 들여다보며 생각을 정리하고 전의를 가다듬었다.

연설은 십오 분 안에 끝낼 작정이었다. 유튜브에 전재(全載)하기에 적당한 분량이었다.

세종문화회관 중앙 계단에는 소수만 있을 터이니, 핵심만 찌르는 조리 있고 분명한 내용의 연설이 필요할 것 같았다. 신 목사에게 그 중앙 계단은 영상의 무대이자 배경으로 필요했다. 아마도 다수는 유튜브와 텔레비전 영상을 통해 자신의 연설을 시청하게 될 것이다.

혐오, 광기, 단죄, 열정과 오만, 무능, 퇴진 그리고 공의로운 공정 국가를 핵심 키워드로 잡았다. 그리고 이를 공식으로 만들었다. 밑에는 성경 말씀을 적었다.

(무능×오만) = —(혐오+광기)+(단죄 의지+열정)

if(무능×오만) 〉K then 정권 퇴진 ∈ 공정 국가

누구든지 자기의 유익을 구하지 말고 남의 유익을 구하라(고린도전서 11:24)

밤새 기도조차 되지 않아 뜬눈으로 지새웠는데, 광장이 가까워질수록 오히려 정신이 맑아지고 있었다. 그는 맑아지는 정신으로 광화문 광장을 향해 달리는 금빛 스타렉스 안에서 '(기독사랑당 창당+총재)+(야당 대통합+대선 출마)' 공식을 그려봤다.

"아이구, 행님. 지금 통화 가능하신가요?"

"왜애?"

달리는 제네시스 G70 안에서 전화를 받은 반도권이 짜증스레 물었다. 신사랑 목사 경호를 위해 아이들과 함께 광화문 광장 쪽으로 이동하는 중이었다. 깡패 새끼들은 얼씬도 하지 말라고 했으나, 그렇다고 해서 모른 척하고 있을 수는 없었다. 끝내 경호 받는 게 싫다면, 애들 손에 태극기를 들려서 응원을 하라고 하거나, 들러리라도 세울 생각이었다.

"우리 팀장님께서 행님을 급히 만나볼 일이 있으시다면서 청(廳)으로 잠깐 들어와달라고 하시는디……"

"왜?"

잔뜩 짜증에 전 목소리로 내질렀다.

"그걸 저 같은 쫄따구 짜바리가 어찌 아요. 행님이 하시는 일을 지가 모리듯이, 팀장님이 하시는 일도 지가 모른당게요. 다만 행님을 위한 거이다, 생각하시고 싸게 오시요이."

"시방은 안 된다고 전햐."

두권이 상대의 말투를 흉내 내며 놀리듯 답했다.

"행님, 그렇게 저를 놀리고 있을 때가 아니오, 시방. 차창을 쪼매 여시고, 고개를 오른쪽으로 쪼까 빼내보시오."

"뭐?"

이 짜바리가 뭔 흰소리인가 싶어서 두권이 차창을 열고 고개를 돌려 창밖을 내다봤다.

운전석 지붕 위에 자석식 경광등을 켜고 달리는 금색 모닝이 보였다. 옆 차선을 주행 중인 모닝 뒷좌석 차창 밖으로 내민 손이 허공을 마구 내젓고 있었다. 손을 흔들어 인사를 하는 줄 알았는데, 자세히 보니 가운뎃손가락을 빳빳하게 세워 욕을 하고 있었다.

팀장인 조상복 경감이었다. 이름값을 하느라 무던히도 애쓰며 사는 놈이었다. 상복(賞福)이 아닌 상복(喪服)이 떠오르는 놈이었다.

두권은 재채기를 참느라 몸을 부르르 떨었다. 어설픈 초가을 찬바람까지 그의 콧구멍을 쑤셔댔다.

"아직도 똥색 모닝을 타는 걸 보니, 조 팀장 몫까지 니가 꼬박꼬박 다 발라 처먹었구나. 맞지?"

약이 바짝 오른 두권이 내질렀다.

"행님, 왜 이라요? 앞으로 날 안 보실 생각이오? 운전 중인께 요점만 말씀드릴게요. 행님이 지금 달고 가는 얼라들 데불고 우리 차 꽁무니를 쫓아오시오잉. 행님이 우리 팀장님 손바닥 위에 있으시다는 건 지가 지난번에 소상히 말씀 올린 바 있지요이."

옆에 있다면 나불대는 죽통을 날려버리고 싶었다. 두권은 쌍욕을 내지르며 휴대전화를 옆자리에 내다꽂았다. 그렇게 냅다 던진 휴대전화가 공교롭게도 열린 차창 밖으로 튕겨 나갔다.

"차! 차 세워!"

깜짝 놀란 두권이 펄쩍 뛰어오르며 단말마의 고함을 내질렀다.

드라이브 스루 방식으로 시위하는 차량들이 있다고 했으나, 술에 물 탄 듯한 시위였다. 차 벽이 만리장성인 양 광화문 광장을 원천봉쇄하고 있었다.

"이쪽은 통제 구역이라 가실 수 없습니다."

경광봉을 내저어 차를 세운 앳된 전경이 손짓으로 우회 방향을 일러줬다.

차 기사가 전경이 일러준 방향으로 차를 몰았다. 가야 할 곳의 반대 방향이었다.

급해진 신 목사가 반투명 방음벽을 주먹으로 마구 두드려대며 입 모양과 손짓으로 차를 세우라고 소리쳤다. 신 목사의 오두방정을 본 차 기사가 차를 세웠다.

내려서 걸어갈까 했으나, 핸드마이크가 문제였다. 전경이 핸드마이크를 들고 걸어가는 사람을 놔둘 것 같지 않았다. 차에서 내려 운전석으로 간 신 목사가 차 기사에게 침대로 가서 누우라고 했다. 영문을 알 수 없는 차 기사가 간이침대에 눕자, 운전대를 잡은 신 목사가 비상등을 켜고는 차를 돌려 왔던 길로 향했다. 세종문화회관 방향이었다.

교통을 통제하는 또 다른 전경이 차를 우회전시키라며 경광봉으로 방향을 가리켰으나, 못 본 척 무시한 신 목사가 슬금슬금 직진했다. 그러자 호각을 불며 득달같이 달려온 전경이 손바닥으로 범퍼 위를 치며 몸으로 앞을 막아섰다. 깜짝 놀란 신 목사가 급브레이크를 밟았다.

"이쪽은 통제 중인 도로라 못 갑니다. 통제에 따르세욧! ……어, 신사랑 목사님?"

차 창문을 내리자, 열 받아 소리를 지르던 전경이 신사랑 목사를 알아보고는 목소리를 누그러뜨렸다.

"그렇소. 내가 신사랑이오."

신 목사가 코로나 예방수칙을 무시하고 손을 내밀어 악수를 청했다.

"목사님, 돌아가셔야 합니다."

악수를 거부한 전경이 빙그레 웃으며 말했다.

"우리 기사가 운전을 하다가 탈이 났는데, 급해서 그래. 병원으로 가야 하니 길 좀 터줘, 응."

신 목사가 응석을 부리듯 말했다.

"목사님, 이쪽으로는 병원이 없습니다."

슬라이딩 도어를 열어 아픈 시늉을 하고 누워 있는 차 기사를 확인한 전경이 스타렉스가 향하고 있던 방향을 가리키며 말했다.

"대한민국 전경이 이제는 응급환자가 가는 병원까지 지정

해주나?"

"아무튼 안 됩니다. 못 가십니닷."

신 목사의 갑작스러운 생떼에 당황스러워하던 전경이 단호하게 말했다.

"이쪽 방향에 병원이 없다는 건 뭐고, 안 된다는 건 또 뭐야? 횡설수설하다가 응급환자 죽으면 네 놈이 책임질 거얏?"

말꼬리를 잡은 신 목사가 운전석에서 내려 삿대질과 함께 고래고래 소리를 지르자, 먼발치에서 지켜보고 있던 경찰이 달려왔다.

열한시쯤 광화문 광장 근처에 도착한 신위한은 황당했다. 광장은 차 벽으로 완전히 봉쇄되어 있었고, 시청부터 광화문 앞 도롯가에 시위 참가자들로 추정되는 사람들이 패잔병 꼴로 듬성듬성 흩어져서 하이에나처럼 어슬렁대고 있었다.

위한은 불심검문을 세 번씩이나 받아가며 광장 근처를 배회하다가 공중전화를 찾아 맹대성 장로에게 전화를 걸었다. 휴대전화 전원을 켜면 아내에게서 전화가 올 것만 같아 공중전화를 했다. 어찌된 일인지 수차례 전화를 해도 그때마다 신호음은 가는데 전화를 받지 않았다. 신분을 밝히지 않은 채 교회 사무실로 전화를 걸어 문의한 결과, 누구냐고 꼬치꼬치 캐묻던 여직원이 알려주기를 담임목사님이 주관하시는 시위는 오후 두시로 연기됐으며 장소는 세종문화회관 앞이라고 했다.

시간에 쫓겨 허둥대느라 똥물에 젖은 팬티를 입고 있었던 위한은 팬티를 사서 갈아입고, 세종문화회관 뒤편 음식점에서 이른 점심을 먹었다. 그러고는 남은 시간을 광장이 보이는 카페로 이동해 커피를 마시며 죽쳤다.

열시에 도착한 말쟁이 하대해는 누군지 모를 사람들이 나눠주는 우유와 단팥빵을 냉큼 받아들고 차 벽으로 막힌 광화문 광장 주변을 배회하며 신 목사를 찾았다. 공중전화로 연락을 하려 해도 신 목사의 전화번호를 몰랐다.

인적조차 없는 미 대사관과 교보빌딩 쪽은 전경들의 경비가 삼엄했다. 말쟁이는 반대편에 있는 세종문화회관 쪽으로 이동해 어슬렁거렸다.

그는 신 목사를 찾아다니는 동안 시위 참가자들로부터 우유 세 팩과 크림빵 다섯 개를 더 얻어 배낭에 챙겨 넣었다.

BMW 오토바이 한 대가 굉음을 내지르며 광화문 광장 쪽 차 벽과 세종문화회관 앞 인도 쪽 차 벽 사이로 터진 길을 두어 차례 오르내렸다.

전경이 저지하려고 막아설 때마다 오토바이가 갈지자로 요동을 치며 미꾸라지처럼 빠져나갔다.

교회에서 가설 단과 생별 성물을 실어 보낸 1톤 트럭은 행방이 묘연했다. 1톤 트럭이 검문을 뚫고 온다 한들 가설 단을 설치할 형편이 아니었다.

신 목사는 융통성 있는 경찰 간부의 '배려'로 스타렉스를 세종문화회관 중앙 계단 앞까지 끌고 올 수 있었다. 그는 환자도 환자지만, 시위 경력이 없는 신사랑 목사님을 믿고 차량을 통과시켜주는 것이라고 했다.

그러나 도로를 사이에 두고 차 벽이 광장 쪽만 아니라 인도 쪽으로도 세워져 있어서 스타렉스를 애면글면해가며 끌고 들어온 보람이 없었다. 차 벽으로 양옆이 막힌 도로는 마치 해자(垓字) 같았다. 금빛 스타렉스 지붕 위를 연설 단으로 삼을까 했는데, 그럴 수도 없게 된 것이다. 핸드마이크만 실어 온 셈이 되고 말았다.

성전이 신 목사가 예상한 것과 전혀 다른 군색한 양상으로 전개될 것 같았다. 그렇다고 해서 미룰 수도 없는 일이었다. 복음성가 가사처럼 내일 일을 알 수 없는 상황이었다. 자신이 처한 환란도, 코로나 정국도 언제 어떻게 끝날는지는 오직 주님만이 아실 일이었다.

경찰과 전경은 소규모 시위대들과 일정한 거리를 유지하고 있었으나, 시위자들끼리 시비가 붙었는지 몸싸움을 하며 옥신각신하는 모습들이 종종 눈에 띄었다. 뚜렷한 구심체가 없는 시위인지라 각각의 소규모 단체들이 이합집산하며 중구난

방으로 구호와 고함을 지르고 다녔다. 전경들은 서로 뒤엉켜 다투는 시위 참가자들을 구경거리인 양 지켜보고 있었다.

핸드마이크를 챙긴 신 목사가 차 기사에게 차를 빼라고 하고는 세종문화회관 중앙 계단으로 향했다. 중앙 계단에 오르자, 미리 와서 기다리고 있던 열댓 명의 성도들이 신 목사 뒤로 몰려와 병풍을 치듯 도열했다. 층계참에 오른 신 목사가 사방을 둘러봤으나 하대해는 보이지 않았다. 자신과 같은 감색 양복 차림에 검정 마스크를 착용했을 것이기 때문에 근처에 있다면 눈에 띄지 않을 수 없었다.

주로 세종문화회관이 있는 광장 서편에서 산발적인 시위가 간헐적으로 이루어졌는데, 낯익은 원로목사들과 극우 인사들이 더러더러 보였다. 그들이 기력을 모아 외쳐대는 구호와 고함 소리가 드문드문 들렸다.

태극기와 성조기를 든 채 세종문화회관 주변을 휘젓고 다니던 중늙은이들이 신 목사를 보고는 달려들었다. 무엇 때문인지 신 목사에 대한 반감을 노골적으로 드러내며 그의 등장과 연설을 방해하려 했다. 신 목사를 탐탁하게 생각하지 않는 극우 세력 같았다.

신 목사 뒤에 도열해 있던 성도들이 달려 나가 이들을 제지했다. 서로 티격태격하는 듯싶었는데 곧 욕설과 몸싸움으로 이어졌다. 그러나 뒤늦게 도착한 성도들 오십여 명이 가세하자 열세에 몰린 중늙은이들은 중앙 계단 밖으로 멀찌감치 달아났다. 실랑이 중에 계단 위로 떨어진 주인 잃은 마스크들이 바람에 날렸다.

몸싸움을 말리려 가까이 다가왔던 전경들이 물러서자, 신 목사는 다시 한번 주변을 두리번거렸다. 여전히 하대해는 보이지 않았다.

뒤늦게 허둥지둥 나타난 두 명의 부목사가 현수막을 펼쳤다. 샛별 성물을 들기로 했던 부목사들이었다.

신사랑 목사, 구국을 위한 善한 聖戰 출정 선언식

샛별 성물 반입에 실패해 이 현수막을 급조해 왔다고 했다. 시너 냄새가 코를 찔렀다. 신 목사는 문구가 뜨뜻미지근해 탐탁지 않았다.

드디어 신 목사가 핸드마이크를 들어 연설을 시작했다.

"애국 시민 여러분! 촛불 정신 삐익— 전체주의 독재에 고통받는 자유대한민국 국민 여러분! 저 신사랑이 좌우 이념의 허상을 깨부수고 삐이익— 국민을 우민화시키는 삐이이익— 좌파 정권의 전횡에 맞서 선한 정치를 실현하고, 공의로운 나라를 일으켜 세우고자 성스러운 이 자리에 섰습니다."

핸드마이크 잡음이 연설을 잘라먹었다. 달아났던 중늙은이들이 멀리서 욕설과 야유와 주먹질을 보냈다.

성요한은 오토바이 안장 위에서 헬멧과 마스크를 벗었다. 신사랑이 누구에게 왜 죽는지는 알고 죽어야 하지 않겠는가.

그러나 떼거리로 달려든 전경들이 오토바이를 빼앗고는 당장 마스크를 착용하라고 윽박질렀다. 요한은 하는 수 없이 마스크를 쓰고 헬멧과 오토바이를 되돌려 받았다.

신 목사의 연설이 시작되자, 여기저기 흩어져 있던 기자들과 유튜버들이 날파리 떼처럼 몰려들었다. 방송 카메라 기자가 삑 소리를 내는 핸드마이크를 쓰지 말고 육성으로 해달라고 요구했다.

손 팻말을 든 주만사랑교회 교인들과 태극기부대 노병들이 신 목사 뒤에 다시 병풍처럼 둘러섰다. ENG 방송 카메라들이 신 목사를 근접 촬영하자 근처에 있던 시위자들까지 신 목사 뒤로 우르르 몰려들었다. 신 목사는 힘이 불끈 솟고, 흥이 났다.

"소돔과 고모라가 망할 때, 의인 열 명을 빼애액— 구하지 못해 망했어요, 여러분. 제가 오늘 의인 열 명을 구해 자유대한민국을 구할 삐이익— 수 있게 됐다는 소식을 전하려고 이 자리에 섰습니다."

거짓말이었다. 하지만 의인 열 명은 장차 구하면 될 터였다.

"목사님, 거, 마이크 쓰지 말라니까!"

카메라 기자가 화를 내며 소리쳤다.

신 목사는 핸드마이크를 내려놓고 육성으로 연설을 이었다.

"무능하고 오만한 정권을 혐오하고 저주하는 것은 우리 애국 시민들과 자유를 수호하고자 하는 우리 국민들의 당연한 권리입니다. 그러나 혐오와 저주는 집권자들이 원하는 것입니다. 왜냐? 혐오와 저주는 천둥과 번개일 뿐 소낙비가 아니기 때문입니다. 천둥과 번개만 친 게 벌써 사 년쨉니다. 사 년 동안 도대체 바뀐 게 뭡니까?"

"없지, 없어!"

"저 신사랑이가 의인 열 명과 함께 비를 몰고 왔습니다. 이제부터 천둥 번개는 저 청와대 용마루를 때려 부술 것이고, 어마무시한 폭우와 쓰나미를 몰고 올 것입니다. 우리 열 명의 의인이 몰고 온 천둥과 번개와 폭우가 자유대한민국을 투명하고 공정하고 선한 세계 일등 국가로 만들 것입니다요, 여러부운!"

턱 밑에 휴대전화를 들이댄 유튜버가 의인 열 명이 누군지, 그 열 명에 신 목사 본인도 포함되는지 등등을 다그쳐 물었다. 레거시 기자들이 급하게 이 경우 없고 매너 없는 유튜버의 멱살을 잡아 끄집어냈다.

"적과 친구를 분명히 하는 천둥이 칠 것입니다. 우리가 형을 형이라 부를 수 없는 홍길또옹입니까? 우한 코로나를 우한 코로나로 맘껏 부르게 해드리겠습니다."

"할렐루야!"

"좋다!"

"사쿠라, 기회주의자, 사이비 목사 신사랑이는 헛소리 집어치우고 집에 가라!"

"재는 대깨문인가?"

신 목사가 고개를 돌려 현수막을 들고 있는 부목사들에게 물었다.

"……"

부목사들이 대답 대신 서로 마주 보며 헤벌쭉 웃었다.

"규제와 통제 없는 자유의 번개가 칠 것입니다. 전체주의 통치가 사라진다는 겁니다."

"할렐루야!"

"시장 친화적이고, 성장 중심적인 폭우를 몰고 올 것입니다, 여러분! 그리고 또 좌우 갈등과 대립이 아니라, 선악의 프레임으로 운영……"

—타앙!

'타앙!'인지, '뻥!'인지 정체를 알 수 없는 강한 굉음이 울렸다. 마치 타이어가 터지는 소리 같기도 하고, 폭죽이 터지는 소리 같기도 했는데, 세종문화회관 외벽에 부딪혀 굴절된 소리인지라 분명치가 않았다.

말쟁이 하대해는 모두가 자세를 낮춘 채 사방을 두리번거리며 잠시 우왕좌왕하는 가운데, 눈썹 하나 까닥하지 않고 꼿꼿이 버티고 서 있는 신 목사를 바라봤다. 언뜻 이순신 장군 동상을 보는 듯했다.

무슨 배짱인지, 상황을 미처 파악하지 못한 때문인지, 신 목사가 꼿꼿한 자세로 연설을 계속하고 있었다. 마치 자신의 운명과 정면으로 맞서려는 사람 같았다.

"자유롭고 공정하고 선한 나라는 증오와 저주가 아니라, 에…… 저와 열 명의 의인들과 함께 전체주의를 타도하고 단죄하는 용기와 열정을……"

그때, 차 벽에 붙어 있던 한 젊은 사내가 계단 위로 뛰어 올라왔다. 아웃도어에 영어 알파벳이 쓰인 검정색 벙거지와 마스크를 쓴 사내였는데, 손에 무언가를 들고 있는 것 같았다.

계단 초입에 서 있던 말쟁이는 신 목사가 있는 층계참을 향해 쏜살같이 뛰어오르는 사내를 낚아채 힘껏 밀쳐냈다. 말쟁이는 총알이 빗나가자, 공범이 신 목사를 향해 달려드는 것으로 알았다.

—타앙!

—타앙!

밀쳐낸 사내가 계단 위로 자빠지는 순간, 두번째, 세번째 총성이 울렸다. 계단 위에 자빠져 잠시 꿈틀거리던 아웃도어 사내의 사지가 늘어졌다.

신 목사가 바라보고 있는 맞은편 차 벽 쪽에 오토바이와 검은 헬멧을 쓴 남자가 보였다. 그가 권총 쥔 양손을 오토바이 안장 위에 올린 채 방아쇠를 당기고 있었다.

세 발의 총성이 울릴 때까지 정확한 상황 파악을—폭발음인지, 파열음인지, 마찰음인지조차 알 수 없었는데, 그게 설마 총성이라는 생각은 아무도 못한 것 같았다—하지 못한 탓에 누구도 총질하는 헬멧을 제압하려 하지 않았다. 또 상황 파악이 된 뒤에는 이런 상황을 이해하거나 믿지 못해서 다들 허둥대는 것 같았다.

총성 때문에 연설을 멈춘 신 목사가 핸드마이크를 집어 들었다. 그러고는 잔뜩 굳은 자세로 서서, "주여, 뻬이익— 주여……"를 반복해 부르며 기도했다.

"목사님 얼른 피하셔야 합니닷!"

현수막을 팽개치고, 양팔을 붙잡은 부목사들이 재촉했다.

"나는 됐네. 자네들이나 어서 피하게."

신 목사는 부목사들이 잡은 팔을 거칠게 뿌리쳤다. 부목사들은 마치 그 말을 기다렸다는 듯이 두말없이 순식간에 사라졌다.

인간 병풍인 양 서서 카메라를 바라보던 성도들과 태극기부대들도 보이지 않았다. 기자와 유튜버들도 뿔뿔이 달아난 것 같았다. 신 목사만 그 자리에 서 있었다.

그는 지금 연설을 멈추거나, 두려운 표정을 보이거나, 도망을 치면 모든 것이 끝이라고 생각했다. 신 목사는 층계참에 홀로 서서 기도했다. 쏠 테면 얼마든지 쏴보라는 자세였다. 그는 이순신 장군 입상을 바라봤다. 관음포 해전에서 적탄을 맞은 이순신 장군처럼 사즉생의 자세로 이 자리를 지켜야 한다는 생각뿐이었다. 본래 위대한 궁극의 큰 꿈은 목숨을 걸어야만 이루어지는 것이 아니던가. 이 순간만 견디면, 이 순간만 지나가면 새로운 지도자로 위대한 구국의 영웅으로 떠오르게 될 것이다.

메인 뉴스와 1면 톱을 장식할 당당하고 위엄 있는 자세를 연출해야 했다. 두려움과 공포는 잠시 잠깐이면 지나가나, 영광은 세세토록 무궁한 것이다.

—타앙!

헬멧과 마스크를 벗어 던진 놈이 계단을 향해 허둥지둥 달려오면서 네번째, 다섯번째 방아쇠를 당겼다.

뒤늦게 상황 파악을 한 주변의 시위 참가자들은 바닥에 엎드려 머리를 처박거나, 도망치기 시작했다. 일찌감치 몸을 피한 카메라 기자와 휴대전화를 든 유튜버들은 건물 모퉁이에 몸을 숨기고 자세를 낮춰 계단에 쓰러진 아웃도어를 촬영하면서 총격의 진원지를 찾느라 사방을 두리번거렸다.

여섯번째 총성이 울렸다. 총소리가 이전 총소리와 달랐다.

총소리의 방향도 달렸다.

계단을 뛰어오르던 가죽점퍼 차림의 사내가 꼬꾸라졌다. 총에 맞은 것 같았는데, 꼬꾸라진 사내는 떨어뜨린 권총을 잡으려고 버둥거렸다.

그때, 미친 듯이 달려온 사내가 버둥거리는 가죽점퍼를 향해 몸을 던지며, "쏘지 마, 쏘지 마랏!" 하고 소리를 질러댔다. 사복경찰 같았다.

신 목사는 사복경찰이 가죽점퍼를 제압하고 난 뒤에 기도를 멈추고 눈을 떴다. 그 순간, 경찰이 일으켜 세우는 가죽점퍼를 본 신 목사의 입이 쩍 벌어졌다.

"재, 재는……"

그가 누구인지 알아본 것이다.

몸을 피했던 ENG 카메라 기자와 유튜버들이 떼거리로 달려들자, 전경들이 거칠게 밀쳐내며 인의 장막을 쳤다. 전경들이 인의 장막 속에서 가죽점퍼를 연행했다.

신 목사는 애써 정신을 추스르고 중단했던 연설을 계속했다. 잠시 갈팡질팡했던 카메라 기자와 유튜버들이 그러는 신 목사를 놀랍다는 표정으로 주목했다. 특종을 눈앞에 둔 일부 기자와 유튜버들은 인의 장막을 뚫으려고 안간힘을 쓰고 있었다.

"애국 시민 여러분! 우리가 무능하고 오만한 정권을 물리치려면, 우리가 오해받고 있는 혐오와 광기를 잠시 감추고, 단죄를 하고자 하는 단호한 의지와 불타는 열정으로, 죽음을 두려워하지 않는 자세로 똘똘 뭉쳐야 합니다. 그래야 야만스럽고 뻔뻔한 전체주의 독재정권을 몰아내고 하나님의 공의를 이룰 수 있는 공정 국가를 건설할 수 있는 것입니다. 열 명의 의인과 함께해주세요, 애국 시민 여러분!"

"총을 쏜 청년이 누구인지 아십니까?"

"목사님 표정을 보니 아는 사람 같던데……"

"우와, 어떻게 이런 일이……"

"왜 저격을 당했다고 생각하십니까, 목사님?"

갑자기 끼어든 기자와 유튜버들의 끈질긴 질문 공세에 연설을 제대로 마무리 지을 수가 없었다. 무엇이 중한지 모르는 놈들 같았다. 그는 성공한 연설인지, 실패한 연설인지가 궁금할 따름이었다.

신 목사는 기자들의 질문에 답하지 않았다. 말 한마디 잘못했다가는 모든 것이 순식간에 물거품이 될 수 있었다. 조금만 기다리면 레거시 언론들이 이 꽃놀이패를 가지고 다 알아서 해줄 것이다. 그들이 극적이고 경이로운 기사로 보도해줄 터인데, 굳이 나서서 군말을 할 이유가 없었다.

신 목사는 자신의 신변 보호를 위해 층계참으로 몰려오는 경찰들을 의연한 표정과 여유로운 손짓으로 저지했다. 물론 그런다고 해서 그들이 멈춰 서지는 않았다.

근처에서 비상 대기 중이던 앰뷸런스가 더디게 달려왔다.

이면도로에 주차되어 있던 취재 차량들이 앰뷸런스를 뒤쫓으려고 움직이다가 뒤엉킨 때문이었다. 사복경찰에게 제압당한 가죽점퍼는 피가 흐르는 옆구리를 움켜쥔 채 가쁜 숨을 헐떡거리고 있었으나, 계단 위에 너부러진 아웃도어는 움직임이 없었다. 가죽점퍼의 체포에 관심과 시선이 집중되는 바람에 어처구니없게도 아웃도어는 방치된 상태였다. 좀 전에 잠깐 보였던 하대해도 보이지 않았다. 두 사람을 각각 나눠 실은 두 대의 앰뷸런스가 사이렌을 울리며 광화문 광장 바깥 도로를 바삐 빠져나갔다.

신 목사는 이순신 동상을 바라보며 개선장군같이 당당하게 계단을 내려왔다. 전경이 이런 신 목사를 에워싸고 근접 경호했다. 스포트라이트에 어깨가 으쓱해졌던 그는 바람에 구르고 있는 검정색 버킷 햇을 보고 걸음을 멈췄다. 잠시 뉴욕양키스 버킷 햇을 멍하니 바라보던 그가 휴대전화를 꺼냈다. 전화를 받지 않았다. 전원이 꺼져 있다는 안내 음성만 들렸다. 몇 번을 다시 걸어도 마찬가지였다. 신 목사는 위한의 집으로 전화했다.

말쟁이는 잠시 피해 있다가 경찰에 둘러싸여 전화 통화를 하는 신 목사 곁에 붙어 섰다. 누가 봐도 쌍둥이 형제 같았다.

말쟁이는 당이 떨어지고 배가 고파서 헛것이 보이는 것 같았다. 전화하는 신 목사를 등진 그는 똥색 배낭을 열어 뒤적였다. 그러고는 단팥빵을 꺼내 비닐 포장을 뜯어내고 입이 터지도록 가득 베어 물었다.

16

"좌파 놈들이 이제는 백주에 대놓고 테러를 하네."

마실 온 사람처럼 회의실을 둘러보며 어슬렁거리던 차장검사가 말했다. 이풍세였다. 그는 이번 사건 담당도 아니고 지휘 라인에 있지도 않았다.

그래도 차장검사이기에, 어용렬 검사는 검사동일체 원칙에 따라 부동자세로 선 채 이풍세 차장검사가 하는 짓을 지켜보는 수밖에 없었다.

"북한군 특수부대 소속 요인 암살자일 수도 있습니다요."

차장검사가 달고 들어온 수사과장이었다.

어검은 한술 더 떠 대꾸하는 수사과장의 저의가 의심스러웠다.

"좌파 테러범이 됐건, 북한군 암살자가 됐건, 철저히 수사하게. 연루자 또는 의심이 가는 놈들이 있다면 지위고하를 막론하게 빠짐없이 잡아들여 수사하고."

차장검사가 아예 수사 방향까지 지시했다. 그러고는 테이블 위에 놓인 책을 들척이며 뭐냐고 물었다.

"피의자의 구찌 크로스백에서 나온 겁니다."

콜트 45구경 자동권총 옆에 나란히 놓인 『안중근 평전』과 『중용』을 내려다보며 답했다.

"이것들은?"

차장검사가 다용도 주머니칼과 은제 십자가 목걸이와 체크무늬 손수건을 손가락질하며 물었다.

"피살자 유품입니다."

구부정한 자세로 손바닥을 비비고 있던 수사과장이 냉큼 답했다.

"다른 건 없고?"

책을 펴서 들춰보던 차장검사가 손바닥 길이의 다용도 나이프를 집어 들며 물었다.

"예."

"다른 책들도 있을 거야? 잘 찾아봐."

차장검사가 집어 든 나이프를 요리조리 살피며 마치 꿀팁이라도 주듯이 말했다.

"예?"

말뜻을 이해하지 못한 어검이 되물었다.

"어디에서, 언제, 누가 저격을 당했고, 누가 피살됐는지를 잘 생각해보라고……"

"……예. 잘 알겠습니다요."

"수사는 창의적으로 하는 거야. 저기 저 염검이 두 눈을 시퍼렇게 뜨고 지켜본다는 걸 명심하라고."

염우식 검사와 눈을 맞춘 차장검사가 주머니칼을 들고 회의실을 나가며 말했다.

"저, 저…… 그 칼……"

어검은 주머니칼을 놓고 가라는 말을 못해 비루먹은 강아지처럼 낑낑거렸다.

이풍세 차장검사를 데려온 염우식 검사가 이 수사는 자신이 맡아야 한다면서 생떼를 쓰고 있었다. 제정신이 아닌 것 같았다. 처남이 죽은 사건이었다.

염검은 이 우발적 총격 살해 사건의 원인과 실체를 알고 있었다. 때문에 이 사건은 이풍세 차장검사와 자신의 통제 아래 있어야 했다.

차장검사가 나가자, 염검의 직속상관인 박 차장검사와 오 부장검사가 들어왔다.

"이풍세 다녀갔지?"

차장검사가 편치 않은 표정으로 어검에게 물었다.

"예, 차장님."

어검이 부동자세로 답했다.

"성요한이 사건 그 새끼에게 넘겨줘라."

말을 마친 차장이 염검을 노려보고는 '씨부럴 새끼들' 하고 욕설을 달았다.

염우식과 이풍세에게 하는 욕 같았다. 염검은 읍을 한 자세로 박 차장의 눈을 피했다.

"아니, 차장님. 넘겨주라고는 안 했잖아요?"

오 부장이 정색을 하며 물었다.

"공문으로 하자고? 새끼. 그 양반이 출출하다고 하시면, 밥 먹으러 가자는 말씀이시고 아랫배가 아프시다면 똥을 싸시겠단 말씀이야, 인마. 너 부장을 달아줬는데도 감이 떨어지는 걸 보니 출세하기는 글렀다. 쯧쯧."

껌을 까 우적우적 씹어대던 박 차장이 딱하다는 표정으로 오 부장을 쳐다보며 혀를 찼다.

■ 이 소설은 김진호 『대형교회와 웰빙보수주의—새로운 우파의 탄생』(오월의봄)과 『권력과 교회 : 강남순 박노자 한홍구 김응교 대담』(창비)을 참고했으며, NAVER, DAUM 웹사이트의 여러 자료들을 활용했습니다.

혼효의 시대, 적폐의 종합선물세트

김나정(소설가 · 문학평론가)

동무여, 이제 나는 바로 보마
사물과 사물의 생리와
사물의 수량과 한도와
사물의 우매와 사물의 명석성을
—김수영, 「공자의 생활난」에서

적폐의 민낯을 보여주마. 고광률의 『성자의 전성시대』는 쓰레기장을 파헤친다. 이 소설은 상스러워진 성지를 파고들어 우리 사회의 부패 양상을 드러낸다. 성역은 없다. 재계, 정계, 학계, 검찰과 경찰, 언론까지 모조리 썩었다. 작가가 휘두른 풍자의 칼날은 능수능란하게 그들의 정체를 까발린다. 깐죽거리고 이죽대는 사이다 입담에 호출된 못난 것들은 고해성사하듯 제 죄를 나불댄다. 적폐의 종합선물세트가 꾸려졌다. 이 작품은 꼴사나운 인물들의 불쾌한 면면을 유쾌하고 통쾌하게 담아낸다.

1. 적폐의 종합선물세트

이 작품은 '주만사랑교회'를 배경으로 "야합과 배신이 밥 먹고 똥 싸듯이 반복되어서 아예 반성과 용서 따위도 의미 없는 게 되어버린 무도(無道)한 세계"를 펼쳐 보인다. 주만사랑교회의 대표 목사인 신사랑 목사를 중심에 두고 그를 둘러싼 각양각색의 인물들에게 마이크를 쥐여준다.

이렇듯 사회 각 분야의 다양한 인물들이 등장할 수 있는 까닭은, 신사랑 목사란 인물의 광대무변한 활약상(?) 덕분이다. "성령의 불 칼을 가진 이적의 해결사, 하나님의 동기간, 무불통지, 사통팔달의 구루(guru)" 신 목사는 주만사랑교회의 CEO이자 정치적 발언을 서슴지 않는 오피니언, 유사 연예인, 안수기도를 돈벌이로 삼는 주술사이며 정치권을 기웃거리고 짬짬이 불륜까지 저지른다. 금고에 숨겨진 대포폰들로 번갈아 비밀 통화를 하며 과속을 일삼는 황금색 승합차에 실려 사방에 똥을 싸지른다. 이런 인물 주위엔 파리 떼가 꼬여들게 마련이다. 주만사랑교회는 거대 기업인 만큼 회계며 홍보를 맡은 직원들이 근무하고 떡밥을 바라는 신자들로 우글거리고, 신 목사가 정치권을 기웃거린 탓에 보수 우익 정객들이 손을 내밀고, 권력과 명예를 탐하는 어용 전문가들이 꼬이고 악취를 가리기 위해 검사와 조직 폭력배까지 동원된다. 신 목사를 잡아 올리면 썩은 고구마들이 줄줄이 끌려나온다.

이러한 문제적 인물들은 정치풍자화의 모델처럼 전형적인 면모를 보인다. 작가는 '정치가 캐리커처(풍자인물화)'처럼 인물의 특성만 날렵하게 잡아내 부각시킨다.

> 두권은 '흑묘백묘' 식의 생각으로 사는 실용주의자였다. 방 교수가 지 에미와 붙어먹은 놈이라고 해도, 어떤 축구 선수 놈처럼 모녀를 같이 따먹고 사는 개아들 놈이라고 해도, 도움이 된다면 '노 프라블럼'이었다.(28쪽)

> 거물급 경제사범 또는 표적이 된 정치인이 검찰의 기획 수사를 받고 있다면, 검찰발 특종의 상급 기사 절반 이상은 어김없이 어 기자의 몫이었다. 메이저급 언론사 기자들도 그의 기사를 베껴 썼다. 또 그가 받아서 쓰는 기사 내용에—그는 사실 2할에 의견 8할의 기사를 썼다—따라 수사나 재판이 흘러갔다. 그래서 그는 '어레미야'로 불렸다. 고대 이스라엘의 예언자 예레미아에서 딴 별명이라고 했다.(54쪽)

인물 각자의 비리와 탐욕, 비열함은 과장과 왜곡을 통해 해학적으로 그려진다. 이러한 화법은 사실적인 재현으로 자칫 희석될 수 있는 두드러진 특성에 주목하여 인물들의 대표성과 상징성을 두드러지게 한다. 이 소설에 등장하는 목사, 학자, 검사, 기자, 경찰, 조폭 등은 그들이 속한 사회의 부패상을 보여주는 표본 역할을 한다. 전형적인 인물을 다양하게 포진시켜 공격 범위를 넓히기에 사회 구석구석에 만연한 부패상이 드러난다.

반면에 신 목사와 대적하는 요한이나 신 목사의 과욕을 경계하는 맹 장로나 신 목사가 초발심으로 돌아가기를 바라는 노 장로와 같은 인물은 신 목사의 행태를 비판적으로 바라보게 하는 역할을 수행한다. 노 장로는 신 목사의 변모를 걱정스럽게 지켜본다. 신사랑 목사의 설교 내용이 가증스럽다고 여기며, 성도들이 집단최면에 빠져든 것 같다고 우려한다. 그는 교회와 신 목사가 초심으로 돌아가기를 바라며 일인시위까지 단행한다. 주만사랑교회의 설립에 기여한 노 장로의 비판적 시각은 원래 종교가 어때야 하는지를 돌아보게 한다. 신 목사를 예전부터 알던 맹 장로는 신 목사의 폭주를 경계한다. 자만심을 넘어 오만에 찌들어버린 신 목사가 어쩌면 돌이킬 수 없을 만큼 먼 길을 간 것이 아닌가 싶어 두려워한다. 교회 내부에서 사태를 객관적으로 바로 보는 이런 시선은 서술에 균형감각을 잡아준다.

2. 이이제이(以夷制夷), 말로 말을 친다

『성자의 전성시대』에는 '말'이 넘쳐난다. 종교인, 폭력배,

재계, 정치판, 학계와 언론계, 문화 예술계 인사들이 화자로 등장하여 아연실색할 말잔치를 벌인다. 속물적 탐욕을 제 입으로 폭로한다. 끼리끼리 모여 낄낄대며 서로를 부추긴다. 반성하지 않는 자는 스스로 제 치부를 드러내는 법이다. 혀를 놀려 자신을 해체해 드러내는 셈이다. 뻔뻔한 솔직함과 자기 합리화는 고해성사를 방불케 한다.

소설에서 대화는 말하기가 아니라 보여주기에 해당한다. 작가는 상황이나 인물을 말하기로 규정하는 대신, 인물이 할 법한 말이나 인물 간에 오갈 법한 말을 생생하게 그려내어 마당놀이판을 꾸린다. 인물들의 속내나 노림수가 번연하게 드러난다. 그럴듯한 말 뒤에 숨은 거짓이 폭로된다.

말로 말을 치는 전법은 다양한 발화 형식의 차용에서도 드러난다. 배경이 교회인 만큼 자주 등장하는 '설교'는 신도들을 향한 일방적인 의견 표명이나 명령 하달에 가깝다. 사업 계획을 발표하고 직원들의 노력을 강조하는 회사의 아침 조회 내용을 연상시킨다. 설교에 섞여 들어간 정치 편향, 역사 왜곡, 혐오와 차별의 장광설은 자폭 테러의 양상을 보인다.

"더 늦기 전에 분연히 일어서야 나라도 구하고, 교회도 구하고, 가정도 구하고, 우리 자신들도 구할 수가 있어. 2007년에 만든 차별금지법안을 우리 개신교계가 결사적으로 막지 않았다면, 지금 이 나라 꼬라지가 너덜너덜한 걸레 쪼가리처럼 됐을 거여. 안 그

려? 내 말이 틀려?"(290쪽)

느물느물한 위트로 마무리하는 신 목사의 언변은 쓴웃음을 짓게 한다. 대중의 입맛에 맞게 가공되고 본질과 무관하게 오염된 말들이 어떻게 사람들을 감염시키는지를 보여준다. 가두시위에서 뱉어내는 말도 교회에서의 설교와 다를 바 없다. 방송에 출연하면 애드립, 끼어들기, 불필요한 영어 사용을 일삼는다. PD가 만류해도 아랑곳하지 않고 걸핏하면 정치적 발언까지 일삼는다. 신 목사는 입만 벌릴 뿐, 귀를 기울일 줄 모른다. 설교나 연설, 방송에서의 무차별적 발언은 신 목사의 말이 자신의 잇속을 챙기기 위한 일방적인 통보이며 독백에 불과하다는 걸 보여준다. 신 목사는 사람들의 귓속에 그릇된 정보나 편향된 의견들을 일방적으로 퍼붓는다. 목자는 사람들을 가짜뉴스가 판을 치는 분노와 증오의 황야로 내몬다.

또한 신 목사 발언의 융복합 양상, 이를테면 라틴어, 일본어, 영어를 섞어 바르는 방식은 그럴싸하게 보이려는 겉치레에 불과하다. 아전인수를 일삼는 인용은 성경 구절 뿐만 아니라 각종 경영 이론서나 인문학서의 짜깁기에서도 나타난다.

"그럼 모두(冒頭)에 내가 왜, 왜! 섬기는 자가 CEO다, 라고 했느냐? 사업과 사역, 신앙과 현실은 이음동의어입니다. 신앙은 천국을 위해 있는 것이 아니라, 현실을 위해 있는 것이라는 것도 아셔야 합니다. 요셉을 볼까요. 버림을 받음으로 인해 사랑과 용서를, 유혹을 받음으로 인해 인내를, 절제를 통해 거룩함을, 기근을 통해 축복하는 사랑의 실천 방법을 배웠습니다. 이런 것이 바로 CEO에게 필요한 현실적, 기업가적 정신이 아니겠습니까, 아녀유?"(128~129쪽)

악마도 성경을 인용할 줄 안다고 한다. 목사는 성경 말씀을 짜깁기하여 자신의 편향된 발언의 방패막이로 삼는다. 각종 담론은 조각나 변형되고 가공되며 유포된다. 또한 이러한 종교와 경영의 융복합 발언은 신 목사가 실은, 종교를 간판으로 내건 장사꾼에 불과하다는 사실을 폭로한다.

그리하여 이이제이(以夷制夷), 자신의 말로 스스로를 공격하는 양상을 띠게 된다. 인물의 대사에 이어진 진술은 말의 허구성을 폭로하는 역할을 한다.

"그러다 보니까, 요 '오카네'가 딸려요. 반값 등록금 정책 때문에 교수 월급이 박봉이 되어서…… 흐흐"라고 덧붙였다.

엄지와 검지를 말아 동전 모양을 만든 방 교수가 사실과 다른 거짓말을 하며 비굴해 보이는 웃음을 흘렸다. 교수 월급과 반값 등록금 정책은, 적어도 서울 소재 사학에서는 아무런 상관관계가 없었다.(75쪽)

대사에 이어진 익명의 목소리들도 비판에 일조한다. 역사 왜곡의 망언을 쏟아낸 허경언 목사의 설교에 이어 성도들의 '군말'이 다음과 같이 이어진다.

"뭐야? 4 · 19 혁명이 모세를 축출한 폭거였다는 거야? 그렇다면 헌법에 명시된 4 · 19 정신 계승은 뭐지?"

"대선 전에는 대놓고 좌파 놈 찍지 말라고 하시더니, 이제는 아예 정권을 빨갱이로 몰아가시네."

"한경직 목사는 우리 교파를 이단으로 몰아 쫓아낸 이였잖아? 우리 교파를 빨갱이로 몰아서 파문시킨 목사는 구국의 영웅이라고 하고, 나라다운 나라를 만들어보겠다고 발버둥 치는 정권은 빨갱이 정권이라는 거야?"(136쪽)

본문에 달린 댓글처럼, 신도들의 의견 표명은 원로 목사의 망언을 비판적으로 바라보게 한다.

작가는 그들의 입으로 그들 자신의 못남을 드러내게 한다. 인물에 맞춤한 언어들은 병든 시대의 오염된 현실을 다각도로 보여준다. 신 목사를 비롯하여 다양한 인물들은 자신의 전문 분야에 걸맞은 언어를 구사한다. 회계사 출신의 집사는 신도 수를 권리금 산출의 근거로 계산하며, 교수는 전문용어를 사유의 빈곤함을 가리는 데 방패로 활용하고 폭력배는 거친 말로 사태를 정의한다. 소설은 각 분야의 인물들이 제 목소리를 제대로 내게 함으로써 사회 전반의 부패상을 생생하게 살려내고 있다. 토론에서 오가는 말이나 이메일 등 언어의 다양한 소통 방식을 차용하여 말하고자 하는 바를 변화무쌍하게 전달한다. 다성성(多聲性)을 구현한 말들의 향연은 인물의 특성을 효과적으로 보여주며 마당놀이처럼 말이 지닌 묘미와 현장성을 살려 읽는 맛을 더한다. 소설은 인물들의 대화를 통해 감염된 언어의 커뮤니케이션 양상을 드러낸다. 교회에 몰려든 태극기 부대는 신 목사의 말을 믿는 것이 아니라, 그 말을 구실 삼아 자신들의 증오심과 혐오를 표출한다.

혼효의 시대에는 언어도 야합한다. '영업 방해를 막기 위한 선제적 조치로서 프리벤티브 워'나 '기독교의 경영적 가치', '유명 목자 멘토링 투어', 사람을 죽이기 위해 동의를 받는 '절차적 정당성' 등은 그럴싸한 말로 진의를 포장하는 말의 인플레 현상을 보여준다. 'SKRPU(South Korea Remake Public Union)'와 '국개연(국가개조운동연합)', '주만사랑교회 비욘드 2020 CI' 등의 멋들어진 줄임말도 포장만 그럴싸할 뿐 잇속을 차리기 위한 노림수에 불과하다.

"말(言)이 왕후장상의 씨가 된 시대이다." 말에 낀 거품을 걷어내야 현실이 바로 보인다. 가식과 위선, 거짓 뉴스, 허황된 말 뒤에 숨은 진의를 폭로함으로써 말에 놀아나는 세상을 보여준다.

3. 야합, 짬짜미

바야흐로 융복합의 시대다. 하지만 이 소설에서의 융복합은 섞이면 안 되는 것들이 야합한 현실을 가리킨다. 정치와 종교, 경영, 과학과 학문, 문화예술과 언론 등이 각자의 잇속을 채우기 위해 손을 잡는다. 공고한 네트워크를 형성하여 서로의 뒷배를 봐준다. 현실이 뒤죽박죽이고 진흙탕을 헤매는 것은 이러한 야합의 카르텔 때문이다. 이들은 이익을 위해 이합집산하며 서로의 구린 데를 닦아준다. "힘든 세상인데, 이럴 때 생각이 같은 사람끼리 만나면…… 끙, 서로서로 힘이 되어줄 수도 있지 않겠냐고 하시면서…… 끄응, 목사님을 뵙고 싶다고 하십니다", "머리 달린 인류가 생긴 이래로 쭈욱 있어왔고, 있어야만 하는 것이고, 또 없다면 꼭 만들어야 하는 것이 적이라고 하셨습니다. 또 그렇게 생기거나 만든 적을 반드시 무찔러야만 발전하며 살 수 있는데, 그 적이 같다면 서로 동지가 되어야 큰 시너지 효과가 난다고 하셨습니다."

이러한 야합은 탐욕을 채우기 위한 짬짜미에 불과하다. 왜 뭉치는가, 왜 섞이려 하는가? 신 목사가 꿈꾸는 '신정일치'의 세상은 그의 탐욕이 활개 치기 위한 판을 깔겠다는 출사표에 불과하다. 인물들은 '판'만 다를 뿐 탐욕이라는 동일한 얼굴을 지녔다. 말의 거품을 걷어내고 가면을 벗기면 세상이야 어찌 되건 나와 내 피붙이만 잘살면 그만이라는 민낯이 드러난다.

그들은 이익을 위해 신의를 등지기 일쑤다.

섞이면 안 되는 것들이 엮이고 뭉치는 데서 문제가 발생한다. 이러한 혼탁한 현실을 분명하게 바라보는 건 어이없게도 어둠의 세계에 속한 조폭 두목 반두권이다.

> 민주화 효과로 인해 정치인들이 깡패의 주먹보다는 사이비 목사의 주둥아리를 선택할 수밖에 없게 된 때문이라고 생각했다.
>
> 이명박의 대선 출마 때부터 이심전심으로, 과부와 홀아비가 통정하는 심정으로 목사가 정치인을 키우고 정치인이 목사를 키웠다. 그 뒤부터 상생하며 이익을 공유했다. 물론 모든 목사들과 정치인들이 그랬다는 것은 아니다.(153~154쪽)

그가 보기엔 "정상배(政商輩)들이 툭하면 국민의 뜻을 멋대로 주물럭거려 파는 것이나, 목사가 하나님의 뜻을 파는 것이나 크게 다를 게 없어 보였다."

> 자신들이야 교양과 상식이 뭔지를 진짜로 몰라서 그걸 어길 때가 있으나, 고급진 지성을 가졌다는 정치인이나 목사들은 교양과 상식이 뭔지 빤히 알면서도 지키지 않았다. 그리고 그들은 상식에 어긋났다는 지적을 받으면, 즉각 잘못한 언행을 반성하고 바꾸려 하는 것이 아니라, 아예 상식 자체가 본래부터 잘못된 것이라고 몰아붙이며 상식의 개념이나 체계를 통째로 바꿔버리려고 덤벼들

었다.

세상이 이렇게 망나니 칼춤 추듯 마구잡이로 흘러가다보니, 세상의 잘잘못을 가리던 기준이 없어져버렸다. 그래도 자신들은 잘 몰라서 가끔 상식을 벗어나기는 해도 인간 도리는 벗어나지 않으려고 노력하는 편이다.(155쪽)

조폭 두목이 그나마 자신은 공정하다고 자부하게 만드는 현실은 아이러니하다. 바람직하지 않은 인물에게 현실에 대한 예리한 비판이나 주제를 말하게 하는 방식은 의외성을 지니며 옳은 말이 가질 법한 계몽성을 눙치는 역할을 한다.

혼효의 시대를 바로 보려면, 그럴싸한 말들의 거품을 걷어내고 가면을 벗겨야 한다. 그러려면 뭉친 것들을 떼어내고 사태를 예리하게 분석하는 시선이 필요하다. 분노와 비웃음은 일어났다가 사라지는 불 같다. 이 소설에서 신 목사와 대적하는 '요한'은 개인적인 원한으로 분노하여 총으로 사적인 복수에 나선다. 하지만 요한의 저격 시도는 신 목사의 농간에 말려 실패하고 애꿎은 희생자를 낳는다. 요한이 신 목사에게 분노하고 응징을 하려는 심정은 충분히 이해할 수 있다. 하지만 한 사람을 해친다고 해서 부패한 현실이 바뀌는 것은 아니다. 악당소설은 주인공만 바꿔 계속 양산된다. 이런 사태가 반복되지 않기 위해서는, 신 목사와 같은 광대를 길러낸 토양이 어떤 것인지를 밝혀야 한다.

소설은 현실의 왜곡 양상을 받아 적을 뿐 아니라 이러한 현상의 원인과 진행 과정을 해부한다.

교회도 늘 적을 필요로 했다. 그리고 그 적을 통해 커왔다. 선배 목회자들은 일제-빨갱이-가난을 적으로 만들어 타도하면서 융성했는데, 이 적들이 차례차례 사라지고 새로운 적을 만들지 못한 1990년대 중반 이후부터는 교회가 침체기에 들어섰다. 그래서 보수와 진보라는 오래된 이념의 갈등 구도를 활용했는데, 이념 대 교회가 아니라, 이념끼리 서로 적이 되어 싸웠다. 본래 이념은 목적이 아닌 수단이었는데, 서로가 원수가 되어 싸우다 보니 목적이 되고 말았다.

정치 이념이자 허깨비에 불과한 보수와 진보가 이전투구의 각축장을 만들자, 일찍이 빨갱이들을 상대로 혁혁한 투쟁력과 승전 경험을 쌓은 다수의 교회가 보수 편에 참전하여 진보와 싸웠다. 교회가 복음과 교리를 비틀어 이념의 적을 공격하는 무기로 삼은 것이다. 신 목사가 진보 성향 정권과 동성애 차별금지 등을 적으로 삼아 극렬 투쟁을 추진하는 이유였다.(56~57쪽)

이렇듯, 작품 안에는 사태를 예리하게 분석하고 명징하게 정리한 대목들이 갈피갈피 등장한다. 풍자는 인간의 어리석음과 악덕, 부조리한 사회 현실을 폭로하고 비판한다. 그늘이 있는 한 독버섯은 다시 돋고 음습한 곳에 꼬여 드는 바퀴벌레는 멸종하지 않는다. 개인을 단죄하는 것이 아니라 '구조'를 바로잡는 게 선결과제라고 흔히들 말한다. 하지만 시스템의 문제점을 제대로 지목하는 것은 쉽지 않다. 현실을 제대로 그려내는 것만으로도 벅찬데, 어떻게 작동 원리나 본질까지 드러낼 것인가. 세태소설을 넘어서 '사실'을 적시한 소설이 되려면, 바로 보고 똑똑히 가리켜야 한다.

작가는 본질만 벼려낸 정의나 명명으로 문제 상황을 날카롭게 짚어낸다. '신정합일시대', '혼효의 시대'는 이 아수라장의 본질을 정의한다. 섞여서는 안 되는 것들이 야합하고 얽혀 현실을 시궁창으로 만들고 있노라고.

4. 광야로, 침묵으로 돌아가라

쓰레기들이 마구잡이로 엉켜 세상을 오염시키는 것을 막기 위해서는 분리수거가 시급하다. 그러자면 애초에 이것이 무엇이었으며 어떤 것으로 이루어졌는지를 판단하는 일이 선행되어야 한다.

소설은 '고아 출신 목사의 강남 진출 투쟁과 몰락기'를 보여준다. 신 목사는 전쟁고아로 고달프게 살다가 은인을 만나 교회를 설립하고 불세출의 순발력과 언변으로 교세를 불려 강남 성전 건립과 정계 진출이란 원대한 포부의 실현을 위해 매진한다. 자수성가형 CEO인 그의 성공 비결은 각종 경영 이론을 교회 운영에 적용하고, 대중을 선동하는 메커니즘을 적절히 활용하고, 부지런히 독서하여 얻은 인문학 지식을 그럴싸하게 짜깁기하고, 교회로 맺은 인적 네트워크를 가동시키는 데 있다. 적절한 굴곡을 가미하고 성공 비결을 첨가한 자기계발 서적에 버금간다.

최고경영자가 겪은 고생과 성취, 철학을 담아낸 자서전의 바탕에는 자기계발 담론이 숨어 있다. 성장하고 확장하는 것만이 능사이며 욕망의 확장과 욕망들의 야합은 권장사항이 된다. 개발독재 시절의 구태의연한 신념은 신 목사의 자기합리화에 바탕이 되어준다. '호랑이 등에 올라탔다'는 말로 그는 자신의 눈 먼 질주를 정당화시킨다. 몸집을 불리고 판을 키우며 세력을 넓히는 데 여념이 없다. 돌아보지 않는다. 성찰하지 않고 눈먼 질주만 할 뿐이다.

그는 왜, 강남에 성전을 지어야 하며 어째서 정치판에 뛰어들어야 하는지 답하지 않는다. 멈추면 죽고 힘을 얻으면 산다는 본능에만 충실하다. 이를테면 신 목사는 독서를 많이 하지만 사유의 피드백이 빠진 독서는 '수단'에 불과하다. 자기계발과 종족 번영에 힘쓸 뿐, 서로를 계발하는 연대나 종교인의 본분이 무엇인지는 묻지 않는다.

본질에 대한 질문을 게을리하면 수단과 목적이 뒤바뀐다. 목적은 탐욕의 성취며 모든 것은 그것의 수단으로 전락한다.

종교와 정치, 학문과 예술은 돈의 시녀로 전락한다. 인물들이 부패하는 것은, 자기 본분을 다하지 못했기 때문이다. 정치부 기자는 언론을 조작하고, 목사는 기업 경영에 매진하고, 교수는 학문을 닦고 학생을 가르치기보다 제 욕심을 채우느라 바쁘고, 정치인에게 교회는 표밭이 되는 현실이 혼효의 시대를 부른다.

종교란 무엇인가, 정치란 무엇이 되어야 하는가, 기업이 지켜야 할 최소한의 윤리는 무엇인가. 몫이 아니라 본질을 물어야 한다. "도(度)를 넘지 마시고, 항상심을 가지세요"라는 맹 장로의 말이나, 신 장로가 메고 다니는 패널의 뒤에 적힌 "박달나무 십자가를 아가페 대들보 십자가로 바꿔라/성전의 태극기는 내려라/자녀 승계 위한 청주 지교회 설립을 중단하라/해외 선교 자금 사용 내역을 공개하라/하나님께 바친 내 돈, 하나님께 드려라"는 말은 모두 목회자로서의 본분에 충실하며 '초심'으로 돌아가라는 메시지를 담고 있다.

목회자의 본분은 무엇인가, 정치는 어떤 것이어야 하는가, 기자의 사명은 무엇이며, 경찰과 검찰이 지켜야 할 것은 무엇인가. 애초에 신 목사는 왜 목회자의 길을 걷고자 했는가?

신 목사는 고아원 '아가페' 시절부터 힘없고 겁이 많고 마음이 여려서 억울하게 핍박받는 선한 사람들을 너무도 많이 보면서 자랐다. 당시에는 악으로부터 그들을 막아줄 힘이 없어 분을 삼키며

> 그저 지켜보기만 해야 했다. 그가 굳이 목사가 되고자 결심하고 고집한 것은 장차 선한 힘을 키워서 더 이상 악을 보고도 애만 태우며 지켜보는 비굴한 짓을 하지 않기 위함이었다.(170쪽)

소설의 말미에서 신 목사는 자신이 뿌린 악행의 씨앗을 아들의 죽음이란 비극으로 거둬들인다. 말의 거품이 잦아들고 정적이 찾아온다. 번쩍거리는 LED 조명이 꺼지고 박달나무 십자가만 홀로 남았다. 침묵 속 광야로 돌아가라. 무엇이 보이는가, 무엇을 봐야 하겠는가.

떨이가 된 공의

흰 것은 희다고 해서 흰 것이 아니라, 본래 희기 때문에 흰 것이다. 내 기억에 의하면 아리스토텔레스가 한 말이다.

지구가 태양을 중심으로 돈다고 생각하느냐, 태양이 지구를 중심으로 돈다고 생각하느냐가 중요한 것이 아니라, 지구가 태양을 중심으로 돈다는 실체적 사실(또는 진실)이 중요하다. 기원전 3세기 중엽에 아르스타르코스가 처음으로 지동설을 주장했고—아마 그 이전에도 누군가가 비슷한 주장을 했을 것이다—코페르니쿠스가 1543년에 1800여 년 전의 그 지동설을 재차 들먹이면서 티코 브라헤와 케플러 등이 가세했고, 마침내 갈릴레이가 주장이 아닌 과학적 방식으로 최종 입증을 해냈다.

그러나 종교재판에 불려나간 갈릴레이는 지동설을 부인했

다. 자신이 죽으나 사나 지구는 여전히 태양을 돌 텐데, 굳이 목숨까지 걸어가며 지동설을 싸고돌 필요가 없다고 생각한 때문일 것이다.

아무튼 중요한 것은 지동설을 몰랐을 때도, 이를 안 갈릴레이가 이를 부인할 때도, 심지어 천동설이라 했을 때도 지구는 이런 것들과는 전혀 무관하게 태양을 중심으로 주구장창 돌아왔고 또 돌고 있었다는 것이다.

그러나 인간은 지구가 태양을 중심으로 돈다고 주장하거나 입증한 이들을 잡아서 종교의 이름으로 쫓아내고 고문하고 죽이기까지 했다. 우리는 역사를 통해서 이런 암흑 시대를 한탄하며 무지와 야만의 시대라고 배웠다.

지금은 어떤 세상인가. 실체적 사실이 무엇이냐 보다는, 이를 규명하려고 하기보다는, 어떻게 생각하느냐를 가지고 서로가 다툰다. 사실이 아닌 생각에서 나온 주장으로 이전투구하는 것이다. 독단과 이기(利己), 신념과 이해(利害)로 만든 가설을 진실과 정의라고 주장하면서, 실체와 사실을 부정하고 조작한다.

우리가 추구하고자 하는, 또는 추구해야 할 선 · 정의 · 행복 · 공의 · 공익 구현의 수단에 불과한 이념인 보수와 진보를, 목적으로 둔갑시켜 서로가 서로를 절대선인 양 주장하며 죽기 살기로 싸운다. 불순한 위정자들과 못난 지식인들이 만든 이런 야만의 프레임 속에서, 알지 못하는 혹은 알지만 모르는 것이 득이 된다고 생각하는 사람들이 바이러스인 양 들러붙어 기생하고 있다. 곪은 민주주의가, 병든 자본주의 사회가 정의와 공의를 떨이 상품으로 만들어 부귀영화의 수단으로 삼고 있기 때문이 아닐까. 아무튼 우리가 역사가 규명한 광기의 시대, 야만의 시대를 소환하여 살고 있는 것은 아닌지 돌아볼 일이다.

이 소설은 2020년 어느 날, 혐오와 광기의 시대를 찝찝해하면서 친구들과 카톡질을 하다—코로나19로 만나서 지껄일 수가 없었다—가 불쑥 떠오른 생각을 붙잡아서 쓴 것이다. 글쟁이도 명색이 식자일진대 어찌 세상을 불가근불가원만 할 수 있겠는가.

권력과 자본 그리고 종교가 뒤엉킨 이 신묘(神妙)한 혐오와 광기가 마치 장차 5차 산업혁명을 이끌어갈 AI 기술처럼 우리 사회를 지탱하는 동력으로 작동할 것만 같아 몹시 불안하다. 천만다행으로 이런 예상이 틀려 오래 가지 않고 일찍 끝난다—그렇게 되면 오죽 좋을까—고 할지라도, 학습되어 변용 내지는 진화된 형태로 작동하지 않을까 걱정스럽다.

이 소설이 '지금—여기'를 살면서 극단과 극한에 빠져있는 우리에게 갈등의 순기능과 도(度)를 생각할 수 있는 여지를 준다면 얼마나 좋겠는가. 아니면 훗날 누군가가 지금의 이 시대를 돌아볼 때, 하나의 관점이 될 수도 있지 않을까.

"불의는 거대한 규모의 행위를 통해 단숨에 실행되어야 한다. 왜냐하면 실제로 작은 규모의 불의는 용서되지 않기 때문이다. 정점에 달한 불의는 자동적으로 벌을 받지 않으며 강자에게 우월한 입지에 대한 권리가 주어진다는 원리의 승리를 확인시켜 줄 뿐이다"

『경이로운 철학의 역사—고대 · 중세 편』(움베르토 에코 · 리카르도 페드리가)에서 읽은 대목이다. 심판받아야 할 대상이, 이미 심판받은 범죄가 청산되어지지 않은 채 세상을 배회하거나 지배하는 시대는 필경 무간지옥이자 야만의 세상일 것이다.

이 소설을, 정의와 공의를 위해 지난한 싸움을 하느라 지치고 고달픈 지경에 빠진 분들에게 바친다. 용기들 내시라.

이 글을 쓸 때도 여러분의 도움을 받았다. 특히 자료를 찾아주고, 취재를 도와주고, 사실관계 등을 확인해준 두 분께 감사한다. 또 원고를 읽고 지적과 조언을 아끼지 않은 친구들과 선배 작가님께도 깊이 감사드린다. 아울러 출판을 결정해주신 강출판사 정홍수 대표님, 그리고 편집을 맡아준 이명주 님께, 그리고 이 글을 읽으실 독자 여러분께도 머리 숙여 고맙다는 인사를 올린다.

혼효의 세상이나, 사람답게 또 아름답게 살아갈 수 있기를 바랄뿐이다.

2022년 4월

갈현성 아래에서

고광률

성자의 전성시대

© 고광률

1판 1쇄 발행 | 2022년 5월 13일

지은이 | 고광률
펴낸이 | 정홍수
편집 | 김현숙 이명주
펴낸곳 | (주)도서출판 강
출판등록 | 2000년 8월 9일(제2000-185호)

주소 | 서울시 마포구 동교로17안길 21(우 04002)
전화 | 02-325-9566
팩시밀리 | 02-325-8486
전자우편 | gangpub@hanmail.net

값 16,000원
ISBN 978-89-8218-300-3 03810

* 이 책의 판권은 지은이와 도서출판 강에 있습니다.
이 책 내용의 전부 또는 일부를 재사용하려면 반드시 양측의 서면 동의를 받아야 합니다.
* 잘못 만들어진 책은 구입처에서 교환해드립니다.